哪怕盛夏与凛冬相隔万里，
我们也要在初春相遇，
晚秋私奔，而剩下的冬夏，
都用来热恋。

吻冬

上

桃吱吱吱 著

中信出版集团 | 北京

愿十七岁的黎冬健康幸福，万事胜意。
愿我们能永远如现在这般，真诚而热烈地深爱着对方，
直到世界毁灭的最后一秒。

Lasting *for* Ten Years

日	一	二	三	四	五	六
18	19	20	21	**22**	23	24

6月22日 星期四　　　粽子节假期!　　端午

第 1 章　　没印象了??　　　　　　001

第 2 章　　轻而易举　　　　　　　015

第 3 章　　我等得起　　　　　　　035

第 4 章　　阿黎别哭　　　　　　　055

第 5 章　　听见喜欢　　　　　　　092

第 6 章　　还有糖吗?　　　　　　128

第 7 章　　许我虔诚　　　　　　　146

第 8 章　　你总在哭　　　　　　　184

第 9 章　　就是我们　　　　　　　224

日	一	二	三	四	五	六
17	18	19	20	21	**22**	23

12月22日 星期五　　　汤圆OR饺子？　　冬至

第 10 章	我还在等	281
第 11 章	向月私奔	314
第 12 章	高热惩罚	334
第 13 章	半秒迟疑	353
第 14 章	我只有你	369
第 15 章	不过如此	394
第 16 章	那时我们	411
第 17 章	我的女儿	432
第 18 章	嫁给我吧！	456
第 19 章	死刑宣判	464
第 20 章	忠诚骑士	500
第 21 章	人小鬼大	521
特约番外	烟火人间	544
特约番外	那年初见	560

第 1 章

没印象了

❄ 01

深秋清晨,湿雾浓厚,晨曦渐露。一整晚的寒寂后,万物终于得以窥见天光。

时间刚过七点十五分,来医院挂号的人已经不少了。黎冬戴着耳机赶到办公室,见同事刚下夜班,还没走,正在和另一位医生闲聊。她颔首算作打招呼,走到角落的衣柜旁换上白大褂,将因为赶路而凌乱的长发扎成高马尾,露出修长的天鹅颈。

"此法案将于下月一日正式施行。不少专家认为,这项决策将对社会稳定造成巨大的安全隐患,也有学者并不认同……"耳机里传来新闻主持人的英文播报声,说的是 A 国新通过的法案以及各路专家学者褒贬不一的观点。

黎冬摘下耳机,连同包里的保温杯一同放在桌上,拿出今早要查房的病人病历。她有点儿强迫症,哪怕病人情况早已烂熟于心,查房前也必须从头过一遍病历。播报声停止,耳边传来两位同事的闲聊声。

"这次 S 城特派给六楼那位 VIP 病人做手术的副高①到底什么来头啊,院长和刘主任居然亲自迎接?"

---

① 医师职称包括初级职称(医师/住院医师)、中级职称(主治医师)、副高级职称(副主任医师)、正高级职称(主任医师)。

"特招的海归医学精英，回国后主持了几场大型手术，现在一堆人抢着请他呢。"杨丽刚值完夜班，说起八卦来也神采奕奕，"这位副高可忙着呢！六楼 VIP 病人的孙子跟他是发小，所以他才特地跑回来的。"

"这位副高还是本地人？"

"是啊，尹护士说是她高中学弟。"杨丽忽地想起什么，兴冲冲地转头看向黎冬，"对了，黎冬，你也是三中的吧？说不定也听说过这位呢。"她神神秘秘地笑道，"我听尹护士说，这位副高可是帅得惊为天人。"

"那很好。"黎冬整理好病历起身，笑容淡淡的，显然对八卦不感兴趣，"你们先聊，我去查房。"

自从上周起，光是这位神秘而名声赫赫的副高的名字和年龄，她都听了七八个版本，个个离谱。至于对方是不是和她高中同校，只能说三中作为百年省重点中学，省状元和被藤校录取了的都有上百名，培养出一位年轻有为的医生，实在不足为奇。

"知道你不关心这些，快去查房吧。"杨丽习惯了她两耳不闻窗外事，想想黎冬素颜也出挑精致的五官，等人走后和旁边同事感叹，"看不到帅哥，其实看看美女也很好嘛。"

交班后去住院部的路上，黎冬遇到同样要去查房的王医生和规培生。简单聊几句后，几人一同结伴前往。病房里，病人和家属见到医生进来，都纷纷热情地打招呼。尤其是黎冬，每次人刚进来，就有家属隔着几张床喊她的名字，有几位还总想给她塞个水果补补。新来的规培生忍不住道："黎医生这么受欢迎啊。"

"当然，黎医生脾气好，又负责。"七号病床的大妈住院半个多月了，笑眯眯地接话，"关键还长得这么漂亮。"旁边几位病人和家属也跟着附和。

"阿姨好眼光，"王医生跟着起哄，"黎冬可是我们胸外科公认的'科花'。"

比起甜美柔软，黎冬的长相其实更偏向英气干练。她眉眼深邃、轮廓分明，鼻梁高挺笔直，薄唇色浅，再加上身材高挑，一眼看去给人的冷淡感很重。可如果仔细观察她黝黑的双眼，会发现眼神意外的柔和。她平时在回答病人的困惑时，话虽少，但句句在理，声音清亮温润，是出了名地耐心。

黎冬收起听诊器，看向带头的规培生："还有闲心聊这些？"

规培生笑嘻嘻地要开口，就听她面无表情地说道："我问你，七号床患者六十天内的用药情况和过敏史是什么？近一周的大小便情况怎么样？我要精确到次数和具体毫升。"

男生立刻苦起一张脸："黎医生我错了，我再也不多嘴了。"

"九号床上午再做一次胸腔积液的理化检查。七号床再观察几天,可以考虑出院。"病房门口,黎冬照例根据病人情况给规培生教学。

旁边王医生的手机在口袋里发出声响。男人笑着接起,听对面说了几句,表情突然变得凝重。他沉沉应答几声后挂断,转身看向黎冬:"查房的事放一放,你现在立刻去六楼。六楼的VIP病人突发气胸,要紧急手术,刘主任要你做一助。"

黎冬从口袋里拿出手机,果然屏幕上全是刘主任的未接来电通知,不知怎的,都没听见。王医生催促道:"这边有我,你快去吧。"

"好,辛苦。"

情况紧急,黎冬一路小跑,一边穿过走廊,一边拿着手机给六楼护士站打电话:"我是黎冬,简述一下病人情况。"

六楼的VIP病人身份特殊,是被授予过国家级勋章的退役军人,不久前确诊肺癌,好在发现得早,还是初期,以现在先进的医疗手段,尽快手术,清除病灶,有可能治愈。手术原定在三天后,S城特派的医疗团队这两天陆续到达。结果病人今早突发气胸,还伴随咯血和呼吸困难,必须立刻手术。

团队的麻醉师和主刀都在,只是一助明天才到。院里有资历的医生要么赶不到,要么早安排了其他手术,主任就从年轻一辈里挑了黎冬。

等待电梯的时间太长,黎冬选择走楼梯从一层跑上六层,从安全通道的楼梯口拐进走廊时,手里的电话还没挂。走廊尽头一片匆忙,医护人员的指令声、家属的啜泣声混杂着,手术室门前人头攒动,每个人的脸上都是凝重和慌乱。

接电话的护士看见呼吸急促的黎冬,愣住:"黎医生,你……你是直接跑上来的?"黎冬点点头,深吸一口气,正想问情况时,视线扫过某处,脚步猛地一顿。

最角落里的男人正在低头看病历,颀长清瘦,宛如暴风雪中笔挺屹立的松柏。他站在不起眼的窗边,仿佛下一秒就会被埋没在慌乱移动的人群中。窗外的光束斜射落下,偏偏只落在他的头顶至肩膀,晕染成淡淡的浅金。

男人雕塑般的侧脸在光照下几近透明,肤色冷白。他微微皱着眉,神情专注,给人一种不可侵犯的神圣感。

分别十年,在医院的手术室门前,黎冬再一次见到祁夏璟。

手术过程比想象中还要凶险。病人年事已高,身体的各项机能早就在走下坡路。参军时的旧伤也有负面影响,器官组织压迫肺部血管,让肺大疱[①]破裂

---

① 指由于各种原因,肺泡腔内压力升高,肺泡壁破裂,互相融合,在肺组织形成的含气囊腔。

引起的气胸变得格外棘手。

事发突然，大家都是临危受命，再加上是第一次合作，封闭的手术室内死寂一片。所有人都神经紧绷，不敢大声喘气。两个小时后，不仅黎冬，手术室里每个人的额头都布满细汗。医用口罩能掩盖住表情，却藏不住眼底的凝重，只有一个人除外。

"注意视野。"低沉男音在鸦雀无声中响起。祁夏璟低头完成操作，声音带着几分散漫："固定目标位置。"

黎冬闻言照做，专注地盯着男人手上的操作。毕业后的这几年，她跟了上百场手术，毫不夸张地说，许多做过十几年外科手术的前辈，手法操作都没有面前这个人来得干净利落。

包裹在医用手套里的双手像是专为外科手术而生，手指纤长有力。他下手果敢精准，拿着沉重的器械也泰然自若。

开腔过程中，患者肺部的小动脉[①]突然破裂。猩红滚热的血立刻呈喷射状溅出，方向正冲着黎冬和她身旁的二助。黎冬习以为常地躲都没躲，任由血溅到侧脸、脖子和衣服，手疾眼快地用左手压上纱布。她没有回头，背对着躲到一旁的二助，冷冷道："愣着干什么，止血钳。"

二助是个戴着眼镜的年轻男生，刚参加规培不久，看黎冬眼角都溅上血了，停顿两秒才慌里慌张地递过器械。

黎冬抄过止血钳，立刻开始找血管位置，头也不抬地道："病人就一条命，这句话我不想再说第二次。"

闻言，对面祁夏璟手上飞快的动作微顿，他掀起眼皮扫了两人一眼，眼底情绪不明。

男生低声道歉，不敢再抬头。

手术收尾最是凶险，缝合结束时，黎冬盯着平稳正常的各项数据，终于长松口气，高悬的心落地。同时，因为长久站立，肌肉酸痛感爬上神经，汗水布满后背，沾着毛衣，再加上溅在脸上的血，她看上去十分狼狈。

病人转入ICU[②]观察，黎冬简单清洗后离开手术室，还没走到门口就听见不绝于耳的夸赞声。手术室门外，高瘦的男人在拥簇着他的众人中依旧出挑，宽松的手术衣难掩肩宽腰窄的身材。他摘了口罩，嘴角噙着疏离笑意，面对赞美波澜不惊，不时懒散地敷衍一句。

[①] 动脉血管的一种，又称毛细血管前阻力血管，管径较细，对血流的阻力较大。
[②] 重症加强护理病房（Intensive Care Unit）。

十年不见,祁夏璟好像变了许多,又好像没有变。

黎冬默默站在最角落,接过小护士递来的病历本,听着赞扬声倒灌进耳朵,不由得微微皱眉。小护士感叹道:"新来的祁医生真厉害啊,年纪轻轻就是副高了。"

黎冬翻页的手一顿,垂着眼,淡淡地"嗯"了一声。

"病人还在观察期,时刻注意血压和心率变化,预防术后胸腔出血。"黎冬将病历本交还给护士,语气严肃,"氧饱和度①和几项必要的数据,每小时发给我一次。"

"好……好的。"小护士闻言一愣,她记得这位病人并不该黎冬负责。

"黎冬!过来一下。"听见名字被喊,黎冬抬眼看过去,眼神在空中和某道视线相撞。刘主任招手让她过去,又拍拍身旁的大红人,介绍两人认识:"小祁啊,这是你今天的一助黎冬,也是位很优秀的医生。"

祁夏璟的目光精准地落在她身上,懒散,又锐利得如有实形,先是慢条斯理地扫过她的工牌,再缓慢地一寸寸向上移动。接着,微凉的声音贴着她耳边落下:"黎冬?"

尘封记忆的声音响起。黎冬发现,这么多年过去,只有祁夏璟喊她名字的时候,尾音会微微上扬,像是回味过无数次,倦懒又暧昧。而她再次对上的那双桃花眸里,只剩下漠然又陌生的平静。

黎冬知道,祁夏璟认出她了。她迎上对方目光,声音微哑:"是。"

面无表情的两人无声对峙,肉眼可见的冷场中,只有刘主任毫无察觉,问祁夏璟:"我听说,你也是本地人?"

"嗯。"

"巧了嘛,黎冬也是。"刘主任呵呵笑道,"我还听杨丽说,你们都是三中的?年纪差不多,又是校友,说不定当年读书时,你们还见过面呢。"

祁夏璟闻言,停顿片刻,忽地勾唇冷冷一笑:"见过面吗?"

这一刻,时间仿佛被无限拉长。黎冬挺直腰,被迫承受着对方漫不经心的打量,甚至能听见血液冲撞心脏的声音。当年分手闹得太难看,祁夏璟出现得突然,她只是本能地想让自己显得洒脱些,至少看上去不那么狼狈。

好在祁夏璟没让她煎熬太久,很快就慢悠悠地收回目光,唇角依旧是敷衍的笑意,薄情的唇瓣轻启:"没印象了。"

---

① 即动脉血氧饱和度,指动脉血中氧与血红蛋白结合的程度,能间接反映机体是否缺氧及缺氧程度。

02

"没印象了。"不是没见过,不是不认识,而是曾经见过并且有过不为人知的交集,因为变成了可有可无的人,所以没印象了。

鼻尖泛起酸涩,黎冬沉默垂眸,用力绞手压下涌上的泪意,指尖泛白。

刘主任偏头朝黎冬看过来,眼里带着期望,似乎希望她能说两句漂亮话,等了半天都不见她开口,只能无奈叹气,提议去安抚家属。

病人家属在病房外等候多时,母女两人见祁夏璟走近,连忙从座椅上起身,快步走近道谢。年长憔悴的女人眼眶通红:"夏璟,这次真的谢谢你了,还特意麻烦你从S市飞过来……"

"应该的。"祁夏璟敛起眼底散漫,垂眸看向女人身边抽噎的女生,从口袋里掏出一块手帕,"别哭了。"

女生十七八岁的年纪,身上还穿着校服,被突如其来的意外吓得泪水决堤。她接过手帕后,一直抓着祁夏璟这根救命稻草不放手,女人和刘主任都连声安慰。空旷的病房门前,黎冬是唯一多余的存在。她置身事外般孤零零地站着,茫然无措。

"主任,我上午还有事,先回去了。"温馨的场景被黎冬干哑的声音打断,她直直看向主任,嘴里软肉被齿尖刺得发痛。每分每秒都是煎熬,她一刻都待不下去了。

她知道这场独角戏有多荒诞。分手多年,祁夏璟对她的印象都模糊不清了,她却因为对方安慰小孩儿这种事如鲠在喉。

"好,你先回去吧。"刘主任还有事要和祁夏璟谈,大手一挥放黎冬离开,看她脸色难看,又补充一句,"最近注意休息。"

"知道了,谢谢主任。"黎冬道谢后转身离开,埋头盯着脚尖往前走,在拐角处险些撞到别的医生,道歉后匆匆逃离。

"小祁啊,既然你是来指导的,那这段时间科室不少工作要拜托你了。你有任何问题或困难,尽管来找我。我和你们主任老李也是几十年的老同学了,照顾一下应该的。"刘主任和祁夏璟边走边说话,想再嘱咐几句,余光却见祁夏璟视线偏移,望着黎冬离开的方向。刘主任跟着望过去,却只见到一个小男孩,便问:"黎冬还没走吗?"

祁夏璟收回目光,淡淡道:"刚走。"

"小姑娘人挺好的,能吃苦还聪明,就是太死心眼儿了。"谈起黎冬,刘主任的感情也十分复杂,难免多说了几句,"上班几年了,病人术后情绪不稳定,她还能傻乎乎地陪一整晚,最后也没换到几句好话。"

祁夏璟闻言懒懒勾唇,轻笑道:"倒像她能做出来的事。"

两人路过护士站,发现刚才的小男孩站在前面,手里握着类似工牌的东西,表情茫然。他看见祁夏璟,眨巴了两下大眼睛,迈着小短腿走过来,在祁夏璟面前停下:"哥哥。"

祁夏璟脚步微顿,看小男孩抓住他发皱的袖子,便蹲下与其平视,问道:"迷路了吗?"

"不是哦,南南刚才在这里等妈妈。"小男孩指了指护士站前面的女人,看着祁夏璟的白大褂,费劲地念着工牌上的字,"请问你认识……嗯……冬……冬吗?"

祁夏璟不语。

"这是姐姐刚才掉的。"小男孩将小胖手摊开,把手里的工牌交给祁夏璟,咧嘴笑道,"但是我找不到她。医生哥哥,你认识她的话,可以帮我给她吗?"

祁夏璟垂眸,看着静静躺在掌心的工牌。白底证件照上的女孩素面朝天,五官立体舒展,眉眼深邃,鼻梁高挺,唇边漾着淡淡的笑,冲淡了五官本身的凌厉感。

小男孩上交工牌后软糯糯地道谢,然后小跑回妈妈身边,乖乖牵住妈妈的手。一旁的刘主任看是黎冬的工牌,主动道:"给我吧,等会儿我下楼,正好经过她办公室。"

"不麻烦您,"祁夏璟将工牌放进口袋,无所谓地笑笑,"我来给她。"

黎冬整理完手术记录时,已经是傍晚五点半。窗边的雾遮挡视线,黎冬活动着发僵的脖子,将打印出来的纸张钉好后,手上的动作微顿。手术记录,一般需要主刀医生签字,而这场手术的主刀医生,是祁夏璟。

太阳穴又开始隐隐作痛,黎冬看向杨丽,尝试做最后的挣扎:"杨丽,今天上午的手术报告,可以直接交给刘主任吗?"

"为什么给主任?当然是先给主刀医生签字啊!"杨丽收拾好东西正要下班,莫名其妙地问,"你干吗要越级交报告?这样祁副高对你印象多不好啊。"说到祁夏璟,杨丽的八卦之火立刻被点燃,凑过来兴奋地小声道,"我和你说,今天六楼的护士打听到了,祁副高还是单身呢,隔壁几个都高兴疯了。"

"单身"两个字让黎冬眼皮轻跳。她从座位上起身,凳腿发出尖锐的拖拉声,把杨丽吓了一跳。

"病人身份特殊,还是让主任确认一下更加保险。"黎冬将报告放进挎包,拿出手机要给刘主任发消息。

"别打电话啦,主任在住院部一楼查房。"杨丽敲了一下她的手机屏幕,"群里两分钟前说的,你快点儿过去,估计人还没走。"

"好,谢谢。"

住院部和门诊部分属两栋大楼,中间只有一条很长的露天石地走廊,两旁种满绿植,头顶没有遮蔽。

整个下午忙到没喝水,黎冬站在门诊部后门时,才发现室外已下起倾盆大雨。寒风席卷而来,她出门走得急,没穿外套更没带伞,现在单穿一件薄毛衣站在门前,每次呼吸都是冷风灌进胸腔。

天幕漆黑,黎冬稍作犹豫,将挎包护在胸前,在雨幕中快速跑过长廊。雨势不小,她跑进住院部时,发现身上湿了不少地方,半湿的毛衣贴在身上,稍显狼狈。

刘主任还在一楼大厅总结工作,身边围着几名医生,交代完才发现黎冬在一旁,诧异道:"黎冬?你怎么这个样子跑过来了?"

"送手术记录。"黎冬将报告递过去,握了下冷到发白的左手,"您看看。如果没问题,我明早交上去。"

刘主任又看了她一眼,似乎搞不懂她怎么弄得这样狼狈。他随手翻阅两页报告,满意地"嗯"了一声:"可以,你交给祁副高吧,都是主刀医生签字。你稍等,他刚走没多久,我给他打个电话。"

不等黎冬出声阻止,刘主任的电话已经打通:"祁医生,你是不是还在医院?黎冬把手术记录送来了,你签个字。"

刚过了半分钟,一道修长的身影出现。祁夏璟换下了白大褂,身上是简单的黑衣黑裤,衣领和袖口的纽扣颗颗系紧,迈着长腿走过来时,禁欲感十足。

手术时没注意,当男人离她只有几步距离时,黎冬闻到一丝乌木沉香,不同于医院里刺鼻的消毒水味,是很清淡的气味。她下意识地后退一步,垂下眸,抗拒的态度十分明显。

祁夏璟面无表情地看她一眼,单手从刘主任手中接过记录表,骨节分明的手捏着一角,似乎十分嫌弃。

刘主任看黎冬发梢还挂着水,皱眉问祁夏璟:"你今天开车来的?顺路的话送下黎冬吧,下雨不好打车。"

"不用。"

"好。"

两人异口同声。

黎冬不解地望向祁夏璟,发现对方根本没看自己。她坚持将话说完:"不用麻烦祁医生,我可以自己回去。"

"外面这么大雨,你打算淋雨回去?"刘主任不悦,沉声训斥道,"明天要是生病了,你是打算请假,还是传染给病人?"

医院门前不能打车,要再走过一条街,黎冬没带伞,必然会淋湿。知道自己理亏,她闭嘴不再说话。刘主任见她不再无理取闹,转身朝办公室走去,其他医生跟了上去。

略显空旷的大厅里只留下两个人。祁夏璟垂眸,视线扫过黎冬因为寒冷而战栗的细瘦肩膀以及凸起泛白的指骨,毫不犹豫地转身就走。头顶的灯光冷白,男人决绝的倒影落在地面,是虚无缥缈的浅色阴影。

黎冬从包里拿出纸巾,将头发和肩膀上的水珠擦去,平时握手术刀的右手,指尖正轻微地颤抖。她粗略算了下距离,确定返回办公室拿外套要淋更多的雨,决定直接去街对面打车。

雨势渐大,细雨变成豆大的颗粒砸在身上,包里的资料不能淋湿,黎冬只好紧紧把包抱在怀里,快步走在雨中。路上行人寥寥,街道空旷一片,砸得脸上生疼的雨点顺着脸颊滑落,在脚下泥泞中炸开水花。

黎冬在街边站牌下躲雨,点开手机打车软件,屏幕右下角显示着"等待时间42分钟",她正要取消,耳边突然响起汽车鸣笛声。湿雾萦绕的雨幕中,深蓝色的保时捷停在她面前。车窗缓缓下降,逐渐显露出祁夏璟棱角分明的脸。

相比黎冬的狼狈不堪,车里的男人举手投足都从容不迫,骨节分明的手搭着方向盘,挽起的袖口不见褶皱,露出线条流畅的小臂。他如同在手术室里一样言简意赅:"上车。"

这里是医院对面,开车过来要绕很大一圈。黎冬想不通祁夏璟为什么会出现在这里。瓢泼大雨淋湿肩头,她抗拒地低垂眼帘:"不麻烦了,我自己能回去。"

祁夏璟不再说话,后背放松地靠着柔软的车椅背,目不转睛地盯着黎冬。他像是得心应手的猎人,在这场胜券在握的对峙中安然自得。

良久,黎冬毫不意外地败下阵来,妥协地开门上车。在寒风冷雨里待过,车内显得格外温暖。黎冬满身雨水,局促不安地坐在副驾驶座上,身体因为冷气侵蚀,控制不住地轻颤。

"穿上,头发上的水别弄脏我的车。"祁夏璟转身拿起后座上的外套,不由分说地丢过来,关紧车窗后发动汽车,语调懒散,"地址。"

封闭的空间内,两人之间不到一臂距离。黎冬闻到外套上若有若无的乌木沉香,脸色又苍白一分,神经绷紧。她觉得不能再任人摆弄下去,轻轻吸一口

第一章

气，拿起外套想还给祁夏璟，衣服接触过她身上的位置已经满是水渍。

"请你在路边把我放下，主任那边我会去说，也请你以后……"

"黎冬。"这是祁夏璟今天第二次喊她的名字，比过去几年加起来还多。他的眼神沉沉的，看清黎冬眼里的防备后，忽地勾唇笑起来。

"虽然你是我前任，我们也很不幸地要共事至少两个月，"他话说得轻描淡写，语气甚至带着戏谑笑意，闪烁的桃花眸里勾抹着趣味，像是在欣赏她的慌乱，"但是你这么怕我，会让我对你的专业水平产生合理的质疑。一件衣服和一趟便车而已，能改变什么？"男人突然凑近，在黎冬陡然屏息中，用修长五指接过她手里的外套，有条不紊地披在她发颤的肩头，动作堪称无尽温柔。

两人靠得太近，以至于黎冬能看清祁夏璟脸上细小的绒毛以及他深邃黑眸里表情惊慌失措的自己。下一秒，薄唇停在她颈侧的男人讽刺地轻笑出声，那样亲近而恶劣地低语道："还是你觉得，我们两个之间还有可能？"

❄ 03

黎冬住的地方离医院不远，十分钟后，保时捷在老旧的小区门口停下。略显忙乱的车门关闭声响起，高挑纤瘦的人从副驾驶一侧离开，背影迅速隐没在雨幕中。

车内重归寂静，外套被随手丢在座位上，内衬湿漉漉的。祁夏璟背靠着车座，姿态闲适。许久后，他收回看向楼栋的视线，余光瞥过满是水渍的座椅，指尖轻敲几下方向盘，懒得去管。

丢在车门储物格里的手机振动，是徐榄打来了电话。两人从高中到大学都是同学，毕业后又成了同事。这次祁夏璟特意抽时间跑回H市，就是为了徐家老爷子的病。

兄弟之间不必多谢，徐榄上来就是一通啰唆："老祁，原定的房子出了点儿问题。房东说他还有一处房产，就在咱们医院附近，问你能不能先凑合一段时间。"祁夏璟解锁手机，聊天界面里是徐榄发来的地址。他抬眸，看向眼前旧楼四层刚亮起的房间，眼底浮现一点儿意味不明的情绪。

"到底行不行啊，哥？我着急去看我爷爷呢。"

"就这个吧。"他懒懒回复，从储物格里拿出遗失的工牌，放在指间细细把玩。他看着照片里的女孩，无所谓地道："懒得再搬，麻烦。"

空荡无人的卧室里静悄悄的，只开了一盏暖黄的落地灯。黎冬洗完澡，从浴室出来，湿答答的长发用干发巾包着，带着浑身的湿热气，疲惫不堪地躺进大床。

柔软的床面下陷，她将脸埋进被子，闻着被单上熟悉恬淡的雏菊淡香，躁乱的心绪安定下来。祁夏璟回来了。她终于被迫接受现实。

窗外的雨势不减，淅沥落雨声传进温暖安静的房间，无疑是最好的催眠曲。困意卷席而来，黎冬抱着被子闭上眼睛，梦境随之而来。

时间回溯到高二前的盛夏。

七月底的天气燥热，本该是放假的时间，但三中作为省重点，在文理分科的重要阶段，当然不可能让学生玩两个月，期末考试刚结束，就迫不及待地把学生喊回来补课。

烈日当空，蝉蛰伏在叶片下鸣叫。容纳了五十人的教室闷热不堪，头顶转动的风扇发出嗡鸣声。下午一点是最热的时候，讲台下的学生昏昏欲睡，讲台上的老安写完板书，转身将数学试卷丢在桌面上，发出砰的一声。几个趴在桌上的学生抬起头，睡眼惺忪。

"我再说一次，你们别看刚文理分科，就觉得离高考还有很久，自己晚点儿再努力也来得及。"老安拿起桌上的保温杯，水面上漂浮着几片茶叶，他仰头喝了口水，清清嗓子接着道，"时间就是生命，差一分就是几百上千的人！从现在开始的每一天都至关重要，听懂了吗？"

"听懂了——"教室里响起稀稀拉拉的附和声。

"休息十分钟，下节继续上化学。"老安的视线在台下扫过，停在窗边的空位上，皱眉道，"班长，祁夏璟人呢？"

"报告，"坐在空位前的黎冬日常被点名，起身答道，"他说身体不舒服，请假了。"

"不舒服？又是晒太阳头晕那一套？"老安的眉毛高高扬起，杯子重重落在桌面，他训斥道，"他是雪做的？晒不了太阳，天天中午逃课？"

几秒前安静的班级哄笑一片。

"让他来办公室找我！"老安将教案夹在胳肢窝里，嘱咐黎冬，"下周摸底考试，班长记得去教务处领座位表，明天下午组织同学搬桌子。"

"不是才考完期末考试吗，怎么又要摸底啊？"

"摸底摸底，都摸没了，哪儿还有底啊？"

哀鸣声中，黎冬起身去教务处，再回到班级时，发现她身后的空位上出现了人影。哄闹的教室里，清瘦的男生趴在桌上。正午阳光落在他的肩膀、后背，勾勒出很淡的浅金色。形状好看的蝴蝶骨凸起，黑发随风轻轻晃动，安静而美好。

黎冬不自觉屏息，连走向座位的脚步都有意放轻。男生的头埋进臂弯，冷白的肤色下，能隐约看见青紫色的血管。脸微微向右偏，露出深邃精致的侧颜，像是巧匠精雕细琢的艺术品。

他看上去像是睡着了。黎冬在座位前停下，犹豫着要不要把人叫醒。

"班长？"旁边的徐榄从漫画书里抬起头，不客气地一掌拍在桌面上，大声道，"老祁别睡了！班长找你！"

趴在课桌上的男生闭着眼皱眉，桃花眼缓缓睁开，瞳孔是琥珀一般的棕褐色。教室里和门外几个偷看的女生齐刷刷朝他看来，引起一阵骚动。

看见是黎冬，祁夏璟放心地弯眉笑了，没骨头似的懒懒直起身，手撑着脸，声音是刚睡醒的沙哑："班长找我？"

声音低沉，尾音上扬，像是柔软的羽毛，在人心上随意撩拨着。黎冬僵硬地站在祁夏璟面前。分班后两人几乎没说过话，她和大多数喜欢祁夏璟的人一样，只敢在角落里默默看他。

"安老师让我问你为什么下午的课又请假。"她担心道，"现在课讲得很快，你这样学习会跟不上的。"

旁边的徐榄忍不住笑出声。祁夏璟从入学起，成绩始终保持在年级前三名，期末联考更是拿下省内第一，课堂上讲的东西早就对他没用了。

黎冬反应过来，垂眸抿唇，转身返回座位。

"班长。"祁夏璟出声喊她，声音懒洋洋的。黎冬回头，发现祁夏璟又趴在了课桌上，下巴枕着胳膊，漂亮的桃花眸目不转睛地看着她。

"我身体不好，晒太阳会头疼，下午第一节课不能来。"男生歪头笑着，让吹过的酷暑热风都变得温柔，"班长也不想看见课上到一半我晕过去了，影响大家学习吧？"

黎冬有一瞬的失神，不放心道："那上课讲的东西怎么办？"

祁夏璟抬眸，视线在她的桌面扫过，停留在摊开的笔记本上，抬手用指尖很轻地拽了拽黎冬衣袖。

"那班长借我看看笔记吧。"他将语调拖长，贴着她耳边落下，像是在狡猾地撒娇。耳朵尖控制不住地发热，黎冬匆匆应付一句："明天给你。"慌忙转过身去。

"还身体不好，你这蹩脚的借口也就能骗骗班长……"后座传来徐榄的窃窃私语声，黎冬沉浸在自我慌乱的独角戏中，没有听见。

晚上她回到寝室，看着本子上处处是缩写的笔记，翻出一模一样的新笔记本开始抄写。漫长的暗恋像是无解的数学题，哪怕知道祁夏璟并不会看，哪怕知道一切都是自我感动，她还是会自欺欺人。

只是梦境碎得比她想的还要快。

笔记本才交给祁夏璟一个上午，下午搬课桌时，黎冬就在走廊看见她通宵抄写的笔记本被丢在地上，上面满是脚印和尘泥。其实不怪祁夏璟，他中午依旧不在学校，帮他搬课桌的是徐榄，笔记本从桌斗里掉出来再正常不过。

人来人往的走廊里，黎冬蹲下身，将脏了的笔记本小心地捧在怀里，不顾洁白的校服沾上污垢，若无其事地走进教师。之后她又是通宵抄写笔记。除了第二页有一处没留神，抄错后又改正外，其他一切如前。

第二天早上上学，黎冬走进班级时，看见祁夏璟好像在找东西。接连两天没睡觉，她的眼睛都快要睁不开，顶着硕大的黑眼圈坐下，从包里拿出笔记本递给祁夏璟，哑声道："笔记本我昨天拿去用了，你还需要吗？"

祁夏璟看着相同封面的笔记本，表情像是松了口气。他笑着接过笔记本翻开，说："谢谢班长。"

笔记本摊开在第二页，话音戛然而止。直觉告诉黎冬，祁夏璟的眼神很不寻常，但她那天实在太疲惫，理智更是一次次警告她，千万不要自作多情。

或许"老天偏爱笨小孩"这句话是真的，那天之后，两人的交集突然变多了，像是平行的两条轨道突然偏移，终于有了交点。

三中是按照考试名次排座位的。摸底考试后，祁夏璟先以近视为由要求换到黎冬旁边，几天后又以"看不清板书"为借口，非要在课上抄黎冬的笔记，结果被老安抓住，以为他打扰黎冬学习，几次叫他到教室后面罚站。

每当这个时候，他都满不在乎地笑笑，变魔术似的从口袋里拿出一件小玩意儿丢在黎冬课桌上，再懒洋洋地起身离开座位。

小玩意儿有时候是巧克力，有时候是棒棒糖，还有几次是消暑的风扇和冰凉贴。黎冬只敢红着脸做贼似的偷偷放进桌斗。她每次忍不住低头看时，总能听见身后传来一道低笑声，带着点儿宠溺的温柔。

祁夏璟身边从没出现过女生，他对黎冬毫不遮掩的优待，让两人谈恋爱的传言迅速在年级里散开。两人十分默契地从没提起，祁夏璟保持我行我素，黎冬按捺着自己的爱慕，只希望可以一直这样下去。

直到那天，老安让她去找祁夏璟说生物竞赛的事情。

多年后回想起来，黎冬仍旧不知道那天有什么特别的，只记得中午的太阳格外毒辣，脚下的泥地仿佛能看见裂痕。

赶到天台时，她看见祁夏璟躺在高台上午睡，光束照在他头顶，映照得肤色近乎透明。他双眼紧合,一副毫无防备的模样。黎冬将怀里的教辅书抱得更紧,感受着从胸腔传来的振动,她爬上高台,走到祁夏璟身边。

夏天的风吹乱黎冬的衣领和长发,她在祁夏璟身边蹲下,小心翼翼将怀里的教辅书放在他身边有太阳照射的地方。最后她将手里仅剩的笔记本摊开举起,试图替他挡住烈日的照射——他身体不好,晒太阳会头晕。

关于祁夏璟,每个字她都记得很清楚。

直到下午的上课铃声响起,黎冬举着的两只胳膊酸到没有知觉,熟睡的人才悠悠转醒。纤长的黑睫颤动,祁夏璟睁开眼和她对视,黎冬才想起她来天台的目的。她惊得往后一倒,手里的笔记本闷声摔在地上。下一秒,她的手腕被骨节分明的手环住,力道不大,却轻易地将黎冬拽住。离得太近,她甚至能看清祁夏璟脸上细小的绒毛。

男生一动不动地盯着她看,眼底带着浅浅笑意,微哑的声音,语调倦懒:"班长也在这里午休?"

黎冬知道自己的行为异常,解释道:"安老师让我来找你说竞赛的事。"

"嗯。"祁夏璟勾唇应了一声,问,"然后呢?"

"然……然后我看见你睡午觉,不想吵醒你。"黎冬脸红得仿佛快要滴血,声若蚊蝇,"你说过你不能晒太阳,所以我就……"

"黎冬。"祁夏璟握着她的手腕不放,指腹有意无意地蹭过她腕骨,用宝石般深棕色的瞳孔盯着黎冬,"别人说什么,你都会当真吗?"

沉思片刻,黎冬如实道:"如果是你,会的。"他说的每句话、每一个字,她都当了真。

祁夏璟没再开口,静静地看着黎冬,眼神中不见了平时的漫不经心,像是在判断她这句话的真假。黎冬甚至感受到几分凌厉。

不知多久后,男生忽地轻声笑了,肩膀微动,颜色很淡的薄唇上扬,耀眼到让身后的烈日都黯然失色。下一秒,祁夏璟凑近,带着点儿暧昧的笑意在黎冬耳边轻声道:"那我说我喜欢你,你也相信吗?"

第 2 章

轻而易举

❄ 04

黎冬已经有很多年不做梦了。祁夏璟清润的告白声停在耳畔,梦里她急忙去追,却只剩下两人在暴雨天的歇斯底里。

"黎冬你想清楚,如果你一定要分手,我们就永远没有可能了。"

黎冬猛地睁眼,胸膛起伏不定,发梢沾在满是汗的脖颈。她平躺在柔软的床面,感觉有湿润的液体从脸侧滑过。

六点整,窗外的天蒙蒙亮,晨曦从云层中探头。

黎冬坐在床边醒神,洗漱后换上运动服,准备晨练。对于外科医生来说,数小时的手术时长要求他们拥有足够的精力。黎冬初中时就决定学医,自那时起便养成了晨跑的习惯。

出门时,她朝门口看了一眼——昨晚她回来后不久,听见空了许久的对门传来声响,不时夹杂几声狗叫,大概是新来了租客。

清晨的空气新鲜,耳机里传来熟悉的英文播报声,黎冬来到小区附近的体育公园,简单热身后,放空大脑开始慢跑。她是个从内到外都寡淡无趣的人,没有爱好,不善交际,下班后除了看专业书、读病例,就是锻炼和睡觉。简单地说,她平淡无奇的生活,一眼就能看到尽头。

霜降后气温骤降,又接连下了几场大雨,深秋本就疾病多发,这下更是雪上加霜。昨天手术的病人目前情况稳定,很快就能转入 VIP 病房观察。为确保不出差错，刘主任今早特地开会，重新分配监护团队。

毫不意外地，昨天共同手术的几人被分到一组。祁夏璟和徐榄是原定团队成员，参与一助的黎冬和杨丽算从旁协助。

"对于各位昨天的表现，病人家属和上级领导都表示高度赞扬和感谢。"刘主任看向会议室后排右侧的年轻医疗，欣慰道，"之后的恢复期至关重要，希望各位能打起精神。今天把大家叫过来，还有一件事。"他脸上露出笑容。"相信各位都知道了，有两位从S市来交流指导的优秀同事将要和大家共事一段时间。祁夏璟、徐榄，来和大家做下自我介绍。"

祁夏璟坐在紧挨主座的位子，后背放松地靠着椅背，左右都是年长他二三十岁的老资历医师，他那张过于年轻的面孔显得格外突兀。他用修长的指尖灵巧转动黑金钢笔，只微微颔首，姿态从容："请多指教。"

掌声响起，后排的徐榄也起身鞠躬，特意转向黎冬道谢："昨天的事儿，谢谢黎医生了。"

黎冬点头淡淡道："没关系，分内的事。"

刘主任又简单强调了几句工作重点，看快到午餐时间，便迅速解散会议。黎冬起身，低头收拾笔记本。她下午有一台手术，要早去准备，午餐打算在办公室用面包对付过去。

"祁副高等下还有手术吗？"身后响起杨丽的邀约声，"中午食堂的杧果鲜奶冻可是一绝，外面的人花钱都买不到呢，错过就太可惜了。"

祁夏璟在等和前辈问好的徐榄，被搭话也只勾唇笑笑，视线随意在杨丽身后扫过，语气懒散："是吗？"

"要不要和徐医生一起？"杨丽也不气馁，见黎冬要走，连忙道，"黎医生也一起来啊！以后都是同组人了，相互认识下。"

黎冬不清楚杨丽想做什么，但她知道祁夏璟肯定不会同意，皱眉正要拒绝，就听几步外的男人懒懒出声，语气带着挑衅意味："好啊，那就麻烦杨医生了。"

即便非主观意愿，祁夏璟对杧果过敏的事还是从记忆里浮现，黎冬不善掩藏情绪，迟疑片刻，忍不住抬眸看了他一眼。时间对祁夏璟尤为仁慈，五官仍像十八岁那样深邃凌厉，只是再找不到那时少年意气风发的影子了，像是利剑敛去锋芒，终成刀鞘中未拔的软刃。

似是有所感应，懒散垂眼的男人倏地抬眸，侧目撞上黎冬目光。他似笑非笑的黑眸无声审视着，无端让人觉出凌厉。

"你们去吧，我下午有手术。"黎冬移开目光，轻声拒绝。她早就无权过问祁夏璟的任何事,以他们现在的同事关系,显然不该知道他对柊果过敏。

"你手术不是在下午三点嘛,早得很呢!"杨丽铁了心要把她拉上,"你中午是不是又打算用面包对付?年纪轻轻的,胃不要了?"

杨丽确实想让黎冬和祁夏璟搞好关系。祁夏璟刚从S市过来,实力、背景都惊人地可怕。黎冬昨天跟他合作过,现在又是同组,如果两人相处得好,她或许能跟着沾光。只不过她隐约觉得,黎冬好像不喜欢这位新来的年轻副高。

三人肉眼可见地冷场,还好和前辈打完招呼的徐榄快步走来,自来熟地和杨丽打招呼,适当缓解了尴尬。杨丽笑着问好,邀请他一起吃午餐。

"行啊,刚才听主任说,今天的柊果鲜奶冻特别好吃。"徐榄爽快答应,笑着拍了一下祁夏璟肩膀,"不过你是无福消受咯。"

祁夏璟拍开肩膀上的手,轻飘飘地斜他一眼。

杨丽不解道:"为什么啊?"

"这家伙对柊果过敏。"徐榄没心没肺地笑着,怕杨丽自责,补充道,"没事儿。你和我们不熟嘛,不知道很正常的。"

空气似有片刻凝滞。黎冬在心中轻叹,祁夏璟意味不明地冷笑。好在杨丽并没有察觉,急忙抱歉后,继续笑着和徐榄说话。

黎冬最后还是拒绝了邀请,不过楼梯和食堂在同一方向,只能与众人同行一段距离。她独自走在最后,与其余人保持半步距离,避免不必要的交流。

医院顶层采用透明的钢化玻璃搭建而成,阳光斜射进来,落在她脚下的瓷砖上,缓慢晕染开来。个子更高的祁夏璟和徐榄步伐更大,在黎冬刻意地放慢脚步下,几人很快拉开三四步距离,她能看清光晕照在两人的肩膀和头顶。

身边形色各异的人走过,两人走在前面有说有笑。徐榄想搭上祁夏璟的肩膀,祁夏璟总是一脸嫌弃地侧身躲开,就像十年前那样。

那时黎冬也总是默默跟在两人后面,祁夏璟总会放慢脚步,在满是人的学校走廊里回头找她的身影。他会逆着人流走到她身边,弯眉笑着握住她的手,将明晃晃的喜欢明明白白地摆在她面前:"阿黎,要牵手吗?"

"黎冬。"

回忆被冰冷的呼唤声打断,黎冬的心猛地一跳。她回过神,抬眸对上祁夏璟微凉的桃花眼,就听他冷冷地道:"VIP病人入院后的各项检测指标以及近五年相关病诊的数据,整理一下,后天下班前交给我,有问题吗?"

徐榄皱眉出声要劝,黎冬已经平静接受:"没问题。"

这项工作虽然被分配给了组内其他人,但监护VIP病人的情况算她分内的工作,就算祁夏璟不说,她也会抽时间查看。

"很好。"祁夏璟夸奖的话听不出虚实。

徐榄还想再劝，被祁夏璟轻瞥了一眼，只好挑眉换话题："休息时间说什么工作，聊点儿别的呗。对了，老祁，你昨天搬家搬得怎么样？听说咱们医院好多人都住在那里，你有没有遇到同事啊？"

祁夏璟脚步微顿，几秒后勾唇，笑容看不出真假："有吧。"

这么多年过去，黎冬发现祁夏璟还是有着同样的说话习惯：优先使用疑问句，哪怕只能用陈述句表达时，也会在句尾加上语气词。即便肯定，也带着三分漫不经意。

黎冬不喜欢工作时间情绪受影响，走到楼梯口就和三人告别。

"你俩的事都过去多久了！"趁杨丽和黎冬说话的工夫，徐榄轻飘飘地瞥了一眼祁夏璟，"现在借工作欺负班长，小肚鸡肠还是旧情难忘？"见某人无动于衷，徐榄眼底笑意更深："昨天明明还在院长面前夸人来着，今天当人面就发疯——祁夏璟，你是爱而不得就毁掉的幼稚鬼吗？"

"冬冬最近工作忙不忙？妈妈现在打电话不打扰你吧？"母亲打来电话时，黎冬刚下班，正在回家路上的商场里买东西。

秋季多火灾，她住的小区又是旧楼，属于高隐患区，征求民众意见后，社区这两天在挨家挨户发放灭火器，同时现场教授使用方法。负责的人原定今晚来，可临时有事，她又在医院加班，她的那份就被交给了新来的邻居，对方还垫了灭火器的钱。

黎冬心里过意不去，下班便来商场给新搬来的租客买份见面礼。

"不忙。"她将最爱的柠果果篮放入推车，在抒情的音乐声中往前走，"您找我有事吗？"

"天气凉了，你爸给你打了三千块钱，叫你买几件过冬的衣服。"听筒里立刻响起父亲对于被提起的不满，母亲小心翼翼地询问，"还有啊，上次王阿姨介绍的男孩子，你们联系上了吗？"

"还没。"黎冬理解父母的良苦用心，只能再次委婉拒绝，"最近工作忙，过段时间再说吧。妈，您和爸爸不用总给我打钱，我现在一个人过得很好。"

"你一个人在大城市打拼，又没个对象照应，怎么会过得好呢？"毫无意外，每次打电话总少不了婚恋话题，母亲在电话那头拔高音量，"隔壁李阿姨的女儿比你还小一岁，上周二胎都抱上了。冬冬啊，爸爸妈妈年纪大了，不要求你出人头地，只希望你早点儿结婚生子，以后老了也有人照顾。尤其是你爸爸，身体一年不如一年。"母亲声音哽咽，"我们真的怕，怕闭眼之前都见不到你嫁个好人家。"

"把男生的联系方式给我吧。您别哭了。"黎冬在嘈杂的人群中停下脚步，垂眼看不出情绪，"我答应去相亲。"

小时候总期盼着快快长大，以为成年就能随心所欲。可真正长大后，却不知不觉活成了提线木偶，不再有年少时任性的资格，总有各种身不由己。

父母生养她不容易，高中时为了陪她读书，举家搬到市内。为了给她买体面的新衣服，本就多病的父亲天不亮就出工，落下一身病。

只是一场相亲而已，忍忍就好了。阴霾的日子总会过去，忍忍就好了。反正这种事从十年前起，她就已经做得很好。

半小时后，黎冬看着自家对门正靠着玄关侧栏、面无表情的祁夏璟，默默在心里撤回这句话——日子，大概忍也不会好了。

不同于昨天禁欲的黑色衬衫，祁夏璟今天换了件高领毛衣。羊绒开衫的外套衬出矜贵感，九分西裤包裹着修长笔直的腿，裸露的脚踝骨感很重。

男人脚边是垫付了钱的灭火器以及跃跃欲试想冲向黎冬的金毛。它朝她吐舌头摇尾巴，双眼明亮。

金毛是黎冬最喜欢的品种，从记事起，她就想养一只。只是毕业后工作太忙，她担心抽不出时间照顾，才搁置到现在。一人一狗对视，自来熟的金毛仰头叫出声，用爪子划拉着瓷砖地板，一副急不可耐的模样。

"罐头。"低沉清冷的男声随后响起。

黎冬唇边的笑意凝固，抬头对上祁夏璟捉摸不透的黝黑双眼。男人提住金毛项圈，阻止它投怀送抱，弯腰时露出利落的腰线。

"东西放下，人可以走了。"像是看透她无声的疑惑，他头也不抬地冷笑出声，倦懒的语调带着讽刺，"顺带说一下，我没有打探前女友住址的闲心。"

没有他人在场时，祁夏璟终于卸下斯文面具，连最基本的客套都懒得有，冷淡的语气像是夹着冰刃，仿佛只要前女友能早点儿消失在他眼前，垫付的钱也无所谓，令人厌烦的心意也可以勉强收下。

黎冬对这些再清楚不过，她比祁夏璟更不希望私下有交集。可她知道祁夏璟对杧果过敏，即便是面对前任，她也做不出故意伤害人的事情。黎冬将一百块钱放在门边柜子上，把精心挑选的杧果果篮收到身后，淡淡道："你对杧果过敏，果篮收下也是丢掉，直接算清钱吧。"

最好以后也不要有联系。

或许是错觉，她提起"过敏"的时候，第一次从重逢后的男人眼底看见一丝真心实意的复杂情绪。然而只一瞬，他张口又是熟悉的轻佻："黎医生倒是对我的生活习惯很了解。"

第 2 章

"因为我没有毒害前任的想法。"

十年前的事是黎冬不可愈合的疤。她承认问心有愧，却不代表能一直忍受祁夏璟无时无刻轻佻的嘲讽。在医院工作时她还能忍受，发现对方是邻居，就却是压垮骆驼的最后一根稻草。

"如你昨天所说，既然要共事两个月，最基本的寒暄是不可避免的。"黎冬穿着长款针织衫，长袖掩盖着攥紧的双手以及她强撑的镇定自若，"如果你另有所指，我只能说事情已经过去十年，希望你不要再耿耿于怀——"

"耿耿于怀？"祁夏璟出声打断，语调是一贯的轻慢。男人分明扬唇笑着，沉不见底的眼睛却盯得黎冬后背发冷："不愧是先提分手的人，话总能说得轻而易举。"

05

"黎冬你听见我说话没？管他什么鬼相亲，都不许去！"沈初蔓明亮的声音响起，"你要真着急谈恋爱，等我回国了，马上给你介绍几个'年下奶狗'。"

"我就是去走个过场。"黎冬笑着安抚气愤的闺密，"你知道的，我对恋爱没想法。"黎冬性格沉默，朋友不多，高中同学沈初蔓是唯一交心的那个。高中毕业后沈初蔓直接去法国学设计，两人一直保持着联系。

"但我就是咽不下这口气，"沈初蔓不服道，"二十八岁怎么了？美女的事少管。"

黎冬被她逗笑，边吃晚饭边聊天，余光不经意扫过遗忘在桌脚的果篮，唇边的笑意一凝。她最喜欢的杧果果篮没有送出去，因为新搬来的租客过敏。

知道祁夏璟对杧果过敏是在高三前的夏至。那年日照最长的那天的傍晚，她送上亲手制作的杧果蛋糕作为生日礼物。进口的杧果花光她小半月的生活费，也让祁夏璟在临近高考时"喜提"半夜急诊，成了之后闹剧的导火索之一。

分手后她偶尔会想，她大概天生跟祁夏璟八字不合。连她最爱的杧果对他来说都是能致命的毒药。

隔日清晨，黎冬惯例早起晨跑，准备出门时，听见了门外的狗叫声。犬类天生嗅觉灵敏，金毛远远嗅到她的气味，欢天喜地地想往她家跑，隔着门都能听见呼哧的呼吸声。

"罐头。"低沉的呵斥声响起，很快金毛不再亢奋大叫，转而变成委屈的哼唧声。直到声音彻底消失，黎冬才慢吞吞地从客厅的沙发起身。关门下楼前，她忍不住看向门口瓷砖上的几根淡金色的细毛。

自来熟的金毛罐头毛发顺滑光亮、四肢健壮，怎么看都是被精心照顾着的。从骨骼、体形以及毛色看，那条狗少说都有九岁了——差不多是两人高中毕业到现在的时间。

这让黎冬有些意外。印象里，祁夏璟讨厌一切会掉毛的动物。两人分手前常去的一家宠物店，店里有只满月大的金毛，总抱着黎冬不放。祁夏璟会全程站在店门外，满脸嫌弃。没想到他现在居然会养狗。

深秋的寒风拂过面庞，黎冬跑完五圈后放慢脚步，低头看见鞋带散开了，走到旁边没人的地方蹲下。小区附近的体育公园里，除了晨练的人，还有不少牵绳遛狗的人，起初身后传来狗叫声时，黎冬并没太在意。

直到余光出现一团淡黄色的"毛茸茸"，她抬头才发现又是那只熟悉的金毛，正冲她疯狂摇尾巴，将讨好诠释得淋漓尽致。

黎冬却笑不出来。被狗强行带来的男人穿着简单的运动套装，宽肩长腿，白色卫衣胸前的带子随风轻晃，手里是被挣脱的牵引绳。

祁夏璟半个眼神都没分给黎冬，停在几步外双手插兜看狗，黑色鸭舌帽下的表情很冷。反而是金毛频回头瞪人，见男人无动于衷，只能走回去，叼起掉在地上的牵引绳，示意男人抓住。

几秒的对峙后，男人喉咙中滑出轻嗤声。紧接着，黎冬看着金毛撒丫子朝自己狂奔而来，乖巧地将绳子放在她脚边，眨巴着大眼睛，让她牵绳的意图很明显。

黎冬无端被卷入斗争，怕金毛乱跑，还是捡起牵引绳，隔着几步距离和祁夏璟说话："你的狗。"祁夏璟垂眸，瞥了一眼正用屁股对着他的罐头，双手抱胸，冷冷呵道："你看它认我吗？"

最后两人一前一后沉默地走在塑胶跑道上。罐头扭着屁股走得很快。黎冬牵着绳心如乱麻，身后的祁夏璟头也不抬地玩手机。

罐头似乎嫌黎冬走得慢又不专心，在她又一次出神时，猛地朝几米外的矮草丛蹿过去。黎冬缺乏遛狗经验，感觉牵引绳狠狠擦过掌心，下意识地用力去拽，却被更迅猛的力道扯得跟跄向前，眼看要栽进矮草丛。

眼前的光线被阻挡，晨曦照耀下的高大身影将她整个人包裹。骨节分明的手握住绳子，在黎冬摔倒前及时将狗拽回来。

瘦长的手距离她只有半掌远，冷白的皮肤在光照下几近透明，凸起的青紫色血管清晰可见。黎冬的头顶传来祁夏璟懒洋洋的声音："它再乱跑，你就直接松手。"

像是能听懂人说话，金毛撒欢的脚步停住，耷拉着耳朵跑回黎冬脚边，亲

第 2 章

昵地伸出舌头舔她的裤脚。祁夏璟松手冷笑一声,精准评价道:"舔狗。"

在罐头的撒娇下,黎冬不得不一路牵着它回去。祁夏璟始终保持着两三步的距离,事不关己的样子就好像这狗不是他的。

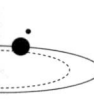

两人一狗终于回到楼下。老式住宅楼没有电梯,狭窄的楼梯口显然不适合两人并行。黎冬在楼梯口前将绳子归还,她垂眸看向掌心,被牵引绳勒出的红印已经消失,轻声补充道:"刚才的事,谢谢。"

祁夏璟身高直逼一米九,黑眸沉沉地盯了她几秒,低低"嗯"了一声,伸手接过罐头的牵引绳。

交接仪式结束,黎冬往楼梯上走,迟迟没听见罐头跟上来的脚步声,转过平台的拐角才发现一人一狗还停在原地。感应到她的目光,罐头抬头冲她摇尾巴,嘴里又开始发出可怜兮兮的叫声,成功引起祁夏璟的注意。

四目相对,黎冬迟疑片刻:"你们……不上来吗?"

祁夏璟闻言挑眉,精致的桃花眼眼尾上扬,漫不经心的视线像是蒙着大雾,让人捉摸不透:"你不是讨厌和我待在一起吗?"

"当初我是觉得大哥大嫂靠谱,才让你们照顾老爷子。现在倒好,人都差点儿没了!"

"你一个成天就知道吃喝玩乐的败家子,有什么资格站在这里和我叫嚣?你扪心自问,老爷子生病后你来过几次医院?"

"你说谁败家?要不是你欠下一屁股的债,老爷子能被气到住院?"

"放屁!怎么和你大哥说话的?"

"你说这俩老头得吵到什么时候,我们待会儿还能不能按时进去查房啊?"VIP病房外的走廊,徐榄双手枕住脑袋靠墙站着,嘴里嚼着口香糖,置身事外地听病房里面吵个不停。里面的是他大伯和三叔,两人一个欠债、一个花天酒地,虽然看不上对方,但都十分默契地靠徐榄他爹和徐家的家底养着。

旁边的祁夏璟更无所谓,没骨头似的后背抵着白墙,低头摆弄手机相册,时不时删除几张模糊照片,冷冷开口道:"五分钟,再不走就让保安轰出去。"

"也行。"徐榄认同点头,余光扫过某人手机,哟嗬一声,"太阳打西边出来了啊!你居然让别人牵罐头?"

祁夏璟掀起眼皮,扫他一眼。照片模糊得像是糊了猪油,覆盖范围内一概男女不分。但仅仅是祁夏璟把狗给人牵这一点,就足够徐榄惊叹大半年。别人养狗顶多当成孩子,祁夏璟养狗,用徐榄的话来说就是小心谨慎到当成自己的命根子,去哪儿都要带上,生怕磕了碰了。

徐榄还记得有次在G国旅游，有个小孩在他们三番五次的警告下，还要偷偷给罐头喂巧克力，惹得祁夏璟直接冷脸。孩子撕心裂肺的哭声引来大人，家长想替孩子争辩两句，结果被祁夏璟顺带也教育了一顿。

发小儿二十多年，连他都不敢当着祁夏璟的面放肆撸狗，有人竟然能牵着罐头出门遛了？徐榄可太好奇对方身份了："这人到底谁啊？你这是背着兄弟——"

"吵什么吵，这里有你说话的份吗？还是你耳聋了，听不见我正在说话？"怒吼声打断了徐榄的调侃。走廊里的两人朝病房里看去，就见徐家三叔指着黎冬劈头盖脸地骂："你和那个小护士还敢让我小点儿声？我在你们医院花了这么多钱，老头的命都差点儿没了，我还没跟你们医院算账呢！"

黎冬挡在快被骂哭的年轻护士前面，面对高出她半个头的男人也镇定自若："对目前的情况我们深表遗憾，但病人需要静养。"她语气一沉，"如果您有任何不满，都请换个地方沟通。"

"换个地方？"膀大腰圆的男人气极反笑，用色眯眯的眼神打量着黎冬，"行啊，黎医生想换到什么地方？要不我开间房，你下班后过来细细'沟通'——"

"三叔，嘴这么脏也不怕烂掉啊。"徐榄笑嘻嘻地站在门外道，回头看见祁夏璟还在低头玩手机，嘴角一抽，"里面可是你的病人，你不管管？"

"吵吧。"祁夏璟将手机丢进白大褂的口袋，用散漫的眼神扫视病房，在某处微顿又移开，"家属不希望病人清静，医院也做不了什么。"

吵嚷的病房霎时鸦雀无声，祁夏璟轻飘飘地看向自觉噤声的年长者，薄唇轻启："两位不用管我，尽管吵。"

他话说得再难听，徐家两位也不敢顶撞祁家独子。肥如猪的徐三叔立刻赔笑道："我和大哥哪里是这个意思，小璟你千万别误会。"

"没这个意思？"祁夏璟的语气似笑非笑，无形的压迫感让人喘不过气，"我看三叔对我同事和医院的工作，似乎有很多不满。"

"哪里哪里。"徐三叔人不蠢，立刻向黎冬道歉，"刚才是我担心家父，关心则乱才冒犯了黎医生，实在不好意思啊。"男人不敢得罪祁夏璟，可一个年轻女医生有什么好怕的，于是咧嘴笑得露出一口黄牙，对黎冬道，"我想，黎医生肯定不会责怪我一时的口误吧？"

这不是黎冬第一次遭遇职场性骚扰，她冷漠地看着下流的男人，知道追究下去毫无意义，反而会给医院增添麻烦，便答："嗯，没关系——"

"黎医生对我没什么好脸色，对人渣倒是很宽容。"祁夏璟朝男人轻描淡写地微笑，"我说的是吧，三叔？"

"刚才真的很谢谢黎医生！"离开病房，小护士在走廊拐角向黎冬鞠躬，眼眶通红，"不过我看那人很不好惹，会不会给您添麻烦？"别人不说她却清楚，黎冬是看姓徐的要占她便宜，故意找碴儿才出声帮她的。

"不会。"女孩是刚毕业的年纪，难免会让黎冬想起刚进医院的自己。她递过去纸巾和一块手工糖果，语气平静："保护后辈是令我骄傲的事情，你不需要有负担。"

送走感激涕零的年轻护士，黎冬走到楼梯口，拿出手机取消飞行模式，看着满屏幕的未接来电轻叹，解锁回拨。刚才在病房里，这位相亲对象就不断打电话，黎冬挂断后更起劲，直到她开了飞行模式。

"黎冬小姐，本人时间非常宝贵，我希望你能对多次挂我电话的行为做出合理的解释。"电话接起就是铺天盖地的指责，让黎冬后悔答应了这场相亲。她道："李先生，我说过，工作时间不方便接电话。"不耽误工作是她的底线。

"今天是出于礼貌回复，如果您下次继续在工作时间打扰，我想我们没有必要再联系。"

对面听她不像是开玩笑，态度一百八十度大转变："黎小姐别介意，我这人说话就这样，刚才不是责怪你，只是想确认明天见面的地点和时间。"

黎冬兴致缺缺："六点后都可以。"

"那就六点半在晶采轩。"男人徐徐道来，"我母亲也会来，希望黎小姐穿得端庄些。"

他母亲也要来？黎冬皱眉要问，姓李的已经自顾自道："还有，不久后我们要结婚，必定是我主外你主内，希望你能尽快考虑辞职。"男人的声音吵得人耳膜疼，黎冬马上要下楼开会，决定随便找个理由挂电话。

"抱歉，我现在有事儿要忙——"她的话音戛然而止。几步外的两道身影高大到足以遮挡头顶灯光。徐榄尴尬地朝黎冬打招呼，表情出卖了他听到电话内容的事实。

黎冬平静地挂断电话，眼神下意识投向灯光照不到的角落，手在口袋中蜷缩，窒息感攀爬而上。祁夏璟侧着身，对一切兴味索然，人隐没在阴影中看不见表情，仅仅是侧颜就能让人感受到浑身冷漠。

"我们要下楼开会，电梯人太多就只能走楼梯。"徐榄好心给黎冬解释，半晌没忍住道，"班长，刚才给你打电话的，是你男朋友还是老公？"

"走了。"沉默不语的祁夏璟突然出声。黎冬以为男人会像往常一样对她冷嘲热讽，可祁夏璟只抬头漠然地瞥了她一眼。光落在深邃五官上，黑白分明的眼里写着嫌恶。

"我这不是替你——"

"徐榄。"祁夏璟冰冷的语气警告意味很重,明明是对徐榄说的,却每个字都掷地有声地砸在黎冬心上,"别多管闲事。"

❄ 06

小组会议时,所有人都看出祁夏璟心情不好。平时懒散笑着都自带威慑的人,一旦面无表情,哪怕什么都不做,只往主座一坐,压迫感都会排山倒海般袭来。杨丽在黎冬旁边打了个寒噤:"好吓人,感觉对视就会被祁副高的眼神杀死,究竟是谁惹了他啊?"

罪魁祸首很自觉地没出声。

黎冬能理解祁夏璟生气的原因。撇开他们的关系不谈,任何上级看到下属利用工作时间处理感情私事,心情都不会好——尤其是在上级刚替下属解围的情况下。

"祁副高。"等到会议结束,黎冬走向坐在座位上看数据的祁夏璟,"可以占用你一点儿时间吗?"

祁夏璟抬眸,眼底的寒意未退:"说。"

"刚才的事我很抱歉,私人感情的事不该占用工作时间,我应该第一时间告诉对方不要打扰。"男人审视的目光如刀。黎冬一点点抱紧怀中的笔记本,试图缓解紧张情绪:"类似的事情以后不会再发生。"

她想起道谢的话忘记说,正要开口,徐榄就笑眯眯地朝着两人走来:"两位勤于工作的优秀医生,现在会开完了,能不能耽误你们一分钟聊下团建的事?"迎新团建的主意是刘主任提的,目的是让新来的指导团队更好地融入科室。

"老祁明晚有空,不用问。"徐榄贴心地替人回答,转头看向黎冬,"黎医生呢,下班后有空吗?"

黎冬想起约好的相亲:"抱歉,我有事不能去。"

"你明晚没手术吧?"杨丽在一旁打岔,片刻后突然想起什么,兴奋道,"是不是早上电话里邀请你吃饭的相亲男?"她瞧着比当事人还激动,"对方条件怎么样啊?帅不帅?年纪多大了?"

谈起八卦,所有人都竖起耳朵听,一时间议论纷纷。

"黎医生终于要谈朋友了吗?这是好事儿啊。"

"可不是嘛,趁着没到三十岁抓紧谈恋爱结婚,不然以后再想遇到好男人,可就难上加难咯。"

"但记得要擦亮眼睛找,看见隔壁科的小刘没?以为找了高富帅就着急结婚,领了证才发现对方是个欠债的骗子!"

"抱歉,我不喜欢在工作场合讨论私人感情,近期也没有恋爱打算。"黎冬平静无澜的声音响起。她看向杨丽,轻声道:"希望你以后不要再问这样的问题。"她能感受到场面的尴尬,能看懂许多人眼里写着"这点儿小事较什么真",也知道同事大多是出于好心,但她不喜欢这样。

"黎冬。"和她那番话同样突兀的是祁夏璟在众人干笑中的低沉声音。男人合上电脑靠上椅背,窒息的低气压消失不见,换回以往懒散的神态,只是看向黎冬的双眸沉黑依旧:"刚才那些话,希望你能说到做到。"

李先生:家母不能吃辣,也不喜欢太甜的。明天点菜的时候,希望黎小姐能多加注意。

李先生:家母喜欢浅蓝色,不能接受膝盖以上的短裙,妆容不要太浓,但不要素颜,希望黎小姐自行调整。

李先生:还有,我不喜欢未来伴侣穿高跟鞋,希望黎小姐没有这样奇怪的喜好。

直到黎冬下班吃完晚饭,这位李先生还在源源不断地发消息。如介绍人所说,这位相亲对象是名校毕业的高级知识分子,语气彬彬有礼,但仔细一看,他列出的每项要求,都默认了黎冬是商店里售卖的提线木偶,可以被明码标价地任人摆弄。

黎冬无法忍受,委婉地表达自己无法满足对方的要求,要不然这场相亲干脆取消。结果没等到相亲对象的回复,反而等到了母亲一连串的责问。

"你怎么快三十岁了还不懂礼貌?"母亲在电话里苦口婆心地说,"我都问了,人家小李特地给你订了餐厅,家里也特别重视,就提了点儿要求,你怎么就甩脸子?小李条件够好了,你别总是眼界太高。夫妻门当户对最重要。这些话还要妈妈说几遍?"

黎冬几次想解释都插不进嘴,索性窝进沙发里,开着免提看VIP病人的就诊记录。直到母亲反问她怎么不说话,黎冬才从资料中抬头,平静道:"妈,是不是比起幸福,您只是在乎您的女儿有没有按时结婚生子?"

电话那端沉默许久,母亲终于道:"那我问你,你一直不谈恋爱,是不是因为高中的事情？"黎冬将头埋进膝盖，感到前所未有地疲惫："如果您一定要这样想，那就是吧。"

应付完母亲，那位李先生的母亲居然也找来，在电话里笑呵呵地跟她道歉："我这个儿子啊，什么都好，就是有点儿太黏我。当然结婚后也会爱妻子，黎小姐请放心。"

卧室里隐隐传来类似爪子挠门的刺耳声音，黎冬皱眉凝神，确认不是她听错了，起身走向卧房："阿姨，我还有事情，有空再聊吧。"挂断电话，黎冬在连通卧室和阳台的铁门前停下，蹲下身试探道："罐头？"

"汪！"门外响起清脆嘹亮的狗叫。黎冬按下把手开门，果然见到兴奋的罐头朝她扑过来。阳台的水泥地上还有金毛爪子沾水后留下的爪印。这栋居民楼的年龄比黎冬还老二十年，没有电梯不说，连露天阳台都是每层的住户公用的。好在每层只有两户，空间倒是绰绰有余。

通往祁夏璟房间的门紧闭，阳台上又没有任何狗用的东西，应该是罐头淘气把门打开逃出来，玩闹时又不小心把门关上了。它回不去家，只能找黎冬求助。

没有祁夏璟的牵制，欢脱的罐头将黎冬扑倒，不断伸出舌头舔她的脸。黎冬记得祁夏璟今晚有手术，她没有对方的联系方式，又担心罐头没吃饭，只能向杨丽问来了徐榄的号码。

"班长？"私下没人时，徐榄还是习惯这么喊她，"你要找老祁？他刚进手术室，估计得四五个点才能出来，着急的话你先和我说？"

"不算急事，"黎冬扶额，不知该怎么解释，"祁副高的狗在我家回不去，不知道有没有吃饭，你知道它平常吃什么狗粮吗？"

对面安静几秒，忽地响起幸灾乐祸的笑声："那天牵狗的人居然是你啊。"

徐榄做事效率很高，很快给黎冬列了个清单，说这些是罐头最近在吃的狗粮和零食。黎冬脸上都是罐头的口水，依旧不放心："如果你方便的话，能不能把罐头带回去？"

"我得值夜班呢！"徐榄笑嘻嘻地一口拒绝，"况且我要是去接罐头，估计会被老祁弄死吧。"

事实证明，老同学果然不可靠。五分钟后，黎冬低头看了看新添加的微信好友徐某发来的"加油"表情包，在小区门口再次蹲下身，叮嘱罐头道："跟紧我，不许乱跑，知道吗？"

罐头逃出来时四爪空空，又非要跟着她出门。黎冬无奈，只能临时做条简易牵引绳，带它去家附近的宠物商店买狗粮。好在罐头全程十分乖巧，保持着和黎冬两步以内的距离，在宠物店看到想要的玩具也只是疯狂摇尾巴，不吵不闹。

黎冬说是来买狗粮，结果在衣服和玩具区里迈不动步，把罐头和她喜欢的都买了个遍。直到拎着大包小包回家，看着客厅摆放的五六个袋子，黎冬才意识到她买了多少东西。

她也不知道该怎么处理。

罐头在脚边不亦乐乎地咬玩具，黎冬翻找出瓷碗放狗粮。她不了解罐头的饮食习惯和忌口，全是照着徐榄的推荐买的，也不敢喂太多，连罐头喝水时都盘腿在旁边看着，不时发消息给宠物店店员，生怕出问题。

罐头吃饱喝足后，安静地趴在黎冬脚边，用毛茸茸的脑袋轻轻拱她的脚踝，坚持要当她温暖的脚垫。黎冬只能照做，听着金毛满足地发出呼噜声，酸涩感没有缘由地涌上心口。

独自居住的时间太长，习惯了安静，家里多出一只跑来跑去，时刻要她亲亲抱抱的动物，突然让她觉得寂寞。她没再问徐榄有关祁夏璟手术的事情，像往常一样十一点去洗澡。换上家居服后，坐在沙发上打开电脑。

黎冬将祁夏璟要她整理的资料发过去，又新建文档，想列出需要请教的问题，困意却先一步席卷，眼皮上下打架。昏昏沉沉中，怀里钻进软乎乎的大毛团，温热柔软的熟悉触感让黎冬想起那年初春。

——等高考以后，我们就把它带走吧，再也不回来。

——可你不是讨厌小狗吗？

——但你喜欢啊，只要我带着狗子，你跑得再远也会忍不住回来找我的，不是吗？

"汪！汪汪！"狗叫声和手机铃声将黎冬吵醒，她挣扎着坐起身，看着屏幕上眼熟的号码，几秒后接起："你好，请问你是？"

"祁夏璟。"听筒里的男声沉沉，无法掩盖倦意，"我来接狗。"

"好。"黎冬拿起手边的外套穿好，俯身拍拍罐头的脑袋，示意它跟上，快步走到玄关处开门。

深夜一点半，门外的祁夏璟裹着夜寒。他今晚连着做了两台手术，八小时的高强度工作下，肌肉酸痛和背脊僵直一同袭来。巨大的精神损耗将人掏空，他疲惫到一个字都懒得说。

"祁夏璟。"驯狗的心思都提不起，祁夏璟打算牵了狗直接回家，黎冬却突然轻声叫他名字。

难得地,男人有一瞬间的愣神。他回来得突然,黎冬只匆匆披了件外套就开门,如瀑的黑发柔顺地披散在双肩。衣服也不再是冷硬的黑、白、灰三色,温暖的鹅黄色棉质长睡衣上,有雏菊图案的点缀。

吸顶灯的柔光落在她的发顶和肩膀,整个人像是蒙上一层温柔的薄纱。空气中弥漫着消毒水和雏菊淡香杂糅的气味。

他听见黎冬说今晚罐头吃了什么、做了什么,事无巨细。女人的声音带着刚睡醒的软糯鼻音,停下思考时,会浅浅眯起漂亮的眼睛,像是没睡醒的猫。她说的话没什么特别的,都是些再琐碎不过的小事。放在平时,男人半个眼神都懒得分出去。

每根神经都在叫嚣要休息,祁夏璟垂着眼默默倾听,唯独在黎冬停顿时微微抬眼,似乎在等待她的下文。

他们已经十年没这样说过话了。时间太久,以至于重逢那天在医院听见她的声音时,他甚至无法和模糊在记忆中的声音重合。

"今天 VIP 病房的事,谢谢你。"讲完琐碎小事,黎冬话锋一转,补上道谢,"工作上,希望我们日后合作愉快。"

祁夏璟知道这是要他离开,沉沉道:"嗯,走了。"

"晚安。"

他回到家,偌大空荡的房间昏暗沉静。唯一的光是透过落地窗斜射而入的皎白月光,闪烁着铺洒在整个客厅。

祁夏璟懒得再开灯,从冰箱里拿出冰水,赤脚走到沙发坐下,半晌皱眉,用骨节分明的手扯开领口的纽扣。耳边只剩他和罐头的呼吸声,安静得令人心烦。

祁夏璟拿起遥控器。电视机开始播放上次没看完的《星际宝贝》——一部很早的动漫作品,讲的是怪胎小女孩和外太空生物史迪奇的故事。屏幕里,小女孩坐在饭桌上画画,酷似小狗的史迪奇在她身边不断拍手。

祁夏璟想起电话接通时的场景,听筒对面的人安静片刻,随后用茫然的语气问他是谁。她忘记他的手机号了,同样没什么特别的。

脚边湿热的刺痛感打断了他的思绪,祁夏璟低头,看见罐头又在龇牙咧嘴地啃他脚踝,时不时拽两下他的裤脚。

见男人无动于衷,金毛只好摇着尾巴去门边趴着,垂头丧气的样子和十年前一模一样。祁夏璟起身,将手中的空瓶丢进垃圾桶,在清脆的咚声中转身回卧室:"还看什么?她早就不要你了。"

07

"本人男,年龄三十三岁,博士毕业于世界名校。现就职于知名互联网公司,年薪百万,名下有三房一车。"金碧辉煌的餐厅,菜品价格不菲,一概四位数起步,分量却比隔壁麦当劳的儿童餐还少。自我介绍后,李珉有意停顿几秒,见黎冬仍旧表情淡淡,不满地清清嗓子:"黎小姐呢?"

"黎冬,医生。"黎冬只想结束这顿折磨人的晚餐,"李先生,时间不早了,饭钱我们平摊吧。"

"我没有让女人掏钱的习惯。"李珉对黎冬整晚几次想走的态度很不满,"恕我直言,如果不是黎小姐长得和我母亲有几分相似,我是不会答应吃这顿晚餐的。"

黎冬放在桌面的手机振动,是昨天凌晨打来电话的号码发来的短信,没有备注。

133×××1222:昨晚罐头吃的什么狗粮?

不祥的预感浮现脑海,黎冬将喂过的狗粮品牌和照片发过去:"罐头还好吗?"

李珉还在喋喋不休:"无意冒犯,以黎小姐的年纪,就算我们下个月领证结婚,再加上婚礼和备孕时间,生孩子最快也要到二十九岁——这已经错过了生育的最佳年纪。"

133×××1222:绝食而已。

隔着屏幕,黎冬都能想到祁夏璟漫不经心的口吻。她眼皮轻跳,翻出宠物店的联系方式询问。宠物店回复得很快,对罐头突然的绝食同样感到疑惑,表示从没有发生过类似的情况,问黎冬能不能描述得更详细些。

虽说罐头是自己跑出来的,但狗粮是黎冬亲手喂的,现在出了问题,她难辞其咎。祁夏璟那边陷入沉默,黎冬只能主动追问:"我在外面,等下可以去看看罐头吗?"

她没耐心再和李珉周旋,起身穿衣服要走:"谢谢晚餐,我现在有急事要回家。钱我晚点儿转你。"

"我送你,"李珉再次皱眉,强撑着风度道,"我没有让女人打车回家的习惯。"晚高峰打车困难,最近的公共交通站点至少要步行十五分钟。黎冬犹豫片刻,露出今晚第一个真心的笑容:"那就麻烦你了。"

她笑起来时眉眼会微微弯起,唇角上扬。她眼底的笑意冲淡精致五官的疏离感,是令人如沐春风的温和。李珉看得一愣。

两人上车后,黎冬侧身去系安全带,李珉则通过后视镜打量她。

不同于照片上的冰冷白大褂,女人身上的浅棕色毛衣宽松柔软,她稍稍低头时就能将她巴掌大的脸遮去大半。她低头在发消息,耳边散落零星几缕乌黑的发,侧颜在停车场昏暗的灯光中明暗交织。

李珉相过很多次亲,黎冬或许不是最漂亮的,却是唯一让他移不开眼的女人。用恬静形容并不贴切,她身上有一种让时间慢下来的魔力。

黎冬不清楚李珉的心猿意马,频频点开和祁夏璟的聊天框,五分钟后才等到简单的"可以"两字。

宝马驶离主干道,拐进略显狭窄的巷口,再开进去要费一番工夫。黎冬借着路灯看见小区大门,转身朝李珉道:"送到这里就可以。"

"汪!汪汪!"熟悉的狗叫声由远及近,黎冬心一惊,朝窗外望去,果然就见罐头正朝这边疯跑,项圈上又是脱手的牵引绳。

小狗想念一个人,总是要不管不顾地飞奔而来。黎冬怕罐头挠车门,连忙下车,下一秒就被八十斤的毛团扑了个满怀。罐头没有预想中的精神萎靡,她疑惑地看向不紧不慢走来的祁夏璟:"罐头吃饭了吗?"

"没。"祁夏璟一身纯黑色冲锋衣,衣领立起,双手插兜,"带它出来跑步,跑累了再回去吃。"路灯投下的橙黄色光束打在男人棱角分明的五官上,和漆黑的周遭环境形成强烈对比。

黎冬被罐头扑腾得手忙脚乱,拧紧的眉心终于舒展。祁夏璟看见她俯身让罐头亲脸,抬眸冷冷看向她身后宝马车里的李珉。

寒夜中的黑眸目光如刀,漠然而尖锐。

对视的瞬间,李珉只觉得后背发紧,本能告诉他面前的男人很不好惹。而同一时间,大男子主义又让他无法接受此刻的小丑角色,于是下车甩上车门。

他心想,嚣张什么?还不是住在这种破楼里,看着就一副穷酸样子。李珉重拾信心,但只敢隔着车身喊:"黎小姐,请问我们下次什么时候见面?今晚我对你很满意。"他故意抬高音量,"下次可以把你引见给我母亲,也好商量彩礼。"

"暂时没有再见面的打算,"黎冬太阳穴轻跳,努力保持风度,"谢谢你送我回来。"

被拒绝的羞愤瞬间吞噬李珉所有理智，他不可置信地指着金毛，破口大骂道："为了一条畜生，你刚才破坏了和我的晚餐，现在还敢拒绝我？黎冬，你是不是疯了？"

"是，我拒绝你的所有邀请。"黎冬忍无可忍，清冷的声音掷地有声地响起，"包括你的三房一车和你的年薪百万。"

她话落的同时，嗤笑声响起。路灯下的祁夏璟一副事不关己的模样，见两道目光齐齐投来，弯唇笑容倦淡。

"原来只是年薪百万啊。"他居高临下地看着李珉，语气似笑非笑，"听你的语气，我还以为你家有皇位要继承。"

等李珉的宝马车气急败坏地驶离视线，黎冬才忍不住轻笑出声。不得不承认，祁夏璟吊着眼俯视人的神态确实欠揍，她这几天每每看了都心烦，可如果是对着别人，只能说看着很爽。她没解释糟心的经历："我讨厌他。"

祁夏璟垂眸看着她，半响沉沉应道："嗯。"

"所以谢谢你。"黎冬接过罐头递来的牵绳，整晚的烦闷烟消云散，"心情好像没那么糟糕了。"她说着，被绳子另一头的罐头拉走，晚风拂过面庞，也将祁夏璟低沉的声音送进耳朵："你刚才对那个男的也说了谢谢。"

黎冬脚步微顿，没有回头："但我知道，你和他是不一样的。"

比起绝食，罐头更像是在闹脾气。四楼走廊里，黎冬看着脚边埋头猛吃的罐头，一时语塞。狗没问题，喂的粮也没问题，问题在于喂狗的人。简单地说，罐头中午自己在家的时候能吃，黎冬喂也能吃，祁夏璟喂就不吃。

吃完半盆狗粮的金毛从碗里抬起头，弹珠似的圆眼纯良无害。它伸出爪子碰碰黎冬鞋面，示意她再添点儿。

狗粮在祁夏璟手里，黎冬看向表情冷漠的男人，然后眼睁睁看着他刚弯腰倒了点儿狗粮，饭盆就被罐头一爪子拍翻，狗粮撒得满地都是。祁夏璟没有感情的声音在她头顶响起："想笑就笑。"

黎冬压下唇边笑意，摇了摇头，蹲下身摸罐头的脑袋："你们以前闹矛盾，罐头也会这样吗？"

男人眯起桃花眼，沉思片刻，面无表情道："次数太多，记不清了。"

黎冬心想倒是很符合他的性格。或许是因为看到罐头后终于放下心，或许是因为祁夏璟刚才帮她出气，黎冬忽然觉得今晚和祁夏璟的相处，不再是以往令人难以忍受的窒息。

走廊空旷安静。良久，她起身，轻声道："你们和好之前，我可以先帮忙喂罐头吃饭。"

公共阳台的面积很大，祁夏璟可以早晚定时把罐头放出来，黎冬喂它吃完饭再放回家，两人全程不必见面。祁夏璟不为所动地低眼看她，像是在无声地审视她话里有几分真心实意。

黎冬不知要不要再开口，口袋里的手机振动，是年长她几岁的王医生请她帮忙，说家里小孩在学校与同学发生了冲突，对方要求王医生今晚登门道歉。他问黎冬能不能替他值几小时的班。王医生以前帮过她不少，黎冬不会安慰人，答应道："你去忙，我二十分钟后到。"

她挂断电话，抬头撞见祁夏璟的双眼，黑眸又变成她所熟悉的死水一般的漫不经心。四目相对，男人挑唇轻笑，张口就是讨打的语气："黎医生还是一如既往地乐于助人。"

这人又开始阴阳怪气，黎冬没有理他。

"就是说啊，那几个小护士也真是没眼力见儿。"晚上八点多，办公室里的值班医生并不忙碌，尹护士道，"人家祁副高可是从S市来的，条件又那么好，怎么看得上她们哦？"

"肯定的。"杨丽永远在八卦第一线，说着看向旁边的黎冬，"至少得是黎医生这样的大美女，你说是吧？"

这话没人当真，其他人纷纷哄笑。黎冬皱眉，从资料中抬起头："杨丽，我说了——"

"你不喜欢被调侃私事，知道了。"杨丽笑嘻嘻地替她说完，"夸你漂亮也不行啊？况且从颜值上看，你和祁副高确实很配啊。一个帅哥一个美女，又都是单身，还不许我们凡人凑对儿，赏心悦目吗？"

黎冬抿唇，无话可说。

"不过，我怎么觉得祁副高好像对你格外严格。"杨丽凑过来看黎冬手里厚厚一叠资料，好奇道，"不是你分内的工作，还要你整理，这是看你不顺眼？"

打印的资料是祁夏璟今早用电子邮箱发来的，纸面上是密密麻麻的手写批注。很难想象，昨晚凌晨才结束手术回家的人是怎么抽出时间准备的。

"不过这资料有好几个医生过手，"杨丽不信祁夏璟会全看一遍，还给黎冬写了订正，"你怎么知道不是其他人写的？"

"就是祁夏璟写的。"

黎冬看了一眼替她把话说了的徐榄，语调低沉地对杨丽道："杨丽，你不该用个人喜好来质疑别人的工作态度和专业水平。"

"我就随便说说啊，当真干吗？"杨丽也不生气，无所谓地笑笑，"而且你又不认识祁副高的字,怎么知道是他写的?"

黎冬也以为她会认不出。可模仿过三年的字体跃然纸上时,她连那年站在表彰栏前用眼睛千万遍地描摹祁夏璟范文的心情都记得清清楚楚。那时他们还在不同的班级,除了画画,她唯一能接近他的方法,就是一遍又一遍临摹他的高分卷子。

"你别说,黎医生还真知道这是祁夏璟写的。"徐榄笑着接话,又先一步堵住欲张嘴的杨丽,"别问,问就是秘密。"

"行呗,就我一个外人。"杨丽噘嘴,耸耸肩,叮嘱黎冬,"反正你自己小心点儿,别被针对了都不知道。"说完又转头加入其他人的话题。

黎冬没兴趣闲聊,和徐榄打过招呼后,收起资料去查看病患情况。

徐榄若有所思地看着她走远,拿出手机给某人发消息:"惊天八卦,听不听?"知道祁夏璟不会回复,他又不紧不慢地打字,"关于班长的,绝对不亏。"

这次对面秒回:"说。"

徐榄冷笑,昨天在楼梯口还不让他问,死鸭子嘴硬是吧?他如实回复:"刚才班长在同事面前替你申冤,那叫一个无条件相信你的人品,我听了都落泪。"

聊天界面显示"对方正在输入",却迟迟等不来一句回复。徐榄咧嘴嗤笑,心想还是得使出点儿撒手锏:"我觉得班长这些年没放下你,你要还有想法,就别厌。再说了,就算你对她没感觉,十年前她提分手的原因,你真就一点儿都不好奇?"

第 3 章

我 等 得 起

❄ 08

祁夏璟没再回复，但徐榄知道某人肯定一字不落地看完了。他太了解祁夏璟了，但凡有关黎冬的事，不管是十年前还是现在，祁夏璟都会方寸大乱。

高三时和黎冬恋爱，祁夏璟恨不得向全世界炫耀，认为只要双方相互喜欢，故事就会像童话般美好。徐榄还记得祁夏璟被扫地出门的那天晚上，身无分文的天之骄子笑着告诉自己，他决定放弃出国，全身心准备高考。

"四年时间太久了。"仲夏的郊外空旷宁静，意气风发的十八岁少年站在绿草葱郁的小山坡上，衣摆被闷热的晚风吹动，眼眸闪亮得宛如身后满天星河，"我舍不得她一个人。"

那时的徐榄说不出支持的话。他和祁夏璟这样家境的人，一出生就被安排好了往后三十年的人生，唯一要做的就是听从家里的安排，按部就班地过完前半生。

祁夏璟出国的事从他念小学起祁家人就在规划，现在他单方面要放弃，事情怎么会轻易如他所愿？况且，就连徐榄也不觉得两人能长久。说句难听的实话，以当时黎冬还在为生计发愁的家庭条件，祁夏璟背后的祁家是她无法跨越的大山，两人只要离开校园进入社会，分道扬镳是迟早的事。

最后徐榄只是问："黎冬知道这事吗？"

祁夏璟沉默许久，抬头看向无尽星空，道："她不需要知道这些。"

之后的日子如常度过，徐榄没再多问，只知道祁夏璟不出意外地成了那年高考的省理科状元，不久后飞往美国，十年间再没回来。至于黎冬，高考成绩同样傲人，却没去S市那所全国最好的医科大，而是留在本地念了H大。

没人知道两人分手的真正原因。不过现在一切都不同了，黎冬有体面的工作，足以经济独立，祁夏璟也不再受家里制约。要是两人还放不下彼此，需要有人推一把，那他徐榄就大发慈悲地当回活菩萨呗。

清晨六点半整，阳台准时传来罐头迫不及待的叫声。

黎冬刚晨跑回来，简单洗漱后去厨房拿狗粮和饭盆，回到卧室推开门，就看见兴奋的大狗冲她摇尾巴。比起欢腾的金毛，靠在门边的祁夏璟简直能用萎靡形容，抱胸沉着脸一言不发，浑身散发着生人勿近的冷漠。

黎冬不由得想起他以前就是最讨厌早起的人。高三时，她为了让祁夏璟上早读煞费苦心，甚至答应了对方牵手的无理要求。可即便如此，某人还是不情不愿，总是臭着脸低头把玩她的手，最后再十指相扣。

时间果然能改变人。当初讨厌狗的早起困难户，现在却两样都做得很好。

清晨凉风习习，露天阳台空旷安静，只剩下罐头埋头猛吃的哼哧声。很久，黎冬听见自己很轻的询问声："我能问问你养狗的原因吗？"重逢后，这是她第一次主动向祁夏璟问起与工作无关的私事，原因连她自己也不清楚。

之后是近五分钟的沉默，直到罐头吃饱喝足，晃着尾巴悠哉地在阳台的水泥地上散步，而黎冬也准备收起饭盆回去，靠门垂眸的人才低低出声。

"没什么原因。"祁夏璟的声音是略带鼻音的沙哑，额前碎发遮挡了眉眼，"被骗了而已。"

话题就此结束，相顾无言的两人各自回家。罐头纠结地左右张望，最后垂头丧气地跟上祁夏璟。

上午依旧忙碌，中午独自吃完饭后，黎冬见距午休结束还有一段时间，便去了五楼尽头的单人病房。快入冬的时节总阴雨绵绵，寂静无声的病房窗帘紧闭。

黎冬轻轻推门进去，看见满面病容的男生孤零零地躺在床上，眉心微皱。十六岁的男生将近一米八的个子，身子却皮包骨似的，瘦得惊人，除去长期的病痛折磨外，或许有其他不为人知的原因。

周时予被送来医院急救时，身体情况已经非常糟糕，不仅有胸痛和呼吸困难的临床症状，检查时甚至好几次咯血。

诊断结果很快出来，是先天性支气管囊肿，而当医生们发现囊肿处于极其罕见隐蔽的皮下位置时，事情突然变得棘手。

虽说不是主治医生，但黎冬受大学学长的嘱托照顾周时予，知道他家境优渥，却不清楚怎么会病得这么严重才就医。更奇怪的是除了入院当天见过孩子的母亲，黎冬再没见过周时予的其他亲人，只偶尔能见到满嘴抱怨的护工。

周时予的情况特殊，主刀医师还没敲定，黎冬能做的只有确保他的情况稳定。她把注意事项记在便笺纸上，准备出去再交代负责的护士，结果一推门就撞见戴着口罩的女人站在门外，眼中满是疲惫和防备。

黎冬认出对方是周时予的母亲。女人像是偷跑出来似的，不断紧张地环顾四周，确认没人后匆匆拉住黎冬的手臂，边说着"对不起"边将她拉到拐角处。

黎冬低头，注意到女人脖子和手臂露出的皮肤上遍布着明显的青紫痕迹。结合种种异常，黎冬深深皱眉，在女人出声前率先道："你需要帮助吗？我可以帮你报警。"她从口袋里拿出手机。

"不要，千万不要报警！"女人慌忙阻止她，眼里写满惶恐，牙关剧烈地打战。她紧紧攥住黎冬的双手，语无伦次地说："黎医生，我知道你是好人，所以求求你，时予的手术能不能由你来做主刀医生？"说着顺势要下跪。

无人的角落里，黎冬的心被猛地揪住，迅速将这位无助的母亲扶起。"抱歉，我没有资格做这种级别的手术的主刀医生。但你可以放心，"她安慰道，"医院会尽全力救治每一位病人。"

比起周时予的病情，她更担心女人的精神状态，正想问女人要不要去外面的长椅上坐着休息一下，女人却突然从口袋里拿出一张银行卡。

"那你能不能找你最信任的人来做时予的手术？"骨瘦如柴的手将卡塞进黎冬掌心，女人颤巍巍地道，"我……我有钱的！只求你救救我的孩子！除了黎医生，我再也没有能相信的人了。"两行清泪从女人的眼角滑落。

"周时予不会有事的。"黎冬为自己的嘴笨感到自责。女人绝望的眼泪令人窒息，而她甚至问不出对方面临的困境，除了苍白的口头保证外，一句安慰都想不出。

女人听到她答应后，终于放心，戴好口罩就匆忙要走。黎冬怕女人路上出意外，坚持送她上了出租车，却没注意到医院五楼对面的窗户，有两道身影闪过。

午休还剩十分钟，黎冬心乱如麻地往回走，女人身上的伤痕是怎么来的，学长对女人的事是否知情？她决定泡一杯咖啡醒神，从办公室取了马克杯往茶水间走，却在茶水间门前听见里面的闲聊声。

"你看见了吧，刚才五楼的病人家属给黎医生塞银行卡，她不会真收了吧？"

第 3 章

037

"不然呢，你不是也看见她亲自把那女的送上车了嘛，没钱谁会这么好心？"

黎冬欲进门的脚猛地顿住，低头去看手里印着雏菊图案的马克杯，估算两人要聊多久。还有七分钟上班，她习惯提前五分钟回到岗位，所以只剩下两分钟等待时间。

"黎医生家里条件是不是不太好啊？上次她父母来医院看她，穿的衣服都要洗褪色了。"

"听说她还有个弟弟，做姐姐的，肯定得给弟弟准备彩礼钱啊，只能收家属的钱了吧。"

"难怪都二十八岁了还没找对象，长得再漂亮，男的也受不了她家这个烂摊子啊。"

黎冬平静地听着这一番挖苦，盯着墙上的时钟，双眼逐渐放空，陷入某些久远的回忆。

"一班那个黎冬什么来头啊，我听说她爸是工地上搬砖的，祁夏璟怎么看上她的啊，疯了吧！"

"年级前十有什么用？祁夏璟哪科成绩不比她强？她书都要读不起了，家里还得供她弟弟，下学期估计又得靠助学金吧。"

"勾搭上祁夏璟还能缺钱？黎冬可聪明着呢，看见她脖子上的围巾没？没个五六位数拿不下的东西，你以为她是怎么搞到的？"

"两位聊得很开心吧？"头顶猝不及防响起低沉的男声，黎冬回神，震惊地转头，险些撞上身后的祁夏璟。

以他们的关系，半臂距离早超过警戒线。男人身上淡淡的乌木沉香带着男性独有的荷尔蒙，让黎冬感到前所未有的陌生。迟钝如她，终于意识到祁夏璟早就不再是十年前的少年。

他是什么时候出现的，刚才的话又听见了多少，为什么她丝毫没有察觉？黎冬没机会开口问，祁夏璟已经换位到她身前，同样的半步距离。

男人高瘦的身形遮挡了她眼前的光亮，白大褂难掩肩宽腰窄的衣架子身材，周身气压低寒："既然这么想知道黎医生有没有收礼，调监控吧。"

祁夏璟收敛起平日的散漫，沉如死水般的声音压迫着茶水间的每一寸空气。黎冬看不见他的表情，却在里面两位名字都记不得的同事脸上看到了不约而同的惊恐。他拿出手机要打电话，语气平淡："我想茶水间监控的收音效果应该很好。"

"等——等一下！"只撞见黎冬还好说，嘴碎的两人万万没想到会撞见祁夏璟这块铁板，慌忙喊住人后，互相挤眉弄眼。其实他们都没亲眼看见黎冬收家属东西，只不过以前就对她不爽，私下过过嘴瘾罢了。

其中反应快的那个赔笑道："我们没这个意思，祁副高您误会了。"

祁夏璟不为所动，冷冷丢下三个字："所以呢？"

两人纷纷鞠躬道歉，一副痛改前非的样子。黎冬听出这份道歉里的忍气吞声，原谅的话到嘴边时，倏地想起那天祁夏璟在病房里说的话："对人渣倒是很宽容。"

"这件事我不会再追究。"她从祁夏璟身后走出来，在男人不动声色的挑眉中，一字一句道，"但同样地，我不会接受你们的道歉。"半分钟后，茶水间再不见灰溜溜逃走的两人，只剩运作的机器发出微弱的嗡嗡声。

黎冬抬头看向墙上的挂钟，距离下午的上班时间还剩三分钟。这已经打破了她平时的习惯，但这三分钟属于午休，是可以被她用来处理私人感情的。她转身看向身后的祁夏璟。

男人意外地有耐心没走，英挺的眉轻蹙着，似乎在等她主动开口。

"祁夏璟，"黎冬垂眸喊他姓名，手不自觉地攥紧水杯把手，"我没有拿病人家属的东西，从来没有。"

"我知道。"沉默片刻，祁夏璟低声回答，"我没有怀疑过你。"

"但我还是想告诉你。"她抬头对上祁夏璟黑白分明的双眼，认认真真道，"有些事我没有做，就是没做。"不管是现在，还是十年前，她只是想让他知道。

❄ 09

工作日的午休时间，医院附近的咖啡厅里人并不多。店内主打的木棕色装修雅致温馨，角落的黑胶唱片机播放着舒缓的古典乐。

暖阳透过落地窗斜射进来，金色光束在木质桌面跳跃舞动，也同样照在咖啡馆外玩耍欢笑的孩子身上。黎冬忍不住拍下这一幕，放下手机，正巧对上顾淮安温和的眼睛。她垂眸搅动面前的咖啡，轻声道："其实你不用特意跑一趟。"

顾淮安就是嘱托她多照顾周时予的大学学长，年长黎冬两岁，主修法律专业。两人相识于学校的长跑社团，毕业后也会偶尔联系。黎冬忘不了周时予母亲在医院的异常表现，昨晚翻来覆去地睡不着，最后还是给顾淮安发消息询问。

"没关系，这件事本就是我麻烦你。"顾淮安微笑着表示并不介意，只是谈起周时予的情况时，笑容都化作无奈叹息，"我其实不太清楚周家的具体情况。"

他初见周时予，是在为徐家大小姐打离婚官司时。书香门第长大的女人，却在长期的婚内强奸和家庭暴力下，被折磨得只剩下歇斯底里。作为小三生的私生子，周时予从小被圈养在周家，见不得光。第一次被引荐给外人，居然是因为原配妻子笃定他见过自己被丈夫殴打，强迫他出庭作证。可周时予否认了一切，徐家大小姐又没留下其他证据，虽然成功离婚，但是让人渣付出代价的愿望却没实现。

"至于你说的那个女人，我只知道她没有和周时予生活在一起，我们几次提出免费援助，也被她拒绝。"顾淮安心情复杂地摇摇头，歉然道，"后来知道周时予住院，我就忍不住拜托你多照顾他，给你添了不少麻烦吧？"

"我没帮上什么。"黎冬双手握紧杯壁，回想起女人声泪俱下的恳求，"她为什么对医院不信任，一定要我来做手术？"

"不是对医院不信任，而是对周家太忌惮。"周家背后的势力盘根错节，具体内情他不便对黎冬详说。顾淮安言简意赅地道："找一个背景足够硬的人来做手术，才是最稳妥的。"

既拥有绝不会被周家影响的背景身份，又有足够的专业水平给周时予做手术，黎冬脑海里立刻浮现出一个人的身影。

"应该就是你在想的那个人，这也是我今天一定要过来见你的原因。"顾淮安沉吟片刻，还是决定坦白，"我试着托人联系过祁夏璟，想拜托他接手周时予的手术，但得到的反馈是排期已满。除非他本人主动提出，否则近期不太可能安排新手术。"

黎冬听出顾淮安话里的另一层意思。以顾淮安的性格和社会人脉，他都为难的事，却特意说给黎冬听，说明他已经想到办法，只是需要她从中帮助。

黎冬平静地道："你知道我和祁夏璟是高中同学。"

"你以前提过你毕业于三中，"顾淮安直言不讳，"你和祁夏璟年纪又相同。我想你们可能是同届，甚至都在重点班。"

黎冬没有反驳，算是默认顾淮安的猜测。

"你不要有压力，是我擅自把你牵扯进来，应该是我说抱歉。好不容易见面，说些别的吧。"顾淮安适时地转移话题，见黎冬袖口旁有水渍，贴心地拿起纸巾替她擦掉，"感觉你和上次见面时有些不一样，最近还好吗？"

黎冬心不在焉地道："还好。"

见她无精打采的,顾淮安也温柔回应,主动讲起最近正在办的棘手官司,最后还拿出手机,点开相册给黎冬看。照片上是幸福的一家三口,穿着白汗衫的男人在烈日下咧嘴笑着,身后是金黄色的小麦田,身旁是抱着婴儿的妻子,同样面带笑容。

"这是我负责的第一个案子,女人的父亲为了彩礼要她接受冥婚。现在孩子都办上周岁宴了。"

黎冬目不转睛地看着照片,轻声道:"真好。"

"只有这种时候,我才觉得自己的工作真的有意义。"顾淮安用温和好看的眼睛深深看着她,"前天夫妻俩进城时还特意来律所拜访,带了些手工水饺,味道和上次社团聚餐那天你包的很像。"

"老祁!这边!"熟悉的轻呼声在安静的咖啡厅响起,打断了黎冬的思绪和顾淮安的话。两人几乎是下意识地朝声源处望去。徐榄笑眯眯地揽着祁夏璟的肩膀,冲面无表情的他扬下巴:"赏脸陪我吃点儿?还是你这位铁人又不怕犯胃病了?"

祁夏璟拍开肩膀上的手,懒得搭理他,视线随意在店内扫过,在空中和黎冬的眼神相撞。纤瘦高挑的人穿着浅灰色高领毛衣,天鹅颈修长,衣服修身的板型勾勒出玲珑有致的身体曲线,光晕打在精致的五官上。她的身体微微前倾,似乎在用心听对面的男人说话,脸上的表情放松,直到听见声音后抬头。

空气有几秒的停滞。率先起身打招呼的是顾淮安。他见过祁夏璟的照片,主动朝两人做自我介绍:"顾淮安,黎冬的大学学长。"

祁夏璟漠不关心地发出单个音节,双手插兜不再回应。旁边的徐榄握住顾淮安悬空的手,视线在三人间来回扫。黎冬想早些回去看资料,顾淮安虽失望,但也不勉强,礼貌地和徐、祁两人道别后,没忘记对黎冬说完刚才的话。风度翩翩的男人将外套递给她,笑容和煦有礼:"刚才话没说完——饺子和你那天包的味道很像。有机会的话,希望能再尝尝你的手艺。"

五分钟后,祁夏璟看着还在冲窗边位置喷个不停的徐榄,冷冷道:"你有病?"

"温水煮青蛙,这个男人不好对付啊。"徐榄感叹,转头看向好兄弟,"看来兄弟得帮你一把——知道昨天给班长塞卡的五楼病人家属什么情况不?"

祁夏璟冷眼看人。

"听说家属是想找个好点儿的主刀医生做开胸。"徐榄一脸"你看,不听八卦吃亏吧"的表情,又道,"再多嘴一句,那个病人不该班长负责的,但五楼的护士说她没事儿总去病房。至于其他的,你自己看着办吧。"

晚上喂罐头时，黎冬收到了弟弟周屿川的转款提示。他们家两个孩子，姐姐随父姓，弟弟随母姓。虽说姐弟俩从小感情不错，但平时交流并不算多。

罐头在脚边专心吃饭，祁夏璟照例靠着墙，不知道在想些什么。黎冬皱眉要打电话问，弟弟的短信就先跳出界面。

周屿川：妈又要你去相亲了？

黎冬回复："嗯，说过很多次我有工资，不要每次听到我去相亲就打钱。"

周屿川：你别管。
周屿川：人要找喜欢的人结婚，这个道理三岁小孩都懂。
周屿川：以及，你弟还没死，就算你一辈子不找男人，以后也不会孤独终老。

黎冬无奈轻笑，又把钱转了回去："知道了，不许再打回来，早点儿休息。"

周屿川：啰唆。

可能是过去的日子让人穷怕了，黎家人在表达关心前，都会简单粗暴地先打钱，说起话时却又语言生硬。

黎冬收起手机，靠着阳台水泥围栏，看楼下与夜色相伴的车水马龙，听汽车鸣笛和寒风交织奏乐。不知怎的，她再次想起病房里孤立无援的周时予和他下跪乞求的母亲——她甚至不知道对方的姓名，却被委以重任。

她清楚地知道自己是能做些什么的。傍晚凛冽的风刮在脸上微微生痛，黎冬转身，对面是始终沉默的男人："祁夏璟。"

祁夏璟比她先开口："你想要我做周时予的主刀医生。"

低沉的男声杂糅在风中被送进耳朵，黎冬静静地望着看着她的祁夏璟，点头承认："是。"

她不清楚祁夏璟是怎么得出这个结论的，但茶水间的造谣不会空穴来风，他想知道来龙去脉，不过是几句话的事。以他们的关系，有求于对方只会尴尬，黎冬艰难道："如果你有需要我帮忙的地方——"

祁夏璟忽地打断她："你可以帮忙做饭。"

黎冬爽快应下："好。"

她毫不犹豫地答应，反倒让祁夏璟有短暂的愣神。男人缓缓皱眉，半晌后再度开口："我说的是给我做饭，不是给狗。"

黎冬道："我知道的。"

良久，祁夏璟忽地低笑出声。男人的宽肩细微地轻颤，沉寂的黑眸泛起浅浅笑意。半开的铁门外有暖黄灯光在他身后亮起，在夜幕降临时宛如幻境。

这是重逢后第一次见祁夏璟笑，恍惚间黎冬仿佛又看到十年前的少年。她莫名其妙地被笑容感染，勾唇弯眉，轻声问他："你想吃什么？"

祁夏璟站直身体道："饺子。"

"现包的话需要时间。"

"我等得起。"

购物车里已经零散放了几样食材，黎冬却仍旧对和祁夏璟一起逛超市这件事没有实感。毫无交集的十年、堪称仇人的关系，两人居然在重逢后成为邻居，几天后甚至能心平气和地出来采购。

外科医生常年需要做手术，动辄就是几小时，常常疲惫得回家就想瘫着，靠外卖度日的生活让胃病变得常见，而祁夏璟让她做饭和直接点外卖本质没区别。黎冬在心里告诫自己：不要自作多情。

深呼吸几次，黎冬不再被情绪牵绊，余光看见身旁的祁夏璟，手上的动作却微顿。家里的食材不够包饺子，她准备出门采购时，整装待发的祁夏璟也突然从对门推门出来，面无表情地说他也要去。他解释道："我有东西要买，顺路带你。"

可来到超市，祁夏璟却只知道寸步不离地跟着她。黎冬忍不住委婉道："你不是有东西要买吗？"

从出门起，祁夏璟眼里就是她看不懂的情绪，灼灼目光如影随形，让黎冬无所适从。闻言，男人收回目光，干脆地道："哦，忘了。"

黎冬：……

不好再找借口让人离开，她接过称好的葱、姜、蒜，忽地想起什么，再次道："葱、姜、蒜我用水煮后会捞出来，只在和面的时候加一点儿葱、姜、蒜水，不会包进馅儿里，你可以吗？"

祁夏璟眼里再次露出复杂难懂的神情，带着黎冬所熟悉的审视，更多的是她无法理解的疑惑。

黎冬坚信她不会记错。印象中祁夏璟非常挑食，对于葱、姜、蒜、香菜等市面上的大多数调料，都秉承着能接受味道但不许直接出现在饭菜里的原则。

后来，黎冬就养成了给祁夏璟挑菜的习惯。两人每次出去吃饭，她都会把菜先夹到自己碗里，挑去祁夏璟不爱吃的，再夹给他。

那时候徐榄总起哄，说黎冬迟早会给祁夏璟惯出毛病，他俩绝对不能分手，不然祁夏璟得一辈子打光棍。这些她都记得很清楚。

"是我记错了吗？"祁夏璟的表情实在让人捉摸不透，黎冬又忍不住问道，"我记得你以前是不吃——"

"你没记错。"祁夏璟罕见地别过眼，避免对视，凸起的喉结上下轻滚，声音微哑，"只是在你之后，就再没有人这样问过我了。"

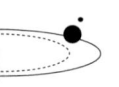

10

显然两人都不愿提及十年前，话音落下，许久没人再开口，周围的空气仿佛凝固。最后是祁夏璟打破尴尬，主动朝黎冬伸手："清单给我，分开买。"

黎冬将手写的纸片递过去，等祁夏璟拍照归还后，分头行动。

黎冬不知道祁夏璟说的"做饭"的时效是多久，正好家里的菜都吃得差不多了，索性各种食材都买点儿。她低头挑菜时，不远处的小情侣一直在拌嘴。

"你就不能帮我撑下袋子？"女孩愤怒地瞪着男朋友，不知怎的，突然抬手指向祁夏璟，"看看别的男生怎么谈恋爱，女朋友买菜都寸步不离地守着！你倒好，就知道玩手机！"

黎冬皱眉看过去。见周围投来各种各样的目光，男生脸上挂不住，反驳道："哪里寸步不离了？没看到男的也在挑别的菜吗？"

"那你看他离开过女朋友两米远没有？"女孩气极，连珠炮似的说，"没别人帅，好歹也贴心点儿，看没看见人家男朋友怕对象被别人撞到，一直让女生站在靠货架那侧啊！你呢？你不撞我，我就谢天谢地了！"

"哈！你偷窥别人男朋友，还敢故意找碴儿？我说你刚才怎么一直心不在焉！"

"你恶人先告状是吧？"两人吵得不可开交，周围聚集的人在窃窃私语。黎冬忍不住道："其实——"

"买完了。"祁夏璟不知何时出现在她身后，将装着蔬果的塑料袋放进购物车，弯腰时腰线显露。围观的几个女生忍不住拿出手机偷偷拍照。

无意中造成争吵的人连半个眼神都没分出去，鸭舌帽下的黑眸看着黎冬，简明扼要道："饿了。"

"那走吧。"想起做饭大任，黎冬放弃多管闲事，在吵架和交头接耳声中，跟着祁夏璟从看热闹的人群中离开。

又是熟悉而危险的半臂距离，黎冬再次意识到祁夏璟的肩膀宽厚。只要她站在他身后，眼里就再装不下其他任何人和事物，视线所及只剩下倒三角状的背影以及窄腰下的长腿。黎冬清点食材，确定买齐了，推车去收银台结账时，身后突然响起一道不确定的呼唤声："黎冬、祁夏璟？"

中年男人五十多岁的年纪，站在几步外观察，确认两人真的是他毕业多年的学生后，中气十足地笑了一声。黎冬认出这是她高中的班主任兼数学老师，老安性格有些啰唆，但是真心在乎学生，三年里在各方面都帮助黎冬不少。

祁夏璟也反应过来，两人一起走上前问好。

"看侧面我就猜是你们俩。"看见昔日学生都长大成人，老安欣慰的同时没忘记瞪了祁夏璟一眼，"光是黎冬我还不敢确定，你小子高中干了多少混账事！别说毕业后几年，化成灰我都不会认错。"

闻言，祁夏璟眼中常有的冷意消融，懒懒地笑了一下："不至于。"

"不至于？"老安佯装生气地夸张冷笑，转头就跟黎冬对账，"不说别的，就说那次高三年末晚自习，你不好好学习，非带人黎冬跑出去。带她逃课就算了，你个臭小子，居然敢凌晨公然在学校放烟花。"

黎冬想起来，老安说的是她十七岁生日那天，12月22日——她的生日就在和名字相呼应的冬至。

直到现在，黎冬还清楚地记得那天的所有细节。当时她还在为因为上课所以要错过的节日烟花盛宴而失望，失踪一整天的祁夏璟突然跑回教室，抓着她的手腕，不由分说地把人带走。

这不是祁夏璟第一次带她逃课，黎冬乖乖跟着他从学校逃出去。两人漫无目的却无比满足地在空旷的街道闲逛。十七八岁正是横冲直撞的年纪，少年们总是藏不住心事，即使捂紧嘴巴，喜欢也会从眼睛里跑出来。

临近凌晨时，祁夏璟把黎冬带回教学楼背后的大片空地，松开紧扣的十指，站在她面前。像是提早预料到他会准备惊喜，黎冬静静地等着祁夏璟开口。

从十倒数到零的那一瞬间，少年身后突然炸开五光十色的绚烂烟花，照亮了整片星空与天幕，盛大而永不落幕。

那一晚，整座学校共同见证了这场烟花盛宴，但比世间任何烟火还要耀眼百倍的景色，有且只有黎冬一个人有幸见过。她深爱的少年站在半臂距离外，各色绮丽璀璨的烟火光点跳跃在他的发顶、肩头，美好到让人不忍破坏。

意气风发的少年眼里满是浓烈炽热的爱意。

"祝十七岁的黎冬生日快乐。希望你岁岁平安，年年有我。"

显然不是所有人都能理解这份浪漫，老安对此冷哼一声，没好气地训道："后来叫你在升旗仪式上做全校检讨，你还记不记得自己都说了些什么？"

回想起他所做的数不清的混账事中的一件，祁夏璟喉咙里滚出点儿笑声，漫不经心地挑挑眉："虚心反思错误，保证屡教不改。"

老安看他还是那副吊儿郎当的样子，气极反笑："当时我真是恨不得上手揍你。"教书育人几十年，老安经历过太多悲欢离合，感慨万分地看着祁夏璟和黎冬，"这么多年了，看到你们俩还在一起，真的挺不容易，挺好的。"

说者无意，听者有心，黎冬嘴边扯出僵硬笑容，垂眸盖住眼底情绪。老安用力拍拍祁夏璟的肩膀，笑道："我以前还总和办公室的其他老师说，就你小子这张扬的臭屁劲儿，迟早有一天得被黎冬给甩了。"

祁夏璟仍旧懒散地应着，语气听不出喜怒："您别咒我。"

"也是，这话可不兴说！"老安畅快大笑，转头看向黎冬，"按这小子的急性子，你们早就结婚了吧？有孩子了没？"

酸楚密密麻麻地刺在心口，黎冬感觉有细针扎在喉管。她不知道该怎么解释，只觉得如鲠在喉。谎言总会被戳破，她迟疑道："其实我们——"

"还没结婚呢。"祁夏璟淡淡出声打断她的坦白，唇角勾起弧度，眼底却没什么笑意，"您别催了，压力大。"

"怎么还没结婚？你小子怎么回事？"老安不满意地板起脸，习惯性地以长辈的姿态训话，"女孩子的青春有多少年能栽在你身上？你小子必须好好对黎冬，别不学好当渣男，听见没？"好心的话听上去却无比讽刺，黎冬攥紧了手，掌心都微微作痛了："老师——"

"知道了。"祁夏璟再次出声打断，情绪肉眼可见地变得冷淡，"是我的错。"

和老安告别，终于解放的两人沉默着去排队结账。前面零散站着五六人，在僵持不下的气氛中，黎冬忍不住看向帽檐压低的男人："为什么不解释？"

祁夏璟背对着她，语气冰冷："解释什么？"

"解释我们……我们早就分开的事情。"

"怎么解释？"祁夏璟转过身，垂眼看她，紧绷的声音明显压着满腔怒气，眼神锐利如匕首般，瞬间将她刺穿，"说你高考后一声不吭地改了志愿，说只有我一个人像傻子一样被蒙在鼓里，被你们所有人骗得团团转吗？还是说你当时轻飘飘地丢下一句'我累了'，就铁了心要分手，恨不得逃到天涯海角，让我永远找不着？"男人嘲讽至极的反问句句如刀，刀刀致命，残忍地接连质问着无措的黎冬："黎冬，扪心自问，你能解释清楚吗？"

直到手机在桌面振动，黎冬才结束了长久的愣神。她垂眸看向桌上热过几次又冷掉的饺子，真正意识到祁夏璟今晚不会来吃饭了。两人在超市突然爆发争吵后，她呆愣在原地久久没能回神。直到祁夏璟结完账提着东西走出去，她才如梦初醒地快步跟上，随后就听见男人的手机铃声响起。

是医院打来的电话，说有突发状况，需要他尽快去处理。祁夏璟挂断电话，迅速开车回来，先把买的东西提上楼，再将疯狂探头想找黎冬的罐头塞回家，便转身离开。两人全程没有任何交流。

寂静无声的餐厅里，黎冬茫然地看着脚边的购物袋，最终还是卷起袖子，弯腰将食材搬到厨房洗净切好，默不作声地准备包饺子。

水煮葱、姜和蒜时，她粗心地忘记开排风扇，滚涌而出的蒸腾热气刺痛眼睛。直到视线被泪水模糊，她才手忙脚乱地去找开关。

她从来不知道，当年的分手会对祁夏璟造成这样深刻长久的伤害。如果不是听他亲口说，黎冬永远也不会意识到，原来她是这么自私胆小的人。

他们的分手没什么所谓的隐情，不过是各方面都悬殊的两人在不合适的时间相遇，而她在意识到自己的贫穷最终会成为他的拖累后，做了率先放手的懦夫。

目送祁夏璟下楼离开时，黎冬有一瞬忍不住想，如果能重来一遍，如果她按照约定去S市，如果她能丢下生病的父亲，把祁夏璟牢牢绑在身边，一切会不会不一样？

可惜没有如果。思绪回笼，黎冬将冷掉的饺子蘸醋吃掉。

酸涩的味道刺激味蕾，遮盖了饺子原本的香味，让她强忍的泪意卷土重来。她不是情绪化的人，深深吸气后平定心情，拿起手机看十分钟前弹出的消息提示。没有备注的手机尾号1222，发来的短信只有短短三个字——

对不起。

良久，空荡无声的房间里响起一道隐忍短促的抽噎，却没有眼泪落下。黎冬终于明白，为什么她第一眼就觉得这个号码很眼熟。

12月22日是她的生日。这个号码是他们在一起的第一天，祁夏璟费了好大功夫才弄到的。十七岁的少年把头枕在她的肩膀上，用孩子气的霸道威胁她：
"你要是敢忘记我的手机号，我就和你分手，然后立刻换一个号码，让你再也找不到。"

一语成谶，他们早就在十年前分手，各奔前程。没有信守承诺的，从始至终只有祁夏璟一个人。

周时予的手术正式由祁夏璟接手。消息一经传出，只用了几小时就尽人皆知。整个科室上午都在讨论五楼那个没人管的有钱人家的小孩和祁夏璟究竟是什么关系，以及在这件事里黎冬又扮演了怎样的角色。

黎冬对旁敲侧击和直白询问都一概拒不回答，照常问诊看病。吃完午饭后，她独自去往五楼病房。空荡的病房仍旧无人看护，周时予正安静地坐在床头看书，脸色苍白，身形瘦弱，单薄得仿佛能被一阵轻风折断。

黎冬将门轻轻关上，走到病床边看监测数据。以往她过来时，男孩大多在午睡，即便是难得清醒着，寡言内向的两人也没有任何交流。

黎冬从口袋拿出便笺纸，照例要写下注意事项时，沉默的男生突然轻声开口道："这段时间谢谢你，黎医生。"男生刚过变声期不久，又太久没说话，简单几字里能听出声音有些沙哑，语调却很柔和。

"没关系。"黎冬不知道他的感谢代指什么，只是意外周时予会主动交流，询问道，"感觉好些了吗？"

"咳嗽时偶尔会胸闷。"男生脸上是淡淡的和煦笑意，稳重得不像是十几岁的孩子，"请问黎医生昨天有见过我母亲吗，她是不是又挨打了？"

黎冬听他风轻云淡地说出骇人事实，心微微下沉："如果你有需要，我可以帮忙报警，你和你的母亲需要法律援助。"

"法律援助吗？"周时予将书放在白色床头柜上，抬头静静看着黎冬，长睫如鸦羽，"可我已经是法律的背叛者，怎么能再利用法律寻求帮助呢？"他真的太瘦了，裸露出的惨白皮肤下都能看到血管的青紫色，双手掩在蓝白条纹的长袖下，让黎冬总有种里面空荡荡的错觉。

"黎医生知道我是周家的私生子吧？"看懂黎冬眼里的疑惑，周时予心平气和地为她解惑，"那个男人的原配需要我出庭做证，为此她几次将我关在地下室，但怕我真的死掉，又放出来，哭着给我下跪。其实我见过很多次她被打，但我却撒谎说没有。"男孩抬起手，眯眼看着光束从指缝溜过，"因为我很清楚，如果我答应为她出庭做证，我和我的母亲就会被那个男人活活打死。于是那个女人开始不断地偷偷打我，用最恶毒的语言诅咒我和我的母亲，希望我们快点儿死掉。反正最后都要死掉，那我希望她也痛苦。"

周时予轻轻笑起来，双眼在肤色的衬托下更显黝黑："黎医生，我是坏小孩，对不对？"很久，黎冬才听见自己干巴巴的声音："你只是暂时遇到了坏人，但这个世界上还有很多好人。"

话一出口，连她都觉得虚伪，周时予的处境绝不是遇到好人就能解决的。

她清楚地知道，别人或许能帮你一把，但那终究是扬汤止沸。人摆脱不幸的唯一方法，就是自己不断地从苦难中爬出去，除此之外别无他法。

周时予毫不掩饰地打量她，几秒后弯眉柔声道："黎医生应该是从小在爱意的环绕中长大的人吧？你有爱你的父母家人、亲密的同学师长还有工作后交好的同事。但我从带着诅咒出生后，就是没人要的垃圾。"

他忽地低低笑出声，随即是一阵激烈痛苦的咳嗽，缺乏血色的脸上终于有了几分红润。之后，男孩的笑容温柔如初："我们是不一样的。"

"对不起，我没办法对你的痛苦感同身受。"黎冬被反驳得哑口无言，低头从口袋里拿出随身带的棒棒糖，放在周时予的床头柜上，"这个送给你，出院后再吃吧。"

棒棒糖的表面是纹路清晰的星云图案，闪耀的紫红色星群中有璀璨的光点，是令人惊心动魄的极致美丽。周时予脸上终于出现符合年龄的诧异，半晌后轻声问道："能告诉我这是什么吗？"

黎冬解释："小麦哲伦星云，距离银河系最近的星系之一。"

"星云？它看上去似乎很小。"

"小麦哲伦星云是宇宙的中心。"黎冬在脑海中回忆那个人是怎样讲给她听的，"渺小不代表无法闪耀，不代表无法成为世界的中心。[①]我相信总有一天，你会成为某个人的小麦哲伦星云。"她实在想不出更好的措辞，只能将祁夏璟那年的告白一字不落地复述出口，"对于那个人而言，你就是宇宙唯一的中心。"[②]

❄ 11

良久，周时予忽地笑了，漂亮精致的眉眼弯弯。他再抬头看黎冬时，眼里多了几分好奇。男生端详着手里的星空棒棒糖："宇宙的中心吗？"他侧身打开床头柜，从第一层抽屉里拿出一根一模一样的棒棒糖，轻声道："给我主刀的祁医生早上过来时，也送了我一根棒棒糖，同样提起小麦哲伦星云是宇宙的

---

① 化用自"Just because you're small, doesn't mean you don't shine bright."
——NASA

② 化用自"You are the center of somebody's universe. Like the Small Magellanic Cloud, seen here, you glow with a universe of color and you help others find their way, without even knowing it."
——NASA

中心。"

不过男人显然没有黎冬温柔,进病房时正好撞见护工在大声抱怨,他似乎是担心周时予哭,才在检查前递过来一根棒棒糖,又看见周时予总盯着棒棒糖上的图案,才懒洋洋地解释了一句。

"连棒棒糖都买同款,"周时予脸上的表情丰富起来,追问道,"方便问问你和祁医生是什么关系吗?"黎冬一时语塞:"没想到你也会八卦。"

"我以为八卦是人之常情,"周时予握拳放在唇边,轻咳几声,虚弱地笑道,"如果给黎医生造成了困扰,我很抱歉。"

比起被他的问题冒犯,黎冬更多的是对答案的不确定,她和祁夏璟应该是什么关系?她不知道。黎冬想起昨晚承诺的饺子,早上罐头吃饭时她没见到祁夏璟,准备的东西到现在都没送出去。

昨天她听杨丽聊八卦,说祁夏璟最近上班像参加铁人三项,问诊和手术轮番上阵,一天连着几台手术,从清晨忙碌到深夜。黎冬知道不能拿以前的事再给他添乱,唯一能做的就是等下把装着饺子的两个保温桶送过去,饭点的时候祁夏璟都在手术,吃现成的饺子就能多点儿休息时间。

见她沉默不语,周时予也不再多问,躺下不久后,听见黎冬关门离开的声音。病房再次只剩下他一个人,周时予沉沉睡去,又被刻意压低的讨论声吵醒。几名穿着白大褂的医生围在床边,祁夏璟站在床头,见他醒来,只淡淡地看了一眼。很快,周时予发现,某人漫不经心的视线总扫过床头柜,上面摆着两根星空棒棒糖。讨论结束后,其他人相继离开,留下的男人看着各个仪器上的数字,蹙着眉,表情若有所思。

"两分钟前,你才看过这个仪器。"周时予躺在病床上,平静地看着天花板,"棒棒糖是她送的,刚离开没多久。"祁夏璟挑眉,收回目光:"嗯。"

周时予转头看向男人,年轻的声音带着笑意:"祁医生。"

"嗯。"

"你还没有问我,'她'是谁。"

祁夏璟昨晚处理病患到凌晨,今天又是一上午手术,现在完全没有食欲。他从五楼的病房离开,打算回办公室休息半小时。结果推门就见到不速之客出现在他办公室,桌上还摆放着两个保温桶和速食便当,看着无比凌乱。

他冷眼看着主座上的徐榄:"一分钟,收拾干净。"

徐榄从容地伸懒腰,朝保温桶努努嘴:"刚才你不在,班长就拜托我把东西交给你,两个都是。"他发出啧啧声,"可以啊!老祁,这速度发展得都到送饭了。"

祁夏璟看向桌面上印着雏菊的保温桶，缓缓皱眉。昨晚他单方面发泄式的吵架后，黎冬在回去的路上一言不发，但脸上空洞的表情在他脑海中挥之不去，所以才有了后来的道歉短信，只是黎冬没有回复。

"可怜我怕你没饭吃，还特意去楼下买便当，估计某人是不会赏脸咯。"徐榄撕开热气腾腾的盖浇面包装，用筷子吸溜着将面送进嘴里，感叹道，"班长不愧是班长，哪怕只是两桶饺子，都能看出不止一点儿用心。"

祁夏璟在他对面坐下，打开保温桶，夹起一个饺子放进嘴里，咀嚼咽下后，夹起第二个放在保温桶盖子上，用筷子戳破面皮看肉馅。切成细丁的猪肉、香菇都被按压紧实，晶莹汤汁从面皮中流出来，整间办公室都能闻到香气。

没有葱、姜、蒜，一点儿都没有。

徐榄还在旁边赞赏不绝："两个保温桶说明问过你时间安排，知道你饭点都在做手术。记得你爱吃辣，就在蘸醋里放了小米椒。最重要的是，班长居然还给你准备了牛奶和水果。"他低头看着透明盒里的草莓和橙子，惊叹不已，"草莓去蒂，橙子削皮切块，甚至连果络都挑走了。我家保姆干活儿都没这么细致。"

"徐榄，"祁夏璟冷冷打断他，"说话放尊重点儿。"

"你知道我没别的意思。"徐榄喷了声，放下盖浇面，"都这样了，你还觉得班长对你没意思？"祁夏璟低头吃完几个饺子，忽地觉得饥饿。香菇软滑，猪肉筋道，截然相反的两种食材完美融合，外薄内厚的面皮咬下去就是满口汁水，酸辣适当的陈醋不断刺激味蕾，让食物的味道更长久地停在舌尖。他头也不抬地道："我答应周时予的手术了。"

"我知道啊！"徐榄想趁机偷尝个草莓，手刚伸过去就被无情拍走，撇嘴道，"这事全医院都传遍了。"

"这顿饭，就是周时予的手术换来的。"祁夏璟低沉沙哑的声音平静无澜，那事不关己的态度宛如一个旁观者，"以她的性格，如果想要感谢，换成别人，会有任何不同吗？"

徐榄仔细想了一下，发现他确实无法反驳。黎冬是对每份善意都诚惶诚恐的人，哪怕是无心的随手帮忙，她都恨不得掏心掏肺地还回去。

徐榄至今都忘不了，分班后他有次顺便帮黎冬搬教材，结果接下来的一学期里，他每次逃课回来都能看到桌面上黎冬留的清单，密密麻麻全是上课讲的重点和作业。连他都知道的事情，祁夏璟不可能不清楚。

"行吧，在这件事上你说服我了。所以呢，这和你有什么关系？"徐榄耸耸肩，想不通以前不管不顾的人现在怎么尿成这样，"现在不是你想重拾旧爱追回人家？总纠结这个纠结那个，到底有什么意义啊？"在祁夏璟幽幽的眼神中，徐榄大爷似的长腿交叠，靠着椅背，屈指在桌面轻敲两下，一针见血道："哥，咱清醒点儿呗，你都十年没对象了，追个人还要什么脸啊？"

"冬冬，我上次回国是几年前来着？"沈初蔓此时正在大洋彼岸打包行李，语气兴奋，"我记得你才刚进医院工作。"

"三年前。"黎冬坐在卧室的躺椅上看书，温声回答，"这次回国，还会再走吗？"

"不走了！"沈初蔓在那头提醒搬家公司轻拿轻放，"姐名利和钱都赚够了，必须立刻回到祖国的怀抱。"黎冬笑着说："好。"

沈初蔓兴奋地转换话题："对了，我前两天还去游乐园买了你最爱的史迪奇玩偶，半人高的，可以抱着睡觉！"黎冬放下书，抬头看向她满床头各式各样的史迪奇玩偶："那我提前给它准备个枕头。"

"我这个玩偶还能换衣服呢——咦？你那边是有狗叫吗？"

黎冬摘下一只降噪耳机，果然听见熟悉的狗叫声。时针走过了晚上九点，可她傍晚六点半才喂过罐头。都这个时间点了，祁夏璟应该回来了——罐头来找她，是他们两个又吵架了吗？

"冬冬，你还在吗？"沈初蔓见她没回答，又问了一声，"你养狗了？"

"没有，是邻居养的。"黎冬放下手里的书和笔，起身走到门边按下把手，就看见摇尾巴的大狗哼哧哼哧地在她门前转圈，嘴里叼着一个沉甸甸的塑料袋子。

黎冬从狗嘴里拿出袋子，打开发现里面是她的两个保温桶，能闻到不同于食物的清香味，应该是用洗洁精清洗过。其中一个保温桶的桶壁上贴着写了字的便笺纸。黎冬撕下便笺纸拿起来看了，苍劲有力的行楷跃然纸上，是她熟悉的笔迹，简洁明了的两个字——

谢谢。

黎冬怔怔地看着字条，几秒后抬头看向不远处半掩的铁门。几束鹅黄色的光铺在阳台的水泥地上，却不见懒懒靠着门框站立的身影。祁夏璟是因为昨晚的事情不想见她，所以才让罐头以这种方式来还东西吗？

黎冬扯出点儿僵硬的笑容，蹲下身拥抱金毛的脑袋，下一秒就被舔了满脸口水："谢谢你啊，但是不要再舔我了。"

罐头听懂人话似的后退半步,仰头叫了一声。

"哇,这狗能听懂你说话吗?"耳机里传来沈初蔓的惊叹,她扯回刚才的话题,"你刚说你家搬来新邻居了?男的女的?帅吗?美吗?适合给我当模特吗?"沈初蔓辞职回国是为了打造自己的服装品牌,目前在到处搜罗模特,黎冬知道她这是本能反应。可她不懂美学,对于祁夏璟的身材长相不好判断,迟疑道:"还可以。"

"什么叫'还可以'?"听出她语气异常,沈初蔓立刻追问,"以前不管问你哪个男人的长相,你都用'不知道'来敷衍我,这次居然认真回答问题了?"她精准评价:"你——很——不——对——劲。"

"你想太多了。"手在长袖下不自觉地攥紧,黎冬不想闺密察觉她的心虚,匆匆要挂电话,"我先处理点儿事,等下打给你。"

通话的时间里,罐头已经回自家似的一爪子推开门,轻车熟路地在黎冬卧室里闲逛,耸着狗鼻子到处闻。最后它在角落的躺椅停下,噘起狗嘴对着旁边的矮桌沉思片刻,回头冲黎冬叫了声。

祁夏璟那边依旧半开着门,毫无反应。黎冬只好返回卧室,将保温桶放在书桌上,看着从桶壁上掉落的便笺纸,微微出神。

金毛歪着脑袋,玻璃似的眼珠子骨碌转,然后用脑袋将矮桌上的钢笔费劲儿地拱到边上,再用侧牙轻轻叼起,屁颠屁颠地又跑到黎冬身边。

金毛用蛮力将钢笔往她手里塞,黎冬被撞得跌坐在软椅上。下一秒她就见到罐头扒着书桌站起来,用爪子拍桌面的便笺纸。

黎冬哭笑不得,这是让她给祁夏璟回复留言吗?金毛哪里懂书信表达,大概是刚看见祁夏璟写字,又看到她对着便笺纸发呆,以为她也要写,才自作主张去拿钢笔的。

黎冬提笔,犹豫良久,在便笺纸靠下的位置工整地写上"**没关系**"。写完后,她拿起便笺纸想等墨水风干。心急的金毛直接凑过来,叼住纸后潇洒地转头就跑,阳台上很快传来对面关门的声音。

黎冬看着卧室地板上的几处口水渍,终于反应过来不对劲。金毛果然是懂得礼尚往来的小狗,来时记得在她家留下口水,走的时候还没忘记顺手牵羊地叼走一个卡通头套。

祁夏璟洗完澡从浴室出来。胃叫嚣着饥饿,可他下手术后才吃过晚饭,到现在也不过两小时。鲜嫩多汁的肉馅味似乎还停留在舌尖。

想到今晚归还保温桶后,不出意外应该再也吃不到相同味道的饺子,祁夏璟抿唇,眸色微凉,面无表情地将毛巾丢在床头柜上。去餐厅倒水时,他下意识去看装着保温桶的塑料袋所在的地方——现在却空荡一片。

祁夏璟皱眉，以为是罐头把袋子藏在哪里了，转身就见到金毛大爷似的在客厅沙发上趴着，脑袋上还戴着不知哪里来的卡通头套。祁夏璟嫌弃地啧了一声，走过去打开壁灯："我什么时候买过这么丑——"

灯光亮起的同时，话音戛然而止，罐头耷拉着眼皮看祁夏璟，脑袋上顶着史迪奇造型的头套。祁夏璟皱眉走上前，伸手去拿金毛脑袋上的头套，却被罐头一口咬住。他冷冷道："张嘴。"

"汪！"

僵持不下中，祁夏璟挑眉率先松手，从口袋里拿出手机，在沙发上坐下，漫不经心道："可以，你戴吧。"

罐头狐疑地盯了祁夏璟一会儿，见男人似乎没有异心，才放心地松嘴放下头套。在金毛松口时，旁边的祁夏璟手疾眼快地抽出头套，在愤怒的狗叫声中悠然起身，在暖光灯下打量。这不是他买的，但他知道头套的主人是谁。

客厅连接阳台门口的脚垫上满是新鲜的狗爪印，应该是罐头又趁他洗澡时偷跑出去找黎冬，闯进她家里顺走了头套。至于消失不见的保温桶，大概率是罐头闻到了上面黎冬的气息，擅自作主地替他归还了。

祁夏璟被傻狗气笑，无视金毛试图打翻茶几上东西撒气的行为，垂眸看着手里的头套。这么久了，她居然还喜欢史迪奇。罐头满腔怒火无处发泄，转身向通往阳台的门走去，抬起前爪按下门把手，毅然决定离家出走。

祁夏璟抓起外套，要跨门而过时，余光瞥见脚垫旁有张样式眼熟的便笺纸。这张便笺纸，是他粘在保温桶上的。祁夏璟弯腰捡起，发现便笺纸已经被金毛的口水打湿，不仅模糊了他写的道谢，下方新出现的钢笔字也早就晕染开，只能依稀辨认出三个字——

没关系。

从阳台传来罐头拍门的声音。很快，祁夏璟听见开门声，随后是黎冬耐心的询问声："怎么了？你们又吵架了吗？"

罐头控诉："汪！"

"是他把你养大的，你不要总和他发脾气了。"女人温柔的声音被晚风送到耳边。祁夏璟垂眸，表情不明，听她继续轻声道："即使是他，也是会伤心难过的啊。"

第 4 章

阿黎别哭

❄ 12

"汪!"罐头假哭不停,黎冬蹲下,余光不经意扫过对面,看见门口的水泥地上有一道颀长身影。有一瞬的屏息,她小心地试探道:"是祁夏璟吗?"

高瘦的人从客厅出来,单薄的外套下是件纯黑的T恤,宽松的板型,露出笔直锁骨。湿发在寒风中滴水,渗进衣领,看着都冷。想起刚才的话,黎冬尴尬起身,没注意到祁夏璟手上的东西:"我以为你们在吵架。"

"是在吵架,我抢了它的东西。"祁夏璟的回复依旧言简意赅。他迈着长腿走近时,黎冬闻到男人身上独有的乌木沉香,裹挟着热气,侵略性极强,让她有一瞬的晃神。他不是不想见到她吗?

"罐头带回来这个。"祁夏璟在距她半臂远的地方停下,递来史迪奇头套,"是你买的?"

"对,去宠物商店那次买的。"黎冬乖乖回答,以为祁夏璟担心卫生问题,又忙解释道,"我已经洗过了,如果不嫌弃的话,就送给罐头吧。"

祁夏璟在她眼中看到一丝小心翼翼。徐榄白天的话是对的,现在就只剩下他还在为十年前的分手耿耿于怀,不甘心一个人困死在过去,以至从重逢起就对黎冬恶语相向,试图以这种方式让她共入深渊。

金毛在此时冲过来,嗷呜一声抢走了祁夏璟手里的头套,继续在阳台上兜圈撒欢。

祁夏璟将手放进口袋，摸到里面的便笺纸和棒棒糖，沉声开口："谢谢你——饺子和头套都是。"指尖碰到冰冷坚硬的棒棒糖，他忽地想起黎冬第一次见到糖衣上的小麦哲伦星云图案，同样是在一个气温降低的夜晚。

祁夏璟永远不会忘记，那时女孩眼底闪烁的光芒比整片星云还要闪耀夺目。在网购不发达的十年前，骄傲如他，也不得不去求当时身在 A 国的大伯多寄点儿棒棒糖回来，只为了多看几次她欣喜的表情。后来他的口袋里总会放几根棒棒糖，分手后才发现还剩下太多没送出去，等反应过来时早已成了习惯。

"是我该说谢谢。"耳边是黎冬客气疏离的道谢声，"周时予的手术，辛苦你了。"

祁夏璟第一次发现习惯是件很可怕的事情。它会让人分不清违抗大脑指令的行为究竟是本能的肌肉记忆，还是由心底那点见不得光的情愫所驱使的。

"这个给你。"满天星空下，他将口袋里的星空棒棒糖递过去，别开眼道，"算是头套的回礼。"话落，祁夏璟都觉得荒唐，他快三十岁的人了还弄高中生过家家那一套，只能抿唇别过眼，生硬地转换话题，"刚才在洗澡，所以罐头才擅自跑出来，明天我会找人安装门锁。"

很好，气氛成功变得更尴尬了。

"原来是这样啊。"原来不是故意躲着她的。黎冬接过祁夏璟手里的星空棒棒糖，指尖无心在男人的指关节蹭过。她沉默地低头看着糖几秒，错过了祁夏璟蜷起的食指，忽地弯唇道："罐头的事，没关系的。"

被讨厌是错觉。黎冬的胸口不再闷堵，她笑着抬头："也谢谢你的糖，我很喜欢。"

女人精致的五官在月色笼罩下自带柔光，微微仰着头看着祁夏璟，天鹅颈白皙修长。笑意盈盈的眼里满是他一个人的身影，就像十年前那样。

祁夏璟紧盯着她眼里神态僵硬的自己，只觉得喉咙一紧，语气里罕见地藏了份无所适从："嗯，回去了。"说完转身就走。

黎冬没想到这么突然，见人头也不回地进屋就要关门，忍不住提醒道："你的狗还在外面。"

重新抢回头套的罐头非常高兴。大概是黎冬的苦心教导真的起效了，快乐小狗决定大度地原谅祁夏璟，一会儿主动在男人脚边躺下当脚垫，一会儿又在客厅里上蹿下跳，行为与年龄严重不符。

祁夏璟懒懒靠着沙发靠枕，挑眉看着傻头傻脑的金毛，抬手去揉它的脑袋，结果立刻被亲了个满嘴狗毛。他无奈轻笑，拿手机对着金毛随手拍了几张照片，破天荒地发了条朋友圈，并用"傻狗"两字精准评价。

冲浪达人徐榄立刻评论:"罐头这头套是史迪奇?还挺可爱的,有链接没?"

祁夏璟沉吟片刻,回复:"她给的。"

电话在回复发出十秒后打来,徐榄在听筒里笑着调侃:"大晚上的放狗粮,难道是我白天的话起了效,某人终于要主动出击了?"

将手机丢在沙发另一端以远离聒噪,祁夏璟闭上眼睛,脑海自动浮现黎冬刚才接过糖时的表情,微弯的黑眸盛满笑意。于是再开口时,他的语气里也多了点儿未察觉的哼笑:"你懂这么多,现在还不是单身?"

"智者不入爱河。"徐榄要说正事,懒得跟他计较,"对了,还记得咖啡馆的顾淮安吗?我一直和你说他很眼熟。"

"嗯。"

"那天我无聊就叫人去查,才知道他就是那个给徐颖打离婚官司的律师。我猜他找班长应该就是为了周时予的事。顺便一提,那小孩儿是周健斌目前唯一的儿子。"

周、徐两家联姻失败的事,在圈子里闹得沸沸扬扬,祁夏璟略有耳闻。

"原配的辩护律师关照私生子,听着可不像正经勾当。"徐榄语气难得正经,"总之你和班长都注意点儿,别被人利用。照顾周时予有可能是顾淮安接近班长的借口。"叮嘱了好友后,徐榄又变回吊儿郎当的语调,"你还别说,虽然他没你帅,但胜在温柔啊,现在好多小姑娘都喜欢这一款。"

祁夏璟睁眼冷笑:"她看不上。"

徐榄笑道:"这你又知道了?"

通话突然陷入沉默。良久,祁夏璟微哑的声音响起:"因为我见过她喜欢一个人,会是怎样的眼神。"

周时予的情况特殊,属于爹不疼、娘管不了的类型,直到敲定了手术时间,需要监护人来签字时,亲爹周健斌才派秘书来过问。反倒是身为外人的顾淮安,从头到尾都有着超越善意的关注,甚至主动提出了在手术前单独和祁夏璟沟通的请求。祁夏璟表示同意,但要求徐榄和黎冬在场。事不宜迟,见面时间就定在隔日午休时,尽量不耽误所有人原有的安排。

黎冬吃过午饭,发现时间还早,就先去了一趟周时予的病房,确认男生情况稳定后才前往约定的会议室,在电梯门口遇到了徐榄。

徐榄指着走廊尽头,道:"老祁已经到了,我去趟洗手间就来。"

黎冬点头:"好。"

徐榄离开两步又转头回来，笑问："班长，史迪奇头套有链接吗？微信发我一下？就老祁之前发朋友圈的那个。"他看黎冬的表情困惑，突然反应过来，"那什么，你俩不会不是微信好友吧？"

你祁夏璟居然也有这一天！徐榄在心里狂笑，给黎冬看过照片、问到链接后，哼着小曲离开了。

进门前，黎冬收到顾淮安的消息，说他在停车场找车位，五分钟后到。也就是说，现在会议室里只有祁夏璟一个人。她的心微微提起，推门进去，发现空荡的会议室角落里，祁夏璟正闭着眼沉睡，对她的突然闯入毫无察觉。

男人双手抱胸低着头，英挺的眉微微蹙着。

正午的暖阳自窗外倾洒而下，落在他蓬松柔软的发顶和宽阔双肩，深邃五官因白皙的肤色而增添了几分圣洁感。黑睫随呼吸轻颤，在眼睑处落下阴影，依稀能看到眼下淡淡的黑眼圈，应该是疲劳过度和睡眠不足导致的。

此时的祁夏璟是没有攻击性的。黎冬不自觉放轻呼吸，抬头看向被扯到两旁的遮光窗帘，几乎是下意识地想走向窗边——祁夏璟晒太阳会头疼。

这句话被身边所有人当成玩笑，只有黎冬坚信不疑。即便她现在成为医生，见到祁夏璟在光照下，第一反应也是去拉窗帘。

不想吵醒窗边睡觉的男人，黎冬尽力放轻脚步走上前，屏着气，动作小心。她和祁夏璟之间的距离瞬间压缩，鼻尖传来若有若无的乌木沉香味。

祁夏璟的位置贴着墙根，黎冬过不去，只能倾过身努力去够窗帘，丝毫没注意到垂落的几缕发丝沿着男人小臂滑过。

宽敞的会议室里，有道呼吸声猝然停顿。

"周时予的情况你应该——"闲聊声伴着推门声同时响起，黎冬回头看向走进来的两道身影，将食指放在唇边，无声示意对方说话小声些。

徐榄站在门边挑眉，目光似笑非笑地看向墙上时钟，抬手比出数字五。黎冬点头，朝顾淮安礼貌笑笑，算作打招呼。顾淮安在一旁满头雾水，不解地笑道："徐医生能告诉我刚才的手势是什么意思吗？"

"距离约定的开会时间还有五分钟。"徐榄拦住人，不让他进去，"别进去捣乱了，在门口陪我等着吧。"

遮光窗帘被绑带系紧，黎冬扯着边角用不上力，试了好几次也没让窗帘挣脱绑带。她踮起脚，难免重心不稳，纤瘦的身形微晃。她正要用手撑住窗台时，右手手腕突然被温暖干燥的掌心环住。

男人骨节分明的手指根根细长，轻松扣住她的手腕，微微用力让她站稳。

黎冬心一惊，低头猝不及防地撞见一双毫无睡意的眼眸，黝黑深沉，黑洞一般将人吸食吞没。

祁夏璟握着她的手腕,拉拽的动作让两人本就危险的距离更近,近到黎冬甚至能看清对方脸上细小的绒毛以及男人眼里她的身影。

大脑有一瞬的空白,黎冬本能地后倾身体,感受到热意爬上耳尖,语速加快:"外面太阳大,我想帮忙拉下窗帘。抱歉,是我吵醒你了吗?"

"没事儿。"祁夏璟看她慌张的后退动作,松开了她的手腕,感受着掌心残留的她的温度,声音沙哑,"怕你摔跤。"

黎冬微愣,半晌垂眸道谢:"谢谢。"

顾淮安皱眉看着会议室里的两人,轻声道:"我能问问现在是什么情况吗?"

"我们'身娇体弱'的祁医生,可是不能晒太阳的。"徐榄不拘小节地回眸一笑,语气怜悯,"兄弟你其实条件不错,但说句实在话,你和黎医生大概没什么希望。"顾淮安也不生气,温和笑笑:"何以见得?"

"这还看不懂?"徐榄的眼神立刻变得嫌弃,轻叹一声,最终还是好心解释道,"当一个女人开始心疼男人时,她眼里就装不下其他人了。"

❄ 13

"门外那两个,"冷淡的声音打断徐榄的滔滔不绝,两人抬头就见祁夏璟在角落的椅子上挑眉看过来,"还要在外面站多久?"

比起男人的神态自如,旁边的黎冬显然不够淡定,耳尖能看见羞赧的粉红,漂亮的眼睛怔怔望着桌面。

徐榄眯眼,精准评价道:"呵,孔雀开屏。"

顾淮安的笑容仍旧平静温和,和黎冬礼貌地打过招呼后,在祁夏璟对面坐下,从手提包中拿出一支录音笔。黎冬见状皱眉,就听顾淮安温声道:"今天麻烦三位到场,除了要讨论周时予的术后恢复,还有一件更重要的事情。"

祁夏璟并不意外,低头把玩着黑金钢笔,时而停下来盯着掌心,掌心似乎还残留着女人的温热。他握住的分明是手腕,触感却是意料之外的柔软。

顾淮安用低缓的声音继续道:"周老爷子托我将录音播放给各位。之后如果有任何问题,我可以代为解答。"随后他按下播放键。

苍老虚浮的男声在安静的会议室响起,老人自我介绍是周健斌的父亲,也就是周时予的亲爷爷。他在得知周时予的身体状况后,决定亲自抚养这个孩子。在周时予就诊的这段时间里,他希望能有负责的医生尽心照料。

"周老先生身体抱恙不便外出，委托我出面代理。"顾淮安起身，朝对面三位微微鞠躬，"老先生对几位都十分感谢。事情结束后，会邀请几位去家里做客。"人脉会成为无形财富，周老先生的这份感谢，要比真金白银贵重得多。

对于绝大多数人，这是可遇不可求的事。可对面偏偏是徐榄和祁夏璟，作为在H市三大家族之二中长大的孩子，这份邀请倒真没什么吸引力。

顾淮安当然知道这些，不紧不慢地推了下眼镜："周家的情况祁医生和徐医生应该很清楚。周时予是周家唯一的继承人，促成这件事对徐、祁两家都是百利而无一害。"

徐榄的椅子转了一圈，他咧嘴笑道："你当初找祁夏璟接手术时就算到这一步了吧？"祁夏璟懒得说话，还是对一切不在意的懒散模样。顾淮安对这个男人捉摸不透，决定点到为止，转向旁边的黎冬，道："事出有因，抱歉没提前和你说清楚。"

"周时予不是我的病人，周老先生不必感谢。"黎冬并不在意这些，只是有一件事她的确放心不下，"我可以问个问题吗？"

"请。"

黎冬忘不了那双绝望的眼睛："周时予的母亲怎么办？她需要治疗以及足够的法律支援。"

没人想到黎冬还在关心早已成为牺牲品的女人，在场的甚至没人知道她的名字。顾淮安有些意外："这件事我会去问，尽快给你答复。"

"好，我没有其他问题了，"黎冬点头道谢，抬头看向墙上时钟，"可以直接聊聊周时予的病情吗？我等下还有事要忙。"

闻言，祁夏璟无声勾唇，她果然还是这样，在别人眼里是死板、不懂变通，但没人不被她的真诚打动。从十年前到现在，一如既往。

祁夏璟屈指敲敲桌上的资料，终于抬头看向对面："可以开始了？"

"可以。"

半小时后会议结束，黎冬率先起身离开。顾淮安整理好物品，离开前朝对面微微一笑："祁副高，周老爷子让我带句话，说前段时间才见过令尊，还谈起你。"

"不必拿祁家压我。"祁夏璟靠着椅背，双手交叠于腹前，即便抬头仰视时也是上位者的姿态，笑容倦懒却让人不寒而栗。"我只是普通的人民医生。"男人桃花眼上挑，薄唇轻启，"除了救死扶伤，其他的事都与我无关。"

气温持续走低，病人数量在深秋时节不断增长。四楼大厅里人来人往，喊号的机械声和人声交杂灌进耳朵，将其中一道急促的呼吸声彻底淹没。

重重的倒地声响起时,黎冬恰好与女孩擦肩而过,准备着手下午的工作。

"有小孩晕倒了!"刺耳的尖叫声撕裂难得的平静,周围人迅速从昏迷的小女孩身边让开,急切地寻找医生。

瘦弱苍白的女孩侧躺在冰冷的瓷砖地面,紧闭双眼,失去了意识,如果不是胸膛还在微弱起伏,仿佛已经死去。黎冬迅速在女孩身前跪下,确认她身上没有外伤,只是呼吸和心跳微快,高悬的心刚要放下,突然闻到一丝微弱的烂苹果味,心又猛地一沉。围观的人太多,担架车会堵在外面,从四楼乘电梯去一楼抢救室需要的时间太久,等不及了。

"都让开!"黎冬咬牙直接将女孩抱起来,头也不回地厉声喊赶来的护士通知急救室,在众人瞩目下朝楼梯口快步奔去。

快点儿,再快一点儿!

医生这个职业注定要随时直面死亡的降临,但这种死亡永远不会是新闻里冰冷的数字,而是一张张病容满目的脸,是无数呻吟和病痛折磨后的无能为力以及"哪怕再早一分钟就能救活"的无限悔恨。

耳边不断传来惊呼声,黎冬抱着女孩一路飞奔。肌肉的酸痛刺激着大脑神经,让她不断生出怀里的女孩越来越轻的惶恐。

一楼抢救室的医护人员看到黎冬时,都露出不同程度的惊讶。训练有素的护士立刻将女孩小心地放到担架床上,进行床旁快速检测。

有好心的护士欲言又止道:"黎医生,你的鞋——"

黎冬的衣服被汗水浸湿,被打湿的碎发贴在前额,她知道自己此刻狼狈不堪,也只是深吸一口气,飞快将诊断情况说给护士,叮嘱道:"有可能是酮症酸中毒[①],一定要记得测血糖。"

直到一切安排妥当,黎冬高悬的心才重重落下。她平复呼吸,低头才发现右脚的鞋不翼而飞,白袜的脚底已经是灰黑色,大概是在下楼的过程中跑丢的。

总不能光着脚工作,黎冬在形形色色的注视中,准备原路返回去找鞋子。

"黎冬。"窃窃私语声中,低沉男声字字清晰地砸在耳边。祁夏璟站在几步外静静地看着她,高瘦颀长的人连白大褂里衬衫最上方的那颗扣子都严谨地系紧,而她甚至可以用衣冠不整来形容。

他修长有力的手上是黎冬丢失的白色洞洞鞋,拉环带从一侧脱落,在空中

---

① 指与酮体蓄积相关的代谢性酸中毒。酮体是脂肪酸在肝脏分解的中间代谢产物。正常情况下,血液中仅含有少量酮体。

坠着。这是黎冬在入职后，第一次因为狼狈而产生想要逃跑的冲动。

"站着别动。"一眼看穿她想要逃跑的意图，祁夏璟叫住黎冬后，提着鞋大步走近，弯腰将鞋放在地面，顺势在她面前蹲下。男人英挺的眉紧皱着，沉沉道："脚上扎到什么东西了吗？"

"没有。"黎冬慌忙穿好鞋，想说完"谢谢"就迅速离开。男人忽然起身道："鞋上的拉环带是罐头咬掉的？"

黎冬没想到他会问这个，先是一愣，接着立刻摆手："跟罐头没关系，是我自己不小心把鞋跑掉的。"

罐头第一次跑来黎冬家那晚，就对她洞洞鞋拉环的圆扣表现出极大兴趣，没事就趴在玄关咬。之后右脚拉环的圆扣掉过几次，黎冬都能找到安回去。这次救人时拉环再次脱落，才有了刚才的右鞋丢失。

"没关系，我换一双就好。"黎冬轻声道，"我先去忙了，谢谢你帮我找鞋。"祁夏璟没再废话："好。"

短暂的意外后，黎冬下午的工作照常忙碌。直到晚上六点下班，暮色深沉，她回到办公室，旁边的杨丽先一步从座位上起身冲过来，满眼兴奋。"老实交代，你和祁副高什么情况！"女人狐疑地眯着眼睛审视黎冬，试图从她眼睛里发现什么，"不许说没情况——他都给你送鞋了！"

送鞋？黎冬偏头看向桌面上新出现的购物袋。她拿出里面的鞋盒，打开发现是一双崭新的白色洞洞鞋，样式和她原本的不大一样。脚跟的位置印着数字37——正好是她的鞋码。

"天哪！这是M家和R家的联名款。"杨丽见到黎冬手里的鞋，又是一阵大呼小叫，"前两天妇产科的小刘才穿过，说这一双要七千多呢！"

黎冬闻言不禁皱眉，这么贵？她一双洞洞鞋也就几十块。

黎冬面无表情地将鞋收回去，打算直接还给祁夏璟，一转身就被杨丽拦住，不依不饶地非要她给个答案。

黎冬对杨丽三番五次的八卦行为忍无可忍，压着火气冷声道："这里是医院，我们且也只会是同事关系。你可以停止打探别人的隐私了吗？"说完，她提着盒子就离开了。

杨丽还是第一次见黎冬发火，站在原地愣了几秒，回过神就发现祁夏璟不知何时竟然出现在门口。

男人站在阴影里，看不清表情，深邃的五官和凌厉的下颌线无端带来压迫感，毫无波澜的黑眸冷冷瞥了杨丽一眼，随即沿着黎冬的方向离开。

他只是瞥了一眼，连半个字都没说，杨丽却后背发凉，半天没回过神。

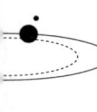

黎冬提着购物袋在走廊停下，她心里很清楚，自己是因为某些久远的记忆而迁怒于杨丽。

明天去说声"抱歉"吧，黎冬在心中轻叹。如果现在去找祁夏璟，很可能会引发第二次争吵。她沉思几秒，决定去看看中午抢救的小女孩，等心情平复，再回去归还鞋子。

负责抢救的护士下午联系过她，说小女孩名叫盛穗，的确是酮酸中毒导致的昏迷，检测出的血糖值是正常值的十几倍。医生初步推测是1型糖尿病，还要等检测结果才能确诊，已经联系家长尽快过来。

盛穗的病房在五楼，黎冬刚出电梯就看见护士站附近围了不少人，病人、护士都有，吵吵嚷嚷地闹成一团。

膀阔腰圆的男人浑身酒气，嘴里骂骂咧咧的，脏话不停，拖曳着刚从抢救室出来，还不清醒的盛穗就要走。瘦弱的女孩脸色惨白，宽大的病号服显得空荡荡的。

她艰难地睁着眼，半跪在地上，如破布娃娃般被父亲拖着，毫无反抗之力。有几位护士和好心人想上去阻拦，都被男人凶狠恐怖的眼神吓退，只能躲到一旁联系保安。

黎冬下午听护士说，几天前盛穗应该就出现了明显的症状，最后居然是自己来医院求救，真不知道她的父母是怎么当的。

"她病得很重，需要留在医院治疗。"黎冬拨开围观人群，挡在男人面前，弯腰要去扶盛穗，"你现在的行为和杀了她没什么区别。"

"杀了她？你怎么不说她要杀了我呢？"男人把盛穗直接往前面一摔，女孩双膝发软，重重跪在地上，发出闷响，"这个赔钱货来趟医院，几个小时就花了老子快五位数！你告诉我，老子去哪里弄这个钱！"

黎冬快要被男人满嘴的酒味熏晕过去，她晃神的工夫，醉醺醺的男人甚至抬手要扇女孩巴掌。她一把将盛穗抢回来护在身后。在巨大的体型差下，黎冬努力挺直腰，抬头道："这位先生，如果你再实施暴力，我们只能报警处理了。"

"报警？老子揍的是自己闺女。你一个娘们儿管东管西的，是不是有毛病？"男人朝黎冬脸上啐了一口，抬手猛地推开她，要去抓她身后的盛穗。

见黎冬踉跄半步，还不死心地要上前护人，男人咒骂着，高高扬起胳膊要扇她巴掌，举在空中的手却突然被一道更霸道的力量牵制。

黎冬只觉得眼前忽地一黑，下一秒祁夏璟已经挡在她身前，面冷如寒霜，单手握住男人的手腕向外掰，黎冬甚至能听见骨节细微的摩擦声。他松开手，

第4章

任男人摔到地上,看垃圾一般居高临下的眼神和浑身可怕的低气压让空气都冰封了似的,冷冷道:"再闹,就滚出去。"

一时间走廊上鸦雀无声,所有窃窃私语都自我扼杀在这份肃杀中。祁夏璟懒得再分给男人半个眼神,皱眉冷声让人去催保安快来,又转身查看黎冬和盛穗的情况。

人群中突然响起一道刺耳的惊叫声。黎冬想,她这辈子都不会忘记接下来的短短几秒。

恼羞成怒的男人早已失去理智,倒地后没有识相地离开,反倒是安静下来,喘着粗气四处张望。几秒后,他的视线停在某一处,满是血丝的猩红双眼,突然浮现一丝诡异的笑意,然后不要命地冲向旁边站着吊水的女人。

惊叫声中,一切都快到让人措手不及。男人攥着抢来的吊瓶,疯了一般冲过来,对准祁夏璟的头部恶狠狠地砸下。清脆的声音响起,沾着血的玻璃碎片一块又一块接连掉落在地上。

闻到空气中淡淡血腥味的瞬间,黎冬的大脑突然一片空白。

祁夏璟抬手去挡吊瓶的动作仿若电影里的升格镜头,她连衣袖抬起的角度都看得清楚明白,却说不出一个字。直到祁夏璟被扎伤的右臂无力垂下,潺潺鲜血顺着指尖滴落,她冰冷麻木的四肢才终于恢复知觉。

黎冬不知道该怎样形容手对于一名外科医生的重要性。那一刻,全世界的声音都消失了。

黎冬不知道从哪里来的力气,几乎是眨眼的工夫就冲到男人面前,揪住比她高出半头的男人的衣领。剧烈颤抖的十指插进他的领口,她双手用力到青筋暴出,甚至让男人感到害怕,肥厚的嘴唇轻轻地哆嗦着。

"道歉!"黎冬听见自己从牙缝里咬出字句,尾音战栗着,"我让你道歉!"视野被冲涌而上的泪意模糊,眼前混乱的人和景物都在晃动。她耳边各种劝阻声嘈杂不堪,只能注意到四个身穿保安服的人要把男人拖走,她更用力地死死攥着男人的衣领:"他还没道歉——"

"没事了。"下一秒,宽瘦干燥的掌心轻轻遮盖在她眼前。黑暗中,黎冬敏锐地闻到熟悉的乌木沉香,混着丝丝血腥味。

"只是皮外伤。"祁夏璟以拥抱的姿势站在她身后,没受伤的手轻轻捂在黎冬眼前,"过两天就会好的。"

黎冬紧攥的双手缓慢松开,宛如做错事的孩童般茫然眨眼,感到湿热的液体从脸颊滑落。良久,她听见自己战栗的声音:"还疼吗?"

"不疼。"祁夏璟的低沉声音带着前所未有的温柔,耐心地一点点安抚黎冬失控的情绪,"阿黎乖,别哭。"

他会心疼。

❄ 14

办公室里静悄悄的,时而有器械相撞的清脆声。黎冬用镊子夹起最后一块玻璃碎片丢进铁盘,爬满汗的后背紧紧吸住毛衣。她伸手去够旁边的碘酊瓶子时,指尖还在微微颤抖。

理智上她清楚伤口不深,不需要缝针,也没有任何深部软组织肌腱受损,但高悬的心仍像是被人紧捏着,闷得她喘不过气。

"包扎好了。"她摘下手套放在一边,深呼吸一次,平定情绪,不由自主地叮嘱道,"记得按时换药,伤口不能——"说到一半,她突然想起祁夏璟也是医生,只好抿唇闭嘴,想去整理用过的医疗器材。

"你话还没说完。"骨节分明的手轻握住她的手腕,祁夏璟没用力,只要黎冬轻轻挣扎就能摆脱,"伤口不能什么?"

黎冬沉默,鬓角凌乱,眼角通红,让祁夏璟又想起五分钟前她那颗几乎要灼伤他掌心的眼泪。那一刻,在冗杂的情绪中,他能清晰地感受到一丝卑劣的喜悦。无法否认的是,他试图用黎冬的失态和眼泪向自己证明,也许有万分之一的可能,她这些年也没有真正放下他。

女人紧抿的双唇发白,祁夏璟静静看着黎冬的双眼,指腹感受着她手腕皮肤的温度,轻声道:"黎冬,你在哭吗?"

祁夏璟看清她眼底的自己,唇边带笑,带着伪装拙劣的沉着和事不关己——他再清楚不过,他对这场差点儿断送他职业生涯的事故,没有丝毫的后怕之心。

黎冬同样将男人的漫不经心看得一清二楚。旁观者一般的懒散笑容再次提醒她,祁夏璟是替她挡灾,本身和这件事毫无关系。

"没哭。"泪意卷土重来,黎冬倔强撒谎,视线对上祁夏璟关切疼惜的眼神,话语几乎是脱口而出,"祁夏璟,我不会再因为你哭了。"

分手后,黎冬无数次和自己保证过,不再为祁夏璟的事落泪——她才是主动伤害的一方,为了减少负罪感而自欺欺人地流泪,未免也太卑劣。

祁夏璟起身,站在她面前,颀长身影遮挡住头顶的冷光,目不转睛地盯着黎冬,良久,未出口的话化作一道长叹:"小没良心的。"

喃喃自语一瞬即过,黎冬没听清,下一秒男人没受伤的手就落在她鬓角,温柔地将她散落的碎发拨到耳后。祁夏璟的声音微哑，带着点儿自嘲和宠溺的无奈："好，那是我自作多情。"

或许是失血的缘故，祁夏璟指尖带着凉意。黎冬的神经末梢受到刺激，很轻地瑟缩一下，两人同时意识到撩头发对他们来说，是太过亲密的动作。

"那什么，很抱歉打扰两位哈。"徐榄满脸无语地靠在门口。他人都在停车场了，突然听说祁夏璟受伤，火急火燎地飞奔过来，结果一进门就撞上两人一个撩头发、另一个羞涩躲避，拍偶像剧似的，头顶还有打光。

"我就废话两句，"徐榄处理正事时，还是一如既往地靠谱，"盛穗现在情况稳定，男的已经被保安带走，围观群众也散了。"他看向明显心情不错的祁夏璟，嫌弃道，"你打算怎么办？要不要报警或者叫律师？"

"不用。"祁夏璟摇头，这件事他已经想好怎么处理，"让护士通知拍摄的围观群众，尽可能不要让照片和视频流出去。去找几家当地媒体，小范围地发布黎冬上午救人的事情，需要时再推热度。"

他倒无所谓，担心如果有人拍到黎冬阻拦男人的视频，先一步断章取义地发布到网络，舆论的走向会非常难控制。毕竟人一旦先入为主地被恶意引导，那再怎么澄清，都很难抹除对黎冬向病人家属使用暴力的印象。

"好，那我就让保安把人放了。"徐榄明白其中轻重，似笑非笑的眼底闪过一丝阴霾，侧耳听见走廊出现的重重脚步声，幸灾乐祸地笑了，"老祁啊，自求多福吧。"

"我就提早下班十分钟，居然能给我捅出这么大的娄子！"刘主任年纪大了，比不了年轻人，一路跑来，累得直喘粗气，愤怒地瞪着祁夏璟和黎冬，"你们两个是刚上岗？任何情况下都不许对病人或家属使用暴力，这种事还用我重新教吗？"男人看着祁夏璟手上的伤，越想越气，一巴掌重重拍在桌面上，"为什么不等保安过来？手都可以不要，就非得做救世主是吧？"

祁夏璟用余光扫过面露愧色的黎冬，在她道歉之前，懒懒笑道："主任，您吓到我了。"

"我还能吓到你？难怪老李说你不是个省心的，以前我算是被你骗了！"刘主任见祁夏璟受了伤还嬉皮笑脸的，重重叹了口气，"你的手要是出了任何事，我怎么跟老李交代？"

祁夏璟眼底笑意更深，勾唇道："您别怕，下次我一定注意保护自己。"

"还有下次？"刘主任被气得够呛，对着祁夏璟直翻白眼，"看来得给你点儿教训——回家去给我写检讨！明天交上来！"目光转到黎冬，刘主任终于想起还有个动手的，"你也一起写！都给我好好反省！"

"这可是跟病人家属发生冲突啊，主任就这么算啦？"徐榄不嫌事大地靠着墙，胡编乱造道，"外面那男的说要报警呢，说咱们医生恐吓他。"

"他还敢嚣张？"刘主任感觉天灵盖要被气翻，把桌子拍得震天响，"带我过去！今天不让他认错，这主任我明天就辞职不干了！"

送走气愤的刘主任，黎冬去了一趟盛穗的病房。虚弱的女孩昏睡着，床头柜上放着一张纸。

"小姑娘中间醒过一次，非要写给你。"护士将纸递给黎冬，看着可怜的女孩也不免眼睛发红，"别看孩子年纪小，其实她什么都懂。"

病中的女孩难得清醒，白纸上仅有的两个字歪歪斜斜，看得出写得十分吃力——

谢谢。

祁夏璟右手受伤，不方便开车回去，只能由黎冬代劳。露天停车场里，祁夏璟看着黎冬第三次调整后视镜，浑身上下写满了紧张，忍不住勾唇出声："你又调回最初的挡位了。"

"我四年前拿的驾照，只开过三次车，上次是在一年半以前。"黎冬僵硬地转过身，确认他系好了安全带，建议道，"你最好抓着上面的扶手，不然真出了事的话，我没办法保护你。"

她全身心都集中在手中的方向盘上，丝毫没觉得脱口而出的话有任何问题。祁夏璟静静望着黎冬，眼神忽地变得温柔："好。"

略微放心的黎冬心中默念驾驶规则，秉承着"安全第一、速度第二"的原则，挺直后背以抬高视野，坚持在马路上龟速前行。遇到红灯停车时，黎冬紧绷的身体得以放松片刻，随后就听见饥饿的胃发出闷闷的声响。

她下意识地看向副驾驶座，祁夏璟撑着脸望向窗外，偏着头看不清表情，可受到牵动的面部肌肉早就暴露他正在偷笑的事实。

封闭狭小的保时捷跑车里，沉默的两人连呼吸都难分彼此。乌木沉香和清淡的雏菊香气混合后钻进鼻腔。黎冬想起方才受伤的男人以近乎拥抱的姿势抬手轻轻遮住她的双眼，温柔地在她耳边低低呼唤着"阿黎"。

十年前，祁夏璟也总这样叫她，不同于方才的克制低沉，十八岁少年的声音要清润张扬许多。哪怕闭上眼睛，她都能想象出阳光下的少年正大步跑来，满眼是她的样子。

重逢后，黎冬有时会感叹，如她这般木讷无趣，生命中竟也会出现能时刻牵动情绪的人，在她死水般枯燥的生活中荡出层层波澜。

"快变绿灯了。"直到祁夏璟回头出声提醒，黎冬才意识到发呆太久了。她脸上阵阵发热，轻声道："你晚上要去我家吃饭吗？"

长达十年的感情空白，让黎冬没能立刻联想到单身男女共进晚餐的深层含义。她只看见祁夏璟的黑眸忽地一沉，眼底闪烁着无法理解的复杂情绪，像是难以遏制的冲动，又有欲言又止的隐忍。她下意识地补充道："你受伤是因为我，我想我该做些什么，你有什么想吃的吗？"

祁夏璟眼底复杂的情绪消失不见。男人重新靠回座椅，勾唇自嘲地轻笑，半晌开口道："川香辣子鸡。"

"不可以。"红灯变绿，黎冬的精神再次高度紧张起来，毫不犹豫地拒绝，"伤没好之前，我不会给你做辣的。"

闻言，祁夏璟无声挑眉，撑着右边脸懒懒道："蒜香鸡翅根。"

"好。"

"还要莲藕排骨汤。"

"可以。"

他又随口提起两道高难度菜，黎冬毫不犹豫地一口应下，反倒让有意刁难的祁夏璟意识到她当真了，可能会大晚上再开车去超市买菜。知道黎冬做得出，祁夏璟在回小区最后的十字路口前开口："随便做就可以，不用开车去超市。"

"嗯，不用去。"保时捷缓慢驶进小区，倒车入库后，黎冬轻吐口气，眼里泛起点儿笑意，"上次不知道你要我做饭是要做多久，我逛超市时，就把你喜欢的都买了一些。你说的菜家里都有食材，只是需要等些时间。"说完她低头去解安全带，错过了祁夏璟微愣的一瞬以及话到嘴边的犹疑。

黎冬住的出租房装修风格是简单温馨的田园风，淡黄与米白色调相结合。家具大多是木质或布艺，能见到雏菊碎花的装饰物。简单来说，很符合租客的性格。

祁夏璟站在玄关处等黎冬拿拖鞋，旁边的罐头早已经摇头晃脑地在客厅撒欢。

"家里只有一双男式拖鞋。"黎冬弯腰将鞋放下，解释道，"就我父亲穿过，之后我也洗过了。"

也就是说，黎冬家里没来过其他男性。祁夏璟的薄唇悄悄弯起，随口问道："叔叔身体还好吗？"

黎冬闻言背脊一僵，随后若无其事地走进厨房，显然不愿多谈："嗯，还好。"

祁夏璟想起来，在距离高考不到一百天时，黎冬的父亲突然生病入院。因为母亲白天要体力劳作，弟弟年纪太小，陪夜的任务就落在了黎冬身上。

大多数的高考生都是全家的重心，尤其是高考将近时，父母恨不得能随时随地给孩子补身体。可对于黎冬来说，在最辛苦的冲刺一百天里，有的只是每天晚自习后冲向末班车，睡在医院冷硬的床板上，第二天天不亮就起床，坐最早的一班公交车回学校。

祁夏璟至今还记得，她有一天从医院回来时，脸上带着形状奇怪的红印，被问起就笑着说是路滑不小心摔的。那天，两人因为黎冬坚持不许他接送而大吵一架，最后以她小心翼翼的道歉结束。

此后，黎冬再也没去过医院陪夜，直到高考结束。

"你要尝一口吗？"黎冬温和的询问声打断他的回忆，"肉还没炖烂，先喝点儿汤吧！"黎冬将盛着汤的瓷碗放在他面前："菜快好了，你喝的时候小心烫。"

"好，谢谢。"

晶莹的汤汁香味扑鼻，整个开放式餐厅都飘着浓稠勾人的肉香。漂浮在汤面的莲藕沾着细小油滴，一口咬下去，软烂黏糯，却藕断丝连，香气弥漫在唇齿间，久久不散。

黎冬端上蒜香鸡翅根和油淋空心菜，让祁夏璟先吃。

她穿着米色围裙在厨房忙碌，宽松的家居服难掩清瘦背影和纤细腰肢。她低头熟练地将菜切好下锅，油溅到手背，也只平静地用厨房纸擦去，时而会转过身看他，紧张又带着期许地问："味道还可以吗？"

"嗯，好吃。"比起"好吃"，祁夏璟其实更倾向于用"熟悉"来形容这些菜——这是他第一次发现，原来味觉也会有记忆。以前在一起时，他无心提过黎冬做菜好吃。自此她每周末回家，都会给他准备六道菜，直到高考结束，从无例外。

祁夏璟每每回想，都只觉得他当时自私又粗心。在长达一年半的时间里从没想过，如果黎冬把给他做饭的时间用来睡觉，高考前还会不会总流鼻血？黎冬表现得风轻云淡，每回都说是顺便盛给他一份，却没解释过为什么每道菜都恰好是他喜欢的。

她总是这样，无论是面对祁夏璟无理的要求，还是来自原生家庭的困苦，都未曾有过一句抱怨。

祁夏璟放下筷子起身，走到不算宽敞的灶台旁，沉声道："有我能帮忙的吗？"他对做饭一窍不通，即便在A国求学那最窘迫的几年，也是用面包对付，宁可得胃病也懒得进厨房。但他此刻觉得，不能留黎冬一个人在厨房。做饭是她的好意，不是她应承担的责任。

黎冬习惯了独自忙碌，转身就见祁夏璟大山似的挡在眼前，她的头险些撞在他的胸膛。男人身上散发着压迫感极强的雄性荷尔蒙，总让她心绪慌乱，眼神无处可放。她慌乱地端起一盘菜，递过去："麻烦你了。"

"没事儿。"祁夏璟接过刚出锅的青椒炒肉，端详着碗里的青椒，几秒后缓缓皱眉，"这是给我吃的吗？"

被冷落的罐头噌地竖起耳朵，兴奋地冲过来，仰头叫了一声。

"闭嘴！"祁夏璟低头，面无表情道，"也不是给你吃的。"

"可以吃，这个青椒是偏甜的。"黎冬见祁夏璟仍旧蹙眉，贴心解释道，"我说的是你，不是狗。"

黎冬本以为祁夏璟是着急吃饭才来厨房的，可菜都端上桌了，不论她是去盛汤还是去拿餐具，男人都还跟着，寸步不离的。罐头以为两人在玩游戏，傻呵呵地跟在祁夏璟身后。

盛饭时，黎冬忍不住回头看向半臂距离外的祁夏璟："你还想吃什么吗？"

"不想。"祁夏璟闻言轻轻挑眉，语气懒懒，眼里却没有玩笑之意，"只是觉得分明是两个人吃饭，却让你一个人忙，对你不太公平。"

印象中，用"天之骄子"来形容祁夏璟最为合适。从小众星捧月般长大的少年，总是张扬而恣意任性，永远铆足劲儿地直奔既定目标，从不沿途停留，也从未回头看携手同行的伙伴是否还有能力跟上。

十年前，她是那个体力不支最终掉队的人，而十年后，祁夏璟却会花心思在这种小事上，设身处地地为她着想。黎冬只觉得心里五味杂陈。

各怀心事的两人沉默着面对面吃饭，只有得到罐头的金毛在欢快地埋头吃罐头，尾巴晃得人眼晕。祁夏璟的右手受伤，只能用左手拿勺吃饭。黎冬看他舀不起菜，就用公筷把菜夹进他碗里，一顿饭吃得十分慢。

吃到一半，黎冬接到母亲的来电。得知她才吃上饭，周红艳就又忍不住唠叨："三餐不规律对胃不好。冬冬啊，工作别太拼命，早点儿找个好人家嫁了，舒舒服服当家庭主妇不好吗？"

黎冬夹菜的手顿住，她在开始后悔接起这通电话时仅仅调低了手机音量，现在离开，只会让场面更尴尬。眨眼的工夫，听筒那一端的父亲已经吼出声："都说了多少次不要再催她！你看上次找的那个，把你女儿当人吗？我养她到这么大，不是为了让她当别人家的生育机器！"

"你突然发什么疯？黎明强你说得轻巧，女儿从小到大，你才管过她几件事?"每次谈到黎冬的婚姻大事,相伴三十余年的夫妇总能吵得不可开交,用最尖锐的话互相伤害,周红艳厉声回嘴,"你怎么没管?你高三那年不是还扇了你女儿一巴掌——"

"周红艳!"

黎冬噌地从座位上起身:"妈!"

"抱歉,我有点儿事。"黎冬慌忙将手机静音,低头不敢和祁夏璟对视,"你吃完饭,把碗放在这里就好。"说完她头也不回地走向卧室,逃兵一般将房门紧紧关闭。

在医院也是,回到家也是,为什么他总能撞见她最狼狈的模样?黎冬将手机丢在一边,疲惫不堪地靠着门板慢慢跌坐在地,隐约能听见门外有瓷碗碰撞的清脆声,也不知道祁夏璟用左手要怎么夹菜。

电话那头儿,两人还在为黎明强唯一动手打黎冬那次而争吵不休。

平心而论,黎冬其实能理解父亲的愤怒。当时是高三最紧张的冲刺阶段,而偷拍她和祁夏璟的照片却被贴在学校公告栏。学校对高三的优等生谈恋爱向来秉承着"只要不影响成绩,就睁一只眼闭一只眼"的处理方针,对高调谈恋爱的祁夏璟更是如此。

可照片带来了巨大轰动,被各班争相传阅,事情性质变得恶劣。校方不可能再视而不见,解决的办法,就是请双方家长和黎冬一个人去办公室面谈。两位母亲先是在办公室对峙,直到矜贵的女人从手包里拿出一沓清单,上面列了祁夏璟给黎冬买的所有东西。

后面的记忆变得模糊,黎冬只记得送走母亲后,她跟矜贵女人在车上有过短短十分钟的交谈。结束后她照常去上课,晚自习后再赶往医院照看父亲。

那晚难得父母都在,病房里死寂一片。黎冬被勒令跪在父亲的病床前,完整听他再念一次下午才见过的清单,从水杯、发卡到围巾,每一件物品的价格都远超她全家一个月的收入。

黎冬听见病床上的父亲咬牙切齿地问她:"我花钱养你到这么大,辛辛苦苦送你去学校,就是让你做这些勾当的?"

勾当,父亲原来这样看待她和祁夏璟的关系。黎冬想解释,她想说那条六位数的围巾是她送的手织围巾的回礼,却在张嘴的瞬间迎来一个巴掌。父亲面对病魔折磨一声不吭,那晚却忍不住哽咽,字字泣血:"黎冬,女孩子要懂得自爱。"

对从未接触过社会,还差半年才成年的孩子来说,"自爱"这个词,分量实在太重了。黎冬被打得哑口无言,被要求不许再来医院时也只顺从地点头,麻木的脸上眼神空洞。

那晚脸上火辣辣的刺痛，直到十年后依旧刻骨铭心。黎冬还记得她从医院出来后，第一反应是给祁夏璟发消息，说自己今晚不会返校。因为她知道，祁夏璟如果看不到这条消息，就一定会在校门外等她，直到天亮。

深夜三点，她坐在学校附近街道的路灯下温书，却怎么都看不进去，最后从口袋里拿出手机，想要查"自爱"的意思。手机屏幕亮起，两人合照的背景上，跳出祁夏璟十分钟前发来的消息。

祁夏璟：阿黎你几点回来，我好想你。

祁夏璟：明天早上我坐最早一班车，去医院接你好不好？

视线模糊，黎冬强忍泪意。她一转身就能看见学校铁栏里的宿舍楼。左边那栋的六层，最靠里的一间，祁夏璟就睡在靠墙的上铺。

"我已经回学校了，你好好休息，不要担心。"她指尖颤抖地回复，大颗泪滴最终还是落在屏幕上，"祁夏璟，我也好想你。"

嘟嘟的忙音打断思绪，黎冬从双膝中抬头，发现父母那边已经挂断电话，门外也不再传来任何声音，祁夏璟应该是离开了。黎冬解脱地抬头看向天花板，不知怎的，忽地觉得这个动作十分熟悉。

再也不用去医院后，她开始莫名其妙地失眠。凌晨她在偷偷爬起来去公用卫生间复习时，偶尔会流鼻血。她不敢开水龙头，只能微仰着脑袋，在盯着天花板等血止的时间里，企图偷得片刻解脱。

门外又传来熟悉的挠门声。开门看到罐头扑进怀抱的那一刻，黎冬眼里满是错愕。似乎能察觉到她的低落，八十斤的金毛比平日更热情，不停地抬起前爪要黎冬抱抱，湿热的舌头不断地舔她的脸，喉咙里发出急切的嘤嘤声。

黎冬笨拙地回应，几次险些被罐头推倒在地，终于轻笑出声。最后她浑身狗毛地从卧室走向餐厅，发现餐桌上的饭菜都用保鲜膜包好了，料理台上的锅碗瓢盆也被清洗干净归置原位，只剩下她的碗筷还在原位。

黎冬表情怔怔地走过去坐下，犹豫几秒，抬手抚上陶瓷碗温热的侧壁，又试了试手边的莲藕排骨汤和其他菜品，无一不是热的。祁夏璟离开前，还特意替她热过饭菜。

手机振动，黎冬点亮屏幕，看见未备注的尾号为1222的号码刚发来的消息。

133××××1222：罐头一定要留下来陪你。嫌麻烦的话，把它丢到阳台上就可以。

黎冬犹豫片刻，打字回道："为什么要洗碗？你的伤口不能沾水。"

对面秒回："因为无聊。戴了手套，没沾水。"

罐头见黎冬迟迟不动，又着急地用脑袋拱她的手。黎冬用一只手轻轻抚摸它的脑袋，另一只手的手指点进发件人界面，添加新联系人。

填写名称时，她下意识先输入"祁副高"，又改成"祁夏璟副高"，犹豫片刻，删除了末尾的二字称谓。不再是尾号1222的未备注，也不是医院里的副教授，只是祁夏璟。她点击保存，手机再次轻振，黎冬退出编辑页面，看见祁夏璟十秒前的最新回复："明早吃包子吗？遛狗的时候顺路去买。"

第二日清晨，祁夏璟如约敲响黎冬家门。刚好是黎冬晨跑的时间，她换好运动服出门，身后跟着在她卧室敞着肚皮睡了一整晚的罐头。

习惯早起的女人和金毛神采奕奕，唯独一身纯黑的男人面无表情，双手插兜跟在最后。压低的帽檐遮住了他的眉眼，浑身写着"我有起床气别惹我"。

不同于平日的一出门就撒欢，罐头今早异常乖巧，一步三停顿地频频回头，看祁夏璟走得慢就跑回去，跳起来轻舔他受伤的右手指尖。祁夏璟敷衍地乱揉狗头，停顿片刻，无情补充道："与其撒娇，你不如平时少气我。"

五秒钟后，两人喜提一只伤心欲绝的八十斤金毛。

黎冬大腿被狗爪牢牢扒住走不动路，她无奈地想劝祁夏璟表达再温和点儿，回眸就见男人帽檐下勾起的唇角，温柔的笑容中带着点儿顽劣。

结束运动后，两人一句来到体育公园出口处的空旷绿坪，看见年迈的白发老妇人推着自行车，车后座的保温箱里是售卖的包子、豆浆。

不少年轻的上班族早晨起不来，又不想饿着肚子扛过一上午，经过时会在这里买包子、豆浆。黎冬有时下夜班经过，看还差几个没卖出去，就会都买走，好让老人早点儿收摊。

只是平常都是夫妻俩共同张罗摊子，丈夫打包，妻子收钱，今天却只有白发妻子一人，卖的包子数量也只有平时的十分之一。寒秋多病，买东西时黎冬忍不住询问："阿婆，怎么没见到您先生？"

老婆婆身形佝偻，年纪大了耳朵不好。于是黎冬凑近些半弯着腰，提高音量又问了一次。

"你问我老头儿啊？"老婆婆很喜欢黎冬，布满皱纹的脸上堆起笑容，大声回复道，"老头儿前两天把腿摔啦，正搁医院里躺着呢。"她看向自行车后座，

073

笑呵呵道，"这不，等我卖完这点儿就去照顾他。"

人上了年纪，摔一跤都可能致命。黎冬听婆婆说情况并不严重后才松了口气，打算多买两个，好让老人早些收摊。

"剩下的都包起来吧。"沉默不语的男人突然出声。祁夏璟压着帽檐，声音慵懒沙哑，穿着最简单的黑衣、黑裤，裸露的皮肤更显冷白。肩宽腰窄，脚边是对包子垂涎欲滴的罐头。

婆婆看着剩下的十几个包子和五六杯豆浆，惊叹："娃啊，你吃这么多？"

"嗯。"男人起床气还没消，眉微微蹙起，懒得解释，索性道，"在长身体，胃口大。"不得不说，胡扯的话配上祁夏璟这张除了淡淡的黑眼圈外找不出一丝瑕疵的脸，居然有几分可信度。老婆婆喜笑颜开，转身拿了两只大塑料袋分开装东西，防止豆浆洒出来。

黎冬在一旁帮忙，身旁的祁夏璟已经扫码付款，没受伤的手接过袋子转身就走。她连忙要跟上，刚转身就被婆婆拽住袖子。

"娃啊，"婆婆将被遗忘的四个包子和两杯豆浆递过来，笑容和蔼，"这些忘拿啦。"黎冬微愣，看向走出几米远的祁夏璟。男人正被罐头咬着裤腿要包子，满脸不耐烦。

"不是忘了，"黎冬将东西推还给老婆婆，语气是她自己都没察觉到的柔和，"是他特意留给您和您先生的。"被婆婆千恩万谢后，她快步走向和罐头大眼瞪小眼的祁夏璟，弯唇问："这么多包子怎么办？"

"给徐榄。"祁夏璟举着袋子，防止罐头趁机生扑，"他人傻，吃得多。"

黎冬仍旧微微仰起头望着他，清澈的眼底带笑，柔软的发丝随风轻晃，身上有很清淡的雏菊香气，连同初晨微凉的雾气被吸入胸腔。

祁夏璟垂眸，低声问她："在笑什么？"黎冬摇头想说没什么，最终还是忍不住扬唇道："就是觉得你刚才的样子挺特别的。"

早上去医院还是黎冬开车，祁夏璟坐副驾驶，帮忙看路。中学学校前的一段路照例要堵十五分钟，大概是觉得车里太过安静，祁夏璟靠着椅背沉吟片刻，睁眼将车内收音机打开。

全环绕式音响开始播报全英文访谈——祁夏璟前几年在A国求学，习惯了听英语新闻报道，回国后也懒得改。报道讲的是F国某实验室新研发出一种抗癌药物，于上周三正式进入最后的临床试验。如果能顺利通过，将是人类医学史上又一座里程碑。

受访对象是实验室负责人，语速极快，口音又重，发言中还有大量生僻和专业词汇，除非有足够的医学底蕴和极高的听力水平，否则基本等于听天书。

祁夏璟抬手准备换台。

"可以等等吗？"驾驶座的黎冬突然出声，"我想把这个听完。"

祁夏璟有些意外地无声挑眉。印象里，黎冬高中唯一的偏科就是英语。三中重点班不少学生都有外教辅导，让从小接受哑巴英语教育的她变得尤为吃亏。没想到现在连祁夏璟都要专心才能听懂的内容，黎冬也毫不逊色。

祁夏璟随口用纯正的美式英语问了句与报道相关的问题，黎冬听完先是微微愣住，然后缓慢却流畅地同样用美式英语回答。用词和发音不算地道，但绝对算得上标准。

祁夏璟注意到一个细节："你什么时候改用的美式发音？"他是因为要去A国读书，才从小学习美式发音，但黎冬一直到高中都是接受英音教学，现在的口音和以前简直判若两人。

黎冬闻言沉默片刻，葱白的手指握紧方向盘，轻声道："上大学后总早起听美式发音的广播节目，时间久了就自然变成美音了。"

这篇访谈的内容可绝不是早起听听力就能明白的，哪怕只是想保持发音，也要有相对的语言环境。不知怎的，祁夏璟忽地想起黎冬每天晨跑和去医院时都戴着耳机，独自去食堂吃饭也会戴。

某个荒谬的猜想在他心里疯狂滋长，再开口时，祁夏璟沉哑的声音带着不自知的紧绷："你大学的时候想出国？"又是一阵长久的无言沉默。

"想过去交换。"绿灯亮起，拥堵的街道终于畅通无阻。黎冬将注意力重新放在驾驶上，让伪装的镇定自若不那么明显："但国外读书太贵，就放弃了。"

大一时，H市教育厅颁布和A国名校的十年合作项目，参与者只限大三学生。于是黎冬在接下来的两年里废寝忘食地练习听、说、读、写，终于在十几万考生中脱颖而出。

得知项目变更为自费的那天，黎冬刚拿到A国签证，破例用打工的钱买了条五百块的碎花裙子。她平静地放弃了努力两年才得到的机会，在店员的白眼中把裙子退掉，将攒下的钱一起寄回了家里。

事情就这么简单，实在没必要和祁夏璟解释太多。

奢华的保时捷跑车安全抵达医院停车场，黎冬将车钥匙交还后下车。她有意拉开距离，让祁夏璟走在前面。两人还没走几步，就远远看见在医院大厅门口等候的徐榄。

"鄙人好心来通知两位2G原始人，你俩摊上事儿了，做好心理准备。"徐榄一脸幸灾乐祸地大步走近，上前搂住祁夏璟的肩膀，特意在男人耳边低语，

075

"不过，我估计你应该挺高兴。"祁夏璟冷冷斜他一眼，侧身拒绝勾肩搭背。

两男一女先后走进医院。黎冬很快发现，身边经过的医生、护士，不管认识与否，都会用打量的目光看着她和祁夏璟。

她原以为是因为昨天的事，直到王医生特意停下，笑着调侃道："没想到啊，黎医生，难怪每次给你介绍对象你都拒绝，原来是咱们祁副高。"等人笑着离开，祁夏璟才掀起眼皮，挑眉看向徐榄："解释一下？"

"解释就是你俩上热搜了，"徐榄耸耸肩道，"然后搞对象的事就被扒得尽人皆知了呗。"

如祁夏璟所预料，昨晚果然有人把拍摄的视频传到了网上。因为醉酒男人的行为太过恶劣，又伤害到了医生，这件事很快在当地掀起小型舆论风暴。可接下来事情的走向，就稍显魔幻了，用徐榄的话说就是："不知道是哪位病人或同事，发了张老祁你工作时的侧颜照，就火上热搜了。你的学历、背景，还有和班长的事就都被爆出来了。"

网络世界人均裸奔，更何况身为天之骄子的祁夏璟从小就高调，世界级的比赛都没少参加，又是当年高考的省状元，被藤校录取。在搜索引擎搜索栏里输入名字就会弹出密密麻麻的荣誉。可网民们真正在乎的只有他和黎冬的关系——毕竟视频里祁夏璟盖住她眼睛的动作，实在太过亲昵暧昧。

高赞的热评这样写道："男医生受伤后的第一反应是用手护住她双眼，不让她看到血腥画面。我在他小心翼翼的动作里，见到了什么叫作爱情。"

徐榄特意拿出冲上热搜的照片给祁夏璟看："你别说，拍得真挺帅，男女通吃的那种帅。"祁夏璟漫不经心地扫一眼，就是张他查房时低头写字的侧面照。一身白大褂，低着头，碎发微微遮住眉眼，脸上还戴着医用口罩。

他挑眉反问："就因为这张五官都看不清的脸？看热搜的人都疯了？"

瞧瞧这说的还是不是人话？徐榄深吸一口气。"反正，你和班长那点儿事都被扒得差不多了——毕竟是把全校检讨当表白现场的人，想不被挖出来恋情都难。现在呢，你们打算怎么办？"他吐槽完，舒心地咧着嘴笑，"删帖还是降热搜，或者让律师发公告解释？"

祁夏璟事不关己地双手插兜，语调冷淡。"我的感情问题，为什么要和别人解释？"他低头又看一眼热搜内容，态度摆明是懒得管，"何况内容属实，还能怎么办？"

徐榄无语凝噎，转头看向黎冬："班长你呢？"

黎冬沉吟片刻："撤热搜或删帖贵吗？"

"还行，一条热搜几十万元，撤掉也许差不多，删帖要看数量多少。"

"不用浪费钱。"黎冬对网民的看法并不关心,舆论的热度最多持续七天,没必要劳民伤财,更何况祁夏璟两个月后就要离开,到时传言自然会烟消云散。

"行吧,那就处理下一件事。"徐榄真觉得自己操碎了心,"刘主任说,院领导让你们来了先去接受报社十分钟的采访,媒体已经在等着了。老刘还在气头上,建议别惹他。"见祁夏璟皱眉,徐榄立刻凑到他耳边,小声道:"别装,我知道你现在心里爽死了。"祁夏璟无声地盯着徐榄,把人盯到头皮发麻后,才慢悠悠地微扬下巴,懒懒道:"带路。"

黎冬自然服从命令。三人乘电梯去往二楼刘主任的办公室,见到了刘主任和两位身着正装的采访记者,一男一女。在网络信息大面积代替纸媒的现代社会,即便是官方报社,网络宣传也必不可少。

原本说好是语音采访,男记者却在采访前从包里拿出摄像机。女记者笑着解释道:"两位颜值都这么高,应该不介意上镜吧?"

黎冬闻言微微皱眉,旁边的祁夏璟已经冷笑出声:"当然介意。"

男人修长的双手平放在交叠的长腿上,在刘主任的怒视中微笑依旧,沉沉黑眸盯着男记者手里的摄像机。一片寂静中,他从口袋里拿出手机,打开计时器,调整出一个十分钟的计时。

微凉的声音在办公室内响起:"就十分钟,希望两位说话算话。"

没想到祁夏璟比院领导还难惹,两位记者干笑着对视一眼,最后由女记者来主持采访。她一开始的提问都围绕着昨晚的冲突展开,问盛穗此刻的身体情况,问两人当时如何挺身而出从酒醉男手里抢人。

对祁夏璟的单人访问围绕着他耀眼的学术履历,近两年主持和参与的大型手术以及未来五年的职业规划展开。虽然烦琐无聊,但祁夏璟也看在院领导的面子上,敷衍地几个字答完。女记者又简单采访了刘主任,最后才想起真正将盛穗从死亡深渊拉出来的人——黎冬。

两位记者在今天这场采访中,第一次正面看向她。女记者显然对她不感兴趣,连笔记都没翻,只挑了些老生常谈的话题问。

"胸外科是踩在刀尖上的职业,每天要面对各种血腥场面,对体力要求也很高,所以科室的女医生一直很少。"女记者举着话筒问道,"请问黎医生是如何克服这些难题的?"

祁夏璟闻言立刻皱眉,脸上不耐烦的表情更明显。

"没有需要特别克服的,平时多锻炼、健康饮食、作息规律就好。"黎冬对着镜头淡淡补充道,"就和男医生一样。"

"那你一定天生是做医生的料子。"女记者客气地笑笑，随即自嘲似的道，"不像我们大多数女生，在理科方面的悟性总是差点儿。"

黎冬同样礼貌微笑，委婉道："其实我身边有很多优秀的女性，在职业上都取得了非常令人尊敬的成就。"

"凡事都有个例嘛，我说的是通常情况下。"女记者对屋内逐渐冻结的气氛毫无察觉，皱眉几秒，终于想到一个她认为有价值的问题。"听说黎医生和祁副高从高中起就是恋人。"她兴奋地看向黎冬，连语调都不自觉扬起，"如果两人将要或已经结婚，黎医生如何兼顾家庭和工作呢？"

将女医生的所有困境归结于性别，一切成就归因于天赋，唯一被认为有价值的问题，居然是女人该如何回归家庭相夫教子。这样的话哪怕只是问出口，对于寒窗苦读二十几年的人来说，都无疑是莫大的人格侮辱。

黎冬不知该如何作答。

"我有一个问题，为什么二位如此在意黎医生的感情生活？"偌大的办公室里鸦雀无声，祁夏璟慵倦沉哑的声音像是带着混响。男人姿态从容，后背懒懒靠着沙发枕，不紧不慢地提问："怎么，是我不配拥有这些吗？"

女记者一愣，一时间分不清祁夏璟究竟想做什么："祁副高如果想说的话，当然也可以。"

"今年结婚，孩子跟她姓，生完我负责带。"在众人的目瞪口呆中，祁夏璟慢条斯理地拿起桌上的茶杯，放到唇边轻抿一口，再抬头时嘴边依旧带笑，薄唇轻启道，"沈小姐身为头部媒体派来的记者，却问出三流媒体都不屑问的问题，你对于答案还满意吗？"

15

采访变得一团糟，受访者和采访人都对彼此很不爽。被讽刺地称为"沈小姐"的女记者闻言，噌地愤怒起身："祁医生，你这是对我工作的不尊重。"

"过奖。"祁夏璟抬眸挑眉，习惯性地以上位者姿态波澜不惊地笑着，"在侮辱他人这方面，还是沈小姐更出类拔萃些。"

"老祁，话可不能这么说，多伤人家女孩子的心啊。"徐榄抱胸靠门站着，笑容纯良无害，"黎医生起码完成了救人的本职工作。不知道沈小姐身为新闻采访者，为什么要打探医生的私人感情？"他有意停顿，做出思考状，"是为了娱乐大众——还是单纯上班没带脑子呢？"

"够了！"两位采访者接连吃瘪，别说规定的十分钟，一秒都不想再多待，收起设备就怒不可遏地离开。女记者走之前还不忘丢下一句狠话："没想到贵医院医生的素质就是这样——人面兽心的东西。"

细高跟鞋踩在门外走廊的瓷砖地上，发出气急败坏的嗒嗒声。安静的办公室里，一时间只剩下两个闯祸的、一个气到说不出话的，以及黎冬。

徐榄率先冲着祁夏璟嗤笑出声，调侃道："'今年结婚，孩子跟她姓，生完我负责带'，没想到啊兄弟，你这八字没一撇的，想得还真周到啊。"

祁夏璟掀起眼皮看人，从容不迫地放下茶杯起身，淡淡出声："走了。"

"走什么走？"气到发蒙的刘主任反应过来，脸涨得通红，指着祁夏璟高声道，"沈小姐是院领导要求——"

"所以呢？是她擅自要摄像，又冒犯他人在先。"祁夏璟要高出刘主任半个头，哪怕嘴角勾着，俯视的姿势都自带极强的压迫感，"于公，她对我团队里的医生没有基本的尊重，我让她问完问题已经给足了面子。于私，我个人很讨厌她将私人生活和职业素养混为一谈的行为。以及，有件事我必须提醒您。"祁夏璟眼底最后的笑意也消失得无影无踪，声音低寒，"我是从外地调派来指导的，也就是说，我不归您，也不归这所医院管理。"说完男人敷衍地微微点头，头也不回地转身离去。

当科室主任十几年，刘主任还是头一回被三十岁不到的小年轻当面教训，怒极反笑，看向黎冬。"就这臭脾气，你怎么忍受他的？"他也是早上才知道两人的事，看黎冬沉默，又气不打一处来，"是，我承认这小子长得是帅，专业实力是过硬，看着对你也不错，但——"

黎冬忽地开口："主任，我们分手很久了。"

"分手了？"这个反转打得刘主任猝不及防，"怎么就分手——"想起刚顶撞他的臭小子，他马上又改口道，"我就说要分手！分手了你也给我告诉他，昨晚打架的检讨书必须给我写！再加一千字！"

一整个上午，不论黎冬去哪儿，周围都有同事投来各种异样的目光，打量的居多。自第三个人上前打探被反问"你没事做吗"以后，再没人敢直接问黎冬，都自觉改成私下议论。

从高中和祁夏璟交往起，这种打量的目光她再熟悉不过。黎冬向来不在乎外界的眼光，只要她清楚自己正在做的事情是对的，就会心无旁骛地前进。比如，她知道救人是对的，即便代价是成为别人嘴里的谈资，也并不后悔。比如，她知道收下祁夏璟昂贵的礼物是不对的，即便退还会让对方生气，也不会改变主意。

早上采访前，黎冬答应了徐榄一起吃午饭的邀请。于是午休时间一到，她就拿着白色购物袋起身,准备吃饭时把鞋子还给祁夏璟。

杨丽小心翼翼地问:"你和祁副高是真的?"

非上班时间,黎冬不会对此避而不谈,淡淡地道:"我们很早以前就分手了。"说完她转身要走。走到门边时,杨丽的声音再次传来:"你放心,我不会说出去的。"黎冬脚步一滞,回头看她。

"这么看着我干吗?"杨丽被黎冬平静的注视看到心虚,小声嘟囔道,"我乱说对你有什么好处啊。"况且祁夏璟就在这儿待两个月,等人走了自然真相大白,当事人都没说什么,她杨丽虽然八卦,但也不至于害女同事。

"随便你。"黎冬对杨丽的态度有些意外,回想起自己昨天的迁怒,真心向她道歉,"抱歉,昨天的事是我态度不好,希望你能原谅我。"

"没事没事,"比起被迁怒,杨丽更怕这种真诚得让人害怕的道歉,但又按捺不住八卦之心,"我能蹬鼻子上脸问一句吗?"

"你说。"

"我知道我俗啊,"杨丽谨慎地问,"像祁副高这种人帅钱多的,如果不是因为原则性问题,你跟他分手真的不会后悔吗?"

黎冬没有回答杨丽的问题。她后悔过吗?后悔过吧,至少刚分开时有过不甘心。

黎冬提着东西来到食堂时,徐榄和祁夏璟都没到。她索性找了一处角落的位置,习惯性地打开新闻软件,耳机里很快传来美式英语的播报声。她想起祁夏璟今早在车里问她的问题:"你大学的时候想出国?"

当然想,做梦都想,所以她疯了一样地背单词、刷题,每天去外国人开的酒吧打工到后半夜,就为了多说、多听两句英语。她比所有人都想要得到那个她本以为会免费的名额。

那时她甚至不知道祁夏璟就读的是 A 国哪所大学,总是自欺欺人地告诉自己,只要她能爬到最高的地方,他们总有机会再见面的。就像高中分班时那样,只要她再勤奋努力一点儿,重逢就不会只是痴人说梦。

"黎冬。"远远观察到女人在角落发呆很久,祁夏璟大步走上前,灯光下的颀长阴影将她包裹其中。他看见黎冬脚边熟悉的购物袋,轻皱起眉:"徐榄在安抚病人家属,五分钟后到。"

"好。"黎冬回过神,看见是祁夏璟,就将购物袋递过去,"还给你,太贵重了,我不能收。"果然,她说完就发觉祁夏璟周身的气压肉眼可见地降低。男人没有伸手接袋子,只是用黑眸盯着她悬空的手,沉声问:"一定要算得这么清楚吗?"

黎冬点头坚持："要的。"

"可以。"祁夏璟后背靠在身后的白墙上，双手抱胸，隐隐能从袖口看到藏在黑毛衣下的绷带。男人总能把话说得直白到残忍："我们家司机的时薪200元，厨师2000元，保洁500元，昨天的照顾加上这几天你陪罐头的时间，就算减去鞋子的费用，我也应该欠你很多钱。"

黎冬在争论方面永远不是祁夏璟的对手，听对方条理清晰地把她的好意换算成金钱，闷堵的情绪迅速在胸口漫开。怎么能这么算——

"生气吗？"低沉男声打断她的思绪，祁夏璟深邃的黑眸直直望向黎冬双眼，"这就是我刚才的感受。"余光瞥见徐榄从远处走来，祁夏璟站直身体，垂眸望见黎冬被斜射进来的太阳晃得眯起眼睛，默不作声地朝旁边移动，挡住刺眼光束。

"黎冬。"男人低声唤着她的名字，而黎冬终于能抬眼看清祁夏璟的表情。他五官和侧脸轮廓的线条凌厉，宛如工匠精雕细琢的艺术品。"只有你一个人觉得，你的时间和用心并不值钱，"男人告诉她，话语一字一句印在她心上，"我从没当成是理所应当。"

H市第一医院的食堂大妈对葱、姜、蒜简直情有独钟。祁夏璟端着快被葱、姜、蒜铺满的餐盘回到座位时，脸上的表情像是要掉冰碴子。手机在口袋里振动，他冷着脸拿出来看，发现是未知号码发来的短信。对方的语气一如既往地令人生厌："你什么时候又和她在一起了？"

祁夏璟本不愉悦的心情雪上加霜，黑眸微沉，毫不犹豫地删除短信，拉黑号码。再抬眼时，对面的黎冬已经迅速用公筷把葱、姜、蒜挑了出去。

在徐榄无语和旁人震惊的注视中，她旁若无人地将餐盘推回祁夏璟面前，轻声道："都挑干净了，可以吃了。"黎冬身上有一股异于常人的拗劲和专注，从高中起就是，做事很少在意别人眼光。人人都说祁夏璟行事乖张，不懂服从，但他自己时常觉得，黎冬才是那个十头牛都拉不回来的人。

祁夏璟看着纸巾上密密麻麻的葱、姜、蒜，视线在面前的银筷和瓷勺上扫过，最终拿起筷子，生疏僵硬地用左手吃饭，夹一半掉一半。果然三秒钟后，黎冬重新拿起公筷，将饭菜都拨到空碗里，连同瓷勺一起推给他："吃这个吧。"

徐榄实在看不下去："班长，他都是装——"祁夏璟凉凉抬眼。

"他都是装作坚强啊！"徐榄艰难圆场，嘴角微微抽搐道，"我说，你俩是真不在意别人说闲话啊！"吐槽归吐槽，他从口袋里拿出两张票，推给黎冬，"隔壁李医生的小孩周末要补课，全家去游乐园的计划泡汤，现在除了我的，

第 4 章

还多出来两张票，你带个人去玩呗。"见黎冬表情纠结，徐榄又补充道，"这周六晚上有每月一次的烟花秀，错过这村可就没这店了啊。"

沈初蔓周五晚上回国，黎冬本就想周末带她去游乐园，听徐榄说有烟花秀，道谢后便拿出手机："票钱多少？我转给你。"

"不用，这票我可没花钱。"徐榄果断拒绝，眼睛往旁边一瞟，咧嘴笑了，"要不你下回请客吧，吃点儿好的。"

"好的，谢谢。"

直到午餐结束，黎冬和两人分别，徐榄才从口袋里拿出剩下的另一张门票，笑嘻嘻地感叹道："好久没去过游乐园了，好怀念哦。"

祁夏璟似笑非笑地挑眉看他。

"别以为我会把手里的票给你啊，那就是我骗人了。"徐榄伸出一根手指，眯着眼睛在祁夏璟面前晃，随后邪魅一笑，"不过既然知道了时间，是不是有另一种更快的方法进游乐园？"

下班前，黎冬去五楼病房看盛穗。现在网民都在讨伐攻击医生的醉酒男，医院也没法和男人取得联系。在母亲同样失联的情况下，盛穗的各种费用成了目前最棘手的问题——救人是必须的，但拖下去不是长久之计。几名好心的医生、护士围在一起讨论对策，负责的护士建议道："要不我们向社会大众求助吧，趁着现在热度正高——"

"钱我来付吧。"沉默旁听的黎冬忽然出声，"盛穗才十四岁，出院后还要继续上学，不应该承受整个社会的关注。"1型糖尿病大多是由免疫系统的紊乱引起的，会伴随患者一生，这已经足够残忍，黎冬不希望盛穗在此基础上，还要因为钱而被迫面对外界的讨论和评判。

相比于盛穗，青春期只经历过贫穷的她要幸运许多。没人比黎冬更清楚，贫穷会如影子般无法摆脱。它会从洗到褪色的校服里，从劣质的卫生巾里，从眼睁睁看着喜欢的蛋糕一次又一次被人买走的时刻跑出来，渗入每分每秒的呼吸。哪怕是出于好意的过度关注，也只会一遍遍提醒她的贫穷，她和其他人的格格不入。因为她经历过，所以她希望盛穗不要经历这些。

有好心的护士劝她："1型糖尿病是终身的，就算你这次垫了钱，也不能一直——"

黎冬心意已决："没关系，现在国产的胰岛素已经很便宜了。如果她愿意接受，我可以负担到她上大学。"她是受人恩惠才有幸长大的孩子，做不到对他人的苦难视而不见。

手机在口袋里振动，是祁夏璟发来的短信。

祁夏璟：我在停车场。

黎冬收起手机准备去缴费，其他护士都了解她的性格，知道劝不住便也不再多说，任由她离开。

"盛穗的费用已经交了呀，就今天早上，祁副高亲自来交的。"缴费处的老会计噼里啪啦地打字，盯着电脑屏幕给黎冬解释，"他还特意交代，以后盛穗每次来医院复诊或者买药，就直接把账单送给他。"戴着老花镜的女人忍不住感叹，"能遇到这么好的医生，也算是这女孩的福分了。"

五分钟后的停车场内，黎冬坐在驾驶位置上手握方向盘，垂眸轻声问道："我可以问问你为什么要帮盛穗吗？"她不忍心不管，是因为女孩是她亲手救下的，心里总会多一份惦念。那祁夏璟呢？他之前甚至没见过这个女孩。

"她才十四岁，如果没人管她，1型糖尿病会让她很快死掉。"被短信骚扰了一下午的祁夏璟显然心情不佳，右手撑着脸懒懒看向车外景色，同样也能看见车窗上黎冬的身影。

他很清楚他没对黎冬坦诚。他昨晚从黎冬家回去后，躺在床上反复想起那通电话里未说完的话——黎冬的父亲，曾在高三时打过她一次。

他绝不会听错，但黎冬从没和他说过这些。早晨路过病房，看见盛穗胳膊上的伤痕时，祁夏璟就抑制不住地想知道黎冬被父亲打的那一刻，是否也感到过绝望和无助。

盛穗病床床尾的护栏上搭着洗到褪色的校服，从颜色到布线的衔接，都像是黎冬高中校服的翻版。纷乱想法冒出来的同时，钱他已经垫付了。

过去已无法更改，祁夏璟清楚做这些也无法弥补黎冬，但又忍不住地自我安慰：如果像他一样冷血的人都能伸出援手，那么黎冬在最无助的时候，是不是也曾有好心人帮她？

保时捷在路面缓慢行进，祁夏璟低头删除源源不断发来的短信，面无表情地道："祁家有全国最大的儿童希望救助基金会，盛穗的条件完全符合，我会安排专人负责她。"

黎冬闻言，表情微变，眼神有一瞬的茫然，喃喃道："璟礼吗？"

过去二十几年璟礼一直在资助三中的贫困学生，黎冬知道也不奇怪。祁夏璟沉沉地"嗯"了一声，没有察觉到任何异常。

到家后，黎冬先拆了放在门口的两个快递包裹。一个里面是尺码更大些的男式拖鞋，另一个里面的东西也是给祁夏璟准备的——准确地说，是为了辅助他吃饭的。

第 4 章

饶是向来淡定如祁夏璟，在看到黎冬展示她新买的婴儿弯头辅食勺时，左眼皮都猛地跳了跳。"黎冬，"看黎冬将勺子洗净后还要用高温消毒，祁夏璟僵硬扯唇道，"我只是手臂划伤，迟早会好的。"

黎冬用厨房夹小心地将硅胶辅食勺放在料理台，晾凉后拿起勺子的硅胶柄，耐心给祁夏璟解释："你的右手不能用力扶碗，用这个勺子会方便一点儿。"说着就要把勺子递给祁夏璟。

她微扬起头，脖颈细长，漂亮的圆眼在鹅黄灯光下闪烁着星星点点，看着有些乖巧。像是怕他拒绝，黎冬继续道："没多大的婴儿都能用这个吃，你肯定也可以。我特地挑的绿色，对眼睛好。"

祁夏璟被黎冬这副模样气笑，脱口而出道："婴儿还要别人喂，你也喂给我吃吗？"这话乍一听太像调情，男人的语调又带着不自知的亲昵，话落两人都是一愣。

"给我吧。"祁夏璟轻叹一声，无奈地接过硅胶勺，将可塑形的勺柄掰得咔嚓作响，引得在客厅里忙着拨动吊兰叶子的罐头频频回头。

"别翻土了。"他放下婴儿勺，起身往罐头的饭盆里倒了小半碗狗粮，屈指轻敲侧壁，"再翻就送你去高级技校的老年狗班。"

罐头恼羞成怒地仰头叫了一声，跑过来时故意用尾巴狠狠甩了一下祁夏璟小腿，又亲昵地用脑袋蹭蹭黎冬脚踝，才屁颠屁颠地去吃饭。

一时间，餐厅里只剩下金毛哼哧哼哧的吃饭声。

黎冬解开围裙放在一旁，笑着看罐头埋头猛吃，突然意识到从没见过祁夏璟给罐头喂过罐头。她不禁好奇起金毛名字的由来："为什么罐头叫'罐头'啊？"

闻言，低头用婴儿勺吃饭的祁夏璟动作微顿，唇边笑意淡去了些，随即又垂眸继续道："因为一部电影。"

以祁夏璟的性格，黎冬原以为回答是"随便起的"。

气氛突然安静下来，黎冬默默低头吃饭，以为这个话题已经结束。祁夏璟却放下勺子，像是终于想好措辞，抬头缓缓开口："我决定养罐头的那天看了一部电影，讲的是一个男的每天都去买一盒凤梨罐头，带回家存起来，连续买了一个月后放弃了。"

一句话概括故事情节后，他又沉默不语。

黎冬却不解，提问道："买那么多罐头，不会过期吗？"

她问出口的瞬间，看到祁夏璟沉黑的眼里忽地闪过一点儿自嘲，随即又被熟悉的懒倦替代。

"会啊。"祁夏璟忽地挑眉笑了,盯着黎冬的眼睛,"每件事物都会有一个日子,秋刀鱼会过期,肉酱会过期,连保鲜纸都会过期——连生命都逃不过死亡,这世上没什么是不会过期的。"①

他解释不出这么一长段废话有什么意思。以前问罐头名字由来的人很多,他向来都是用"乱取的"三个字敷衍了事。怎么到黎冬这里,破例就变成了常态?

"但你的罐头不会过期。"逻辑不通的话却被黎冬当了真,她轻皱着秀气的眉,思考半响,缓慢却坚定地出声道,"我听人说过,生命会死去三次。第一次是心跳停止,在生物学上被宣告死亡。第二次是葬礼当日,被社会宣告死亡。第三次是被最后一位铭记的人忘却,从此再与这世间无关。"②温柔平和的声音徐徐道,"哪怕时间再久,那些爱你、关心你的人都会永远记得你和罐头。这就不算真正的过期。"

祁夏璟闻言又皱眉,眼里再次露出黎冬看不懂的复杂表情,声音微哑:"如果,我的罐头从最初就是别人丢下的呢?"

黎冬微愣:"怎么会——"话音未落,客厅突然传来一声清脆巨响。

在好动金毛的不懈努力下,挂在电视机柜旁的吊兰终于被它一爪子掀翻。瓷盆被摔得四分五裂,地上满是土砾。祁夏璟眼底的触动荡然无存,随即冷笑一声:"不用最初,我现在就想把它丢掉。"

不知闯了祸的罐头还在围着吊兰转圈跑,干净的地板上满是它的黑爪印,看得黎冬太阳穴突突直跳。怕祁夏璟发火,她连忙起身去抱罐头,在金毛被男人丢出这个家之前,赶紧把它带进卫生间洗脚。

偏偏罐头以为黎冬要陪它玩,一直在淋浴间里乱跑。黎冬拿着花洒蹲下想给它洗脚,罐头非但不抬爪,还特意跑到花洒下淋水,甩得黎冬身上到处都是。

"这样没用。"束手无策时,黎冬身后突然响起熟悉的低沉男声。祁夏璟挽起袖子在她身边蹲下,丝丝缕缕的乌木沉香瞬间飘进黎冬鼻端。他接过花洒

---

① 化用自"不知道从什么时候开始,在每个东西上面都有一个日子,秋刀鱼会过期,肉酱也会过期,连保鲜纸都会过期,我开始怀疑,在这个世界上,还有什么东西是不会过期的"?
——电影《重庆森林》
② 化用自"死亡有三重。第一重死亡,是在你身体的机能停止运转之时。第二重死亡,是在你的身体被运送到坟墓中的时候。第三重死亡,是在未来的某一个时刻,你的名字最后一次被人们提及"。
——(美)大卫·伊格曼《生命的清单》

插在塑料矮凳的孔洞上，骨节分明的手指着水流，沉声命令道："我只说一次，过去。"罐头缩起脑袋，不敢再闹，目光小心翼翼地转向黎冬。

"她今天护不了你。"祁夏璟侧过身将黎冬半挡在身后，铁面无情地发布指令，"爪子。"罐头走到花洒下，乖乖伸出左前腿的爪子，祁夏璟才一脸嫌弃地用手帮它搓净，"换一只。"

祁夏璟的手不方便沾水，于是洗两条后腿时，黎冬主动拿过花洒，边洗狗爪边感叹这难得的片刻。惊叹于祁夏璟的驯狗有方，黎冬实在想要讨教，回头却发现祁夏璟就在她半臂距离处。

两人几乎鼻尖相贴，薄唇堪堪只剩寸许距离。黎冬呼吸微屏，长袖下的手下意识地攥紧袖口。同时，她看到祁夏璟深邃的目光飞速向下一瞥，随后又低又快地哼笑一声，宽阔的肩膀微颤。祁夏璟的心情像是梅雨季节的天气，阴晴不定又难以捉摸，上一秒还在严肃地教育狗子，换成她出糗就忍不住笑。

轻笑声让黎冬更为自己的失态羞愤。热意爬上耳尖，她毫无威慑地轻声质问道："你笑什么？"

"没什么。"祁夏璟低缓的语调不紧不慢，盯着黎冬双眼，像是在确认她是否急迫地想知道答案，最后才慢悠悠地开口，"就是突然想起来，以前你每次以为我要偷亲你的时候，也会像刚才那样攥紧袖口。"

16

印象中，这是祁夏璟第一次不带任何负面情绪，甚至笑着讲起两人的过去。祁夏璟低头用毛巾给罐头擦毛，眼里笑意还未退去，唇角微扬的弧度让这个懒淡的笑带了几分随性恣意，隐约能看到十八岁少年的影子。

男人不再如重逢之初浑身带刺，恨不得用每句话把两人扎得遍体鳞伤。他好像终于能对过去释怀，用云淡风轻的口吻谈起那些曾经。黎冬自问从没奢望过十年后两人还能若无其事地破镜重圆，只希望在祁夏璟留下的两个月里，他们能心平气和地一起工作，不再视彼此为仇敌。

现在祁夏璟给了她想要的，甚至还更多。她该懂得知足。

因为罐头太好动，两人身上都沾了不少水。黎冬从抽屉里拿出一条崭新的毛巾，递给祁夏璟："先擦一下吧。"

毛巾上印着史迪奇图案，祁夏璟垂眸："不用，我回去换件衣服。"

黎冬看向他左手袖口的大片水渍，轻声说："好。"

客厅电视柜旁的狼藉被男人简单清扫过，黎冬将祁夏璟送到玄关处，侧身将门推开，然后迎面撞上检查楼道堆放杂物情况的居委会大妈。

祁夏璟才搬来不久，两位阿姨都不认识他，见他湿漉漉地从黎冬家出来，都自然而然地以为是黎冬男朋友。其中一位立刻感叹道："哎哟，这是小黎男朋友吧，长得可真帅，比那电视上的大明星都帅。"

黎冬想解释："其实我们——"

"谢谢阿姨。"祁夏璟忽地在她身后温声开口，桃花眼微弯，笑容极具欺骗性，"这么晚还在工作，辛苦了。"

两位阿姨立刻被夸得笑得合不拢嘴，也知道不能妨碍小情侣，于是边上楼边道："为大家服务嘛，不辛苦！你们继续吧，我们这就走了！"

脚步声迅速消失在楼道，只隐隐约约能听见对话声。

"现在的年轻人哦，可真会玩啊。"

"可不是嘛，大晚上弄得浑身是水。我小孙女给我看过这种视频，说这叫什么？哦，叫作湿身泼累（play）！"

黎冬："……"

周时予的手术定在周四早晨。黎冬周三午休去看男孩时，徐榄、祁夏璟和顾淮安都在病房。听见推门声，正围着仪器讨论的三人同时回头。

黎冬点头打招呼，手术相关的事她已经大致了解，于是独自走到病床旁，轻声问道："这两天感觉如何？"

"还可以。"经过几天的治疗，周时予苍白的脸上难得养出几分血色，脸上笑意温和，"黎医生，我看到你救人的新闻了，你很了不起。"黎冬正要说谢谢，周时予再次开口，"我听说她的病需要每天打针吃药。如果她的父亲继续虐待她，她会死吗？"

生死大忌的话题，却被十六岁的周时予轻飘飘提起。他聊家常般平静道："如果明天的手术失败，我应该会比她先死掉。"

黎冬只觉得如鲠在喉。护士私底下偷偷和黎冬感叹过，治疗期间哪怕是疼到快昏死过去，周时予也从没哼过一声。他仿佛永远游离在人群之外，安安静静地注视着人来人往，正如现在他眼神平和地望着黎冬，半晌莞尔一笑："像我们这样的小孩，果然都该是这样的。"

黎冬忍不住开口："医院已经在想办法帮盛穗，你也一样，手术后就能——"

"小孩子少看点儿青春疼痛文学，没人是'应该'死掉的。"黎冬的头顶响起沉沉的男声，祁夏璟不知何时来到她身后，面无表情地看着周时予，"医生不是万能的。任何手术都有失败的可能，和你是什么样的人没有关系。作为你的主刀医生，我必须如实告知你真实病况和手术风险——你的情况确实复杂。"祁夏璟走到病床前，弯腰用听诊器听他的心跳，声音波澜不惊却自带安全感，"但你很幸运地遇到了一个厉害的主刀医生，想死也很有难度，懂？"

徐榄实在受不了，精准评价："自恋狂。"

周时予定定地望着表情慵懒的男人，黑眸微沉，随即弯唇凑到祁夏璟耳边，用只有两人能听见的声音道："我理解黎医生为什么要和你分手了——显而易见，你的脾气不太好。"祁夏璟挑眉正要出声，就听小屁孩继续说道，"但我很期待能亲眼见到你们复合的样子。"这次话音中带了点儿符合年龄的笑意。

离开前，黎冬犹豫再三，还是将从家里带的史迪奇挂件送给周时予。她不会说漂亮话，只能生硬地解释道："它会陪着你，一切都会好起来的。"祁夏璟垂眸，看见她掌心袖珍的史迪奇布偶，忽地勾唇轻笑。

门边，顾淮安的表情若有所思。

"这是第二次收黎医生的礼物了，"周时予接过布偶，"这次又有什么寓意——"男孩话语一顿，合拢掌心抬头朝黎冬微笑，"还是等我手术醒来后，再麻烦黎医生告诉我吧。"

四人一同从病房里出来，黎冬准备离开，身后的顾淮安突然喊住她。

"我听说了盛穗的事情。"顾淮安一身得体的棕色西装，整个人干练而风度翩翩，"如果需要任何帮助，可以随时联系我。"

"好的。"黎冬点头道谢，看男人的眼下有淡淡的乌青，轻声提醒，"你看上去很辛苦，要好好休息。"

"我会的。"顾淮安温和地看着她笑，适时提出邀请，"大祥下个月要结婚，这周六晚社团聚餐，他请客，你要来吗？"

大祥是黎冬大学长跑社团的社长，成天嚷嚷着找对象，却单身到了硕士毕业，几年一晃过去，现在都要结婚了。黎冬看着顾淮安手机相册里的结婚照，不禁感叹："时间过得好快！"

"是啊！"顾淮安半自嘲地无奈笑道，"社团里的同学们结婚的结婚，生孩子的生孩子，就我一个单身男士了。"

黎冬想了一下，发现确实如此，没忍住弯唇。

"你呢？"顾淮安垂眸看她恬静的侧颜，语气不自觉放柔，"上次问你，你还坚持说没有恋爱的打算——"

"黎冬。"冰冷低沉的男声无情打断对话，黎冬回头，见刚离开的祁夏璟又返回。男人双手插兜，衣架子似的身材，肩宽窄腰，简单的白大褂都被他穿出下一秒要去走秀的高级感。

"检讨写了吗？"祁夏璟站在几米外远，表情在背光的走廊里看着有些冷。"刘主任说六点前交上去。"停顿片刻，男人又补充道，"三楼茶水间没人，徐榄先去买咖啡了。"

"还没写，我现在过去。"午休时办公室总有人进出，黎冬也倾向于去更安静的地方，转身和顾淮安道，"抱歉，我周六有事，聚餐就不去了，麻烦你到时替我带句'新婚快乐'。"说完，她头也不回地朝祁夏璟走去，背影高挑纤瘦，束起的高马尾随着动作轻晃，微扬起头说话时，身旁的男人会自觉地俯身倾听。

律师的职业病让顾淮安敏锐地观察到黎冬在和祁夏璟说话时手上总会有不自觉的小动作，向来平淡的情绪也常有波动。这是他们二人认识的将近十年里，顾淮安从未见过的。

热搜上说祁夏璟和黎冬两人高中时曾是情侣，而顾淮安知道黎冬从大一起就是单身，那么，两人最少已分开十年时间。谁没有过青葱岁月的爱恋？顾淮安相信他们曾有过一段美好，但也就止步于此了。

"祁副高，"顾淮安温声喊住要离开的祁夏璟，好脾气地笑笑，"方便聊五分钟吗？"祁夏璟冷眼看向时刻假笑的男人，一眼看穿对方意图，让黎冬先去茶水间，对顾淮安言简意赅道："一分钟。"

走廊人来人往，两人在尽头的无人拐角停下。时间不多，顾淮安选择开门见山："你好像对我很防备。"祁夏璟懒懒靠着墙低着头，闻言冷笑一声："精神科在三楼，记得去挂号。"

"我看了热搜，没想到祁副高也有年轻气盛的时候。"顾淮安被内涵也不生气，只是眼里笑意淡下去，"但事情已经过去十年了。你知道十年是什么概念吗？"他慢条斯理地拿出丝帕擦眼镜，不紧不慢地道，"你们在已经过去的将近一半的生命里，都彻底失去彼此了。没人会在原地傻等另一个人十年的。"

"所以呢？"祁夏璟懒懒掀起眼皮，终于施舍给顾淮安半个眼神，语气微嘲，"你甚至没在她生命里'真正'存在过。"

"至少我不是活在回忆里的可怜虫。"顾淮安重新将眼镜戴上，镜片后的锐利黑眸再无笑意，"除去那点儿微不足道的回忆，你还剩下什么？"

祁夏璟双手插兜，站直身体，身高差让他能轻松俯视顾淮安，挑眉凉凉扯唇笑着，毫不遮掩桃花眼里的讽刺。无人的角落死寂一片，空气仿佛凝固。良久，响起男人懒淡低沉的声音："那也是我和她的事情。"

徐榄因为昨天采访的事，也被气上头的刘主任要求写百字检讨。黎冬到三楼茶水间时，他已经去楼下买咖啡了。桌上随手放了三张纸和水笔，黎冬下意识地看向写了字的那张，上面是她熟悉的字迹，笔锋苍劲有力，但也敷衍潦草。

幸而冬天穿得多，祁夏璟小臂的伤并不严重，今早已经结痂，上午的手术都能顺利进行，写个检讨当然不在话下。

> 经主任提醒，本人这两天深刻反思，坚持认为助人为乐的行为值得赞扬，因为"医者仁心"是每位人民医生应有的基本素质，不该因为就业时间长就忘记本心……

内容看得黎冬眼皮直跳。只能说这封检讨书完美符合祁夏璟从高中至今的一贯风格：不仅不反省，还要拐着弯骂人。以前是对校领导，现在是对科室主任。

好在黎冬早就帮祁夏璟写检讨写出经验，笔迹能模仿到九成相似。刘主任又象征性地只要求写一千字，十分钟左右的时间，黎冬就完成了两份，而另外两人还迟迟没现身。

徐榄五分钟前发消息说在回来的路上，黎冬独自在茶水间里无所事事，决定在桌上趴着小憩一会儿。她吃过饭，困意很快袭来，不知何时陷入沉睡，对推门进来的男人毫无察觉。

祁夏璟进来时，只见到趴在桌上的黎冬。女人枕着小臂的头微微偏着，午日阳光落在她白皙如玉的精致侧脸和天鹅颈，薄唇轻抿，呼吸平稳，卷翘的长睫轻颤。

大概是感觉到冷，黎冬在睡梦中拧眉，很轻地瑟缩了一下身体，鬓角有碎发垂落在颧骨下方的位置。

祁夏璟脱下身上的白大褂轻轻盖在她肩上，目光落在女人脸上垂落的一缕青丝，伸手想替她别到耳后。悬空的右手停在肌肤前的半寸距离，祁夏璟垂眸，静静看着她的恬静睡颜。他要收回手时，熟睡的人突然改变姿势，头微微朝外侧转。

黎冬的下唇无意识地轻蹭过祁夏璟的指腹，触感柔软湿润，一触即分。短暂的一刻仿佛被无限拉长，祁夏璟的心微微提起，有片刻的屏息。

幸而，她依旧沉沉睡着，温热呼吸扑落在他迟迟未动的手背。祁夏璟再听不见周围的任何声音，指尖微蜷，扣入掌心，视线落在她手边两张完成的检讨书上，其中一张是足以以假乱真的笔迹。

他拿着检讨书从茶水间出来时，徐榄正好回来，拎着咖啡扬声道："你傻站在门口干吗？"

祁夏璟靠着墙，背脊微弯，对呼喊声置若罔闻。他低头看着手里的检讨书，额前碎发遮住眉眼，顶灯将他瘦长的身形映出几分落寞。

"你这就写完了？"徐榄猜祁夏璟手里是检讨书，好奇地凑过去，"让我看看，你是怎么骂老刘的——"

"是她写的。"祁夏璟头也不抬地低声打断，皱着眉像是陷入某种回忆，"我以前让她写过很多次检讨吗？"

徐榄透过小玻璃窗往房间里看，随口道："废话，少说也有十几次吧。"

祁夏璟出声修正："是三十三次。"

确实不少了。

"这你都数过，神经病吧。"徐榄直觉诧异。祁夏璟也是话出口才发现原来他真的数过，原来他真的记得这么清楚。

顾淮安说得没错，他和黎冬之间，似乎就只剩那点儿可怜的回忆了。他早有察觉，所以心有不甘，所以揪着过去不放想让她后悔，所以揣着明白装糊涂地住在她对面。

人的贪念果然是无止境的，祁夏璟仰头，将背抵在冰冷的白墙上，深沉的黑眸望向天花板，自言自语般喃喃道："怎么办呢？"

关于她，想要的似乎越来越多了。

第4章

第 5 章
听见喜欢

17

"冬冬,实在对不起啊,我这边突发情况,得改签,周末的计划可能要泡汤了。"沈初蔓在电话里连连道歉,"宝贝我错了,等我解决手续问题,就立刻坐飞机回去找你!"

黎冬周五清晨接到闺密的电话时,天还没亮,窗外雾蒙蒙一片。她还半梦半醒着,声音是带着鼻音的轻软:"我没关系的,你别太着急了。"

沈初蔓为了回国的事忙前忙后一个多月,以为万事俱备,结果办理托运时,她被告知少提交了一份宠物的托运手续,不能带着宠物猫上飞机。宠物猫抱抱是沈初蔓的心肝宝贝,她不可能把猫留在 F 国,只能改签,补全手续后再上飞机。

"我真的要被自己气死了,"沈初蔓无比懊悔,"你票都买好了。"

黎冬柔声安慰:"票是同事好心给的,我可以还给他。"

"别啊!"沈初蔓知道黎冬高中时就盼着看场烟花秀,生怕她因为自己而错过,"烟花秀一个月才一次。你好不容易有空又有票,再找个朋友一起去看嘛!"

工作后,医院的事占据了黎冬的大部分时间,令她逐渐和大学时期相熟的同学渐行渐远,性格的原因,她上班几年也没遇到交心的朋友。周末难得清闲,她确实很想去看烟花秀,于是笑着应下来:"那我到时候拍照片给你。"

"嘿嘿，好的！"

"其实这张票班长你真不用还我，随便给个同事都行。"早晨上班前的茶水间里，面对坚持要将票归还的黎冬，徐榄也只能无奈收下一张，"我都让你请客了，现在东西收回来一半，多尴尬啊。"

"没关系，"黎冬朝他温和笑笑，"你很久没回来，我本来就该请你吃饭。"

徐榄高中时和她关系不错，再加上祁夏璟和沈初蔓，四人几乎每天都形影不离。老同学十年未见，早就该好好聚一聚，却由于各种原因搁置到现在。

"班长要这么说，我可就不客气了，"徐榄也不忸怩作态，接过票在手里扬了扬，笑得意味深长，"那我就把这票随便给人了哦！"

"好。"

两人都在茶水间里等咖啡泡好。徐榄背身靠着大理石台，低头看了看票面，突然问道："咱们高二下学期的春游，是不是也去的这里？"

黎冬点头："嗯。"

"不过当时可真没意思，过山车、鬼屋统统不让我们玩。"徐榄一脸嫌弃地吐槽，"我印象最深的，居然是祁夏璟这小子无聊到去抓娃娃，还给全班每人都搞来一只。啧，这家伙真是时刻都在出风头啊。"徐榄偏头看她，"到后面老板哭着让老祁别再玩了。你还有印象没？"

黎冬垂眸将咖啡豆倒进机器，轻轻应着："嗯。"

那时刚文理分科不久，坐前后桌的他们只聊过寥寥几句。她记得自己站在层层围观的人群外，远远看着祁夏璟在万众瞩目中站在机器前抓娃娃。耀眼的男生身形高瘦，校服外套随意绑在腰间，宽松的纯黑短袖随风晃动，气质闲散慵懒。他微弯着背脊站在娃娃机前，表情散淡，骨节分明的手握着操纵杆飞快调整，停顿某处后桃花眼微眯，果断拍下抓取键。

几秒后，娃娃从出口掉落，在一众惊叹声和老板的欲哭无泪中，祁夏璟面无表情地站直身体。他随意地将娃娃丢到一边，挑眉将手里的游戏币抛起又接住，薄唇微动，看口型像是说了句"没意思"。

那天祁夏璟玩遍了所有娃娃机，抓来的娃娃几大袋子都装不下，索性抓到够送全班每人一个。黎冬很想要那只史迪奇，却不知如何开口，只能等其他人选完，再要最后剩下的那个。

好在她很幸运，比起维尼熊这种很快被抢光的热门玩偶，她唯一想要的史迪奇一直无人问津。好运赐予她勇气，那是黎冬第一次，也是唯一一次主动向祁夏璟要礼物。

"那天全班都在抢着要娃娃，只有班长你没有。"她的耳边传来徐榄的声音，"当时我和老祁说你对这些没兴趣，他还非说我眼睛不好。"徐榄眯起眼睛双手抱胸，模仿祁夏璟的语气故意拖长尾音，"'我看一眼就知道，她想要这只史迪奇。'"

黎冬闻言微愣，祁夏璟从一开始就知道她想要那只史迪奇吗？

"后面好多人要史迪奇老祁都不给，我就问他，你既然看出别人喜欢，为什么不送给人家？"那一刻，徐榄的复述在黎冬脑海中换成意气风发的十六岁少年清润张扬的声音——"喜欢当然得亲口说出来，不然别人怎么知道？"

回想起某个场景时，徐榄还是忍不住乐出声："然后他就傻子似的坐着等，你就在他身边晃。两人像杠上似的，一个不过来，一个不过去。"嗡嗡作响的咖啡机停止运作，黎冬拿起咖啡杯，低头，声音沙哑："居然是这样。"

她以为那只史迪奇是别人剩下不要的，她以为自己只是运气好。

犹记那年春末，气温回暖，清风徐徐，绿草葳蕤，无忧无虑的少年们在橙红色的阳光下欢笑玩耍。十六岁的她站在祁夏璟面前，紧张得双手绞在背后，热意爬上脸颊和耳尖，却一眨不眨地盯着男孩怀里仅剩的史迪奇，轻声问，她很喜欢这个公仔，可不可以送给她？

下一秒，柔软的史迪奇布偶就被塞进她怀里。

黎冬慌忙接住，就听一道沉沉的轻笑声贴着耳边落下。少年用双手懒懒撑着路边长椅，深邃的黑眸正目不转睛地看着她。四目相对，少年扬唇一笑，慵懒的声音在拂面春风中显得无比温柔："本来就是给你的啊。"

原来他当时是这个意思。

"我从来不知道这些。"迟来的真相像是浮在汽水表面的细小气泡，悄声而酸涩地接连在心口炸开。黎冬良久才能抬头，勉强扯出点儿笑容："谢谢你告诉我这些。"

"现在知道也不晚啊！"徐榄耸肩看她，眼中笑意微敛，"你们俩就打算这样了？"

这时有人从外面进来，热情地和两人打招呼，接完热水后又很快离开，不算宽敞的茶水间重归寂静。

"徐榄，"黎冬低头将咖啡杯攥紧，垂下的目光有些空洞，喃喃低语着，也不知是说给谁听，"那个史迪奇，我十年前就弄丢了。"

今晚轮到黎冬值夜班，吃完晚饭回办公室前，她先去了五楼盛穗的病房，发现小姑娘孤零零地躺在病床上昏睡。女孩蜷着身体侧躺着，在被子里缩成一团。护士说她恢复得不错，大概是平时休息得太少又缺乏营养，才会在病中变得格外嗜睡。

几人聊天时,负责的护士感叹:"还好有黎冬医生好心帮着垫付药费,不然这孩子估计真没人管了。"黎冬正要解释不是她,缴费处的安会计就先她接上话:"可不是嘛,还得是咱们黎冬医生。"

其他人说起盛穗也是一阵唏嘘,简单闲谈几句后,各自准备回到岗位工作。黎冬等别人都走后,轻声叫住安会计:"费用明明是祁副高交的,您为什么要说是我呢?"

"咦?祁副高是这样叮嘱我的呀!"安会计面露疑惑,不解地道,"他说盛穗毕竟是小女孩,他帮太多容易招人闲话,说成你的话,就不用避嫌。"安会计刚知道热搜的事不久,笑呵呵地朝黎冬道,"况且你俩要是结婚了,他工资卡一上交,到时候不还是你交钱嘛。"

走廊另一头有人喊安会计去帮忙,女人也不再废话,冲黎冬笑笑后转身离去。黎冬目送人走远,回办公室的路上,拿出手机给祁夏璟发消息:"安会计告诉我,你说要以我的名义给盛穗交医药费。"

对方回复得很快。

祁夏璟:嗯,我说的。

黎冬和办公室的同事点头打招呼,回到工位要回消息,口袋里的手机再次振动。

祁夏璟:我们谁交都一样。

两条短信相差近两分钟,像是发件人经过深思熟虑后,才给予的答复。"我们谁交都一样"——黎冬莫名其妙地想到安会计刚才的调侃,要打字的手微顿,对面第三条短信已经发来。

祁夏璟:徐榄把剩下的一张游乐园门票给我了。

两人以往的对话大多是"谢谢"或"好"。黎冬摸不透祁夏璟这条短信的用意,干巴巴地询问:"那你会去吗?"

祁夏璟:上午带罐头去医院,时间来得及就去。

罐头为什么要去医院？金毛平常太活泼，以至于黎冬快忘记它已是十多岁的高龄犬了，她急忙打字问道："罐头为什么要去医院？它还好吗？"

这次祁夏璟直接发来一段视频。视频里的罐头正专心地埋头干饭，头顶黎冬送的史迪奇头套晃啊晃，接着是一道模糊的背景音："你突然给它戴那个头套干吗——"

十几秒的短视频戛然而止，黎冬忍不住点开再看一遍，终于听出是徐榄的声音。她正要回复，祁夏璟却直接打来电话。黎冬看着来电显示犹豫片刻，点击接听。听筒里传来祁夏璟的低音："看到视频了吗？"

黎冬睫毛轻颤，半晌听见自己轻声答复："看到了。"

祁夏璟沉沉应了一声，回答她的问题："没生病，只是常规体检。"

电话另一端再次出现徐榄咋咋呼呼的说话声。祁夏璟不耐烦地轻嗤一声，随即是一阵窸窣的塑料声响，大概是男人抓起手边的纸抽丢了过去。

徐榄惨叫一声，控诉道："报告班长！这里有人打架滋事！"

祁夏璟冷笑："谁说我打给她了？"

"你还装！你什么时候抱着手机发过这么久的短信！你每次都只回我一个'滚'字！"

"有自知之明，还能救。"听着两人拌嘴不停，黎冬弯唇很轻地笑了笑，立刻看见坐在对面的两个小护士倏地抬头，满眼不可置信。

"哇，我还是第一次见黎医生笑，"年轻护士眼睛亮晶晶的，好奇道，"我猜肯定是祁副高！"旁边年长些的立刻赞同道："那肯定咯，看咱们科花笑得多甜啊，看得我都想谈恋爱了。"

两人你一言我一句，调侃得黎冬插不进话，直到她们的背影消失在门口，黎冬才突然想起电话仍接通着，刚才那些话，祁夏璟可能都听见了。

连黎冬自己都没意识到，她在被误会和祁夏璟是情侣时，第一反应不再是解释，而是紧张。如果祁夏璟听见了，会是什么反应？

所幸祁夏璟只是随口问道："吃饭了吗？"

"吃了。"黎冬顺从地回答，心绪仍紧绷着，怕男人提起什么，下意识地礼貌回问，"你吃饭了吗？"

"嗯，准备吃麻辣火锅。"

黎冬想起祁夏璟刚发来的视频里，餐桌上确实有一口火锅。暗红汤面浮着满满一层红辣椒，光看着就舌尖发麻。考虑到男人的手伤，黎冬忍不住提醒："还是少吃些，伤口还在恢复。"

话出口的瞬间黎冬又后悔了，她觉得自己今晚总想得太少，说得太多，然而耳边落下的轻笑声，让耳尖泛起热意，迅速将她心头那点儿紧张冲淡。男人的声音慵懒而低沉，听筒轻微的振动让他仿佛正贴着她的耳边呢喃，泛起点点痒意。

"好。"他说，"听你的。"

周六早晨八点，黎冬结束值班，乘坐公交车于二十分钟后到家。她简单洗漱后回卧室睡了三个小时，醒来时刚过中午十一点。她点开手机锁屏，发现徐榄十点整时发过来两条微信。

徐榄：班长，其他几个同事也想去游乐园，你介意不？
徐榄：老祁也在，到时候让他开车带上你。

祁夏璟也会去游乐园，昨天他在电话里说过。黎冬刚睡醒，还蒙着，放开怀里的史迪奇公仔，慢吞吞地打字回复："没关系。"

将手机放在床头，她起身走向卫生间，刷牙洗脸后才清醒些。拉开衣橱看着半柜子衣服，黎冬破天荒地开始思考出门该穿些什么——第一次在非团建的情况下和同事出去玩，她不想显得太格格不入。

十分钟后，她换上浅米色的纱质衬衫，用同色系短款吊带作为内搭。茶白跳色的高腰裙自右侧高处向左下系紧，让黎冬本就窄瘦的腰部更显纤细。长发松散垂落两肩，黎冬从化妆台的收纳盒里拿出浅茶色发圈，将柔顺的长发系成低马尾，发圈松垮垮地坠着。

周末大家好不容易能睡个懒觉，徐榄便将集合时间定在下午一点。想多玩项目的就自己早起排队，一点钟大家聚在一起吃个饭就行。他说祁夏璟会带她过去，但时间已经快十一点半，她还没收到祁夏璟的消息。

漫无目的的等待让时间变得格外漫长，黎冬随意弄了些吃的。她端着碗走到客厅时，正好听见门外传来熟悉的拍门和狗叫声，是罐头在喊她。

黎冬放下碗筷去玄关处，推开门的同时听见一道低喊声："罐头。"

同样便装的祁夏璟站在门口两步外，皱着眉。纯黑的卫衣外随意套了一件日系的灰色牛仔外套，头戴着鸭舌帽，配上束脚工装裤后整个人显得格外闲散慵懒。

两人四目相对，之后是不约而同地微愣。黎冬没想到祁夏璟还在家，轻声问："你是要带罐头去体检吗？"

"不去了，"祁夏璟收回落在黎冬笔直锁骨上的视线，不自然地别开眼，"医院那边有急事要我过去，一出门它就跟着跑出来。"

除去罐头第一次偷跑出来,这是祁夏璟第二次在非工作时间见到日常装扮的黎冬,不再是冰冷的黑、白、灰搭配,温和的色调搭配让她整个人无比温柔。浅米色的衬衫微微敞着领口,露出小片白皙皮肤以及细长的天鹅颈,耳边几缕青丝垂落。

空气里泛着点点清淡的雏菊香,让祁夏璟觉得喉咙一阵发紧。有那么一刹那,他想要推掉周末临时的紧急召唤。

他弯下腰,把疯狂要蹭黎冬的罐头抱回家,无情地关门后,看向还没关门的黎冬。素面朝天的她五官依旧精致,此时漂亮的眼睛正静静望过来,像是在等待着什么。

病人具体情况不明,进手术室再出来很可能就是七八个小时后,没人能做任何保证。可不去赴约的话祁夏璟最终没说出口,只留下一句"忙完后会去"就匆匆下楼离开。

楼道口重归寂静,很快,连声控感应灯都在沉默中熄灭。黎冬回到空无一人的房间,看手机屏幕正好亮起,又是徐榄的消息。

徐榄:老祁临时有事,今天估计不过来了。我还要带其他人,你等我电话再下楼吧。

祁夏璟今天不过来了,相同的念头在脑海第三次浮现后,黎冬终于迟钝地意识到——虽然没想过和祁夏璟同去游乐场,但对他先答应却又因为不可抗力而失约这件事本身,她或许是有些在意的。

餐桌上的食物还热着,黎冬将温好的牛奶倒进玻璃杯,安静地坐下吃饭。沉静的气氛被五分钟后母亲的视频通话打破。

"冬冬啊,看看妈妈给你新买的书桌。以后你再回家,就不用和你弟挤一张饭桌了。"屏幕上是母亲愉悦自豪的脸,她生疏地调试前后摄像头,给黎冬展示客厅里新买的书桌。

黎冬家里的经济条件并不太好,又要养两个年纪相仿的孩子,不过即便如此,父母也从没亏待过黎冬,总在能力范围内一视同仁地给她和周屿川最好的。

即便黎冬现在上班了,父母也坚决不收她一分钱,反倒还省吃俭用地给她寄钱,总说她一个人在大城市打拼太辛苦,希望她早早结婚回归家庭。

黎冬现在已经很少回去,但她不想让母亲扫兴,轻声道谢:"谢谢妈妈。"

"弄这书桌可费了我跟你爸好大劲儿,"母亲一说话就停不下来,"幸好我把你高中那点儿东西都丢了，不然客厅哪有地方放哟！"

"妈，"黎冬闻言太阳穴轻跳，不自觉地扬高音量，"您为什么又擅自丢我的东西？就不能提前问我一下——"

周红艳的性格本就强势，为了这张书桌忙前忙后，哪里听得女儿一点儿抱怨："没打电话不是看你忙怕打扰你？丢东西前我看过了，就是你高中那点儿用不上的笔记，几本的内容还是重复的，不丢留着做什么？你也不想想咱家才多大，哪有那么多地方放你的杂物？"

居然连笔记本也丢掉了。那些重复的笔记内容，都是她一笔一画亲手写的。一份是她上课简写自留复习用的，而另一份是祁夏璟第一次和黎冬说话那天，她连夜誊抄的。

分手后黎冬丢掉了他们所有的回忆，包括那本画册，那些她吃完但不舍得扔掉的糖纸和零食包装，以及祁夏璟送给她的来不及归还的礼物。这些高二的笔记本当时不知被她放在哪里了，再找到时她已经大学毕业。那天黎冬在客厅怔怔坐了一下午，最后只是将笔记本放归原处，终究没狠心丢掉。

然而现在，这些笔记本也没有了。即使清楚母亲是好意，黎冬一时也无法接受现实，忍不住争辩道："可这不是第一次您不过问就丢掉我的东西了，我上次明明说过的——"

"什么叫不是第一次？"周红艳连珠炮似的语气让人无力招架，"你妈一共就动过你两次东西，高中时候是一个破娃娃，这次也就是几个旧本子，你就这么跟你妈说话？"黎冬被反驳得哑口无言，母亲确实没说错，对除她之外的任何人来说，被丢掉的只是随便在商场就能买到的史迪奇公仔和几本纸面泛黄的笔记本而已，毫无意义。

"抱歉，"黎冬起身将只吃了几口的饭菜重新放进冰箱，轻声道歉，"是我的语气不好。"

周红艳本就没想非要争辩出个对错，听女儿服软认错，语气也缓和不少："你昨晚又值夜班去了吧？都说了让你别那么辛苦，早点儿找个对象，在家带孩子不好吗？"

"知道了。"

"每次嘴上都答应得好好的，从来不见你行动。"周红艳听出她语气疲惫，生气又心疼，"行了，不聊了，你快去休息吧，过两天我做点儿龟苓膏寄给你。"

短短几分钟的电话，却让黎冬觉得身心俱疲，整个人像被抽干水分的海绵，干瘪而浑身穿孔，连去游乐园的期待也减去大半。

徐榄又发来消息，说路上堵车，大约还要二十分钟才到。黎冬拿着手机回到卧室，逃避现实地将身体摔进床。她的床头、书桌，甚至是角落的躺椅上和衣柜里，都可以见到各种大小、造型的史迪奇公仔。

黎冬抓起手边的公仔将脸埋进去，轻微的窒息感让她仿佛回到那年高考之后。梅雨时节，吵闹拥挤的筒子楼人满为患，湿热沉闷的狭小房间里总有股挥之不去的霉味，混杂在婴孩的哭喊、夫妻的拌嘴和老人的唠叨之中。

高考结束的当天，祁夏璟远在A国的外公突然病重，黎冬亲自将他送上了飞机。或许是早就意识到某些事将要发生，她到家就开始了昏睡，其间从几平方米的房间出来吃饭时，听见父亲说他们不再续租这间房子，听母亲感谢带着孩子来的房东，说这三年如何受对方照顾。

五日后的早晨，她醒来时，发现桌上陪她度过高三一整年的史迪奇公仔不见了。母亲说，房东家的小孩看着很喜欢那个公仔，她就随口让小孩带走了。作为补偿，她会给黎冬买个更好的。

那是黎冬第一次和母亲大吵一架，她语无伦次地解释那一只与其他公仔是不一样的，几近歇斯底里地说不会再有更好的了。后来，意识到争吵无用的她夺门而出，在斜风细雨的傍晚拍响房东的房门，带着哭腔一遍遍地鞠躬道歉，问能不能把史迪奇公仔还给她，她可以用很多钱换。

房东不明所以，语气歉然地告诉她，回家的路上小孩在泥地里摔了一跤，嫌满是泥泞的史迪奇公仔太脏，就随手当垃圾丢掉了。

那晚的空气里，只剩下令人作呕的腐臭味。黎冬找遍了附近所有的垃圾回收点，纤瘦战栗的身体仿佛下一秒就要被漆黑的夜吞噬。

到最后她已经分不清，眼角不断砸落的眼泪究竟是为了丢失的史迪奇公仔，还是为了她和祁夏璟从最初起就注定无法扭转的结局。

她很早就知道留不住祁夏璟，只是从未想过，有一天她会连这只史迪奇都弄丢。直到天际泛白，雨终停歇时，一整夜默默跟在她身后撑伞的周屿川，声音沙哑地喊了声"姐"。

"姐，我会赚很多很多钱，给你买很多很多娃娃。"十五岁的男孩已经高出黎冬小半个头，看着她哭肿的眼睛，黑眸中满是不甘。向来寡言的弟弟紧紧抱住浑身湿透的黎冬，将头埋进她颤抖的颈肩，几乎是低声下气地恳求她："我们回家吧，求求你。"

枕边的手机振动不停，黎冬将埋在公仔身上的头抬起，一接通电话就听徐榄大大咧咧的声音响起："班长你五分钟后下楼呗，我马上到你家楼下了。"

黎冬的情绪还未从回忆中完全抽离，坐在床边哑声道："好，我马上下去。"

"得嘞,你慢慢来啊,不急。"

黎冬起身走到镜子前整理衣服,看着满屋子的史迪奇和镜子里她眼角泛起的微红,唇边浮现一丝无奈苦笑。

故事就是这样简单,实在没什么好说的。现在的她已经能买得起很多只史迪奇公仔,只是她最想要的那一只却再也找不到了。

大家看到黎冬穿便装的第一反应,都是无比默契地惊掉下巴,不敢相信面前柔和微笑着的女人居然是平时不苟言笑的黎医生。

私下相处时的黎冬和工作时间相比简直判若两人,即便同样沉默寡言,但周身冷肃的疏离感完全消失不见,也不再逢人搭话就回一句冷冰冰的"现在是工作时间",而是会安安静静地听对方说完,沉思片刻,然后认真地回答。

不施粉黛的女人打扮得素雅而不失温柔,肤如凝脂。同行几个带妆的小姑娘看着都挺白,但只要靠近黎冬,就会自动变黑两个度。

"好羡慕啊!"合照时,负责自拍的小王看着照片感叹,"白就算了,黎医生都站在最前面了,怎么脸还是最小的哦,简直是合照杀手。"

黎冬其实看不出区别,轻声解释道:"可能是我骨架比较小,俯视拍摄也会有视觉误差。"小王就随口一说,没想到黎冬会认真解释这么多,抬头笑眯眯道:"如果不是这次出来玩,我真想不出黎医生私下居然是这样的。"

这不是黎冬今天第一次听到这种话了,她疑惑地轻轻皱眉道:"我平时很不近人情吗?"

"倒不是不近人情,"小王旁边的小姑娘笑着插话,"不过能多笑笑就更好啦。"今天来玩的都是年轻人,说话时没那么多条条框框,再加上黎冬意外地很好相处,本不熟悉的几人很快打成一片。

中午在露天餐厅吃饭时,徐榄发现黎冬有些不在状态。女人坐在长桌最角落的位置,始终安静地低头吃饭,没加入同事们热烈的讨论,只时不时抬起头,眼神直勾勾地看向远处的礼品店,进门位置就是几台娃娃机。

当黎冬第五次发呆时,徐榄忍不住问道:"我们高中来的时候,这家游戏厅就在了吧?你想去抓娃娃?"

黎冬点头。游乐园的样子和十年前相去甚远,很多项目都更新换代了。这家礼品店也重整装潢,只依稀能看出十年前的影子。

"好不容易来一次游乐园,去抓娃娃多浪费时间啊!"有人提议道,"我们先去鬼屋排队吧,或者去坐过山车。"七嘴八舌的争论后,大家决定按照各自的喜好分头行动,晚上再一起看烟花秀。

第 5 章

101

"我去鬼屋。"徐榄靠着椅背,拍拍身旁的另一位主治医生许医生,"你呢,去哪儿玩?"

"我要先去礼品店买点儿东西。"许医生的性格本就腼腆,被徐榄似笑非笑的眼神看得心虚,"怎么了,给我妹带点儿礼物,不行吗?"

"谁说不行了,你小子抖什么?"徐榄意味不明地哼笑一声,结账后起身,"走了。"

众人纷纷感谢徐榄请客,之后分头行动。黎冬和其他人简单道别后,直奔餐厅对面的礼品店,在门口的小型娃娃机前停下脚步。最靠外的一台娃娃机里摆着各种各样的玩偶挂件,黎冬很快在紧贴右侧内壁的角落里看到一只迷你史迪奇。玩偶竖起耳朵咧开嘴,造型和她丢失的那只有八九分相似,只是个头儿小很多。黎冬只是抱着看一看的心态来的,没想到真的有。

她很想要这只史迪奇。

拿着兑换好的一小筐游戏币回来,黎冬一个人弯着腰专心抓娃娃,身边不断有人经过。其实她在货架上看到了一排造型相同的史迪奇公仔,连大小都跟她丢失的那只一模一样。其实家里还有三十几只史迪奇,但黎冬只想要娃娃机里这一只。

她不擅长抓娃娃,连第二筐游戏币都快用尽,也只是捡漏地抓到一个唐老鸭。黎冬也不着急,反倒是旁观许久的许医生忍不住上前,问道:"你想要最里面的史迪奇吗?要不要我帮你?"

黎冬摇头:"不用,谢谢你。"别人抓的对她而言毫无意义,如果要妥协,不如直接买货架上的公仔。

"你要的那只不太好抓,位置太偏了。"许医生劝道,"要不你换一只?其他娃娃也一样可爱。"

"不一样的。"黎冬始终没有抬头,眼睛专注地盯着被挤到角落的史迪奇,声音轻却坚定,"我只要那个。"许医生被尴尬地冷落在一旁,几次开口都得不到任何回应,最后实在待不住,只好独自离开。

礼品店里人来人往,时而有人在黎冬身边停留。有些是好奇心驱使,有些则是上前搭讪。形形色色的人短暂停留又转身离开,只有黎冬站在那台娃娃机前,执拗地一次又一次投币,眼里只有那只史迪奇。

她换钱的次数太多,连店员都看不下去了,和老板请示后,要把娃娃送给黎冬。店员走到她身边,温声道:"请问您有想要的吗?我们可以送您一个。"

黎冬闻言垂眸,抱着里面没剩几枚游戏币的小筐犹豫不决。店员以为她没听清,笑着重复问题。

她或许，真的没办法抓到那只史迪奇了。唇边扯出自嘲苦笑，黎冬终于决定妥协，抬手指向最角落的史迪奇，哑声道："请给我——"

"要哪个？"身后传来熟悉的低沉男声，不同于平日的慵倦，反倒夹杂着起伏的呼吸声，甚至能听出几分罕见的急迫。黎冬抬头，怔怔看向突然出现的祁夏璟。

"不用开柜子。"这句话他是对店员说的。男人随后垂眸转向黎冬，无声挑眉笑了笑，再一次问她："想要哪个？我给你抓。"

深秋凛冽时节，黎冬看到祁夏璟前额有细密的汗珠，靠近了能闻到他身上很淡的消毒水气味，应当是离开医院后径直赶来的。

可他是怎么找到自己的？

这次黎冬没有犹豫，抬手去指最内侧的史迪奇，轻声道："我只想要那个。"

"行，"祁夏璟站在娃娃机前确认位置，头也不转地伸手，"游戏币。"

抓一次娃娃需要三枚游戏币。黎冬低头从小筐里拿出三枚，放在祁夏璟掌心。重量比预想中的轻太多，祁夏璟转头看了一眼掌心的游戏币，又瞥向黎冬的小筐，勾唇反问："舍不得？"

"你一次就能抓到，"黎冬摇头，直直望进男人深沉黑眸，"我知道的。"

那年她亲眼看着祁夏璟抓遍每台娃娃机，是从未失手的零失误。祁夏璟黑眸微沉，眼底倒映着黎冬纤瘦的身影——她眼里那份信任是如此坚定。他唇边的弧度加深，上手飞速调整操纵杆。

几秒后抓手在史迪奇上方停住，他却不着急按下确认键。

"抓娃娃可以，"祁夏璟转身，垂眸看向挂在黎冬右手拇指的小挂件，"但我要你用手里的唐老鸭换。"

黎冬这才想起她手上唯一的战利品，果断点头："可以。"

"成交。"话音响起的同时，祁夏璟果断拍下按键，目不斜视地盯着黎冬双眼。抓手并非直接抓住玩偶本身，而是精准地钩住玩偶背后的标签，一路颤悠悠地运送到掉落口，松开，玩偶笔直坠落。

黎冬的双眼忽地亮起，深棕色瞳孔在斜射而入的光照下，映射出宝石般通透耀眼的光泽。祁夏璟弯腰从出口处拿起史迪奇，握在掌心却迟迟不给她，四目相对，像是在等黎冬主动开口。

小筐早被她放在一旁，黎冬十指握紧背包带，抿唇望着耐心等待的祁夏璟，耳尖爬上一层羞赧的浅粉。

"祁夏璟。"良久，她轻声开口，"我想要你手里的史迪奇，可以吗？"

103

下一秒，骨节分明的手在她眼前摊开，五指修长有力，掌心静静躺着一只迷你史迪奇挂件。黎冬头顶传来懒懒的沉声轻笑，她接过挂件抬起头，目光撞进祁夏璟含笑的黑眸。

男人再一次告诉她："本来就是给你的。"

十年前的场景、人物和台词重现，而十年后黎冬掌心里的史迪奇，依旧是祁夏璟抓到送给她的。兜兜转转这么久过去，竟然还是他。

太过复杂的汹涌情绪瞬间将黎冬吞没，她分不清是委屈还是愧疚，只觉得眼眶泛热，如鲠在喉。她深吸口气交出唐老鸭，压住轻颤尾音："谢谢，我很喜欢。"

当她以为话题就此结束时，接过交换物品的祁夏璟忽地出声："我知道。第一次送你娃娃之前，我就知道你喜欢。"

祁夏璟回想起当年，那时刚分班，他对黎冬的了解其实不多，印象里只有纤瘦体形和笔直腰板，话很少，典型的三好学生，仅此而已。那天他被簇拥在人群中，却一眼望见人群之外的黎冬正目不转睛地盯着他刚抓的史迪奇。以他的审美，这娃娃是一只挺丑的外太空生物，也不知道有什么过人之处，能让沉默寡言的黎冬露出如此渴望的眼神。

"那时候我就一个想法，"祁夏璟望进黎冬双眼，勾唇笑了，"我一定要等她过来，亲口跟我说她要这个娃娃。"他要听见她亲口说喜欢。

"史迪奇是实验室里最成功的基因改造试验品。"黎冬垂眸看向掌心里的小挂件，声音很轻，"逃出来后，他被一个叫作莉萝的女孩当成小狗收养了。"这部动画片是多年前的作品，黎冬自己都想不通她为什么要给祁夏璟讲史迪奇的故事，但话不由大脑控制地脱口而出，"莉萝性格孤僻，又是孤儿，身边的孩子总远远避开她，所以她最大的愿望就是——"

"我需要一个朋友，一个不会跑走的朋友。"①祁夏璟对上黎冬诧异的眼神，言简意赅地解释，"很经典的作品，以前看过一点儿。"只看过"一点儿"，不过是把全系列翻来覆去地温习十几遍而已。

男人的表情太如常，黎冬点头接受这个解释，继续道："对莉萝来说，史迪奇是唯一的不同。它懂她的不合群，明白她的奇奇怪怪，如果——"如果有人也能如史迪奇对待莉萝一般，接受、拥抱她的贫瘠，该有多好。或者说，如果她能留住那个人，该有多好。

"对不起啊，那年你送我的史迪奇，"黎冬深埋着头，声音颤抖，迟来十年

---

① 出自科幻动画电影《星际宝贝》。

的道歉，她说得异常艰难，"我把它弄丢了。"

重逢以来，她最害怕的就是在祁夏璟面前失态，因为太清楚相处的时间只有短短两个月，她希望起码能在对方心里留下体面的印象。

可只要遇到祁夏璟，事情总会变得不可控制。

良久，黎冬听见头顶传来一道无奈叹息。紧接着，她感觉有只干燥温暖的大手很轻地揉了揉她的发顶，动作极尽温柔。

"没关系。"如果黎冬此时抬头，一定会溺进男人眼底深深的疼惜。祁夏璟几乎是用尽全力，才克制住将黎冬抱进怀里的冲动，只哑声告诉她："这次他不会丢下你了。"

❄ 18

突如其来的摸头后，相比于黎冬的错愕，越线的祁夏璟反倒没觉得尴尬。"走吧，还想玩什么？"男人垂眸看着黎冬双颊爬上淡淡粉红，率先打破沉默，"把高中的遗憾都补回来。"

那些没来得及玩的项目，以及那时还不相熟的他们。

黎冬抬眸，定定望着今天格外温柔的男人。祁夏璟的眼下有淡淡的乌青，应该是最近连轴转的工作和缺觉导致的。现在是下午快四点，他应该是在医院忙完就马不停蹄地赶来了，可能饭都没吃就来给她抓娃娃。

黎冬无意识地用指尖轻抚着史迪奇挂件，询问道："你吃饭了吗？"

毫不相干的提问和回答。

祁夏璟没想到她会问这个。游乐园有上百个游玩项目，高二那年他们错过了绝大多数，被问到想要弥补的遗憾，黎冬的第一反应居然是问他有没有吃饭。祁夏璟的眼底泛起点儿柔软，语气是不自知的温和："还没。"

"那我们去吃饭吧，"黎冬怕对方会有负担，委婉道，"我中午没吃饱。"

"好，你想吃什么？"

烟花秀晚上八点开始，为了尽可能节约时间，两人最后找了一家人少的快餐店。祁夏璟去排队买吃的，黎冬在座位上等他。

祁夏璟刚做完手术，没什么胃口，就随意点了一份套餐，又给黎冬挑了热可可和解腻的柠檬芝士蛋糕，端着餐盘去找她。周六的游乐园人满为患，人再少的快餐店，放眼望去也遍地是人。

人来人往中，祁夏璟一眼就精准地找到角落里靠墙坐着的黎冬。她正专注地摆弄着桌面上的史迪奇挂件。女人时而用指尖轻戳公仔的脸，时而又捏起史迪奇两只长长的耳朵，精致的眉眼微弯，唇边漾起点点笑意，像是偷尝到糖果的孩童。

祁夏璟停下脚步，在熙熙攘攘的人流中静静看着黎冬。她先是把玩偶挂在挎包外侧拉链上，似乎是害怕磨坏或丢失，又解下系扣，慎重地放回包里，小心翼翼的模样乖巧又惹人心疼。

那分明只是几十块钱就能买到的小挂件，却被她当作珍宝。

祁夏璟想到她几分钟前道歉时压抑的哽咽颤音，既然舍不得，既然对他随手送的娃娃都念念不忘，当初为什么却能狠心丢下他呢？

祁夏璟唇边扯出点儿自嘲的笑。果然他还是放不下那年黎冬突然提分手一事，总迫不及待地想问清楚。可一定要她现在交出答案，只会让他们本就如履薄冰的关系，直接碎裂，跌入谷底。

"想到吃完后去哪里了吗？"祁夏璟走到餐桌前，将热可可和蛋糕推到了黎冬的面前，"喝点儿热的。"刚才他无意中碰到她的手，指尖都是冰凉的。

黎冬接过热可可轻声道谢，双手捧着杯子，感受温暖掌心的热意，沉思片刻后回答："我想去看花车巡游。"比起惊悚鬼屋、刺激过山车或是梦幻旋转木马，她其实更想看盛大的花车游行，想在人山人海中远远看着玩偶冲着台下打招呼，想听悦耳的奏乐声中人们的欢声笑语。

即便不善交际，黎冬也希望能融入人群之中，哪怕是做个独身一人的旁观者。来游乐园不玩项目，只想看花车巡游，她知道这很奇怪，却不知如何解释。

"好，"祁夏璟没问她理由，"五分钟，吃完就去。"

男人低头吃得很快，压低的帽檐令人看不清表情。黎冬盯着祁夏璟手上逐渐消失的汉堡，觉得只让对方陪着她会太不公平，于是小声问："你有什么想玩的吗？我也可以陪你。"

"刚才不是问过你了吗？去看花车。"祁夏璟用附赠的纸巾擦了擦手，似乎觉得没擦干净，轻喷一声后抬头朝黎冬伸手，语气自然，"有湿巾吗？"

"有的。"黎冬低头在挎包里翻找，心里想的却是祁夏璟刚才的上半句话。她明明问的是他想去哪儿玩，答复却仍是她一人的意愿。难道祁夏璟来游乐园仅仅是为了陪她吗？

黎冬觉得，这两天的祁夏璟似乎有些不一样了。他不再冰冷强硬地拒她于门外，反倒伸手将她拉到身旁。可除了礼品店门前安慰性的摸头外，祁夏璟再没有任何出格的言语或动作，神色自若。

黎冬在心里告诫自己，不要自作多情。

两人从快餐店里出来，正好是花车巡游的时间，远远就能听见欢快轻松的乐声，还能看到黑压压跟着花车移动的人群。

七八辆摆满鲜花、装饰梦幻的花车从既定轨道上开过。人们站在规划好的栏杆之外，和人偶尖叫互动的同时，还不忘边跟着小跑，边用手机拍摄。

比起跟着队伍游行，黎冬其实想先把几辆花车都看清楚。偏偏人高马大的祁夏璟又总跟着队伍，长腿轻松一迈就是黎冬的两步远。她每次转头去看花车，再回头就会发现男人已走出五六步远的距离。

人潮涌动，黎冬怕两人走散，又一次见祁夏璟走远时，她忍不住快步上前，冲着男人背影轻呼他的名字："祁夏璟。"

肩宽腰窄的背影有一瞬停顿，像是身体的本能反应，男人却在下一秒继续迈步前行，对黎冬的呼唤置若罔闻。

大概是周围太嘈杂没听见吧，黎冬默默想着。奏乐和人声交杂响起，公共场合又不好喧哗，她只能快步到祁夏璟身后，抬手用指尖拽住男人的外套袖口。

"祁夏璟，"她的语气有些着急，"你走慢点儿，好不好？我要跟不上了。"

女人轻柔的声音拖着点儿不自知的尾音，明显带着情绪，落在耳边像是半抱怨的撒娇。祁夏璟停下脚步，黎冬正要松开他袖口，男人却忽地回头看她，沉沉道："只是这样吗？"

他勾人的桃花眼微垂，意有所指地看向黎冬欲收回的手，漫不经心地道："人很多，你像刚才那样喊我是听不见的。"随后他自顾自得出结论，"这样下去，我们迟早会走散的。"

黎冬想问他怎么知道自己刚才喊他了，又摸不准他话里的意图，试探地问道："那我可以牵一下你的袖子吗？"这样不会碰到他，两人也不容易走散。

祁夏璟压下唇边的笑意，挑眉轻咳一声，深沉道："如果你愿意的话。"

她没有不愿意。

黎冬要去够他的袖口，祁夏璟却径直走到她的左侧，主动朝她伸出手。"用左手牵吧，右手不用拍照吗？包也给我吧，"他看向黎冬左肩的挎包，逻辑严谨地提出建议，"人多眼杂，如果包被抢了怎么办？礼品店的娃娃机里或许没有第二只史迪奇了。"

黎冬被祁夏璟乍一听很有道理、细听又很奇怪的分析绕晕，乖乖把挎包递过去，握住对方袖口时，不忘礼貌道谢："谢谢你。"

"不用谢。"压抑的男声贴着耳边落下，越听越像是忍着笑意。牵住他的袖口后，黎冬明显感觉到祁夏璟有意地放慢了步速，骨节分明的手自然垂落，时而无意地轻碰过她手背，又一触即分。到了表演时间，花车队伍整齐地停下，

第 5 章

曲调更变，巨型人偶和舞者热情地舞蹈着，氛围其乐融融。

黎冬被欢乐气氛感染，情不自禁地拿出手机拍照，举了一会儿才发现身高不够，用单手拍也拍不好。

"给我吧。"她的头顶传来祁夏璟低沉倦懒的声音。男人朝黎冬伸出手，接过手机后单手持稳，对准每辆花车就是横竖版构图各来一张。将手机交还给黎冬前，祁夏璟用拇指在屏幕上轻点，余光扫过某处，调整镜头使其内扣向下，同时快速按下拍照键，再若无其事地将手机物归原主。

黎冬只觉得屏幕上有什么东西瞬间闪过，还没看清楚，手机已经静静躺回她掌心。祁夏璟从口袋里拿出手机，淡淡道："照片发我一份吧。"说完他点开微信，等待黎冬给他提供自己的二维码。

黎冬毫无察觉地点开手机短信，因为是第一次用信息发照片，她生疏地在菜单栏里寻找图册选项。她对电子产品不算擅长，正拧眉操作，耳边落下一声半无奈半感慨的叹息。

"我以为暗示得足够明显了，我不是只想要照片，"祁夏璟的表情难得有几分哭笑不得，"我想要你的微信和你用微信发来的照片。黎医生，可以吗？"

不再是点名道姓的"黎冬"，再加上男人习惯性上扬的懒淡的尾音，简单的问话都多了几分暧昧缱绻。

黎冬的微信头像是史迪奇，祁夏璟则是金毛罐头。两人一个用酷似狗的外星生物，一个用狗做头像，表情还都咧开嘴乐，莫名其妙地看上去很配。

祁夏璟照片拍得意料之外地很好，即便黎冬对美学毫无研究，也能看出男人看似随手拍的相片，其实都有构图安排。选择图片时，黎冬犹豫片刻，还是勾去最后一张模糊的照片，发送15张。下一秒，头顶响起祁夏璟的倦淡声音："我记得我刚才拍了16张。"

黎冬支吾道："那张有点儿模糊。"

祁夏璟不依不饶："我不介意。"

被勾去的照片上景色确实模糊，清晰的只有右下角的两人——准确来说，只有黎冬是镜头聚焦的中心。层层光圈落在她柔软的发顶，发梢都沾染上了柔和的浅金色。镜头里的她微扬着头，在灯光下澄澈透亮的眼睛正目不转睛地看着祁夏璟。手持手机的男人瞥见，黑眸微沉，然后"凑巧"地拍下了这张照片。

两人随着花车队伍继续前行，去主广场行经的岔路口上，不断有新的花车和人偶加入。黎冬完全被表演所吸引，左手一直紧攥着祁夏璟垂下的右侧袖口，身旁有人挤过来时，她会不自觉朝男人靠近。这种下意识的亲近和依赖是无法伪装，也无法隐藏的。

直到五点左右,两人一起去徐榄指定的饭店与其他人会合。

"哟,这不是我们祁副高嘛!"徐榄远远就见到给黎冬背着包的祁夏璟,惊讶一瞬后笑出声,"可以啊兄弟!"这么快上道,都不用他操心了。

其余人都不知道祁夏璟来了,见到他出现在黎冬身边都又惊又喜,自然少不了对两人一通调侃。

"你们俩穿得也太配了吧,老实交代,是不是特意搭配的情侣装哦?"

"难怪黎医生中午吃饭时总走神,肯定是在想祁副高怎么还没来吧?"

"美女帅哥好配,呜呜呜呜,果然甜甜的恋爱都是别人的。"

徐榄的眼神依次扫过无措的黎冬和无所谓的祁夏璟,决定大发慈悲地再次出面解围。"哎哎哎,都别聊了,快过来点菜。"话语一顿,他有意朝祁夏璟扬起下巴,"今晚可是祁副高请客。平时看他不爽的,都抓住机会宰他一顿啊。"

祁夏璟闻言瞥了徐榄一眼,勾唇算作默许。在座的人早都知道他和徐榄的背景,见祁夏璟点了头,自然不再在意费用问题,一个个都放开了点菜。

黎冬依旧坐在角落静静等待,菜单推到面前时摆手拒绝,说吃大家点的就好。旁边的徐榄正要抽走菜单时,祁夏璟长臂一伸又拿回去,重新放在黎冬面前。

嘈杂的环境里,男人用手懒懒撑着下巴,偏过头,薄唇落在她耳侧,几乎已是耳鬓厮磨的姿态,低声道:"肥水不流外人田,钱都花在别人身上,太亏。"

饭后,离烟花秀还有两个小时,几个女生简单商量,拉上黎冬一起去购物。男士们对玩偶、饰品兴致不高,决定先去最佳观赏位置附近的项目排队,玩完正好去占位。一行人共行一段距离后,在某处空地分开。

几个女孩子一逛街就忘记时间,烟花秀开始前十五分钟才匆匆去结账。几人从商店出来才发现,外面的世界早就和来时不同了。红火天幕被夜色吞没,星云银月高挂苍穹。以凄清月色做伴,道边一盏盏路灯将黑夜照亮,街道已变成全然不同的模样。

"老许不是说在金五星位置吗?那我们应该左拐啊。"

"不对,我们得从城堡右侧过去,左拐之后要绕好大一圈,肯定赶不上了。"

"要不让男生们过来接我们吧?这地图根本看不懂啊,迷路了的话不是更完蛋?"

黎冬口袋里的手机振动,她接起电话,耳边立即响起祁夏璟低沉有力的声音:"黎冬,你现在在哪儿?"视线环绕一周,黎冬握着手机垂眸,答道:"我在我们分开的那条长街。"

对面陷入短暂的沉默,随即能隐约听见呼啸而过的风声以及男人微不可察的呼吸声。低低喘息声贴着她耳边落下,祁夏璟像是在快速移动:"好,你待在原地别乱跑。我来找你。"通话中断的嘟声响起,要去最佳观赏地点的女生们决定好路线,着急忙慌地催黎冬快跟上。

"我不去了,"黎冬摇头,朝面前的女生柔声笑起来,"我在这里等祁夏璟。"

对这里熟悉些的同事劝她:"别等啦,这条石街太长了,走几步路就有岔路口,你们会错过的。"

黎冬不为所动,纤瘦高挑的人安安静静地站在路灯下,稍不注意就会被彻底淹没在人群中,可她满是坚定的眼神却耀眼得让人移不开眼。

"他让我在这里等他,"她笑着朝其他女生摆手道别,"所以我会在这里等他过来。"事情就是这样简单,没什么需要赘述的。

几个女生面面相觑,知道劝不动黎冬,只能匆匆道别后转身离开。

黎冬将装着史迪奇的拎包护在身前,面色平静。四周有惊呼声响起,远处高耸的城堡被各色灯光照亮,映照出各种绚烂夺目的图案,在沉寂夜色中,即将开始一场盛大绝伦的演出。

"倒数十个数了!"

"十!九!"

倒数声中,流动的人群纷纷向远处的城堡投去目光。黎冬所处的位置并不是最好的观赏地点,人工湖和城堡统统只看得见一半。

百米长街上,密密麻麻都是人,岔口遍布,一个犹豫、一次转身就会轻易错过本该遇见的那个人。这世上有几十亿人,错过是绝大多数人的宿命,相遇已是天赐的缘分。要何其幸运,才能在既定的那一刻,与心中所念之人在同一地点重逢?

"五!四!三!"

黎冬静静地望向天空,双眸映着斑斓绚丽的光点,喃喃道:"快开始了啊。"

"二!一!"

"黎冬。"五光十色的百束烟花直冲云霄的同时,黎冬听见再熟悉不过的声音正呼喊着她的姓名。瞳孔微缩,她回眸转身,在川流不息的人群中,一眼望见穿着灰色外套的祁夏璟。男人摘下压低的鸭舌帽,露出深邃的眉眼。

在两人仅有且危险的半臂距离中,黎冬能闻到他身上自带压迫性的沉沉乌木香气，能听见起伏的细细呼吸声，以及分不清此刻是谁的剧烈心跳声，剧烈到几乎震耳。

半城烟火将夜幕照亮，宛如梦中幻境。所有人都仰头瞩目时，只有黎冬毫不留恋地回头，笑眼弯弯地看向祁夏璟。烟火在她身后绽开，连发梢上都跃动着彩色光点。可黎冬只是静静地抬眸看着祁夏璟，满含笑意的眼里没有诧异，像是早就知道他会赶到一样，轻声道："你来啦。"

"是。"满城烟火不及此刻他眼中风景，祁夏璟被黎冬眼底纯粹的笑意感染，也弯唇笑了，"我说了我会找到你的。"黎冬只觉得心被填塞得满满当当，至少今晚她不想再瞻前顾后，只想任性地顺着心意说话："我知道，所以我一直在原地等你，一步都没离开。"

周围的阵阵惊叹声中，祁夏璟站到黎冬身边，垂眸凝望她澄澈的双眸，笑意里不自觉带上几分玩笑意味："百米长街到处是岔口，放眼望去全是人，如果我真的找不到你怎么办？"当无解的概率和机遇问题难上加难时，即便是祁夏璟，也没办法百分百保证什么。

"不会的。"黎冬抬头去看漫天璀璨艳丽的烟火，不假思索地说道，"你说你会找到我，你就一定会找到我的。"

祁夏璟闻言，神情微愣，几秒后，再也压抑不住唇边笑意，低低地笑出声，连肩膀都轻颤着。抓娃娃那会儿他就该知道的，黎冬比祁夏璟更相信祁夏璟，坚定不移，且向来如此。

祁夏璟从头至尾没抬头看过一眼烟花，专注地盯着正仰头看烟火的身边人，忍不住低呼道："黎冬，是不是我说什么，你就信什么啊？"

下意识说出口的话让他自己听着都莫名其妙地觉得熟悉，而下一秒得到的答案，直接将祁夏璟拽进那年盛夏。黎冬回眸望进他双眼，沉吟片刻，点头轻声回答："如果是你的话，会的。"

——别人说什么，你都会当真吗？
——如果是你，会的。

那年盛夏酷暑难耐，来天台避暑的少年躺在水泥台上毫无睡意，不知多久后有推门声响起，紧接着是谨慎的脚步声。这是只有他和她知道的地方，所以一定是她来了。

少年唇边漾起点儿得逞的笑意，极力抑制着不让靠近的女孩发现。他迫不及待地想知道，女孩会对熟睡的他做些什么，是像言情小说里写的那样表露心

111

事，还是会像电视剧里演的那样偷亲他的唇角。

结果女孩只是小心翼翼地举着书，徒劳地替少年遮挡太阳。

十七岁的少年心愿落空，心里却柔软得一塌糊涂。他装作刚睡醒，拽住慌张逃离的女孩的手腕，在惊叹她皮肤触感温软的同时，半开玩笑地问了一个问题，而女孩给了少年十年后也依旧不变的答案。

黎冬只觉得，今晚的祁夏璟似乎格外爱笑。她不知道祁夏璟在笑什么，下意识地以为在笑她幼稚，拧眉反驳道："为什么要笑？你说过会来，就一定会找到我。"她向来爱钻牛角尖，表达能力匮乏又贫瘠，只能近乎执拗地笨拙争辩，"只是需要一点儿时间而已。"她的声音突然变得很轻，像是下一秒就要消散在风中，再寻不见，"但我可以等。"

"嗯。"祁夏璟耐心听她说完，"我知道的。"

或许只是无意，但黎冬确确实实在这座城等了他整整十年，直到二人的重逢给了他重新找回她的机会。祁夏璟只觉得满腔悸动势不可当，哑声道："阿黎，我们——"

"烟花快结束了，你怎么还不许愿啊？快点儿啊！晚了就不灵了！"前面叽叽喳喳的小姑娘打断祁夏璟冲动的告白。急匆匆地催促同伴后，小姑娘连忙双手合十闭上双眼，嘴里还不忘嘱咐道："一定要等烟花升到最高点再许愿哦！"

黎冬只见祁夏璟薄唇微动，却没听见任何声音。她看了一眼许愿的小女孩，回头又见男人正同样地掌心合拢十指交叠，合着眼静静许愿。

这让她觉得奇怪——印象中的祁夏璟是坚定不移的唯物主义者，坚信事在人为，可男人此刻脸上的表情，几乎是信徒般的虔诚郑重。等祁夏璟再睁眼时，她忍不住出声道："我以为你永远也不会信这些——"

这时，有人头也不抬地匆匆自黎冬身后走过，眼看着下一秒肩膀就要撞上她的肩胛骨。于是黎冬见到祁夏璟黑眸微沉，长臂一伸轻环住她的后腰，轻而易举地将她拉到身前。本就越线的半臂距离被瞬间压缩得近乎为零，黎冬只觉得眼里祁夏璟的身影瞬间放大，下意识地屏息，指尖攥紧袖口。

"如果不信的话，那想要实现的愿望该怎么办呢？"男人沉声问。他们之间的距离实在太近，近到几乎前额相抵，近到响在耳边的男人的嘶哑叹息字字震耳，近到那些落于脸庞的热意几乎将她灼伤。

黎冬听见自己紧绷的声音响起："那你想要什么呢？"

似是感受到她因为触碰而僵硬的身体，祁夏璟扶在她腰上的手自觉抽离。手的主人却不肯退让地站立在原位，漆黑深沉的眼眸像是要将黎冬包裹吞没，里面有不甘和怨怒，但更多的是愧疚和哀愁。这些复杂情绪杂糅翻涌，最终化作隐忍克制的短短一句："我想，我们以后再也不要走散了，好不好？"

❄ 19

"宝，我的手续已经办好啦，顺利通过后我就立刻买最近的航班回来。"国内晚上八点，沈初蔓抱着猫在空荡的公寓里和黎冬聊天，"话说，我一直没看到你给我发烟花的照片呀。"

黎冬刚洗完澡，擦着湿漉漉的头发在床边坐下："抱歉，我玩到忘记了。"对面响起一道清脆的笑声。

"你最近真的很奇怪哦！"沈初蔓带着笑意的语气有些狐疑，"你以前可从不会忘记答应过的事。"沉吟片刻，直觉准到可怕的闺密精准评价，"以及你今晚——怎么说呢，总感觉你特别开心。"她隔着听筒都能感受到黎冬今晚发自内心的愉悦，除了替闺密高兴外，同时又隐隐感到不安。

"大概是因为看到烟花秀了吧。"黎冬盘腿坐在床上，轻轻把弄着史迪奇玩偶，柔顺长发披肩，敞开的领口隐隐可见笔直锁骨。对沈初蔓隐瞒，是因为她不知道该如何解释。或者说，她不知该从何说起，说她和祁夏璟不仅重逢还成为同事，说她可能又要重蹈覆辙，说他们十年后又在说些暧昧不清的话，说上述这些很可能只是她自作多情。

好在沈初蔓并未深究，注意力全放在规划回国后的宏图大业上。黎冬耐心倾听着，同时点开消息不断的长跑社团群聊。

社长大祥因为结婚的事，特意请有空的老同学聚餐，散场后，沉默许久的小群突然热闹起来。去了的人都在发大祥和嫂子的照片，纷纷感叹郎才女貌。大祥被夸得飘飘然，反手就在群里甩出两人恩爱的结婚照。

剩下为数不多的"单身狗"再次留言，连格式都是整齐划一的感叹句。

有对象可真好啊！
结婚可真好啊！
有人爱可真好啊！

一众插科打诨的嬉笑中，黎冬笑着打下衷心的祝福，再退出聊天界面，就见到最上方有未读消息，发信人的头像是咧开嘴笑的罐头。

祁夏璟：明天上午十点出发，可以吗？

晚上从游乐园回家的路上，祁夏璟开车时，"随意"地提起罐头推迟的体检，委婉地表示他一个人搞不定。最后，黎冬稀里糊涂地答应一同去宠物医院："可以的。"

黎冬回复信息后放下手机，平躺在床上怔怔望向天花板，想起这段时间发生的种种事情，仍旧觉得不可思议。半个月前，她和祁夏璟在对方的世界还下落不明，三个字的姓名或已成为她尘封已久的伤疤，而今晚的他们，已经有了明日的约定。

"蔓蔓，"黎冬侧身，看着掌心里失而复得的史迪奇，轻声道，"我今天得到了一只新的史迪奇。"

"哇，你又买史迪奇啦！你家都要被史迪奇淹没了吧？"

"不是买的，是和别人换的，"黎冬合上眼，似乎陷入某些回忆，良久轻声开口，"但我很喜欢。"

尽管早就知道罐头的年龄，但带它去体检时，黎冬才真切地感受到金毛已步入垂暮之年。祁夏璟平日照顾得再精细，衰老的威胁也一定会随着时间的流逝，平等降临在每条生命中。罐头似乎对医院格外害怕，挣扎着被小心抱上冰冷的检查台时，整个身子都在不安地颤抖。不管黎冬怎么温声安慰，它喉咙里都不断发出委屈的嘤嘤声。

直到祁夏璟办完手续回来，弯腰不太温柔地抱住狗头，罐头才停止战栗，锲而不舍地往祁夏璟怀里钻，蹭得男人的黑色冲锋衣上全是浅色狗毛。黎冬在一旁默默看着一人一狗难得的温馨场景。

"没事的，"祁夏璟垂眸拍拍狗头，将资料单交给医生，冷酷安慰道，"你只是老了，离死还很远。"

黎冬："……"

有祁夏璟陪护的罐头显然放开许多，等待检查时，时不时地扑进黎冬怀里撒娇，还能抽空"调戏"护士小姐姐。再次被冷落的祁夏璟看得连连冷笑。检查室外的走廊长椅就那么大，黎冬在祁夏璟的另一头坐下，试图安慰他："其实罐头很在乎你的。只有你在的时候，它才能真正安心。"

祁夏璟从口袋里拿出手机，调出罐头以前的体检单和这次的做对比，无所谓地道："有事喊爹，没事查无此人罢了。"

黎冬被怼到哑口无言，目光停留在男人手机上的唐老鸭挂件上。此时小挂件正悬在空中轻晃着，这是昨天她用来交换史迪奇的。

"要收回去的话，"祁夏璟在低头拍照，头也不抬地悠悠开口，"得用昨天的史迪奇换。"

黎冬下意识地捂紧挎包："不换。"

"嗯，我也不换。"祁夏璟勾唇懒懒一笑，收起手机抬头，听见检查室又传来狗叫后起身，"走吧，里面又在喊孚了。"

诊疗室内，医生详细解释各项数据后，看向仍旧一脸凝重的黎冬，耐心安抚："罐头的问题基本是老年犬常见的毛病，平常多加注意就好。"

祁夏璟仍旧一副波澜不惊的懒淡模样，让医生把能开的保养品都列成清单。三人一同从房间出来，黎冬先去检查间接罐头，医生则在门口和祁夏璟多聊了几句，末了感叹道："十岁大的狗，能无病无痛还活蹦乱跳的，已经很难得了。"

"可不是嘛，"一旁送自家泰迪来就医的中年男人闻言，忍不住插话，"我家那个才九岁，三天两头就要得点儿小病。"男人怀里抱着狗在等检查结果，羡慕地和祁夏璟讨教，"你养狗有什么心得没？我看你那狗养得毛发锃亮的。"

"没心得，"祁夏璟简意赅道，"多花钱就行了。"

小泰迪在男人怀里不安分地动了动，伸出鼻子朝祁夏璟身边凑。男人将狗抱过去些，笑道："喜欢可以摸摸它，我家蛋糕很温驯的。"

"不用，谢谢。"祁夏璟懒散地靠着墙，眼神透过玻璃看向黎冬所在的检查间，语气冷淡疏离，"我不喜欢狗。"

健谈的男人显然不信，开玩笑道："你都不喜欢狗，为什么还能养出条十岁的金毛啊？"

"为了找人。"祁夏璟散漫地丢下四个字，站直身体朝检查间走去，留下满脸疑惑的医生和中年男人。

这家宠物医院的体检附带毛发护理项目。黎冬进检查间时，罐头正龇牙咧嘴地扑腾着不肯配合，她又哄又抱了好一会儿它才乖乖趴下。祁夏璟站在玻璃间外双手插兜，面色平静地看着黎冬一次次弯腰抱狗，无奈又宠溺地任由罐头撒娇，满眼笑意。

从眼神就能轻易看出来，黎冬是真心喜欢罐头。截然相反的是，祁夏璟对狗这个物种天生缺乏好感。在半岁大的罐头突然开始随处大小便，企图破坏一切目之所及的物品时，他本就不多的好感几度升级为厌烦。

决定养狗是在分手后的第三天，他瞒着全家人，搭乘凌晨从A国回国的飞机，落地后风尘仆仆地直奔高三时和黎冬常去的那家宠物店。老板看出祁夏璟的急迫，生生要价到三千块。

第5章

赶到筒子楼的前一刻，祁夏璟都不信黎冬是真心和他分手，觉得只要他诚心道歉，一切都会恢复如初，即便他根本不清楚黎冬提分手的真正原因。

得知黎冬全家在他们分手当天就搬走了之后，祁夏璟在她家楼下等了整整三天，中途离开的几次，都是跑去宠物店。他曾乐观地以为，黎冬就算舍得丢下他，也舍不得丢下这条狗。

事实证明，平日闷不吭声的人，关键时刻总是最狠心无情的。后来他妥协地答应去A国读书，等待开学的日子里，没起名的狗就丢在家里养着，他从没上过心，只是钱花了不少。

出国前祁夏璟独自出门散心，就近找了家私人影院，随意挑了部名叫《重庆森林》的爱情电影。电影里有个名叫何志武的警察在愚人节和女友分手，他便将分手当成玩笑，并自顾自地决定让玩笑维持一个月。

自分手那天起，男人每天都会去超市搜罗一盒前女友最爱的凤梨罐头，保质期都是到他生日那天，5月1日。他想，如果一个月后女友还没回来，这段感情就会如罐头一样永远过期。

> 不知道从什么时候开始，在每个东西上面都有一个日子。秋刀鱼会过期，肉酱也会过期，连保鲜纸都会过期。
> 我开始怀疑，在这个世界上，还有什么东西是不会过期的？①

祁夏璟不爱看肉麻的浪漫电影，听完这段话后起身离席。回家看见朝他扑腾着短腿飞奔而来的狗子，第一次叫了声"罐头"。于他而言，或许这条罐头过期了，他和黎冬就算是彻底了断了。

"汪汪！"由远及近的欢快狗叫声打断他的思绪，祁夏璟回神，就见重获自由的罐头朝他飞奔而来，耷拉在外的舌头还滴着口水。他低头看着金毛疯狂地抱住他的大腿，勾唇低声笑笑，胡乱在它的脑瓜上一揉："傻狗命还挺长。"

两人牵着狗回到车里。回程的路上，黎冬始终沉默，唯有几次牵强笑笑，也是罐头主动去舔她。

"黎冬，"祁夏璟将车稳稳停在地下车库，转头看向一言不发的黎冬，沉声道，"医生说按照罐头的情况，可以活到十六七岁。"

"嗯。"黎冬低头去解安全带，却连续两次没解开，轻叹道，"我就是突然觉得，时间好像很残忍。"

---

① 相关台词与灵感源自电影《重庆森林》。

让他们离别得太久，遇见得又太晚。

"这些年，我把罐头养得很好。"祁夏璟伸手替她解开安全带，垂眸去拿车门储物格中的手机，"只要你愿意，一切都来得及——"

话音未落，不甘寂寞的金毛就凑到两人中间，伸出狗头耸着鼻子嗅祁夏璟的胳膊。被打断的男人轻喷一声，嫌弃地抬手要把狗脸往后推。罐头敏捷地低下头，脑袋从男人右胳膊下穿过继续向前，从放手机的储物格中咬出一块长方形物件。

黎冬遗失许久的工牌直直掉落在两人中间的扶手箱上，上面印着她的证件照。罐头邀功似的仰头一叫。黎冬迟疑片刻，拿起工牌，确认是她的，轻声问道："我的工牌怎么会在这里？"

祁夏璟眉心微皱，用靠着车窗的手撑着脸，别过视线："时间太久，不记得——"

"汪！"无人理会的罐头不甘地再次仰头乱叫。

"第一天来医院时一个小孩捡到给我的，后来丢在车上忘了。"余光见拆台的傻狗张嘴又要哀嚎，祁夏璟忍无可忍，用骨节分明的手手动合上狗嘴，冷冷地道，"再叫就送你去康复中心治老年痴呆。"

周一上午的三楼会议室内，从各科室挑选出的几位年轻医生都正襟危坐，认真地倾听刘主任下发任务。

"我拒绝。"倦慵微凉的声音响起，在场唯一懒懒倚着软椅靠背坐着的祁夏璟正兴致不高地转着手中的黑金钢笔。"我是医生，只负责救人。"他拒绝的理由很简单，"哗众取宠的事，另请高明。"

"怎么能叫作'哗众取宠'？"自从与家属发生冲突一事之后，刘主任看到祁夏璟这个刺头就两眼发黑，重重一拍桌子，"这叫作合理利用宣传，为了让更多人了解我们医生这个职业！"

经多方商议沟通，H市人民医院决定和某大型视频网站合作，联合打造一部医疗纪实观察类真人秀。院方会挑选各科室年轻有为的医生作为观察对象，拍摄、剪辑和后期宣发则由平台全权负责。

"医院是信任、想要栽培，才特意选的你们！"刘主任威严的视线在对面几人身上扫过，最后精准地落在祁夏璟身上，严肃地道，"给你们树立高大形象的好事，你还不愿意了！"

实际上平台方点名道姓地希望祁夏璟参加——毕竟上次的热搜才过去不久，他的存在本身就是流量引导。现在祁夏璟第一个跳出来反对，刘主任哪能不生气。

"了解医生这个职业？树立高大形象？"祁夏璟懒懒掀起眼皮，挑眉笑着重复刘主任所谓的宣传语，用似笑非笑的语气冷静反问，"然后呢？在办公室和手术室等各种地方安装机器，为了某个镜头，反复摆拍作秀吗？"

会议室的气氛如死水般凝固，除了黎冬和徐榄，其余几位医生大气都不敢喘。祁夏璟修长的食指不紧不慢轻点桌面发出的闷声，让本就压抑的环境变得窒息无比。见刘主任无言以对，祁夏璟敛去眼底散漫，低沉的声音字字敲在在场人的心上："绝大多数医生没有在镜头监视下工作过，你怎么能保证所谓的观察类拍摄不会影响日常工作？为什么要把医生神化成不能有缺点的职业？"

他拧紧的眉心写着明显的不耐烦："十分钟的采访都能为了流量故意制造性别对立，你现在和我说一整季的内容，平台就只想播放伟、光、正的东西？"男人在一片死寂中起身，神情恢复往日的漫不经心，快到门边时，脚步还有意地微顿，讽刺地凉凉一笑。"如果真的想拍最真实的工作记录，可以直接去监控室。"祁夏璟诚心建议，"不仅画质高清，还能收声。"

"站住！"祁夏璟抬手要推门而出时，沉默许久的刘主任突然高喝一声，吓得最右边的主治医生一哆嗦，"你刚才说的问题，我等下会和院方领导反馈，尽快给在场各位一个答复。"刘主任的脸色阴沉得几乎要滴水，但他清楚地意识到祁夏璟说的不无道理，"我可以用科室主任的身份和你、和所有人保证，第一，不许摆拍。第二，不许拍摄工作之外，任何有关私生活的内容。第三，任何正片正式发布前，都必须提前给院方、给我亲自过目审核。"

祁夏璟闻言挑眉，勾唇懒懒散散地应着："我以为您会让我滚出去，并在下班前再交一份千字检讨。"

"你以为我不想吗？"刘主任气得反光的脑门都发红了，挥手指挥离门口最近的黎冬，"黎冬帮我泡杯咖啡，记得多放两包糖，气得我血压都上来了。"

"大家别着急嘛，有话好好说。"徐榄适时站出来打圆场，笑眯眯道，"刘主任消消气，老祁也是为了专心工作。"

"他那是为了工作吗？他纯粹就是为了气我！"刘主任直翻白眼，"他还敢说上次交的检讨书？他那是交检讨书吗？不如直接当面骂我得了！"刘主任不解气地絮絮叨叨骂祁夏璟，还一事归一事地没忘记给负责的院领导打电话，及时反映祁夏璟提出的质疑。在座的其余人都知道事情不会再闹大，纷纷起身劝刘主任别生气。

茶水间里，肇事者事不关己地背靠墙旁观，专心致志地垂眸看安静往咖啡机里倒豆子的黎冬。她今天在白大褂下穿了件浅灰色的高领毛衣，偏修身的板型勾勒出流畅曲线，干练的马尾辫高高束起，露出一截纤长脖颈。

将咖啡豆倒进机器后，黎冬的动作停顿片刻，忽地皱眉小声道："我写的检讨书你没用吗？"那天她明明亲眼见到祁夏璟拿走了。

听她说话时，祁夏璟总习惯性地半俯身倾听，望进她清澈的双眼，低低道："嗯，没舍得用，带回家收起来了。"看她的眉微微蹙起，祁夏璟起了点儿逗弄的心思，故意道，"下次再要交检讨，就可以用现成的。"

果然，黎冬下一秒就当真地板起脸，柔软的唇抿紧，声音不悦地道："别再说这样的话。"见祁夏璟笑着扯唇答应，黎冬身体微微朝男人倾斜，轻声道，"其实，你刚才不用像那样吵架。"

清淡雏菊香气丝丝入鼻，祁夏璟配合地靠得更近，压低声音虚心请教："嗯，那你教教我。"

"要摆拍时，你直接走开就可以。"电视台以前也来医院拍过类似的节目，黎冬皱眉专心回忆着，忽略了男人眼底的柔和笑意，"或者告诉他们再妨碍工作，出了什么事儿就要他们负责。"黎冬说完又继续低头等咖啡。

"好，下次用你的方法试试。"祁夏璟的目光随着黎冬鬓角散落轻晃的碎发移动，双手插兜，忽地低声开口问她，"早上喂饭的时候，你是不是又偷偷给罐头喂零食了？"傻狗偷吃也不知道藏着掖着，乐呵呵地回家时，嘴巴附近一圈的毛上全是零食碎渣。

黎冬去拿咖啡杯的手猛地顿住，强作镇定地要去拿刘主任嘱咐的糖袋，回答却底气不足："没喂很多。"她知道罐头不该吃太多零食，但总挡不住诱惑，每次被金毛眼巴巴一望，回神时东西都被吃完了。

"以后少喂点儿，吃太胖对它的心脏不好。"见黎冬慌得又要去拿茶包，祁夏璟先一步握住她左手，轻叹语调里带着点安抚和无奈，"别慌，没真的怪你。"男人温暖干燥的掌心轻而易举就将她整只手包住，另一只手拿走她手上错当成糖袋的茶包。黎冬能清晰感受到祁夏璟身体靠过来时，这个近乎拥抱的姿势所带来的温热。

"对它别太溺爱了。"祁夏璟低沉的声音贴着黎冬耳边落下，因为距离太近，她甚至能感受到男人说话时胸腔的微微振动，"不然它会总找你撒娇。"

想到罐头可怜巴巴的眼神，黎冬忍不住再争取一下："每天吃一点儿都不可以——"

"你们两个！在这儿搂搂抱抱的干什么呢？"刘主任刚跟院领导据理力争完，说话说得口干舌燥，想来问黎冬咖啡怎么还没泡好，结果往墙角一瞧，就见到祁夏璟这臭小子正把人圈在怀里，还笑得一脸欠揍。

第５章

刘主任从业四十年，从未见过如此厚颜无耻之人。

祁夏璟和十分钟前冷冷质问领导决策的模样判若两人，被吼了也只是慢悠悠地站直身体，漫不经心地转头看过来。他拿起黎冬给刘主任泡的"茶包"咖啡，放在唇边尝了尝，才抬头朝领导礼貌地微微一笑，不紧不慢道："我们在聊家里孩子的教育问题，刘主任也有兴趣听听吗？"

❄ 20

祁夏璟轻飘飘的一句宛如平地一声雷，轰地在茶水间炸开。刘主任怒视着祁夏璟慢悠悠地品尝咖啡，气得嘴角抽搐，几乎是咬牙切齿道："你要不要看看你手里拿的是什么？"

"啊，是咖啡。"祁夏璟慢条斯理地放下咖啡杯，桃花眼朝桌上的咖啡机投去一瞥，十分贴心地笑笑，"机器里还有点儿剩的，主任您也要来一杯吗？"

"滚！给我滚出去！"

"你说你老惹老刘干吗？"徐榄双手抱头，懒洋洋地打哈欠，"他年纪也挺大了，再让你给气出病来。"走廊上，他看向一旁正低头利落地删短信的祁夏璟，咧嘴笑道，"你们祁家人可真有意思，一个永不放弃骚扰，另一个死也不换手机号。"

祁夏璟没搭理他，发消息通知团队所有人十分钟后去六楼VIP病房，发完又看都不看地继续删消息。

"死心眼，懒得管你。"徐榄不再多管闲事，反而盯着祁夏璟手机上乱晃的挂件，意味深长地笑了，"你这挂件还挺别致，有新情况啊，兄弟？"

祁夏璟懒懒掀起眼皮看人，反问道："童心未泯，不行？"

"行行行，你最行了。"徐榄哪能看不出男人嘴边笑意，欣慰地勾住他的肩膀，"走了，去六楼看老爷子去。"

"手拿开。"

"我就不，有本事你打我。"

徐家老爷子术后恢复得不错，病灶并未扩散，目前也没发现有侵犯局部大血管的情况。只要定期来医院复查，尽早发现并阻止复发性病变，很有可能彻底康复。

即便早已退役，老爷子在病中也风骨不减，检查身体时始终绷着，病服下的背脊挺得笔直，一点儿不肯服老。

复诊结束，其他医生相继离开，黎冬则在旁边的小隔间里询问护士老爷子周末的排痰情况。一时间病房里静悄悄的，祁夏璟在最后确认老爷子这几天的各项身体数据。他合上资料夹，准备转身离开时，病床上的老爷子突然冷冷道："站住。"徐榄本来瘫坐在软椅上，闻言立刻露出幸灾乐祸的笑容，满脸写着"这一刻果然还是来了"。

好歹是看着自己长大的长辈，祁夏璟很给面子地转身笑笑，双手插兜，吊着眼懒散等他发话。

"周末你父母给我打电话了，说你这几年都没回家。"徐老沉冷严肃的呵斥声响彻整间病房，"你自己听听，这像话吗？"

"几年过去了，您还拿祁家来压我。"祁夏璟讽刺地勾唇冷笑，眼底的温度逐渐冷下去，"您老自己听听，这像话吗？"

老爷子冷哼一声，冷脸训斥道："别以为我不知道，你还不是为了高中那点儿事？谈个对象闹得天翻地覆的，书也不读，家也不回，最后还不是分手了？要我说，当年你擅自学医就是错的。"见祁夏璟一副油盐不进的吊儿郎当样，老爷子就气不打一处来，"家里明明给你铺好了路，却来做这种又脏又累的活儿！怎么，少你一个医生，地球还能不转了？"

出生后就被安排出国学医的徐榄乐了："得，这是连我和我爹一起骂了。"

"你别嬉皮笑脸的，你这个出息能做医生不错了！"徐老爷子对油嘴滑舌的孙子嗤之以鼻，抬头瞪着祁夏璟，习惯性地发号施令，"这次回来就别走了，祁家就你一个孩子，你还真能丢下你爸妈不管了？"

"能啊。"祁夏璟漠不关心地挑眉，态度轻慢，"小时候他们不管我，老了我不干涉他们，公平公正。"余光瞥见门边一抹纤瘦身影离开，男人眼底的最后一丝温情消融，冷冷望着病床上的老人。

"少个医生是没什么差别，"祁夏璟说话向来直白残忍，也从不在乎对方的辈分、地位，"但如果不是我当年'选错了路'，您今天大概没机会教训我了。"话毕他朝无奈的徐榄甩去一个眼神，在叹气和响起的怒吼声中转身离开。

左脚迈出门时，祁夏璟忽地想起什么，脚步微顿，转身看向病床上大发雷霆的老人。"如果那两位下次再打电话过来，辛苦您帮我带一个'不幸'的消息。"男人削薄的唇再度勾起点儿散漫的嘲讽笑意，字字清晰，响彻房间，"就说——我找到她了。"

病房内不断传来斥责声，听得走廊里的小护士直吐舌头："老爷子的火气也太大了。"刚才的对话她偷听到不少，祁夏璟和黎冬的情侣身份在医院早不是秘密，只是没想到两人情路还有如此坎坷的一段。

八卦之心蠢蠢欲动，小护士几次想开口问又不敢，远远看见祁夏璟出来，

第 5 章

121

慌忙轻推黎冬胳膊："祁副高来找你啦。"

黎冬从资料夹中抬起头，回眸就见祁夏璟从逆光中走来，表情如常，走近后朝慌忙要离开的护士微微颔首。空旷长廊里无人走过，只有远处拐角隐隐传来人声。

"氧饱和度①数值正常，排痰情况也良好，"黎冬将资料夹递过去，避开祁夏璟直视的目光，"病灶没有扩散现象。手术很成功。"祁夏璟并没伸手去接资料夹，深邃的双眸静静地看着黎冬，目光锐利得像是能将她一眼看透。

"刚才的对话你听见了，"男人的声音低沉浑厚，直白地撕裂黎冬试图维持的体面，"为什么离开？"

他知道她听见了。黎冬悬空的手缓慢放下。

"你也觉得我不该学医，"他平静无澜的语调落在耳边，淡漠得仿佛在讲述他人的故事，"你也认为我应该服从家里安排，对吗？"黎冬知道祁夏璟高中时被安排去Ａ国读工商管理，却不清楚他最终选择从医的原因，也无法回答男人犀利的提问。

"我认为你该选择你喜欢的。"她安静抬头，在四目相对中轻声问道，"祁夏璟，你喜欢现在的职业吗？"

祁夏璟垂眸，没有犹豫："喜欢。"做胸外科医生就注定要手术台和坐诊连轴转，一年四季都是高强度工作，起早贪黑是常态，随时要面对难缠的病人和家属，工资还抵不上罐头的保养品钱。可看到死亡线上奄奄一息的人在手术台上被救起时，类似成就感的情绪会让祁夏璟觉得满足。

"那就没有错。你什么都能做得很好，"黎冬对祁夏璟不假思索的答案并不意外，"而且我知道你不是会将就的人。只要你喜欢，就是对的选择。"

祁夏璟望进她澄澈一片的眼底，心底那点儿不安和躁郁都烟消云散，低声道："嗯，喜欢。"

盛穗今天正式从重症室转入普通病房。午休时间去五楼看她前，黎冬收到了弟弟周屿川的微信。

周屿川：小姑要办婚礼了，近期少惹爸。

周屿川：尤其是你和姓祁的事情，注意点儿。

黎冬微微皱眉。爷爷奶奶去世得早，黎父弃学打工供养到小姑上大学。小

---

① 指动脉血氧饱和度。

姑毕业工作后，每个月都省吃俭用往家里寄钱，兄妹俩关系一直很好。

和睦相处的生活一直延续到黎冬初三那年暑假，穷困的乡镇突然来了几位有钱人，说是由小姑带来帮扶贫困家庭的。具体的细节黎冬不懂，她只知道小姑和其中一个姓祁的有钱男人相爱了，他们通知黎父时，已经准备领结婚证。

原本是皆大欢喜的事，直到某天村子里来了位衣着光鲜的女人，在大庭广众下甩了小姑一巴掌，质问她为什么勾引自己的未婚夫。村里谣言四起，黎父这辈子老实巴交，却被人指指点点到抬不起头。

小姑在黎父门外跪了整整一夜，得到的回应依旧是如果嫁给姓祁的男人，就再也不许踏进家门。最后小姑还是走了，很快跟姓祁的有钱男人拥有了新的家庭，只是一直没办婚礼，也不知道是什么让她坚持这个选择。

比起小姑的感情状况，黎冬更意外于周屿川知道了祁夏璟的事，停下脚步回消息："你怎么知道他回来了？"

对面秒回："在热搜上挂了整整一天，想不知道都难。"

黎冬正犹豫着该怎么回复，弟弟的微信已经先一步发来："姐，想做什么就去做，别让自己后悔，以及帮我给姓祁的带句话，下次见面，我还是会揍他。"盯着信息出神良久，黎冬草草回复后收起手机，径直去往盛穗所在的病房。经过几天的治疗，小女孩已经不用搀扶就能下地走路了，只是病中沉睡时间太久，走多了容易头晕。

几天前时间总对不上，不是黎冬忙就是盛穗在昏睡。现在小姑娘终于亲眼见到救命恩人，笨拙地挣扎着坐起身，漂亮的眼睛闪着光。

黎冬知道女孩有话要对她说，多人病房人多眼杂，就借来轮椅扶着盛穗坐上去，推着小姑娘去了楼层里阳光照充足的地方晒太阳。大片冬日暖阳透过落地窗洒进来，黎冬蹲下身看向瘦弱的小姑娘，语调柔和："身体感觉好些了吗？"

"好很多了。"盛穗连忙乖乖点头道，轻软的声音还带着稚气，"谢谢黎姐姐。"说完意识到称呼错误，女孩又慌乱地修正，清秀的脸泛着点儿浅红，"是谢谢黎医生。"

"叫姐姐也可以。"黎冬并不介意羞赧小姑娘的称呼，垂眸看向她藏在长袖下的字条，询问道，"这是给我的吗？"她还记得盛穗入院时写给她的字条。

盛穗没想到藏起来的字条这么快就被发现了，立刻涨红了脸，打开字条小心翼翼地递给黎冬："医生姐姐，字条上记了我这次住院欠你的钱，我会尽快还给你的。"

女孩青涩稚嫩的脸上表情郑重，单纯双眼里满是坚定，只有紧攥衣角的指尖暴露了她此时的紧张。不同于上次的歪歪扭扭，盛穗字如其人，非常清秀。

第 5 章

A4大小的纸上密密麻麻地誊抄着所有缴费记录,事无巨细。

黎冬看着纸面上各项检测和治疗项目,再清楚不过每项检测结果对一个年仅十四岁的孩子来说有多残忍。1型糖尿病患者自身无法产生胰岛素,这也就意味着盛穗在花季青春刚开始时,就注定终身要依靠注射药物存活。没有父母陪伴,不需要任何心理疏导,女孩平静地接受了命运的审判,很快学会将冰冷的针头一次次扎进身体,而且对他人伸手援助的恩情念念不忘。

黎冬将字条仔细阅读完,谨慎叠好后交还给盛穗,蹲下身和轮椅上神情紧张的女孩平视:"钱算得没有问题。"

盛穗漂亮的眼睛微微发亮:"那等我出院——"

"盛穗,"黎冬轻声打断焦急的女孩,"我希望这些钱,是在你上大学以后,能保证学业和身体的情况下再还给我,可以吗?"

黎冬理解女孩想要报答的急切,所以永远不会说出"不用还钱"的施舍话语——她再清楚不过,如她和盛穗这样对善意都感到诚惶诚恐的人,如果施善的人拒绝报答,那她们宁可拒绝善意,因为害怕还不起,所以拒绝一切开始。

黎冬抬手揉了揉女孩的头顶,眼神温和:"只有四年时间,我相信你。"

盛穗怔怔望着黎冬,良久,病中从未哭闹过的女孩眼里蓄满晶莹泪水。"医生姐姐,对……对不起,"她深埋着头小声啜泣,抽噎着向黎冬道歉,"我知道我给你添了很多麻烦,还……还有爸爸打人的事情,对不起。"

女孩大颗滴落的眼泪、颤抖不止的肩膀以及手腕上未消的青紫,都让黎冬想到曾经无助的自己,阵阵酸涩涌上心头。

得知醉酒男家暴女儿,好心的护士气不过,几次要报警,却都被盛穗拒绝。生母再嫁给了有钱人,没办法带上她。爷爷、奶奶、外婆、外公都说家里不再需要女孩,就只剩成天喊她赔钱货的父亲要她了。解释这些时,盛穗脸上还带着淡淡的笑意,像接受病情一样平静地直面他令人窒息的原生家庭。

对十四岁的孩子来说,挨打是可以忍受的,报警是轻而易举的,可失去家暴的父亲,失去这世上唯一的亲人,她就真的一无所有了。

懂法的顾淮安一时联系不上,黎冬从口袋里拿出纸笔,工整地写下自己的手机号码。"无论如何,暴力都是错误的。"她将字条塞进盛穗掌心,"如果以后爸爸打你,给我打电话好吗?"

"不用麻烦了,姐姐,我以后会每个月来看你的,你不用担心我。"女孩脸上还带着未干的泪痕,她很清楚给黎冬打电话的结果就是让父亲和黎医生之间再次爆发类似上次的争执,于是吸吸鼻子,反过来笑着劝慰黎冬,"爸爸不会无缘无故打我的。大家都说是我先犯了错,所以只要我再乖一点儿——"

"盛穗，"黎冬不知道女孩听了多少指责和情感绑架，只觉得嗓子阵阵发干，"所有人都指责你不代表你就是错的。"

盛穗的经历让她遏制不住地想起十年前那张让她被千夫所指的偷拍照。照片的内容再简单不过，只是在空旷安静的教室里，女孩紧张地微微俯身，薄唇轻吻熟睡男生的脸颊。

堪称唯美的画面和"蓄意勾引"之类的词语强行捆绑，流言四起。在祁夏璟过往送她的东西被一件件扒出价格后，更多肮脏不堪的标签仿佛钉死在她身上，再也甩不掉。那时黎冬将错误都归结在了自己身上，一遍遍地责问自己为什么不问清楚价格，就随意收下礼物。

她用了几年才终于想清楚，那些千夫所指的"勾当"，她没做就是没做。即便所有人在谣传所谓的"真相"，她心里也再清楚不过，那些人不过是人云亦云。

"比起他人片面的定论，你要更相信自己的是非对错。"黎冬一时不知该如何跟盛穗解释清楚，"你不能因为有人说你不乖，就认为被随意施加暴力是合理的。"就像那年莫须有的罪名被强行安在她身上，这件事本身就是罪恶。

"那送礼物的哥哥呢？"盛穗安静地听黎冬讲完残缺不全的故事，关注点却在别处，"姐姐说所有人都不相信你，哥哥也不相信你吗？"

黎冬闻言愣住，祁夏璟相信过她吗？相信过，所以他才与背后传谣的男生发生了冲突，男生父母数次扬言要让祁夏璟付出代价。

后来事情被私下解决，祁夏璟被关禁闭，黎冬则在几天后被喊到教师办公室，见到了那个矜贵优雅的女人，与她有过短短十分钟的单独对话。那天晚自习，黎冬见到了返校的祁夏璟，然后照例去医院照看父亲，在病床前跪下后又被赶出去，在无人的街边等到天明。

"姐姐没有被所有人抛弃，姐姐总还有哥哥信任的。"盛穗皱着脸不解道，"那哥哥的做法是对的吗？所有人都说哥哥做的是错的，连姐姐都把他送的礼物全部退还了。如果全世界只剩下哥哥一个人坚持，他也是对的吗？"女孩说出心底最大的困惑，"可这样的坚持有什么用呢？哥哥的礼物还是被退回了啊。"

黎冬被问得哑口无言，连口袋里手机的振动都毫无察觉。是啊，当她为了自证清白而强行退还礼物时，又有谁来告诉祁夏璟他的坚持还有什么意义？

"医生姐姐，"盛穗见黎冬长久地陷入沉默，小心翼翼地轻拽她的袖口，"虽然哥哥的做法不对，但我觉得他有点儿可怜。"

"在聊什么？"低沉的男声打断黎冬繁杂的思绪。她保持着蹲下与盛穗对话的姿势，抬头就撞进祁夏璟深邃漆黑的眼眸。站在落地窗边的男人周身被阳光扫过，骨节分明的手里拿着资料夹，口袋外露出唐老鸭挂件的半个脑袋。

四目相对，黎冬那句"对不起"几乎要脱口而出。

"医生姐姐在教我是非对错。"盛穗早就见过祁夏璟，乖巧地坐在轮椅上回话，"她说有人上高中时说她坏话，有个哥哥教训了那些人，但他的做法好像是不对的。"祁夏璟眼底闪过一丝意外，随即半弯下腰问小姑娘："那你觉得呢，那个哥哥做得对吗？"

"我不知道。"盛穗沉思许久，仍旧想不通，低头轻声道，"我只是觉得，哥哥当时应该很难过吧，因为连姐姐都不要他了。"

轻软稚嫩的声音字字扎进耳膜，黎冬甚至能听见血液冲破血管的碎裂声，反倒是祁夏璟沉沉笑出声。黎冬不知道他在笑什么，怔怔望过去，只见男人薄唇翕动："那你说，那个哥哥会原谅她吗？"

"会原谅的。"盛穗圆眼看向黎冬，弯眉甜甜笑起来，"医生姐姐这么好，哥哥不会生她气的。"

"嗯，不会的，"祁夏璟转眸，见黎冬仍蹲在女孩身边，主动弯腰朝她伸出手，"他舍不得。"

十分钟后，黎冬将盛穗送回病房，看离下午上班还有些时间，便随意在五楼长廊找了处无人角落。不久前的对话带来的窒息感太强烈，她急需一些新鲜空气。

黎冬靠着墙试图放空大脑，眼神漫无目地地扫过地面她投下的影子，却忽地注意到拐角处向左的颀长阴影。她缓慢眨眼后视线往上移动，就见刚才在楼道口分别的祁夏璟，此时正站在她斜对面。

男人骨节分明的手里拿着黄色资料夹，里面有一沓厚厚的白纸。似乎感受到她注视的目光，懒散靠墙站着的祁夏璟抬起眼，两道目光于空中相接。

男人站直身体，走近她。因距离缩短而加剧的身高差让黎冬的心脏逐渐收紧。

"平台发来的详细规划，你现在看一下。"祁夏璟将资料夹递过来，随口解释道，"刚才我给你打过电话，你没接。"

"好。"黎冬稳定心神答应，接过资料打开阅读。还没看几个字，余光就发现祁夏璟双手插兜，正半俯下身盯着她，黑眸沉沉。

跌进桃花眼的注视中，黎冬有一瞬的晃神，抓紧资料夹轻声问道："怎么了？"

"没事。"祁夏璟确认后才慢悠悠地起身，语气一如往常般倦淡，"怕你又偷偷哭。"

"没哭。"硬邦邦地丢下两个字后,黎冬又强迫自己去看平台发来的拍摄资料,却被飘进鼻腔的丝丝乌木沉香扰得心如乱麻,半个字都塞不进大脑。

"黎冬,我很久没哄过女生了。"祁夏璟慵懒低沉的声音落在她耳边,黎冬怔怔地看着他从口袋里拿出一根熟悉的星空棒棒糖,扯唇随意笑了笑,对她道,"也从来没哄过除了你以外的女生。"他似乎觉得正在讲的事情过于幼稚,以至于中途几次挑了挑眉,想闭嘴不谈,但对上黎冬专注的目光,还是坚持把话说完。

祁夏璟再次微微俯身,将星空棒棒糖塞进黎冬拿着资料夹的右手。男人微凉的指尖蹭过她虎口,触感像他落在耳侧的呼吸一样撩人心弦:"我们都不要再遗憾过去了,就当重新给我一次机会,可以吗?"

第 6 章

还有糖吗？

21

他说，重新给他一次机会。黎冬抬眸撞进祁夏璟深邃沉静的双眸，看清对方眼底浅淡却鲜活生动的笑意，连呼吸都骤停片刻。男人保持着递给她糖果的姿势，俯身垂眸看下来，眼中满是她的身影。

可黎冬无暇欣赏这些，慌乱比其他任何情绪都要先一步占据胸腔。她迟缓地眨眼，攥紧资料夹的手指用力到骨节发白，无措得在张嘴的瞬间就露怯："你——"

"你先好好想想。"祁夏璟温声开口，视线落在她肉眼可见爬上粉红的双颊，刻意压低的声音贴在她耳边，仿佛蓄意诱哄，"如果现在就要问清楚，我会把未完的后半句说完。"到时候，她就真的无处可逃了。

不远处有脚步声响起，黎冬下意识望过去，面不改色，眼神却写满紧张与防备。

果然还是有些太着急了，祁夏璟轻叹一声，站直身体，另一只手从口袋拿出手机看时间，悬空的唐老鸭挂件就打着圈在黎冬眼前晃悠。

男人将手机转过来给黎冬看，屏保是周末那晚的炫目烟花："离上班还有十五分钟时间，我觉得应该给你点儿时间冷静一下。"

黎冬终于听见自己发出声音："好。"

这倒是回答得够快，祁夏璟勾唇从鼻腔哼出声轻笑，桃花眼转向黎冬仍旧举着资料夹的手。虎口塞进棒棒糖的位置,他们肌肤相触。

"棒棒糖拿稳了吗?"他挑眉故意拖着尾音,语调慢悠悠的,"我要松手了。"黎冬回神,立刻抓紧棒棒糖,将手放回口袋。

再次拉远的距离让黎冬得以重新呼吸,但以祁夏璟的性格必然不会就此放过她。他双手插兜沉思片刻,不紧不慢地提供两个选项:"我先走,还是你和我一起下去?"

黎冬示意她还要看资料,强作镇定道:"你先下去吧,我看完就走。"

"好。"祁夏璟配合地点头,转身离开前不忘贴心提醒她,"目录就几行,不用看得太细。"黎冬反应过来,祁夏璟这是在笑她刚才紧张得一个字都没看进去,全程盯着目录目不转睛。

大步走远的男人背影颀长,经过拐角时遇上年轻女医生。对方边绾头发边问好,微微扬着头,语调温软,脸上带着精致妆容。祁夏璟又恢复惯常的懒淡模样,只敷衍地微微颔首,脚步未曾停留片刻,和刚才故意逗弄她的顽劣模样完全不同。

黎冬尝试说到做到地阅读资料。纸上每个字她都认识,却没法在脑海里组成有用信息,她读着读着,注意力又落在右侧口袋里的手上。她将棒棒糖拿出来放在掌心,垂眸打量表面的小麦哲伦星云。指腹隔着包装袋轻点在其中最亮的星点上,微凉的温度像是刚才男人指尖的触感。

"我的天,黎冬你的脸怎么这么红啊?"黎冬拿着资料夹进办公室时,杨丽正和隔壁李医生聊天,见到她轻呼道,"是不是穿太多了啊?热成这样。"

"嗯。"拿起桌上的马克杯,黎冬心不在焉地应答一声,仰头将杯里的水一饮而尽,起身又去饮水机接水。看她咕咚咕咚停不下来的模样,杨丽目瞪口呆道:"你没事儿吧,中午忙什么去了,渴成这样?"

黎冬摇头说没关系,旁边的李医生兴冲冲道:"话说祁副高和徐医生的欢迎会,黎医生你有什么想法吗?我们都商量着快点儿弄,毕竟人家就来这儿指导两个月。别刚开完欢迎会没两天,又要开始准备欢送会了。"李医生结婚几年了,忍不住替黎冬打算,"话说你和祁副高打算怎么办啊?他两个月后就要走了。你们都老大不小的,就打算一直异地恋?"

是啊,祁夏璟只会在 H 市待两个月,她好像忘了,他本该属于 S 市的。

"我不知道,"黎冬轻轻将水杯放下,垂眸语气平静,"也没有考虑过这个问题。"

李医生一听这话,立刻急了:"这怎么能不考虑?你们谈对象都这么久了,这么拖下去,那不是迟早要分手啊?"

知道内情的杨丽听得眼皮直跳,慌忙站出来打圆场:"李姐你怎么这么八卦,人家的私人感情你还总问个没完。"

"天啊,你居然说我八卦?咱医院谁八卦起来还能比你能耐啊!"两人笑着拌嘴将话题岔开。黎冬又打开资料夹,快速翻阅浏览,时不时拿出铅笔在纸面上圈画重点。

上班五分钟前,她收到祁夏璟发来的微信。

祁夏璟:资料看完了吗?下午三点平台的人过来开会。

黎冬低头打字:"没,会在开会前看完。"

祁夏璟:不急。

对面言简意赅地丢来两个字,黎冬默认这场对话已经结束,正要放下手机时,余光却瞥见聊天界面顶部的文字突然更变为"对方正在输入"。

祁夏璟似乎在反复删删改改,直到手机屏幕都自动变暗,新消息才姗姗来迟。黎冬重新点亮屏幕,确实是祁夏璟发来的。

祁夏璟:糖记得吃。

平台和院方都高度重视此次合作,上午制作方才收到反馈,制片人下午三点就亲自带着核心团队过来,说一定要当面将问题解释清楚。

"摆拍和剧本?如果有这样的情况发生,各位可以当场罢拍。剧组会设置简易拍摄点,位置尽量选在非工作区,最大限度减少存在感。至于私生活,咱肯定不会拍和工作无关的,这点您不用担心。"会议室里,自称"小王"的制片人笑眯眯地看着祁夏璟,对着年纪小他不少的男人一口一个"您"。

他早早做过功课,知道在场就一个脾气难搞、背景更难搞的硬骨头,全程都在向祁夏璟赔笑:"但您说医生之间的友爱互动,是不是也该算工作的一部分呢?"

说白了,光拍就诊是不可能的,观众又不是来学医的,看点必然是医患关系以及医生间的互动。祁夏璟听出他的弦外之音,靠着软椅投去懒懒一瞥,似笑非笑的眼神把制片人看得一哆嗦。

"您别把咱想成博流量的无良媒体啊,就是日常互动而已。"制片人冷汗都往出冒,余光瞥过角落里低头看资料的黎冬,灵光一现,"就比如您和咱们黎医生作为同事,每天都得沟通吧。那观众想看的就是这个嘛,咱也不用摆拍作秀,光看日常他们就能嗑糖啊!"

祁夏璟闻言挑眉,黑金钢笔在修长指尖灵活转动:"嗑糖?"

"那可不!"见男人终于有感兴趣的话题,制片人迅速抓住重点,趁热打铁道,"您不知道吧,节目组第一次做宣传时,微博下的呼声都是让邀请您和黎医生。"说完还十分上道地让助理去翻微博,献宝似的将评论区给祁夏璟过目。

徐榄在旁边看得直乐,这马屁可算是拍到点子上了。

"咱们节目讲究的是真实,观众爱看日常也是事实。"制片人讨好完祁夏璟,还不忘转身朝黎冬拍马屁,"医生这份职业本身应该留下记录,怎么在真实的基础上拍得生动,那就得看我们的本事了。"

黎冬已经问过她关心的问题,对细枝末节并不介意,微微点头。祁夏璟仍懒懒笑着,桃花眼轻飘飘看向油嘴滑舌的制片人:"把控大众舆论,你似乎很擅长啊。"

"过奖。"制片人在心里狂骂面前句句是坑的年轻小子,后面的话倒是有几分真心实意,"节目本意就是想将医生最真实的面貌展示给大家。就像您说的,虽然不该神化这份职业,但这份职业确确实实该受到应有的尊重。"

祁夏璟抿唇将钢笔放下,懒懒靠着座椅若有所思,见会议室久久没人开口,挑眉环视一圈,薄唇轻启:"怎么,其他人没问题?"

从始至终有问题的,只有你一个人吧!制片人腹诽道。搞定头等难题,制片人如释重负地拿出手帕擦汗,在一众的怜悯目光中打开投影仪,详细讲解明日起的拍摄准备。

无心再注意讲解,从不守规矩的祁夏璟掀起眼皮,朝斜对角记笔记的黎冬投去一瞥,低头拿出手机发微信:"晚上一起回去吗?顺路。"

"啧啧啧,"同样自小不听课的徐榄凑过来,大大方方地偷看完微信,感叹道,"主动送人回家,祁副高这么直接呢!你俩这是要成了?"

"不知道。"祁夏璟将手机丢在桌面,眼看着黎冬面对消息提示却无动于衷,表情如常。工作时间不处理私人感情问题,是她的一贯作风。

他对于黎冬,还有特殊意义吗?应该是有的。

初恋对所有人都或多或少有不同的意义,总会在心里留下一席之地。可十年后的如今,物是人非,他的存在还会让黎冬心动吗?哪怕真的再次心动,这份情感是基于记忆中的青涩少年,还是现在站在她面前活生生的自己?

祁夏璟不知道答案。他唯一明了的，是他想要留在她身边。如果可以，他希望这份陪伴的期限是永远。

徐榄看他一副无所谓的欠揍样，忍不住吐槽："知道人不回复，你还上赶着——"话音未落，祁夏璟丢在桌面的手机振动。亮起的屏幕上跳出两条未备注发送人的短信，徐榄的视线下意识扫过：

我们谈谈吧，关于你和她的事情。
你自己心里应该清楚，我当初给过你机会，是你自己不要的。

徐榄眼皮一跳，立刻噤声扭过头，而旁边的祁夏璟已经面无表情地拿起手机。不同于以往的直接删除，男人这次倒是破天荒地回了一个字："滚。"

黎冬没有回复祁夏璟的消息，下班后也没有乘坐他的车回去。或许是分手带给两人的默契，祁夏璟也没再发消息询问，邀请似乎石沉大海。

黎冬在情感上确实迟钝，但还不到愚蠢的地步。周末的游乐园之行，她已经能隐隐感受到祁夏璟突兀的暧昧态度。她只是没想到，男人会如此迅速地将话挑明。"挑明"或许不够准确，"就当重新给我一次机会"的模糊说法其实给足了两人余地，却也摆明了祁夏璟的态度，让她无法再视而不见。

祁夏璟，分手，十年。

如果只是追忆过往失败的年少爱慕，黎冬可以任意在回忆中独自挣扎。但只要想到两人现在或未来有任何暧昧的可能，漫长的时间跨度总会紧紧捆绑，让人觉得荒唐无稽。

他们走散的十年时间，已经久到足以让一座城市改头换面。祁夏璟说要放下过去重新开始，但伤口结痂、疤痕难褪，破镜重圆、裂痕犹在。无法消除的记忆，怎么能视而不见？

黎冬心乱如麻理不出头绪，头靠着回家的公交车车窗，低头给沈初蔓发消息，然后抬眼望向车窗外的灯红酒绿。回家后她照常备菜，到时间后身体就自发去拿柜子里的狗粮，连菜板上都是刚给罐头切好的搭配狗粮的蔬菜。

将温好的羊奶倒进食盆时，她才后知后觉地想起来，罐头还没敲门。

她这些天来已经习惯了，习惯了看狗子呼哧呼哧地大口吃饭，习惯了一人一狗在阳台吵架。现在看着空荡安静的家里，心里忽地空落落的。

即便这是她本来该过的生活。

"汪！汪汪！"熟悉的狗叫声响起，黎冬眼神微微一亮，去卧室开门，都没意识到自己有多迫不及待。门外八十多斤的金毛戴着史迪奇头套，一见到黎冬就忍不住往她身上扑,头套的长耳朵随着动作乱晃。

黎冬手里端着食盆连连后退,正要出声让罐头停下来,几步外就响起警告的低沉男声:"罐头。"

懒懒靠着门框的祁夏璟双手抱胸,身上换了件柔软的黑色卫衣。夜幕低垂,银月洒落肩头,将人也映照出几分温柔模样。黎冬沉默着将食盆放下,抬眸时无意和男人四目相对,心微微提起。

好在祁夏璟并未提起她没回复微信的事,平静地垂下眸看狗,半晌拿出手机给埋头干饭的罐头拍照。罐头大概真的很喜欢史迪奇头套,哪怕晃动的长耳朵总遮住眼睛,也锲而不舍地戴着它吃得不亦乐乎。

"不是它喜欢,是我给它戴上的。"男人似乎总能一眼看穿她的心事,倦懒的声音在夜色涌动中字字清晰,"我想如果你不开门的话,就用狗照诱惑你。"

黎冬被男人轻描淡写的话逗笑,紧绷的心弦微微放松,半晌后轻声道:"不会不开门的。"她哪里有这么幼稚?

祁夏璟闻言沉沉低笑一声,柔声唤着她姓名。"黎冬,我不需要你现在给我任何答复。"男人醇厚的声音如红酒般混在月光之间,又杂糅在晚风中送到她耳边,让人恍惚生出微醺的错觉,"但至少不要推开我,可以吗?"

万事俱备,拍摄在第二天如火如荼地开启。为了尽可能不打扰医生们工作,制作组在提前告知院方后,在凌晨设置好拍摄点,好让几位医生佩上收音麦就能直接开始工作。制作组希望能最大限度地还原真实的场景气氛,并未要求几位医生进棚拍摄定妆照,所有的宣传照都会从拍摄材料中选取。

"黎冬,你真的连口红都不涂吗?"上班前,杨丽再次拿起小镜子补口红,紧张地看向架在角落的摄像机,小声道,"就算你是美女,也得补个口红显显气色吧。"共事两年,杨丽只见过黎冬素颜,但现在要拍一整季的节目,她一个配角都知道保护形象,黎冬怎么还是素面朝天地就过来?

"我包里还有支新买的口红,豆沙最适合素颜涂,你赶紧去洗手间补一下。"

"不用,"黎冬抬头轻声拒绝,道谢后又继续低头看资料,"我不习惯化妆。"医院没有明文规定医生不许化妆,但黎冬为了防止有病人对化妆品的粉末或者气味过敏,再加之对化妆兴致缺缺,上班向来是素颜,也从来不喷香水。

"没事的,黎医生这样就很好。"跟拍导演小于从镜头后探出头,笑着让黎冬放心，"您的五官和皮肤比我拍过的很多艺人都要好。成片里一定给您拍得美美的。"

杨丽看向嘴甜的小伙子："别忘了我啊，记得给我拍得瘦一点儿。"

"姐您已经很瘦了，怎么拍都拍不胖好吧！"屋里两人一唱一和，相处得十分融洽。

黎冬将资料翻阅完后起身，带上小于准备去手术室。她白天有三台手术要做，上午两台，下午一台，小于都得全程跟拍。第二场手术比想象中棘手不少，结束时都快下午三点了。黎冬早已习惯了高强度连轴转，昨晚熬夜、今早没吃饭的小于倒是先低血糖扛不住了。

办公室里，年轻小伙子头晕眼花地大口吃饭："你们胸外都是铁打的吗？五六个小时高度集中注意力，我只是旁观都要晕了。"

"习惯就好。"黎冬将冲泡好的奶茶递过去，又给了小于一根棒棒糖，淡淡道，"以后记得吃早饭，好身体对每个职业都很重要。"

"姐，你就是我再生亲姐，"小于是个自来熟，几小时下来，已经从生疏的"您"变成一口一个"姐"，"对了姐，你今晚要值班是吧？我听说你们值班医生会在值班室睡觉休息，到时候我能取个远景吗？肯定给你拍得美美的。"

"没关系，注意不要打扰其他人，"黎冬不介意这些，温声提醒道，"你也记得休息，我明天会正常上班。"

外科常年缺人手，很少有闲的时候，值班后的第二天都要照常上班，运气好的话，晚上能在值班室里睡上一会儿。

小于听完又是一阵咂舌感叹。他的工作虽然也常常要熬夜，但毕竟干一票休息一段时间，辛苦程度完全比不上外科医生。

最后一台手术完成时天色已暗，时针指向七点钟。黎冬去洗手间冲了把脸，简单活动活动酸痛的肩背肌肉，准备吃完饭后去值夜班。

平静的夜晚在接近九点时，被突如其来的连环车祸彻底打破。市区繁华地带有人酒驾，在十字路口和一辆五十五座的客车相撞。

客车司机试图拐弯，避免跟高速驶来的轿车迎面撞上，黑暗情况下却没注意到拐角的长石台，不幸导致客车直接侧翻。附近来不及刹车变道的车辆也纷纷遭殃。

近百名伤者立即就近送医治疗。一时间院外鸣笛声大作，急诊人手严重不足，只能请各科室的值班医生过来帮忙。黎冬一路飞奔往急诊室跑，远远就闻到伴着死亡威胁的浓重血腥味，眉不自觉拧紧。

急诊室门口人满为患，呻吟哀号声不绝于耳，不断有受伤的人被担架运送

134

进来，医院本就不多的空床位瞬间变成稀缺资源。

"让开！都让开！"破音的怒吼声响彻整个急诊大厅，四人负责的担架上躺着浑身是血的男人。他的身体颤抖如筛糠，呼吸极度困难，被鲜血浸染的面部上眼睛大睁，瞳孔中只剩下无尽痛苦。

男人是侧翻客车的司机，也是送往医院的伤者中情况最严重的一位。急诊飞速接收病人，确认具体情况后，立即通知相应科室准备手术。

祁夏璟是从停车场赶来的，身上穿着风衣，应当是离开医院没多久又临时被喊回来的。男人迈着长腿走进急诊大厅时举步生风，并没注意到角落忙碌的黎冬，而黎冬也只投去匆匆一瞥，又立即低头救助手上的病人。

大多数病人的伤势不危及生命，基本是碎玻璃等锋利物体造成的划伤。近百人中只有几人受伤严重，也已经送往手术室抢救。黎冬还是在帮患者包扎伤口时，听见旁边两位急诊科医生的讨论，才知道客车司机已经死亡。

"唉，听说送来的时候，人就已经快不行了。"

"只能说不意外吧，肋骨骨折刺破肺部还有救，连心脏都受到致命性损伤，能活着上手术台都算撑得久了。"

"作孽啊，好好的人就被一个醉酒驾驶的畜生给弄没了。"

黎冬听着两人的沉痛对话，眼神微沉。两位医生发现她后，连忙上前接手工作："黎医生，这里交给我们，你快回去吧，今晚辛苦你了。"

"好的，没关系。"离开急诊大厅，黎冬却在通向抢救室的长廊拐口停下，看着远处依旧忙碌的医护人员，听着此起彼伏的指令声和呻吟声，只觉得心烦意乱。她低头拿出手机，和同事确认科室没有新情况后，摘下别在衣领上的收音麦，转身交给整晚跟在她身旁的小于。她没有过多解释，直白地道："你先上楼，等会儿再拍吧。"

小于也听到了客车司机的死讯，意识到什么，没多废话："好的，我去值班室等你。"

"嗯。"

相比于喧闹的抢救室门口，走廊尽头的安全通道中则要安静许多，只隐隐能听见远处的人声。清瘦颀长的男人低头专心在看手机，头顶是刺眼的冰冷白光，碎发在额前投下浅浅阴影。黎冬看不清祁夏璟的表情，只能望着他棱角分明的侧脸轮廓。

祁夏璟听见脚步声并没有抬头，只是在黎冬走近时，头也不抬地开口道："傻狗回去又要和我吵架。"男人平静的语调听不出半点儿情绪，只少了点儿平日漫不经心的倦懒，总勾起的薄唇自然垂放着。

135

黎冬垂眸，去看他手机屏幕上的实时监控。宽阔空荡的客厅里趴着一只孤独的金毛，而罐头似乎知道监控镜头对面是主人，始终目不转睛地盯着镜头。

祁夏璟背靠着墙，脊柱微弯，修长脖颈后面是凸起的颈骨，眼下藏不住的疲惫看得黎冬忽地有些难过。

她在祁夏璟半臂距离外停下，轻声道："不会的，罐头能理解——"话音未落她只觉得肩头微沉，是男人将头轻轻靠在了她颈间，软蓬蓬的头发蹭过脖子，带来阵阵痒意。

"那个人没救回来。"祁夏璟低沉沙哑的声音满是疲惫，"肋骨刺穿左肺和心脏，很快就死在手术台上了。"

医生并不是万能的，有能救活的，就有一定救不活的。客车司机送来时已有大出血现象，贯穿心脏的刺伤又往往致命。黎冬知道这不是祁夏璟的错，他已经尽力第一时间赶到。这样恶劣的情况下，谁来做手术都无力回天。

作为医生，即便理智再清楚，情感上也依旧会难过自责，会一遍遍责问自己，为什么不能再快一步，为什么不能再抢先一秒？两人就这样静静地站在安全通道门口，相对无言。黎冬几次欲言，却又如鲠在喉地说不出一句安慰的话。

"黎冬，"额头抵在她颈间的男人率先打破沉默，一动不动地低低呼唤她的名字，声音闷闷的，"给我靠一会儿，就十分钟。"

黎冬没有出声回应，只是抬手环抱住祁夏璟瘦劲的腰，一下又一下轻拍他的后背。她向来不擅长安慰，也从未见过祁夏璟无力，甚至是挫败的模样——男人永远都是漫不经心的，也永远都是无所不能的。

不仅是她，好像所有人都是如此默认的，所以才会每次遇到最棘手的难题，第一反应都是向他求助。而亲眼见到他束手无策，黎冬只觉得心脏像是被人猛地攥住，忽地有些喘不过气。

鸦雀无声中，祁夏璟勾唇沉沉笑了，笑声中却听不出几分真心实意："我以为，你起码会象征性地安慰我两句，还是拍拍就算是安慰了？"

"祁夏璟，没关系的。"黎冬垂眸，目光所及是祁夏璟似乎染上血色的深棕色风衣，不知道还能不能洗去，深吸口气，"疲惫是可以的，难过也是可以的。"她用力压下因为心疼而颤抖的尾音，拥抱男人的手上不禁用了些力气，"至少在我这里，你不需要永远坚强。"

黎冬清晰感受到祁夏璟微弯的背脊猛然绷紧，总是率先打破沉默的男人罕见地陷入长久的沉默。直到黎冬以为他要继续沉默下去时，祁夏璟垂落的双手毫无征兆地抬起，将她抱住，动作小心翼翼，像生怕弄疼了她。

祁夏璟抬起前额，侧过头，露出半张精致深邃的侧脸，削薄的唇堪堪停在黎冬颈侧寸许。"如果我难过的话，"再开口时，男人滚热的呼吸尽数落在黎冬颈间，仿佛耳鬓厮磨般亲昵，"你会哄哄我吗？"

❄ 22

男人低沉微哑的声音慵慵懒懒，伴着温热呼吸扑落在颈侧，像是鹅绒羽毛游走在皮肤之上，若即若离的存在感抓挠得人心痒难耐。

哄哄他吗？早在祁夏璟将头埋进她颈间时，黎冬就清晰意识到了她的心软妥协，只是不知该说些什么，末了也只轻轻"嗯"了声算作答应，抬手一下下轻拍男人后背，未再开口。

祁夏璟也不出声催促，难得乖巧沉默地靠在她肩膀，双臂虚环在她细腰上，俨然一副耍赖的模样。黎冬任由他树懒似的抱了会儿，半晌从口袋里拿出一根棒棒糖，身体后退半步结束拥抱，抬手将掌心的糖递给祁夏璟。

印有小麦哲伦星云的棒棒糖由透明塑料袋包着，在冷白色灯光的照耀下，反射出细小的刺眼光点。再抬起头时，祁夏璟神情已恢复如常，整个人又变回原本懒散慵淡的模样，仿佛刚才短暂的脆弱情绪只是黎冬的错觉。

他不紧不慢地双手插兜，垂眸看着黎冬递过来的棒棒糖，抿唇微微挑眉，迟迟不伸手。黎冬向来捉摸不透男人阴晴不定的脾气，仰头看着他平静道："你是不是没吃晚饭？注意不要低血糖。"

祁夏璟索性将头靠在墙上，没骨头似的懒散站着，半合着眼就是不肯去接棒棒糖。

两人就这样在无人经过的角落僵持不下，一个非要给，一个非不收。

良久，祁夏璟微不可察地轻叹，薄唇轻启，客气又疏离地喊人："黎医生，我昨天才给过你棒棒糖。"

黎冬迟钝地反应过来："这不是你昨天给我的那根，这是我自己买的。"

她拧眉，看着祁夏璟慢慢低头，上一秒还钉在口袋里的手慢悠悠地伸出来要去接糖。她缓慢眨眼，不确定地轻声道："祁夏璟，你现在是在闹脾气吗？"

"是啊。"已经拿走糖的祁夏璟俯身看她，灯光打落的阴影将黎冬包围其中。淡淡血腥味和乌木沉香混合着侵入鼻腔，连同耳边漫不经心的语调，都让黎冬觉得无处可逃。

"当然是在闹脾气。"祁夏璟俨然一副无所谓的态度，耍无赖的话也说得面不改色，"毕竟你愿意哄我的机会也不多。"

送出糖后，黎冬自觉没什么要再嘱咐的，低头看时间已过了十五分钟，便

第六章

简单和祁夏璟道别，转身上楼继续值班。几小时后，事故造成的忙乱喧闹得以平息，黑夜逐渐恢复原本的寂静模样。

走廊和病房静悄悄一片，黎冬回到值班室准备小憩一会儿，口袋里的手机突然传来两下振动。

这个时间点，一般都是家人或沈初蔓找她。看到罐头头像出现在屏幕上面时，黎冬有一瞬的微愣，点进对话框，是祁夏璟发来的两条消息。

祁夏璟：糖吃了。

祁夏璟：甜的。

酒驾导致的客车侧翻事故最终造成四人死亡、六十二人受伤。事件一经通报，立刻引起社会各界的高度重视。"酒后驾驶"四个大字高挂热搜第一，随之而来的是待播综艺《医者》的相关词条。

制作组在开拍当日就遇上重大事故，紧急会议后，制作人和全体工作人员通宵将材料整合处理，终于在清晨五点时，通过官博发布了一条两分钟不到的短视频。

没有刻意的剪辑配音，也没有繁杂的后期特效，在沉重悲怆的音乐声中，制作组用最真实残忍的叙述方式，将生命和死亡血淋淋地在所有人眼前铺开：混乱嘈杂的急诊大厅、呻吟尖叫的垂危病患以及凌晨时分还在抢救室奔走的医护人员。无须渲染，生命本身就值得敬畏。

视频的最后二十秒，是各种镜头切换快闪，有在抢救室门前痛哭流涕的遇难者家属，也有从生死线爬回人间的幸存者。在这些人间悲欢离合之外，无人问津的角落是那些默默无闻的医护人员，他们或喜或悲，都在这个不幸的夜晚和事故遭遇者感同身受。视频里没有任何一位医生的特写，却又是当晚每一位奋战医生的真实写照。

《医者》制作组计划的推广时间是在中午，发布视频时甚至没打标签，却被某位关注酒驾事件的百万大V无意间刷到，他转发并留下评论："这就是中国医者。"

视频迅速火上热门，不到一小时，成功空降热搜。

黎冬对这些毫不知情，结束值班后如往常一样换衣服回办公室。准备去食堂吃早饭时，哈欠连天的跟拍小于低声喊她："姐，祁副高和徐医生好像在门外找你。"黎冬转身，见到笑吟吟的徐榄和面无表情的祁夏璟站在办公室门前，两人手里都提着早餐。

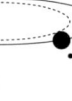

"辛苦一整晚，班长赏脸和我们一起吃个早餐呗，"徐榄扬了扬手里的早餐袋，故意神秘兮兮道，"今天是我人生第一次见老祁主动买早餐，稀有程度堪比陨石坠落。"

小于和另外两个跟拍也要吃饭休息，几人在办公室分开。去茶水间的路上，徐榄喋喋不休地讲着祁夏璟今早去早餐店的经历。

打电话得知祁夏璟居然早起买早餐，徐榄惊得直接从床上跳起来，赶到早餐店时，看到祁夏璟还在点菜。起床气让冷脸的男人看上去很不好惹，老板一度以为他是来找事的。徐榄精准评价道："真该拍张照给班长看看，是贴在门上能辟邪的程度了。"

黎冬有幸见过很多次祁夏璟带着起床气的模样，唇角微弯。坐在她对面的男人拿起手里的塑料袋，周身散发着生人勿近的寒凉，骨节分明的手试了下袋子温度，确定不烫才推过来，言简意赅道："谢礼。"

谢礼应当指的是昨晚她送的棒棒糖，所以，祁夏璟是为了给她带早餐才特意去买的吗？黎冬有些意外地接过袋子，轻声道："谢谢。"

祁夏璟沉沉应过后没再开口。鲜少吃早餐的人嫌弃地拿起包子，低头点开手机，只偶尔头也不抬地给黎冬递纸巾。一时间，茶水间里只剩下徐榄的声音。他兴冲冲地谈论着商业街新开的烤肉店，跃跃欲试。

"过几天可能要科室聚餐，要不我们明天去尝尝烤肉吧，正好大家都不用值班。"想起黎冬答应好的请客，徐榄深知成年人的约定必须尽快实行，同时还没忘拉上好兄弟，"班长，吃饭带上老祁一个呗，他孤家寡人一个，也挺惨的。"说完还不忘冲祁夏璟挑眉示意。

祁夏璟掀起眼皮冷冷看人一眼，目光重新转回黎冬身上，见她点头后，又冷酷无情地侧身躲开勾肩搭背的徐榄，继续看屏幕里玩得不亦乐乎的金毛。

"你肯定又在看罐头。"徐榄不用看都知道，嘴里咬着包子，优哉游哉道，"养狗都宝贝成这样，以后要是有崽子了，你还不得成天抱着上班啊。"

"闭嘴。"

黎冬安静地听着两人东拉西扯地拌嘴，忍不住也想看看罐头在家玩的样子。祁夏璟突然将丢在桌上的手机抽走。在她正为偷看被抓包而尴尬时，口袋里的手机轻微振动两下，随后头顶传来祁夏璟低沉的声音："给你监控的权限了。"

黎冬有一瞬微愣，打开两人的聊天框，点进链接就是罐头在家的监控画面。黑、白、灰色调的客厅性冷淡风浓厚，沙发和玻璃桌都是最简约的款式。不多的鲜活色彩就是浅金色的罐头以及随处可见的它的娃娃。

盯着屏幕几秒，黎冬后知后觉地发现她根本没看狗，反倒把祁夏璟的客厅观察得仔仔细细。她不禁抬头问道："可你家客厅就这么给我看，真的没关系吗？"只字未提愿不愿意，而是问有没有关系。

"嗯。"祁夏璟脸上难得浮现点儿笑意，他将最后一口豆浆喝完，垂眸将桌上的垃圾丢进塑料袋，懒懒道，"是你就没关系。"

收拾整理后，三人起身准备离开。徐榄走在最前面，随后是祁夏璟，黎冬在最后。男生腿长步子大，徐榄很快就和黎冬拉开三四步距离，中间的祁夏璟则双手插兜，慢悠悠地始终和她保持半臂距离。

寒冬晨曦从厚厚的云层中探出头，映红了半边天幕，金红色光束斜穿过玻璃窗打进走廊，在男人发顶、肩侧跃动，勾勒出他棱角分明的侧脸。祁夏璟在拐角停下脚步，回眸撞上黎冬打量的目光。四目相对，其中一道视线慌忙躲开。

"黎冬，"祁夏璟转身，伸手摊开掌心，低沉的声音里含着点儿笑，"还有糖吗？"

黎冬今天只有一台小型手术，完成时正好该下班。她回到办公室稍作整理，和跟拍小于道别后就准备回家。在楼梯口遇见几位同样下班的胸外医生，不善交际的黎冬并不打算上前，却有眼尖的同事发现了她，热情地招手让她快过去。她走近才发现徐榄和祁夏璟也在，不过刚才被几人围在中间，她只浅浅扫了一眼，并未发现。

几位医生在医院大门前分手，开车来的人都默认祁夏璟会送黎冬，因此并没人提起捎她回去。再往前走就要选择去停车场还是公交车站了，徐榄看好戏的眼神扫过身后两人，打算赶紧撤退："那什么，我就先走啦。"

"冬冬！"清脆明亮的女声在三人身后响起。黎冬闻声愣住，在细高跟踩上地面发出的清脆的嗒嗒声中，看着沈初蔓朝自己小跑而来。

五官明艳的女人妆容精致，费劲儿地抱着一只硕大的史迪奇玩偶。酒红色吊带裙勾勒出凹凸有致的身材，身上不畏严寒地只披了件单薄的牛仔外套，两条笔直细长的腿光溜溜地裸露在寒风中，光是看着都觉得冷。

徐榄唇边的笑意一凝，而祁夏璟则在看清人后，缓缓拧紧眉头。黎冬顾不上身后两人，快步走到沈初蔓身边，接过史迪奇玩偶，又惊又喜道："你什么时候到的？"难怪昨天发过去的消息闺密一直没回。

沈初蔓激动地扑上来抱住黎冬，好一会儿才依依不舍地松开："当然是下飞机就直奔你来呀——"后半句猛然顿住，昏沉夜色中，沈初蔓终于看清黎冬身后的两人。她的视线紧盯着面无表情的祁夏璟，确认身份后，重新转向黎冬，美眸里满是不可置信。

脸上喜悦一扫而空，三个字几乎是从她牙缝中挤出来的："姓祁的？"

时隔十年都不变的称呼，让祁夏璟扯唇冷笑出声。他瞥向身边的徐榄，无声挑眉。徐榄眼底黑沉，难辨喜怒，笑容轻慢地无所谓道："看我干什么？她喊的是你。"

祁夏璟自动忽略怒目而视的沈初蔓，视线转向稍显无措的黎冬："资料到家后发你。"下楼时，几位医生聊到 A 国一项最新医药技术。观阅几篇相关论文的手续复杂，祁夏璟答应帮黎冬处理。

"好的。"黎冬颔首道谢，抱着沈初蔓飞越大半个地球带给自己的玩偶，轻拽她袖口，"蔓蔓，我们走吧。"沈初蔓看出她眼里的为难，满嘴骂人的话都生生憋了回去，扬起明艳的小脸将外套整理好，挽着黎冬的胳膊头也不回地离开。事先租好的七座奔驰就在十米外停着，沈初蔓和司机打过招呼，将玩偶塞进后排，又温声安慰了她的宝贝猫咪抱抱，才和黎冬先后上车。

回程路上，健谈活泼的闺密始终绷着脸不出声。黎冬也不会开启话题，只能默默挺直腰背坐在沈初蔓身边，视线望向车窗外飞快倒退的夜景。车程过半时，黎冬感觉肩膀微沉，是沈初蔓将头轻靠在她的肩膀。

沈初蔓轻声问："什么时候的事？"

黎冬将头偏过去，以依偎的姿势回答："大约两个星期前。"

"哦。"或许是不知接下来该从何问起，沈初蔓转过身慢慢抱住黎冬，自言自语似的低声呢喃，"冬冬，我好想你哦。"黎冬知道她这几年在国外打拼的艰辛，抬手轻柔抚过沈初蔓柔软顺滑的黑发，温言道："我也是。"

说起和沈初蔓成为朋友，黎冬自己都觉得不可思议。两人当年一个是落落寡合的书呆子，一个是乖张明媚的问题少女，放在一起，怎么看都大相径庭。

温情时段在五分钟后被无情打破。司机得知黎冬居住的小区没有电梯，立刻拒绝了将沈初蔓的三个行李箱搬上四层的请求："不干，给钱也不干。"

"不干拉倒，谁稀罕啊。"沈初蔓咽不下这口气，撸起袖子露出纤细的胳膊要自己上，"姐有的是力气！"黎冬看向她一个就至少三十公斤的三十二寸箱子，哭笑不得地建议道："太沉了，你搬不动，我们一起吧。"

沈初蔓哭丧着精致的小脸："要不我再打个车，把东西送回酒店再来找你吧。"老旧小区的路灯亮度堪忧，几近黑灯瞎火的环境下，窘迫的两人对视着正要笑出声，远远就有刺眼的车前灯照过来。

熟悉的保时捷在楼门前停下。看清驾驶座上的男人，沈初蔓不可置信地扭头："不会你那个邻居也是他——"黎冬默默移开眼神。

"我们四个难得聚齐一次，别见面就吵架。"徐榄率先从副驾驶一侧下车，好脾气地走到沈初蔓身边,"沈大小姐今天回来的?"他看向不远处三个硕大的行李箱,瞬间明白情况,笑眯眯道:"帮你把箱子搬上去?"

在场的除了黎冬,余下三人自小认识,家里别墅的后院都连着。虽然这几年联系不算密切,但也不至于生疏到形同陌路。沈初蔓骄纵惯了,加之她和徐榄没恩怨,抿唇"嗯"了声,别扭道:"你要愿意帮就帮呗。"

徐榄嬉皮笑脸地得寸进尺道:"叫声'哥哥'就帮你。"

"滚,那我宁可花钱。"

"挺有精气神,不错。"徐榄被骂也只笑笑,朝驾驶座上冷脸的祁夏璟道,"老祁,你就这么干坐着?"

祁夏璟修长指尖轻点在方向盘上,懒懒掀起眼皮,目光扫过抱着玩偶还默默试图抬箱子的黎冬,垂眸几秒,打开车门朝黎冬的方向走去。眼尖的沈初蔓立刻闪身过去,试图阻止祁夏璟碰她的东西,抬眸就对上男人不胜其烦的表情,脸上写满"你以为我想帮忙吗?"

沈初蔓下意识去看黎冬,祁夏璟早一步走到黎冬身边,长臂一伸拿过她手里箱子,皱眉嘱咐她站远些,防止磕碰。昏黄的路灯将两人身影拉得很长,祁夏璟单手推着箱子就要往楼上搬,坚持不让女人帮忙。黎冬抱着半人高的史迪奇,步步紧跟在他身后。鹅黄色的光束落在她姣好的面容上,如湖水般的眼眸里,满满只有一人身影。

"我来,你站远点儿。"楼道里,祁夏璟单手提起沉甸甸的行李箱,长袖挽起。小臂凸起的青筋看得黎冬心惊,几次忍不住想上前都被阻止。肩宽腰窄的男人走在她前面,面无表情地迈上水泥台阶,头顶廊灯照亮他棱角分明的侧颜轮廓,也将他此刻冷硬的表情照得清楚明白。

拐角后再看不见脸,黎冬却莫名其妙地从祁夏璟绷紧的背影中,看出几分微弱的不安与忐忑。人都是这样的,就算嘴上能随意说出放下过去,那些曾经的人和事物却会猝不及防地再次侵入生活,轻易打乱全盘计划。

黎冬定定望向男人背影,心底忽地生出几分悲哀的无可奈何。兜兜转转这么久,她好像还是舍不得他难过。

"祁夏璟,"黎冬想,她实在是表达太贫乏的人,直到闻声回头的男人眼底浮现不解,才出声道,"如果难过的话,需要我哄哄你吗?"

祁夏璟平静沉寂的眼底突然有情绪翻涌而上,喉结微滚,正要开口时,楼下突然响起徐榄的询问:"你们俩在干吗?挡在楼道口谈对象,能不能给单身狗让个道?"

十五分钟后,所有行李都整齐地摆放在黎冬家的玄关处。跟徐榄半道谢半拌嘴几句后，沈初蔓"砰"的一声将房门甩上。两人都没吃饭，黎冬从冰箱拿了食材，打算简单做个两荤一素一汤，放任闺密在家里折腾。四十分钟后，看着桌面和脚边整整两箱啤酒，黎冬还是忍不住劝道："少喝些吧。"

"没事，不喝酒我就要骂人了。"话虽这么说，可接连四五瓶啤酒下肚后，沈初蔓还是憋不住边打酒嗝边痛骂道，"祁夏璟懂什么叫作早恋吗？早恋就是得偷偷地谈！谁早恋还大张旗鼓到处放炮！他以为自己为爱勇敢了不起是吧？十八岁的臭屁小子，闯了祸还不是得家里收拾烂摊子！最后所有压力还不是你一个人来扛！但凡他用来读书的智商能分一半给情商，那个女的也不至于直接找到你头上！仗着家里有几个臭钱了不起啊！"沈初蔓是为数不多了解当年全情的人，巴掌大的脸爬上酒精生出的红热，细嫩的手一下下重重拍在餐桌上，冲黎冬霸气大喊："别要他了，天下遍地都是男人，想要什么样的姐给你介绍！"

老房子的隔音并不好，黎冬也不知道沈初蔓这样扯着嗓门喊，楼上、楼下和对门的邻居能听见多少。她平日从不喝酒，今晚破例陪闺密喝了两杯，此时只觉得思绪飘浮，手撑在桌面宠溺笑着。

"你别光笑，你告诉我你喜欢什么类型的。"喝上头的沈初蔓越说越激动，拿出手机就给黎冬翻相册，身体也晃晃悠悠的，"年下'小奶狗'要不要？这个这个！八块腹肌公狗腰，一米八五黄金比例混血男模……这个总行吧？温柔年上斯文款，人见人爱车见车爆胎——"沈初蔓说得口干舌燥，见黎冬始终半合眼温柔笑着，就撒娇似的将头埋进她怀里，抱住她闷声问："冬冬，非他不可吗？"

黎冬轻抚着沈初蔓柔软的发丝，良久轻声道："蔓蔓，对不起啊。"

非祁夏璟不可吗？好像也不是。这些年她一个人也过得很好，读书、生活都井然有序，从曾经只能站在商店橱窗外的小姑娘，到现在有了自己的独立小窝，温饱无忧。这些年她也接触过很多优秀的异性，其中不少对她表露过欣赏或爱意，但也止步于此。年轻气盛时遇到的人太过惊艳，以至于后来生命中出现的其他人终归不过尔尔。

桌上大半饭菜还剩着，黎冬起身收拾好，又悉心替沈初蔓卸妆洗脸后，才搀扶着人艰难回到卧室。醉酒的人睡梦中并不老实，见黎冬起身要走，一把将人拽回来，在她耳边哼哼唧唧地胡言乱语："姐现在有钱了，谁要敢再欺负你，看我不用钱拍烂她的脸……"

黎冬失笑着温声应好，起身要去浴室洗漱时，丢在床上的手机突然微微振动。男人发来的照片里，罐头正戴着史迪奇头套，睁大眼睛望着镜头，瞧着十分乖巧。

狗照——黎冬脑海里忽地闪过这个说法,轻轻笑起来,起身关上卧室的顶灯,只留床头一盏昏暗的小射灯照明。

今夜阳台的晚风格外凛冽,黎冬推门出去的瞬间就感受到寒意,身体不由得很轻地抖了抖。虽然表面上看不太出,但她喝了些酒后头脑不大清醒。双手倚着阳台高高的水泥围栏时,黎冬并不清楚她为什么要半夜三更来这里吹风。

"黎冬。"低沉浑厚的男声落在耳边时,黎冬并没反应过来。直到那丝难以忽略的乌木沉香渗进空气中,她才后知后觉地回神转身。

祁夏璟此刻就站在她面前,两人隔着危险的半臂距离。皎白月色在他周身落下朦胧的银纱,让男人在黑夜里宛如不可侵犯的神祇。

哪怕他就在触手可及的位置,也带着遥不可及的清冷疏离感。黎冬侧头静静看向他,莫名其妙地想起那些他们还不曾相识的日子,她也是这样又近又远地望向祁夏璟,将少年挺拔颀长的背影一次又一次描摹在画册中。

直到现在,她也偶尔忍不住感叹自己何其幸运,能够让面前人的视线在她这里有过一时半刻的停留。似乎闻到她身上鲜有的酒味,祁夏璟眉头缓慢拧起,俯身沉沉问她:"喝酒了?"

伴着似有若无的沉香,黎冬觉得身上有些乏,拖着尾音回答:"嗯,没喝很多。"

身后几步就是温暖的家,两人却这样无所事事地靠着水泥围栏,相对无言地享受着秋末初冬的深夜。

黎冬眯眼感受到寒风袭来。残存的理智告诉她,此时应该回屋休息,至少应该拿件外套御寒,但偏偏身体懒得动弹,宁可倔强地原地受冻,也不愿挪动脚步。

大脑和身体还在斗争,眼前却先昏暗下来。有人挡住她头顶的月光,然后将身上的黑色外套披在她肩头。外套上还残余着主人身上的温热,强烈的男性荷尔蒙气息不容拒绝,几乎瞬间将黎冬包裹其中。

黎冬垂眸望着身上的外套,忽地弯眉轻轻笑起来。她听见祁夏璟沉声问:"晚上在聊什么?"他仿佛被她的笑容感染,侧过身垂眼看她,嘴角也勾出点儿懒散笑意。沉吟片刻,他薄唇轻启:"年下小'奶狗'?"

黎冬错愕抬眼,目光撞进男人略带戏谑的眼神,有片刻的晃神。对方不紧不慢地继续道:"八块腹肌公狗腰,一米八五黄金比例的男模?还是斯文败类的温柔年上?"

原来他在隔壁听得这么清楚。黎冬觉得自己今晚总在傻笑,扬起的唇角都有些累了，索性趴在水泥围栏上，下巴抵着手臂。她远眺着街道上的车水马龙，半晌后轻声开口："但他们都不是你。"

祁夏璟唇边浅淡的笑意忽地凝固。女人今晚明显有些醉了，眼睛在月色下闪烁着异常明亮的光点。淡淡酒气让她平日的素雅文静消失不见，惬意放松的尾音语调又让她整个人有几分魅惑。

祁夏璟忽地觉得口干舌燥。

"该怎么办呢？"黎冬精致的五官浅浅皱着，像是真的感到疑惑，毫无征兆地转头望进他眼眸，轻声呼唤他的姓名，"祁夏璟，时间过去这样久，却从来没有人像你。"

第 7 章
许我虔诚

❄ 23

"阿黎,你喝过酒还会记得今晚说的话吗?阿黎,好晚了,要不要回家?"
"阿黎……"

忽远忽近的熟悉男声模糊不清,时而是少年意气风发的高声呼唤,时而又变为男人哑沉蛊惑的低音,反复环绕在耳边、脑海,分不清虚实真假。黎冬觉得胸口像是压着巨石,沉得让人喘不过气。她侧身艰难睁眼,入目就是沈初蔓大大咧咧地用双手抱住她,脑袋紧靠在她的胸前,在六点半的清晨熟睡着的模样。

黎冬身体小心翼翼地后退,挣脱怀抱后从床边起身,目光率先落在软椅靠背旁的外套上。不论是色调款式,还是长度大小,这件莫名其妙出现在家里的外套的主人,都不可能是她。

昨晚零碎的记忆在睡意退去后,缓慢回笼归位。洗漱时,黎冬将冷水扑在脸上,试图将记忆碎片整合,最终也只回忆起祁夏璟将外套披在她身上的场景。

阳台上的两人靠着水泥围栏,不自知而拉近的距离让一切皆有可能发生。往后的画面退回十八岁那年,梦境里祁夏璟挂在嘴边的称呼反复在脑海响起,让黎冬不敢再细想。

"冬冬,你桌子上有件外套噢——"从卧室传来沈初蔓的呼唤声,女人倚着门框打哈欠打到一半,突然反应过来,"得嘞,我就不该多问。"

早晨惯例喂罐头吃饭,沈初蔓得知聪明绝顶的金毛居然是祁夏璟养的,不可置信道:"姓祁的居然还会养狗?他不是五岁那年差点儿被徐榄家的二哈咬屁股,从此见到狗都要绕开走吗?"

浑身起床气的祁夏璟懒得分神搭理人,双手抱胸一言不发,只面无表情地垂眸看罐头吃饭,薄唇轻抿,眼神冷淡,比十一月吹过的寒风还要冷。

沈初蔓时差还没倒过来,昨晚还喝了酒,在门口站了会儿,又冷又困,抱抱黎冬后转身回卧房接着睡觉。

罐头吃完饭后,照例在黎冬脚边撒欢。由于昨晚没见到她,思念成疾的金毛今早越发热情。黎冬被扑得只能蹲下身去抱金毛,深灰色的毛衣瞬间沾满狗毛。她的心思却完全游离,全在头顶上方如有实质的注视目光上,类似紧张的情绪甚至让她感受到一丝隐隐的腹痛。

沈初蔓离开后,这道视线就精准落在她身上,无论她怎么移动都紧紧跟随,如影随形。关于酒醉之后,她该怎么问,是该直接问昨晚发生了什么,还是问她都做了什么、说了什么?

"黎医生还记得,"率先打破沉默的男人声音沙哑,带着刚醒不久的鼻音和睡意,不紧不慢地问她,"我昨晚没要回来的外套吗?"不给黎冬任何的逃避机会,祁夏璟迈着长腿走近她。他身上只穿了件宽松的黑色薄 T 恤,布料在寒凉清晨随风鼓动,光看着都感觉冷。

黎冬尽力不去在意两人之间急剧缩短的距离,镇定回答:"我洗完后还给你。"祁夏璟用大手无情挡住金毛扑凑上来的嘴巴,垂眸盯着黎冬无处安放的眼神。半晌他俯身,唇边露出点儿狡黠笑意,哑声问:"你在紧张什么?"

四目相对,黎冬卡壳的大脑龟速运行,就听男人慢条斯理地继续笑道:"关于你昨晚对我做了什么……"他有意停顿,灼灼目光让她无处可逃,"实在好奇的话,可以问我。我都记得很清楚。"

黎冬和沈初蔓约好在医院附近吃午饭,于是上午的手术结束后,她让小于不要再跟拍。她简单解释道:"有些私人事情。"

"得嘞,我正好去睡个午觉,"小于连着几天熬夜,也扛不住,黑眼圈都赶上熊猫了,笑眯眯道,"不过姐你也要好好休息,我看你今天脸色不太好。"

黎冬轻轻"嗯"了一声:"没事儿。"等人走后,她拿起桌上的水杯,又弯腰从抽屉里拿出袋装红糖倒进去,起身去茶水间接热水。生理期意外提前,她一起床就感觉小腹隐隐绞痛,整个上午双手冰凉,想先喝点儿热红糖水缓缓,实在不行再吃止痛片。不知是不是昨晚喝了酒的缘故,这次生理期的腹痛

第 7 章

比以往要更来势汹汹，工作时还好，现在闲暇下来，几乎要倾注全身注意力来抵抗疼痛。

"班长？"熟悉的询问声打断思绪，黎冬转身对上茶水间门外两人目光，就见徐榄笑眯眯地冲她打招呼，"我和老祁准备去看周时予，要不要一起？"

祁夏璟桃花眼微垂，目光停留在黎冬手里的马克杯上。从液体的颜色和升腾的白雾热气中，不难看出是红糖水。女人的掌心和修长十指紧贴着滚热的杯壁，指尖似是畏寒，微微泛白。

黎冬皮肤本就冷白，稍显疲惫的脸色又少了几分血色，薄唇色浅，反应都比平时迟缓半秒。祁夏璟微微皱起眉头。

"你们去吧。"像是故意躲避他的眼神，黎冬始终目不斜视地望向徐榄，"我等下要和蔓蔓吃饭。"徐榄点点头，也不勉强，离开前随口问道："我们四个好不容易聚齐，今晚吃烤肉也带上沈初蔓？"

黎冬闻言先是一愣，像是全然忘却约饭的事，慢半拍才答应："我问问她。"说完她轻声和两人道别，端着马克杯从茶水间离开，全程和祁夏璟毫无眼神交流。

"这是突然怎么了？"等人走后，徐榄懒懒散散地斜眼看向祁夏璟，"你和班长吵架了？因为沈初蔓突然回来？"

从认识第一天起，沈初蔓和祁夏璟就看对方不爽，几乎到了一碰面就要拌嘴吵架的程度。祁夏璟不认为这个问题有必要回答，掀起眼皮看人："你就打算一直这样下去？"

"她心思又不在我身上。"徐榄无所谓地笑笑，"自讨没趣干吗？走了走了。"

住在黎冬家不是长久之计，在"钞能力"的作用下，沈初蔓只用了一上午，不费吹灰之力就将所有行李搬到酒店，彻底安顿好后才来赴约。两人选在一家环境雅致的西餐厅吃午饭。

"所以，"沈初蔓将切好的牛排放进嘴里，沉吟片刻，试着总结黎冬刚给她讲的一长段话，"你想让我帮忙找靠谱的儿童救助基金会，让盛穗得到经济救助吗？"

盛穗的事儿不是黎冬不愿继续帮忙，而是小姑娘对她的善心已然感到有负担，不肯再让黎冬垫钱。听负责的护士说，祁家的璟礼基金会前天派人来接触小孩，甚至还联系上了盛穗父亲，进程推进得飞快。

沈初蔓几次露出欲言又止的表情，最后还是忍不住轻声道："其实……我觉得璟礼可以考虑一下。"

黎冬闻言微愣。

"姓祁的家里虽然没几个好人,"沈初蔓小心翼翼地看着黎冬,谨慎选择措辞,"但据我所知,这个基金会是在做实事的,而且也不是那个女的在管——所以我觉得,如果璟礼愿意帮忙,再加上姓祁的特意嘱咐过,对盛穗来说或许是个不错的选择。"

黎冬垂眸,切牛排的动作停下,半响抬头扯出点儿笑:"嗯,我知道。"

她对璟礼的感情很复杂。璟礼确实在黎家最困难的时候给予了她资助。即使在她和祁夏璟的恋情东窗事发后,也从未用资助的事威胁过她。但与此同时,正因为当年分手闹得极度难看,黎家却不得不因为周屿川的学业继续申请资助,黎冬才实在不想和璟礼再有牵扯。

理智上再清楚不过,情感也会忍不住试图阻止。

"这件事你完全可以当甩手掌柜。"沈初蔓知道黎冬有心结,"况且这是盛穗的人生,你其实没必要又当爹又当妈的。不过我会帮你打听一下啦,如果有好的再说。"

"好,"黎冬也不再坚持,抬眸略带歉意地看向沈初蔓,轻声道,"瞒着你的事,对不起啊。"沈初蔓就知道黎冬要说这事,放下手里的刀叉,妆容精致的小脸表情严肃:"怎么说呢,昨晚我是真的生气了。好吧,其实现在也有点儿。但我很快想通了,是你谈恋爱,我有什么资格替你否决姓祁的啊。"

"蔓蔓——"

"我想你瞒着我这件事,本身已经很辛苦了。"沈初蔓双手撑着脸,美眸里是无奈疼惜,"如果我非要逼你推开他,你的处境只会更难吧?天下男人这么多,这个不行下个更好。"明艳娇媚的女人笑吟吟地抬起细胳膊拍拍黎冬头顶,无比霸气地道,"总之还是那句话,姐现在有钱了,不管怎样,养你一个还是可以的。"

烤肉店的生意比预想中还要火爆。店铺位于市中心最繁华地段,装修又是时下很流行的风格,徐榄昨天来问时,预定已经排到下周。一行人只能下班后老老实实来排队。

店里的设计是每桌一个小隔间,私密性良好的同时又能容纳更多顾客。哪怕是在外面排队等候的顾客,也能享受到免费零食、饮料以及便携式充电宝等服务。

"老祁说他刚下手术台,已经在来的路上了。"四十五分钟后,徐榄放下手机,拿起服务员发放的传唤器建议道,"下一桌就是我们。先点菜吧,老祁人来了就能吃。"

沈初蔓忍不住好奇道："你们三个不都是医生吗，怎么就他一个总加班加点的啊？"

"水平越高责任越大嘛，不少人点名要他做手术的。"徐榄接过服务员递来的菜单，自然地递给沈初蔓，"而且我们科室有个副高腿骨折了，原定的很多手术只能老祁代劳。"虽然讨厌祁夏璟，但沈初蔓也不得不佩服他的能力，冷哼一声："他也就一颗脑袋还对这个世界有点儿用处了。"

徐榄咧嘴笑了声表示赞同，随口问道："听说你这次回来打算开创自己的品牌，投资方和工作室的事都处理好了吗？"

"你怎么什么都知道？"沈初蔓古怪地看了男人一眼，无所谓道，"挺多人找我的。急什么，慢慢挑呗。"徐榄听后直乐："小丫头长大了，以前就知道成天跟在人屁股后头哭呢。"

"徐榄，你又讨打是不是？"沈初蔓没兴趣和徐榄再费口舌，转身去挽黎冬的胳膊，有些担心地说："冬冬你不舒服吗，今天怎么一句话也不说？"

"没事。"黎冬笑着摇头，右手下意识捂紧腹部，"可能是饿了，吃点儿东西就好。"

"那我们必须得多吃点儿。"沈初蔓没回国时就惦记着要吃什么，立刻捧起菜单，兴冲冲道，"听说这家店用特制辣酱腌制的猪肉、牛肉、羊肉都很好吃，我们人多就都来一份吧！"黎冬其实不太能吃辣，生理期更应忌辛辣，但她知道剩下三位都是无辣不欢，于是不想扫兴地点头："你点吧，我都可以。"

徐榄也忙凑过去，两人在一旁和服务生交流得不亦乐乎。快点好菜时，正好有位置腾出来，服务员将三人领进靠墙的一处小隔间。正要落座时，眼尖的徐榄远远看见从门外进来的高瘦身影，连忙冲男人招手："老祁！这里！"

裹挟着夜间秋寒的祁夏璟迈着长腿过来，肩宽腰窄身形颀长，再加上那张雕塑般无可挑剔的脸，令周围不少年轻女生纷纷回头，有几个还忍不住拿出手机拍照。"风采不减当年啊，"徐榄上前几步笑着迎接，又主动坐在靠里面的位置，让祁夏璟能坐在黎冬正对面，他顺手递过菜单，"各种辣的招牌菜都点了一份，你看还要添些什么？"

祁夏璟脱下外套放在身后，目光落在脸色微白的黎冬身上，又瞥了眼全是辣菜的点单，眉头轻拧。他用骨节分明的手接过菜单，依次点过猪、牛、羊肉各一盘，淡淡道："不辣的再来一份。"

"你小子平时吃白饭都要蘸辣酱，"徐榄以为祁夏璟在开玩笑，催促道，"主打辣酱的店你吃不辣的？快点儿选，别浪费时间。"

"你废话很多,"祁夏璟懒得理会调侃,抬眸继续道,"每人再来一份鸡汤。"随后他将菜单推给黎冬,微哑的声音懒淡:"你还有要点的吗?"

沈初蔓和徐榄点菜都是自己顾自己,黎冬不会插话,再加之她在吃饭方面向来随便,并没主动提起要点菜。看着面前被推来的菜单,她有一瞬的意外,最后添了一道蒜香青菜。沈初蔓用狐疑的眼神来回打量两人:"来它家点不辣的,你俩可真奇怪啊。"

服务员确认过点单,正要离开时,祁夏璟忽地再次沉沉开口:"麻烦再来几杯温水。"

"你今晚怎么事这么多?"徐榄被男人的麻烦劲儿折服,朝桌边一大壶冰水扬了扬下巴,"以前得胃病,也没见你喝过热水。"

祁夏璟挑眉,懒得回话,病恹恹地靠着木椅休息。他下午一场手术做了六个多小时,结束后马不停蹄地开车过来,浑身肌肉都叫嚣着酸痛。

"冬冬,你之前给我推荐过几次的奶茶,是不是对面那桌正在喝的?"沈初蔓小声嘀咕道,孩子似的往对桌偷瞧,"看上去好好喝,咱们要不点个外卖吧!"女人立刻拿出手机翻外卖软件,五分钟后泄气地往桌上一丢:"它家怎么不送外卖啊?去步行街店开车也要十五分钟,好麻烦。"

黎冬笑着给她顺毛:"下次去吧,今天太晚了。"

话虽这样说,但在接下来的三分钟里,祁夏璟不止一次注意到黎冬飞快朝对桌瞥上一眼,视线直勾勾地盯着桌上的焦糖珍珠奶茶。最后一次盯了长达十秒,回眸又正撞进祁夏璟似笑非笑的黑眸,黎冬微愣,迅速低头喝水。

就这么想喝?祁夏璟挑眉朝对桌看去,视线慢悠悠扫过桌角见底的奶茶塑料杯,神色如常地回头。上菜后,徐榄和沈初蔓吵个不停,祁夏璟偶尔在旁冷冷掺和一句风凉话。黎冬则全程默默低头喝热水,偶尔夹点不辣的肉吃,尽量不让生理期的疼痛打扰这场时隔多年的聚会。

饭吃到一半,祁夏璟突然起身离席,皱着眉,表情微冷。桌上三人以为他去洗手间也没问,自顾自地继续吃饭聊天。后来黎冬小腹绞痛得厉害,热水也冷却了,再也无法温热她冰冷的十指,她只能起身去洗手间。

她虽对吃药本能地抗拒,现在也开始后悔下班前没吃止痛片。在水龙头里流出的热水下不断冲洗,黎冬才终于觉得十指恢复知觉。她用纸巾擦净水珠后从洗手间出来,却看见长廊上站着一抹熟悉身影。

长廊上不时有人匆匆经过,暗色调的装修风格下,天花板有鹅黄色射灯投下灯光,祁夏璟一身黑衣黑裤被勾勒出金边。修长高瘦的男人慵懒地倚着墙,半张侧颜在光照下更显棱角分明。他右手提着透明塑料袋,里面沉甸甸装着好

第 7 章

151

几样东西,灯光下看不大清。

黎冬怔怔望着消失一段时间的祁夏璟,直觉告诉她塑料袋里的东西或许是给她买的。感应到她注视的目光,祁夏璟抬眸。

四目相对,他提着东西朝她走近。随着距离拉近,黎冬看清了塑料袋里满满当当的东西:几包不同品牌的暖宝宝、一盒止痛片,还有一个鼓鼓的暖水袋。

坐车来时,黎冬没见到附近有便利店,也不知道这些是祁夏璟在哪里买的。她甚至不知道,男人是什么时候知道她生理期的。祁夏璟先将袋子里的暖水袋放进她手里,微微俯身望进她双眸,声音沉沉:"还难受吗?"

暖水袋是浅粉色的绒毛款,贴着掌心源源不断传来热意,让刺痛的神经瞬间得到缓解。黎冬对上男人深邃的双眸,在灯下看清祁夏璟眼底掩盖不住的疲惫,轻声问道:"你刚才离开,就是去买这些吗?"

"嗯,在便利店随便买的。"祁夏璟轻描淡写地将过程一笔带过,垂眸看着袋子里的止痛片,又问她,"来之前吃药没有?"

见黎冬摇头,祁夏璟眉头拧得更深,周身气压低沉下来。两人就站在洗手间外不远处,周围时不时有人经过。男人只视若无睹地拿出一包暖宝宝,不容置疑道:"去换。"

被人照顾的体验很难得,黎冬垂眸看见祁夏璟提着袋子的手微微发红,像是被寒风吹的,心底升起一片酸涩的柔软。她将暖水袋递回去,乖乖接过暖宝宝,轻声道谢后,重新走进洗手间。

贴好暖宝宝再出来时,她又看见祁夏璟在走廊尽头和服务生说话。很快,服务生就快步送给他一杯水。黎冬知道,那杯水一定是恰好温热的。这次她率先朝着男人走去。在两三步外的距离停下后,她很轻地喊着祁夏璟的名字。

"这个牌子的止痛药副作用很小。"祁夏璟沉声回应,垂眸专注拆开药盒,再将水杯和一板药递过来,"吃药。"黎冬静静抬眸看人,薄唇微张又紧闭,浅浅皱着眉在斟酌用词。祁夏璟看她表情拒绝,无声轻叹后再次俯身看人,用有意放缓的语调耐心哄人:"乖一点儿,先吃药。"

"那我可以帮你拿袋子吗?"黎冬没想过闹脾气,伸手接过水杯和药片,一眨不眨地望向男人黑眸,"我不想你太辛苦。"说完她仰头将药服下,耳尖和脸颊都有些不自然地羞愧发烫。分明袋子不重,分明走回座位也只有几步距离,但她还是想力所能及地分担一些。

"伸手。"祁夏璟含笑的低声响起。黎冬闻言乖乖伸出手,下一秒就见男人骨节分明的手将塑料袋放在她掌心,再将暖水袋塞进她怀里。"吃个药还要人哄,"祁夏璟的口吻带着点儿无奈的宠溺,"你是小孩子吗?"

黎冬被男人唇边那点儿浅笑撩拨得耳尖发烫，忍不住小声反驳道："我什么时候要哄的？我只是想帮忙拿东西。"快二十八岁的年纪还被当作小孩对待，她总归有些不适应，却意外地不讨厌。

　　"嗯，我知道。"黎冬听见祁夏璟温柔应了一声，随即温暖干燥的大手很轻地揉了揉她脑袋，动作极尽温柔。祁夏璟眼带温和笑意，看得黎冬的心跳都错乱半拍。

　　"阿黎一直很乖。"

❄ 24

　　祁夏璟消失这么久，黎冬去洗手间也足足有十几分钟，现在两人拎着一大袋子东西回来，里面还装着暖宝宝和止痛片。徐榄和沈初蔓再迟钝，也反应过来这俩人干什么去了。

　　沈初蔓看向黎冬怀里的暖水袋，后知后觉地想起她吃饭时都没说话，明白了为什么祁夏璟全程臭着一张冷脸，又是点不辣的菜，又是要温水的。止痛片起效很快，绞痛消退，黎冬的脸色肉眼可见地好起来，几次表示不要紧。反倒是沈初蔓和徐榄很不好意思，再加上已经吃得差不多，象征性地闲聊几句就要离开。黎冬起身想喊服务员结账，旁边的徐榄先一步道："不用问了，我刚才找过服务员，说老祁已经付过了。"

　　祁夏璟此时正冷着脸和沈初蔓争谁来送黎冬回家。男人将外套随意挂在臂弯，漫不经心地瞥了眼沈初蔓面前的酒瓶，嘲讽扯唇："酒驾拘役，你不如先想想自己怎么回去。"

　　"我是没钱请代驾吗？"沈初蔓不服气地冷笑一声，转头望向黎冬，"终极选择题，野男人还是亲闺密？"妆容精致的娇艳女人语带讥讽，黎冬却知道沈初蔓并不是真正生气。

　　"很晚了，你也早点儿回去休息。"她弯眉朝沈初蔓笑笑，柔声哄人，"周末带你去步行街喝奶茶。"

　　"那我要喝刚才那家的！"沈初蔓顺着台阶下来，一脸看透黎冬的表情，"别以为我不知道哦，你自己也很想喝吧。"

　　小心思被读懂，黎冬笑而不语。她原本就喜甜，平时为了健康控糖，但每次一到生理期就会尤其嗜糖，总想吃甜的，所以刚才吃饭时，才忍不住一而再再而三地偷看对桌的奶茶。

　　沈初蔓的代驾过来后，徐榄也驾车离去，只剩下黎冬和祁夏璟站在保时捷

153

外。祁夏璟替她打开副驾驶一侧的车门，言简意赅道："回家？"

黎冬抱着温热的暖水袋，点头："好。"祁夏璟坐进驾驶座，将空调温度调高，见车内一时还是冷，动作自然地将外套递给黎冬："还难受吗？"

宽大的外套残留着男人的体温和气味，带着不容拒绝的强势，却同样令人心安。

"好多了，"黎冬听话地将衣服披在身上，轻声道，"就是有点儿困。"她不擅长在他人面前表露脆弱，"没关系"和"我没事"永远挂在嘴边。可大概生理期会让人变得脆弱，今晚面对祁夏璟，她并不想再一味逞强。

"困就睡会儿。"发动汽车后，祁夏璟没着急出发，而是点开手机导航，"到家喊你。"市中心离小区约二十分钟路程，黎冬看他搜路线，一时有些疑惑，转念想到祁夏璟刚回 H 市没多久，不熟悉路也很正常。

保时捷平稳地行驶在柏油路面，狭小封闭的空间变暖，黎冬望着窗外飞快倒退的灯红酒绿，困意飞快袭来。她全无防备地合眼睡去，昏昏沉沉中感觉到轿车停下，甚至隐隐听见车门开关的声响，随后有阵冷空气闯入。

艰难睁眼，黎冬茫然看向不远处熟悉又陌生的繁华街道，不确定道："步行街？"没睡醒的鼻音和上扬尾音，让她整个人显得懵懵懂懂的。

不是说要回家吗，怎么突然来步行街了？

"嗯，来买奶茶。"祁夏璟低头重新系好安全带，将手边温热的焦糖珍珠奶茶递过去，声音沉哑，"不是馋了一整晚了吗？"

黎冬半梦半醒的大脑迟缓运行。来步行街和回家是截然不同的方向，从烤肉店开过来要将近二十分钟，再开回家又是半个多小时的车程。也就是说，为了这杯焦糖珍珠奶茶，祁夏璟要浪费将近一小时。

可祁夏璟怎么知道她想喝奶茶的？是因为烤肉店的那次对视吗？

"谢谢。"除了诧异和感激，黎冬再表达不出其他感情。她接过奶茶放到唇边喝了一口，咬碎滚圆软滑的珍珠，唇齿间满是奶香醇甜。

祁夏璟余光里是低头专心喝奶茶的黎冬。女人安安静静地坐在副驾驶座上，身上他的外套因为动作滑下寸许，露出纤瘦冷白的颈。她捧着奶茶喝时，唇边是藏不住的笑意，一整晚无精打采的眼里终于多了几分鲜活。

祁夏璟不禁觉得神奇，原来一杯奶茶就能让人心情愉悦。他用支在车窗的左手懒懒撑着脸，右手指尖轻点在方向盘上，看着黎冬微微鼓动的腮帮子，懒散地扯唇笑笑："我以为你今晚会一直躲着我。"

"嗯？"黎冬困惑地抬眼。四目相对，频道对接，沉默良久，她谨慎问道："我昨晚……都说什么了？"

祁夏璟漫不经心地随口道："你说你喜欢我。"

"不可能。"黎冬不假思索地出声反驳，以她的性格，再醉也说不出这种话，又强作镇定地找补，"如果说过，我一定会记得。"车内气氛有一瞬的凝固。

"嗯，骗你的。"祁夏璟单手打转方向盘，视线朝左侧偏移，半张侧脸在深沉暮色下看不清楚。男人唇边仍是倦懒笑容，只是声音沉哑了些："你什么都没说。"

昨晚黎冬那句"没有人像你"，或许只是无心之言，却在祁夏璟心底掀起惊涛骇浪。两人之后就相对无言地靠着围栏赏月，直到黎冬上下眼皮开始打架，祁夏璟才提出送她回去。

离别前，他问黎冬酒醒后会不会记得今晚说过的话。女人披着他的外套，笑容娇憨，轻声说她也不清楚。她红润的薄唇是夜幕下唯一的色彩，连同混着酒精气味的清淡雏菊香气，让祁夏璟心猿意马。

于是他终究丢了风度和原则，捧住女人下颌，将人抵在门前想俯身落吻——黎冬躲开了。

回程路上，车内又是全然沉默。黎冬低头捧着奶茶，回想祁夏璟给她的答复。平心而论，她什么都没做的可信度显然要远高于说"喜欢你"。但她脱口而出的否认以及之后长久的沉默，都在缓慢冲淡着糖分带来的喜悦。

保时捷倒车入库，祁夏璟余光不经意瞥过黎冬手里的奶茶，发现她已经喝完大半杯，底部满满当当的珍珠早就不见踪影。抽出车钥匙，见黎冬又要喝，祁夏璟勾唇沉声道："奶茶别喝太多，晚上睡不着。"黎冬举起杯子的手微顿，在男人注视下，还是低头坚持喝了一口，清清嗓子道："最后一口。"

祁夏璟无声挑眉，眼里明明白白写着"我就听你编"。黎冬也觉得这四个字说服力太低，抬手将滑落的外套捞起，强调道："真的不会背着你偷偷喝的。"宝石般澄澈的美眸里写满郑重，看得祁夏璟无声失笑。半响，他挑眉，骨节分明的手伸出来："那你拉钩保证。"

拉钩？两个四舍五入都三十岁的人吗？黎冬微愣，一时连安全带都忘记解开，最后还是乖乖伸出手拉钩。只是在两人拇指交缠时，她忍不住小声吐槽："祁夏璟，你好幼稚。"

女人的指尖不再冰冷，触感如往常一般温软细嫩，一触即分。车内一片静悄悄，祁夏璟勾着唇，算是坦然接受评价。他倾身向右靠过去，垂眸要帮黎冬解开安全带："嗯，那就辛苦你配合——"

话音未落，背靠座椅的黎冬忽地坐直，身体微微前倾，用细瘦的胳膊环住祁夏璟脖子。因为紧张，黎冬的动作很僵硬。大概是太难为情，垂下的头几乎

第 7 章

快埋进祁夏璟肩膀，轻颤的呼吸扑落在他颈侧，是混杂着奶茶味的雏菊清香。

祁夏璟有一瞬呼吸骤停。

"祁夏璟，"黎冬好像很喜欢全名全姓地唤他，停顿许久才继续道，"我没想过要推开你。"女人细软的声音拖着尾音，浑然不觉自己半撒娇的语气，"给我点儿时间，好不好？"这已经是黎冬能说的极限。她半晌不见祁夏璟答复，身体怯怯地想要后退。

"好。"祁夏璟终于抬手回抱住她，骨节分明的手轻托住黎冬的后脑勺，十指穿过她柔软的发丝，几乎是贪恋地汲取她身上的味道。黎冬比想象中还要纤瘦，祁夏璟伸开双臂就能轻易环抱她，像是他只要用点儿力气，就会立即将她揉碎在怀里。

原来简单的拥抱也会如履薄冰。祁夏璟如若珍宝般将人往怀里搂了搂，薄唇贴在她耳侧："只是，可不可以不要让我等太久？"不同于在医院那晚，黎冬能清晰感到祁夏璟的手臂小心翼翼地将她环紧，向来从容不迫的人连呼吸都乱了拍。这次她没将人推开，低低应了声："好。"

"是我的错觉吗？我总觉得祁夏璟从开会起就一直在看你。"早晨例行科室会议时，刘主任慷慨激昂地讲着话，后排的杨丽在会议过半时，实在忍不住和身旁的黎冬道，"我也不想打扰你，可我怕你再不回他个眼神，他等下要直接走过来了。"

黎冬闻言，手上写笔记的动作微顿，轻吸口气，抬眼对上前排某人不紧不慢投来的目光。从会议开始，祁夏璟的视线就如影随形，她越不理睬，越想避开，目光就越赤裸裸，像是生怕别人没发现。

从学生时代就如此，祁夏璟对绝大多数事物都兴致缺缺，眼神都懒得分去半个。可一旦有什么他喜欢的，就恨不得张扬到人尽皆知，永远不懂收敛二字该如何写。高中做同桌时，他总一眨不眨地盯着黎冬读书，现在成为同事，开会又频频回头，毫不遮掩的目光成功引起其他人注意。

好不容易熬到会议结束，黎冬整理好笔记要离开，起身就看见门外等候的祁夏璟。男人懒懒靠着墙，低头看手机，熟悉的唐老鸭玩偶悬空晃着。余光见黎冬从会议室出来，他收起手机走到她身边。

周围的人都非常懂得察言观色，迅速给两人腾出空间，满脸好奇地等着看热闹。黎冬本能地想闪开，祁夏璟却长臂一伸拦住她去路，俯身眼带笑意道："聊聊？"

经过昨夜的拥抱，黎冬再面对祁夏璟时总觉得尴尬，抬手碰了下收音麦，视线扫过不远处两架摄像机，轻声道："还有机器在拍。"祁夏璟倒是全然不在意拍摄，闻言双手插兜，冷冷抬眸，看得对面两人立刻噤声，站直身子将摄像机转过去。

"黎医生，耽误你三十秒工作时间。"祁夏璟打开手机计时器，定好时间，翻转屏幕给黎冬看倒数，单刀直入地提出邀请，"今晚七点，大剧院有场《歌剧魅影》，要一起去吗？"语气微顿，男人用深邃漆黑的眸紧盯着黎冬双眼，勾唇蛮不讲理道，"你不说话的话，我就当你同意。"

话毕，倒数只剩不到十秒。在四周各异的打量目光中，黎冬抿唇，耳尖发热，完全没想过拒绝，只希望时间能再快一点儿。

倒数结束，铃声响起。

"那我下班来接你。"祁夏璟从头至尾没给她片刻犹豫的机会，慢悠悠地收起手机，朝对面两人挑眉，示意可以继续拍摄了。目的达成，他转身要离开，衣袖突然被细瘦的手攥住，回眸就见黎冬双颊微微发红。

"可以先回家吗？"黎冬被男人含笑的目光注视到不敢抬头，声音很轻，"我想换件衣服。"第一次和祁夏璟单独出去，她不想带着一身的消毒水味。

祁夏璟眼底笑意更深，抬手轻揉她脑袋："好，下班去医院门口等我。"

会议室门前人来人往，看到这一幕都啧啧称叹。黎冬回办公室的路上，还总能听见窃窃私语。

白天的工作很顺利，距离下班还剩一分钟时，跟拍小于没忍住，贼兮兮地凑过来，小声问道："姐，你等下是要跟祁副高约会吗？"小伙子一脸"我就知道"的表情，"你今天下午整整抬头看了十六次时钟呢。"

黎冬闻言微愣，不知该如何开口，桌面的手机突然振动起来。她看见来电显示，找了无人处接起。

"冬冬啊，现在忙不忙？你爸这两天说心脏不太舒服，"母亲周红艳的声音自听筒传来，"正好他有大半年没复诊了，想最近找个时间来你们医院做个体检，方便吗？"

"好，我来安排。"父亲早年身体就弱，黎冬皱眉担忧道，"怎么会突然心脏痛？"

对面闻言又是一阵叹息。"还不是因为你小姑的事，你爸连着几天没睡好了，总念叨你小姑怎么非要钻钱眼里，硬往有钱人家里凑。"说着她不知想起什么，警告起黎冬，"爸妈是想让你找个不差的，但门当户对最重要。那些个富二代都别沾，嫁过去不知道要受什么欺负呢。"

黎冬举着手机沉默，良久轻声道："妈，以后不要给我安排相亲了。"

第 7 章

"你最近是不是在接触男孩子了？"周红艳立刻兴奋起来，连忙追问道，"年纪多大，在哪里工作呀？性格怎么样，有结婚的打算吗？"面对母亲的连环追问，黎冬只能含糊其词地回答最后的问题："不知道。但我想和他试试。"

在母亲欣慰的表扬声中挂断电话，黎冬换回常服独自下楼。她经过一楼大厅承重柱上的单面镜时，余光瞥见自己唇边扬起的笑容。镜子里女人的面容她再熟悉不过，但黎冬总觉得，有什么已经悄然发生变化。

为了不妨碍医护人员工作，她特意选了角落的位置等祁夏璟出现，脑海里自动回忆起家里衣柜的衣服，思索哪件更适合去看音乐剧。

原来期待是这种感觉。不等她考虑好，口袋里的手机再次振动。黎冬解锁屏幕点开讯息，看见祁夏璟刚发的两条消息。

祁夏璟：临时有手术。

祁夏璟：抱歉。

外科医生临下班前遇到手术并不罕见。黎冬打字简短回复"没关系"，将手机放回口袋，平静地和往常一样坐公交车回家。

她还没走到四楼，就听见罐头的叫声从祁夏璟家传出来。她进屋没多久，卧室就传来熟悉的挠门声，一听就是罐头再次偷跑出来了。

这狗真的是成精了。黎冬笑着去卧室开门，放罐头进来后弯腰给它喂粮，随后再去厨房备菜。

音乐剧七点开场，现在时间刚过五点半，如果祁夏璟的手术结束得早，或许还能赶上后半场。她停下手上切菜的动作，鬼使神差地再次回到卧室，打开衣柜挑衣服，还像模像样地拿出两套。

对着镜子准备试穿时，黎冬猛然清醒，无可奈何地笑自己怎么好像十八岁的小女孩，沉不住气，又折回厨房做饭。时针走到七点时，她将切好的食材分门别类地放好，又往熬着的墨鱼排骨汤里添了些水，转身去客厅陪罐头玩。

手术结束的时间不定，她也不清楚还在期盼什么，像是有哪怕去不了音乐会，也要等祁夏璟回来的约定。终于在八点一刻时，祁夏璟打来电话。黎冬在铃声响起的瞬间接起，速度快到对面的男人微愣，半响才沉沉开口："我下手术了，现在开车回来。"

"好，路上小心。"

通话陷入沉默，听筒两端的人都不知该说些什么。只是在挂断前，黎冬看着料理台上切好的菜，忍不住轻声问道："家里留了菜，你要来吃晚饭吗？"

"好。"

祁夏璟回来时恰好过了八点半，两小时的音乐剧已渐入尾声。黎冬开门让人进来，回到厨房后忽地想起什么，转身提醒祁夏璟："壶里有温水，渴了可以喝。"

祁夏璟沉沉答应着，放下外套跟在黎冬身后走进厨房，垂眸望着菜板上摆放整齐的菜，黑眸里情绪翻涌。这时他才意识到，黎冬说家里留了菜不是指剩菜，而是她自己都没吃，等到现在只为了让他吃顿新鲜饭菜。

他早该知道的。黎冬向来是只做不说的人，哪怕受尽委屈也一声不吭，安静懂事到让人心疼。纤瘦的身影就在他身旁忙碌，在锅里倒油后下入切好的葱、姜、蒜，翻炒几下后不忘挑出来，再将瓷碗里的食材倒进锅内。

全程没提过一句今晚的音乐剧。

祁夏璟黑眸沉沉，从身后抱住黎冬的细腰，头轻靠在她肩膀，哑声道："对不起，今晚是我失约。"太过亲密的动作让炒菜的人身体明显一僵，一时连锅里的菜都忘记翻炒。他从后面能清晰看到粉红爬上她纤长冷白的脖颈。

鼻尖满是强势的乌木沉香，黎冬垂眸，看清腰间骨节分明的手，长睫微颤。她努力不去在意后背紧贴着的坚实胸膛，轻声问道："手术还顺利吗？"

"嗯，顺利。"祁夏璟声音闷闷的，"黎冬，我现在有点儿后悔了。"

黎冬不解："嗯？后悔什么？"靠在她肩头的男人偏头抬眸，薄唇有意无意地轻蹭过她颈侧的皮肤，引起点儿瘙痒。黎冬感到腰上的手慢慢收紧，他说："要是当初再死缠烂打些就好了。"

如果当年没分手就好了。

话题牵扯过往，厨房再次陷入安静。祁夏璟看着黎冬沉默地用锅铲不断翻炒，以为她不会开口。

"你自己说的。"低头去拿盐调味的女人却突然开口，"现在重新开始也不晚。"祁夏璟以为他听错了："嗯？"

"没什么，"肉麻的话黎冬再说不出口，她轻轻地挣脱怀抱，似是不耐烦地要祁夏璟出去，"厨房地方太小了，你快去客厅陪罐头玩。"祁夏璟的目光精准落在她发红的双颊，俯身不紧不慢地打量片刻，勾唇好奇道："黎医生是一害羞就会脸红吗？"

回应他的是下一秒黎冬果断推他出去。

黎冬做饭时，罐头的叫声不断从客厅传来。中途她将炒好的菜端出去，果然看见祁夏璟又和罐头在客厅吵架。金毛每次想凑近亲热都被祁夏璟拒绝，十次里好不容易有一次能抱到祁夏璟的大腿，下一秒立刻被男人逆着毛疯狂撸，浅金色的毛发全部竖起来，活像一只炸毛的金毛狮王。

黎冬无奈地轻笑摇头，转身回到厨房忙碌，二十分钟后将饭菜挨个儿端上桌。客厅一片静悄悄的，她正想喊人吃饭，抬眼就望见祁夏璟歪在沙发上沉沉睡去。脚边是炸毛的罐头在不亦乐乎地撕咬他的裤脚。

熟睡的男人面色平静，过分深邃的五官自带疏离感，暖黄灯光下更显棱角分明。直到现在，黎冬每次细看都会感叹上天不公，为什么时间的作用在祁夏璟身上通通失效？

罐头见她过来，兴奋不已地放过祁夏璟满是牙印的裤脚，扑过来张着嘴又想叫，黎冬立刻弯腰禁止，它才作罢。不忍把人吵醒，黎冬从沙发另一头拿起薄毯，俯身想给祁夏璟盖上保暖，结果一弯腰就发现罐头又开始扯祁夏璟裤脚，龇牙咧嘴。

黎冬忘了身后是玻璃茶几，下意识要转身去阻拦，轻叫道："罐头——"

脚踝碰到茶几桌脚的瞬间，与重心错位同时发生的，是温热有力的手轻握住她腕骨，在黎冬摔坐在茶几上之前将她拉拽回来。手中的薄毯掉落，黎冬被拉住手腕，也彻底失去身体掌控权，直直摔进祁夏璟怀里。

耳边响起闷哼，继而有人在她耳边沉沉低笑，鼓点般敲击着耳膜。黎冬慌忙撑着手臂要起身，奈何环住腕骨的大手不肯松开。她忍不住质问道："你没睡着？"

"才醒。"祁夏璟的声音略显沙哑，眼底倒是一片清明，"怎么不喊我？"两人此时挤在单人沙发的角落，让本不充裕的空间更显狭窄，距离近到纠缠不清的呼吸难分彼此。黎冬别过眼，不自然道："想让你多休息一下。"说着她想要站起身，却又听见祁夏璟在耳边问话，柔和低音让每个字都仿佛在诱哄："我今天失约了。委屈吗？"

其实还好，或许会有一些。

"没事，我能理解，"黎冬不再想要起身逃避，抬眸望进祁夏璟的桃花眼，甚至不忘安慰对方，"还会有下次约会的。"祁夏璟闻言，有一瞬愣住，随即唇带笑意，故作若有所思地喃喃道："原来今晚是约会吗？"

男人懒散的语调满是蓄谋已久："黎医生知道'约会'对单身男女来说意味着什么吗？"虽说感情史除了祁夏璟就只剩空白，但黎冬也不至于呆板到连"约会"都不懂。加之她昨晚主动拥抱过祁夏璟，对方今天再约她出去，其中意图不言而喻。

对上男人勾人含笑的桃花眼，黎冬只觉得喉咙有些干涩："知道——"她话音未落，头枕着沙发靠垫的祁夏璟毫无征兆地抬头，湿润的薄唇微张，扑面而来的乌木沉香和滚热呼吸近在咫尺,他的身影在黎冬眼中无限放大。

黎冬毫无防备,瞳孔猛地紧缩,十指紧攥着衣袖,呼吸骤停,整个人瞬间僵硬得宛如一块铁板,神情里露出一丝慌张无措。

祁夏璟要亲她吗?她该躲开吗?无数疑问在脑海中闪现,最后都化作耳边一身轻叹。薄唇堪堪停在她双唇半寸距离外,她甚至能感受到滚热的温度,却迟迟没有再前进。良久,黎冬听见祁夏璟沉声问她:"吓到了?"

黎冬本能地愣愣点头,转念又觉得在成年人的世界里,她的行为太过小题大做——毕竟身边认识的同事里,有不少看对眼的,第一次约会就开房。深吸口气,她试图挽回破碎的气氛,红着耳尖凑过去些:"你要不要——"后半句再度被打断,祁夏璟终于松开她手腕,双手温柔地轻捧她脸颊。

男人下巴微抬,在她前额落下蜻蜓点水般的一吻。比起情动,这个一触即分的亲吻里更多是爱怜和疼惜。她耳旁是祁夏璟不真诚的道歉:"不该擅自冒犯,保证下次还敢。"

男人看着失神的黎冬勾唇笑笑。直到罐头来舔她的手,黎冬才意识到她此刻的心跳剧烈,心脏仿佛要从胸腔跳出。分明没有接吻,却让她心动不止。像是忽地想起什么,祁夏璟微微低头望进她双眸:"忘了说,阿黎,下次正式接吻时,记得要呼吸。"

❄ 25

祁夏璟说接吻要记得呼吸。可从没人教过黎冬该如何接吻。她唯一的一次恋爱,就是高中和祁夏璟在一起。她性格沉闷,唯有的几次亲吻都是祁夏璟主动。

年少情动时,她每每撞进祁夏璟炙热的深情双眸,大脑就会当场罢工,几乎怔怔地任由对方操控,只有脸和耳朵会诚实地发红发烫。同样是初恋,祁夏璟却总能游刃有余,甚至还能分神调侃她的慌乱,如同刚才那般。

要是接吻也像考试一样,靠刷题总结就能进步该多好。念及此,黎冬不由得轻叹出声。祁夏璟垂眸看她精致的小脸布满愁云,分毫看不出几秒前的娇羞,不由得勾唇失笑。"在叹什么气?"像是想到什么,男人眉间忽地微皱,桃花眼紧盯着黎冬双眼,半晌幽幽开口,"嫌弃我吻技一般?"

黎冬沉浸在刚才的失误中,没留意到祁夏璟越发幽深的眼神,摇头道:"我也不知道——"话音未落,骨节分明的手轻挑起她下颌,黎冬抬眼,被迫与祁夏璟似笑非笑的眼神对视,呼吸微滞。

"没有嫌弃。"她慌忙解释，浑然不知自己越抹越黑，"我们上次接吻还是在十年前，不能代表你现在吻技不好。"很好，字字句句都在精准踩雷。祁夏璟闻言眼皮轻跳，万年波澜不惊的表情难得出现一丝裂纹。

"黎冬，"咬紧后牙轻轻摩挲着，祁夏璟弯眉，笑容凉飕飕的，从唇缝中挤出点儿声音，"你现在让我很后悔自己刚才临时决定做人的绅士行为。"

午休时分经过五楼，黎冬顺路去看周时予，到病房门口后发现顾淮安也在，和周时予正说着一份文件沟通。病床上的男孩脸色虽然苍白，病服下的身体瘦弱，气场和神态却全然一副上位者姿态，神情淡然。

作为年长者的顾淮安却恭敬地站在病床旁，弯腰等候周时予指示，时而低声解答少年的疑惑。

黎冬屈指在门上轻敲两下，询问道："现在方便进来吗？"

"当然，请进。"表达准许的依旧是周时予。少年将文件收起，笑容清淡和煦："黎医生好久不见，还要感谢你上次的史迪奇公仔。"

"听说你的手术很成功，恭喜。"黎冬走到床边，和顾淮安点头示意后，才看向重获新生的周时予，"护士说你已经可以下地行走。"她来之前询问过周时予的术后恢复情况，也看过他的身体数据，各项指标都在以恐怖的速度恢复着。

"嗯，只是时间长了会累。"周时予示意顾淮安将轮椅推过来，轻声道，"我正好要去走廊透气，黎医生顺路的话，不如一起吧。"

病中的少年原先羸弱气虚，一举一动都带着令人心惊的病气。自周老爷子接管他的生活起居后，身体机能都在精细照料下极速恢复。只是短短几天时间，少年的精气神就已焕然一新，原本的沉稳温和气场中又多添几分隐隐的危险。唇边的笑容总是很温和，深不见底的黑眸却让人不敢窥视。

黎冬并未在意这些，她正好也要去普通病房，闻言点头答应。新来的护工想要搀扶周时予，却被他拒绝，少年细瘦的胳膊颤抖，坚持要自己坐上轮椅，额前甚至有细密的汗滴渗出。坐稳后他抬眸朝黎冬微微一笑："黎医生见笑。"

黎冬摇头道："没事。"护工推着轮椅走得很慢，周时予目视前方，面色平静，时不时回答护工的低声询问，黎冬和顾淮安则跟在后面。

黎冬和顾淮安几日不见，简单交谈了两句。行至护士站时，恰好路过的王医生和黎冬笑着打招呼，想起黎冬清晨的嘱托："对了，叔叔看病的事儿我问了心内张主任。他说那天你上班来挂号就行，他高低都能抽空帮忙看看。"

父亲突然心脏痛，黎冬心里放不下，托同科室的医生帮她打听一下。闻言她感激道:"好,我下午亲自去谢谢张主任,也谢谢你。"

"别客气,上次我儿子在学校有事儿,你还帮我顶班呢!"王医生大大咧咧地笑着,"你忙吧,我撤了。"

"好。"

目送王医生走远,一旁沉默的顾淮安皱眉:"叔叔最近身体不舒服吗?"

"没事。"黎冬不习惯和外人谈起家事,知道顾淮安是出于好意,耐心回答,"可能是睡眠不好,再加上年纪也大了。"

"叔叔什么时候来?"顾淮安关切道,"我这几天休假,医院工作忙的话,可以代你去接人。"

"不用。"这件事黎冬打算拜托沈初蔓,礼貌地道,"谢谢你,我有安排了。"顾淮安垂眸,看着向来客气疏离的黎冬。相识多年,他们的关系始终不远不近。女人几乎从未主动联系过他,都是他在想办法保持关系。暖阳透过玻璃窗落在黎冬肩头、发顶,她沐浴在细碎阳光中,给人一种恬静温柔的岁月静好感,仿佛只要靠近,再浮躁混乱的心都会安定下来。

"黎冬,你一定要和我这么客气吗?"顾淮安停下脚步,露出几分苦笑,"周家的事你帮了我很多,现在我一点儿举手之劳却被拒绝。"他半真心半开玩笑道,"你这样拒绝我,会让我觉得自己像白眼狼。"

"我没有这个意思。"黎冬面露诧异,不知该如何解释,"帮忙是我自愿的,你不用有负担。"

"好吧,需要帮忙一定要想起我,"顾淮安也不想逼她太紧,笑道,"毕竟作为学长,照顾学妹也是分内之事啊。"黎冬无言,只点头算作回应,并没将顾淮安的话放在心上,继续朝普通病房的方向走。

"你这病到底什么时候能出院?我看你身上没伤没病的,小小年纪怎么这么娇气?"熟悉的男声在走廊响起,黎冬闻言皱眉朝声源处望去,就见用吊瓶砸人的醉酒男盛齐站在盛穗身边,满脸不耐烦。男人身上裹着件破旧的皮外套,双手插兜,烦躁地看着女儿用没扎针的手自己推着输液架,嘴里不干不净地骂骂咧咧。

"医生说还要观察一段时间。"盛穗苍白的脸上挤出点儿笑意,小手从口袋里拿出一个橘子,几乎是讨好地递给父亲,"护士姐姐给我的,爸爸你要不要吃?"男人这才勉强伸出手,心安理得地剥开橘子丢进嘴里,吃了大半后才想起身旁的盛穗,撇嘴问她:"你不吃?"

"我的身体没办法产生胰岛素,不能随意吃带糖分的东西,"盛穗嘴角笑容牵强,还是乖乖摇头道,"得先打针才行。"盛齐立即嫌弃道:"你这病肯定是

第 7 章

你妈遗传的，我们家从没人得这病——"话刚说完一半，男人不经意地抬眼扫过四周，目光精准落在黎冬身上。打人的事被公之于众，这段时间他去哪儿都担心被人认出来，见到黎冬连连冷笑，扬高音量讽刺道："哟，这不是我们最助人为乐的黎医生吗，今天又来普度众生了？"

不等黎冬出声回应，盛穗连忙伸出手，拽住父亲袖子想让他住口。

"一天天这么多破事！"男人暴躁地用力甩开，盛穗闭紧眼睛，下意识地抬手挡脸——长时间的家暴下，自我保护已成了本能反应。不远处传来一道清晰的拍照声。轮椅上的周时予不紧不慢地举着手机，见目光都望向自己，事不关己地温和笑笑。

"我没有亲眼见过盛先生打人的风采，才情不自禁地拍照，请不必在意我。只是我和我的律师想冒昧地旁观，"周时予朝黎冬微微点头，双手平放在腿上，语调和善有礼，"毕竟我也很好奇，故意伤害罪再犯，外加家暴未成年子女，该如何量刑？"盛齐被一个未成年的小子怼得讲不出话，咬牙切齿地要骂人时，高瘦的男人出现在视野里。

"怎么回事？"被人慌忙拉来的祁夏璟先将视线落在黎冬身上，随即懒懒扫过顾淮安，最后不紧不慢地看向盛齐，"又是你啊。"懒淡声音在安静的走廊响起，祁夏璟似笑非笑地看向蔫了的盛齐，走近小姑娘，垂眸看着她，薄唇轻勾："他最近打你了吗？"

盛穗摇头。

"这才对嘛，"祁夏璟满意地勾唇，骨节分明的手拿着病历夹，不轻不重地一下下拍在盛齐胸前，令人胆寒的清脆声音回荡在走廊，"想拿钱就记得夹紧尾巴做人。合约里写得很清楚，每半个月盛穗要来医院检查，但凡有一次检查出暴力殴打的痕迹，补贴将全部作废。"祁夏璟的语调慢条斯理，散漫的笑容却让人胆战心惊，"我不是什么好人，一毛不拔的事情做得出来——你能听懂吧？"盛齐被羞辱到牙关咬紧，脖子上青筋暴起，挤出点儿声音道："知道了。"

一触即发的争吵被轻易化解，祁夏璟随意挥手让盛齐走远点儿，又转身笑着看周时予："英雄救美？"

"彼此彼此。"周时予沉稳应对，意有所指地朝对面三人看去，笑眯眯道，"不过，你好像错过了不少好戏。"

祁夏璟无声挑眉，视线转向弯腰和盛穗聊天的黎冬以及她身后的顾淮安。懂事的小女孩冲黎冬认真鞠躬后，又推着输液架朝周时予走来，伸出手摊开掌心，里面静静躺着一块水果糖。

"哥哥,我不能吃糖,但护士姐姐说这个牌子的很甜。"女孩的嗓音脆生生的,唇边笑起来有浅浅梨涡,"送给你,希望你身体快快好起来。"周时予唇角笑容微凝,迟疑片刻,从盛穗掌心接过夹心糖:"谢谢。"

顾淮安低声嘱咐护工几句,转身看向黎冬:"我下午还有会,叔叔体检的事我们再聊。"话毕男人朝祁夏璟礼貌点头,微笑道:"辛苦了,我就不打扰各位工作了。"祁夏璟眯着桃花眼,不慌不忙地目送男人离开,再收回目光时,正对上周时予调侃的目光。

陪黎冬一同送盛穗回病房后,祁夏璟又凉凉瞥了眼跟拍的两人,在两人识趣地转过身后,侧身挡住黎冬去路。女人不解地抬头看他。祁夏璟无声挑眉,慵倦视线停在黎冬散落的鬓角,淡淡道:"叔叔体检的事?"

"嗯,他这两天心脏不舒服,"黎冬没想到祁夏璟会问这个,轻声解释道,"过两天来H市看病,顺便做个全身体检。"

祁夏璟拿出手机要联系人,自然地道:"好,我来安排。"

"不用。"黎冬连忙出声阻止,她不想让家事占用祁夏璟本就繁忙的时间,"他们会住在我这里,挂号和体检已经安排好了。"

祁夏璟打字的手微顿,眼底笑意退去半分。黎冬并无察觉,沉吟片刻,犹豫道:"不过那几天罐头可能得你来喂,我……应该不太方便过去。"

他们高中谈恋爱的事闹得尽人皆知,父母虽没亲眼见过祁夏璟,但肯定对这个名字印象深刻,尤其母亲还见过那张千人传阅的照片。两人现在八字没一撇,小姑的事又让父亲在气头上,如果贸然让他们和祁夏璟见面——黎冬光想想都觉得头疼。

随意将手机丢进口袋,祁夏璟慢慢站直身体,无所谓地勾唇笑着,像是对此并无异议:"好。"不论昨晚他和黎冬有多暧昧亲密,两人没有任何实质关系都是冰冷的现实。如果不是顾淮安故意炫耀似的说给他听,祁夏璟甚至不确定黎冬会不会将这件事告诉他。无言相对几秒,黎冬察觉出气氛不对,小心翼翼地轻声问道:"你在生气吗?"

"没。"祁夏璟扯唇凉凉一笑,漫不经心地道,"也就是连顾淮安都知道的事,我不配知道而已。"

"是路过的王医生说起来,顾淮安在旁边恰好听见了。"走廊不时有病人和医生护士经过,时而会朝这边投来好奇目光。黎冬解释半天,发现祁夏璟的桃花眼正心不在焉地盯着她鬓角的碎发,无奈地轻叹一声。

两人所站位置十米外,是鲜少有人经过的安全通道。黎冬抬手轻拽住祁夏璟的白大褂袖口,在男人眼底闪过的诧异中,将他一路带到安静无人的楼梯

第 7 章

口。"不是我告诉顾淮安的,"黎冬再次解释,背在身后的双手纠结地绞住,"是他正巧听见了。"

"嗯,那我和他在你心里一个待遇。"祁夏璟背靠着墙垂眸,被牵住袖子的右手反包住黎冬左手,眯起的桃花眸带着戏谑,从容不迫地俯身道,"不过黎医生带我来这里,是想做什么不可见人的事情——"

话音未落,沉默不语的人忽地抬头。黎冬忍着羞耻,右手攀在祁夏璟肩膀,同时踮起脚微微偏头,飞快在男人侧脸落下蜻蜓点水般的吻。这是她第一次主动亲祁夏璟——即便是高中那会儿,她也未曾鼓足勇气这么做过。

无暇分神理会祁夏璟的反应,黎冬耳根通红地别过脸,右手不自觉抓着祁夏璟衣服,小声道:"祁夏璟,你真的太幼稚了。"蛮不讲理地乱吃飞醋。

眼神无处安放,黎冬挣脱左手桎梏后退半步,急匆匆道:"好了,我先下去了——"后半句消失在祁夏璟的突然发难中:在黎冬要转身的同一瞬间,男人长臂一伸搂住她后腰,轻易将人揽回来,反客为主地将她抵在坚硬的白墙上。

蝴蝶骨紧贴着冰冷墙壁,黎冬所有的注意力都落在腰上收紧的手上,半响才后知后觉地意识到,两人此时的站姿有多暧昧。男人坚实有力的手臂让她无路可逃。那双深不见底的黑眸满是倦怠笑意,却让人无端觉得危险。"黎医生亲了人就要跑,"他薄唇轻启,呢喃的低声极致蛊惑,"是不是太不负责了?"

祁夏璟滚热的掌心不动声色地收紧,像是得心应手的猎手,冷静却贪婪地等待着她的反应。等到黎冬连脖颈都透出粉红,他才压在她耳边沉沉问道:"今天不想做人了,黎医生可以给个机会吗?"

淹没在强势的乌木沉香中,黎冬根本招架不住,几乎是晕头晕脑地应下来:"好——"这次打断她的是祁夏璟口袋里欢快响起的铃声。

"老祁,这周六科室要举行欢迎会,你想吃什么?哦,对了,你顺便再问问班长,主任在征求意见。"

"徐榄,你上辈子是饿死的吗?"祁夏璟面如寒霜,冷冷地道,"脑子里除了吃,再容不下别的是吗?"说完不等对面回复,他冷着脸挂断电话,垂眸对上黎冬努力忍住笑的表情。黎冬发誓,她并不想笑。可祁夏璟咬牙切齿的样子实在难得一见,让她又想起昨晚某人从牙缝里挤字的场景。于是在祁夏璟再次试图靠近时,她弯眉,短促地轻笑出声。

祁夏璟的太阳穴轻跳两下,他深吸口气,问她:"笑什么?"

"没什么。"黎冬侧身逃开男人阻拦的臂弯,闪烁的双眸中染上些狡黠笑意,回想起昨晚的对话,故作郑重道,"刚才也没亲上,所以我笑——不是嫌弃你吻技不好。"

黎冬下午有两台手术，顺利结束后走出手术室，发现窗外暮色低垂，早已过了下班时间。回办公室的路上，她遇到今晚值班的杨丽。远远对视后，杨丽快步朝黎冬走来。"有人去办公室找你，从下午就在外面等，还不让我告诉你。好漂亮的阔太太呢，"杨丽忍不住又开始八卦，"是你亲戚？"

阔太太？黎冬心里隐隐有了结论，与杨丽和跟拍小于告别后，快步朝办公室方向走去，果然远远看见在走廊等候的黎媛。身穿旗袍的女人身段姣好，像是画中描摹的江南水乡女子，将近四十岁的年纪，却看不出岁月的痕迹。黎媛见到侄女后温婉笑道："你下班了吗，我来会不会打扰你？"

"刚下班。"办公室没其他人，黎冬请黎媛进去坐，将接了水的纸杯递过去，"小姑找我，是为了父亲的事情吗？"

"嫂子说大哥最近心脏痛，总睡不好。我想问问他的身体情况。"黎媛美眸低垂，自责道，"对不起啊，是我太自私了，擅自告诉他婚礼的事。"黎冬其实能理解黎媛的难处。婚礼大事，谁都希望得到家人的支持，爷爷奶奶去世得早，长兄如父，黎媛自然盼望黎明强有一天能祝福她的婚姻。

"父亲这两天会来体检，你别太担心。"黎冬柔声安慰，垂眸看见黎媛手上的婚戒，"小姑，祝你婚礼顺利。"

"谢谢。"黎媛感动地握住黎冬右手，踌躇片刻，小心翼翼地问出另一件她记挂已久的事，"我在网上看到你和夏璟的事情——你们是复合了吗？"

黎冬轻声道："还在接触。"

"那这次大哥嫂子过来，你打算和他们坦白吗？"黎媛当年就一直对黎冬心怀愧疚，忧心忡忡地道，"我的事情，会不会让你的处境更难？"当年她的事让黎父对祁家深恶痛绝，为了正在读书的两个孩子，才不得不忍辱负重地继续接受基金会的施舍。当黎冬和同样出身祁家的祁夏璟谈恋爱被发现时，场面变得一发不可收拾。病中的黎明强在气急之下，甚至动手打人。当年两个孩子分手闹得如此难看，流言肆虐，黎媛知道她至少占三成罪责。

"坦白的事，我想等父亲身体好点儿再说。"黎冬看出小姑心中忧虑，笑着安抚道，"放心吧，小姑，现在不是十年前了。"不论她和祁夏璟的结果如何，她总不会再走以前的老路。

"不谈这些了。"黎媛知道再多道歉都是无用的，深深叹气，执意要送黎冬回去，"我送你回家吧，你姑父正好开车过来。外面天太黑，你一个女孩子回去很危险。"

黎冬见她态度坚决，只能无奈答应，却没想到会在医院门口遇见祁夏璟。

第 7 章

男人在夜色沉沉中依旧高挑出众,穿着驼色大衣正和宾利车旁的另一位男人聊天。听见细高跟的脚步声,戴着银框眼镜的高瘦男人回头,长相和祁夏璟有三分相似,看上去十分健谈。

男人见到黎嫒后,脸上露出笑容,上前柔声道:"小嫒。"

余下两人四目相对,眼里都闪过不同程度的惊讶。祁夏璟用目光缓缓打量一旁的恩爱夫妇,再落回黎冬身上。他无声挑眉,声音听不出喜怒:"所以在场的四人里,我是唯一不知道黎冬和小婶是亲戚的?"

"没人故意瞒着你。"祁琛皱眉看他一眼,走到副驾驶一侧给黎嫒开门,"我也是几天前听小嫒说了,才知道你高三那年和家里闹翻,跟她也有些关联。"祁琛比黎嫒要年轻几岁,辈分虽比祁夏璟大,但年纪相差不远,两人说话时没那么多讲究。

祁琛话说得已经很委婉,只有黎冬在一旁依旧觉得尴尬。在黎嫒的热切目光中,她不得不硬着头皮坐上车。祁夏璟也顺势拉开车门坐进后排,不客气地懒懒靠着车后座,似笑非笑地回敬道:"小叔,论和家里闹掰,我们彼此彼此。"

"小子几年不见,贫嘴的功夫半点儿不减。"祁琛摇头,不和他争辩,从车内后视镜里看人,"要我送你就快点儿报地址。"口袋里就是车钥匙,祁夏璟双手插兜,面不改色道:"和她一样。"

前排两人闻言都是一愣,面面相觑,像是突然明白些什么。祁琛摇头失笑,发动汽车。黎冬安静坐在后排,默默听前排的夫妇聊些过去的事,时不时会提问一句后排懒洋洋的祁夏璟。合拢的掌心微微发汗,她也说不清楚在紧张什么。

车程过半时,祁琛突然想起什么,询问后排的男人:"夏璟,那年我和小嫒去X镇考察基金会项目,你跟着去了吧?你和小冬是初三毕业那会儿认识的?"黎冬闻言愣住,感觉掌心又在发汗,目光不自觉地转向用手支着脑袋的祁夏璟,心微微悬着。

"不是,那次我们没见过面。"薄唇轻启,声音低沉的男人回复得十分随意。像是感受到注视,祁夏璟收回投去窗外的目光,再看向黎冬时,淡冷的黑眸里多了几分温度。

四目相对,他像是忽地来了兴致,坐直身朝黎冬凑近些,修长指尖有意无意地碰过她手背,压着音量沉沉问道:"如果我们见过,你能记住我,直到高中分班吗?"悬空的心坠回原处,黎冬扯出一个僵硬笑容。良久,她听见自己微哑的回复声:"能的。"

其实她一直都记得祁夏璟。只是他把她忘了而已。

26

黎媛这几年因为婚事和黎明强闹得很僵,和侄女许久未见,一路上总忍不住问黎冬家中近况,听了又停不住地自责。直到宾利停在小区楼下,四人下了车,女人还依依不舍地拉着黎冬的手不放,温声细语地叮嘱她最近降温,一定要多添衣物、注意休息。黎冬弯眉,温声说好。

两位祁家的男士则在一旁耐心等待。

"我不清楚你们现在的情况,"祁琛看向夫人的眼神满是柔和爱意,感慨地拍拍祁夏璟肩膀,"只是作为过来人多嘴一句,好好珍惜当下,一切决定,从心就是对的。"这些年两人各自有事烦扰,祁夏璟高三和家里闹翻后出国,再无音信,而祁琛则忙于接手基金会和承担悔婚的后果。如果不是他今天来医院后主动联系祁夏璟,两人也不会有这番掏心窝的话。

祁夏璟垂眸瞥向肩膀上的手,勾唇懒懒道:"婚礼会多随份子钱的。"说完他双手抱胸,静静望着几步外的黎冬。女人柔顺的黑发扎成干练的高马尾,深黑色的高领毛衣包裹着纤长的天鹅颈,身体微微倾斜向黎媛,温声告诉她黎家父亲明日傍晚的到达时间以及下周一的体检安排。

原来两位长辈明天就要过来。想起白天黎冬坚决推拒他的好意,祁夏璟眼底的倦懒笑意淡了几分。

"听说小冬父母这两天要来,准备好接受狂风暴雨了吗?"耳边响起祁琛的调侃,男人颇有经验的眼神中充满怜悯,"还有自家一堆烂事,你最近有的辛苦了。"出身名门确实能自小过上众星捧月的日子,而要付出的代价,是名叫自由的权利。不仅是祁夏璟被强行安排出国,祁琛必须接受强塞的联姻,就连祁父甚至更早的一辈,也同样要经历这些不得已。

只不过他们二人选择了反抗而已。

"值得就可以。"祁夏璟只是漫不经心地丢下五个字,抬步朝黎冬的方向走去。和夫妻俩在楼下告别后,两人爬楼上去。祁夏璟习惯性地走在前面,声控灯在男人沉着的脚步落下时亮起,让黎冬前行的路总是光明。

她默默跟在男人身后,任由对方的影子将她包裹。分别前,祁夏璟转身看她,黑眸在逆光中辨不清情绪,毫无征兆地开口,语调慵懒:"要是我们那年夏天见过就好了。"并没期待得到回复,男人说完就向家门口走去,身后却突然响起黎冬的疑问:"为什么想要早点儿遇到呢?"

她定在原地望过来,双眼写满不解。

因为总会觉得遗憾,因为想知道她那时的模样,想参与她那时的生活,希望她能健康快乐,更希望她不要活得太懂事辛苦。有句话祁夏璟没对祁琛说过,其实他一直很羡慕备受争议的夫妻俩,起码再难的路,也是两个人一起走过的。不像他和黎冬,分别的时间太久,以至于回望以往的每次错过,只剩满盘缺憾。

"因为想早点儿追到你,"祁夏璟勾唇,神情倦懒,背靠门板隔着廊道和黎冬对望,若有所思道,"初中的你应该没有那么难追吧?"

"会遇见的。"黎冬双眸明亮认真,郑重道,"你只要足够相信,就可以当作遇见过。"话毕,气氛陷入沉默,女人薄唇抿紧,眼里一瞬而过的无措让祁夏璟轻笑出声。

"好,如果我足够虔诚,"祁夏璟缓慢站直身体,收敛起眼底散漫,取而代之的是温柔笑意,"那我希望十六岁的黎冬遇见过祁夏璟,并对他一见钟情。这样也可以吗?"

半开玩笑的话没人会当真,祁夏璟也只是一时兴致才谈起,几秒后却见女人像是经过深思熟虑,红润的唇轻抿,谨慎点头,给予肯定答复:"嗯,可以的。"

"妈,您不用给我带东西,行李越轻便越好,路上一定注意安全。蔓蔓会去车站接你们,晚上你们想出去吃或者在家吃都可以。这几天就在家里住吧,卧室我已经收拾好了,沙发腾出来足够睡一个人的。您和爸早点儿休息,上车前给我发个消息。"在电话里安顿好父母,黎冬如释重负地将手机放在茶几上,加热过的剩饭随意对付两口后,起身回卧房收拾。

自上次父母为了省钱,退掉她预订的宾馆而去住招待所后,黎冬再不放心他们出去住,坚持让父母睡她的卧室,自己就在沙发床上对付几天。

换上新洗好的床单,黎冬将旧被套和脏衣服丢进洗衣篮,打开衣柜,准备给父母腾出些空间。她将不常穿的春夏装拿出来,叠好后准备放进最底层,却在拉开最下一格抽屉时,手上动作微顿。一众女式服装中,压箱底的却是一件男式深黑色冲锋衣。面料和做工显而易见价格不菲。

黎冬蹲在衣柜前垂眸静静打量,最后只将手摸向冲锋衣的口袋,感受到那张相片方方正正的形状后,重新将整摞衣服规整好,连同新添的几件放回抽屉。她去客厅拉开沙发床时,丢在玻璃茶几上的手机突然振动,是祁夏璟发来的图片。图片里夌毛的罐头在咬他衣袖,骨节分明的大手无情地罩住狗头,光看画面都能想象到鸡飞狗跳的场景,随后是文字消息。

祁夏璟：刚和它说完你之后几天不来喂饭，傻狗正在发脾气。

最新发的消息和上一条间隔大约五分钟，像是一定要等到黎冬回复。

祁夏璟：傻狗让我问你，明天见不到的话，你会不会想它？

黎冬看着接连发来的消息扬唇，眼底是不自觉的柔和笑意，半晌打字回复："那麻烦你转告罐头——我一直在想它。"

"姐，你今天身体不舒服吗，还是有什么心事？"午休时间拍摄中止，观看上午的素材时，跟拍小于挠头，不知该如何形容，"感觉姐你一上午……挺紧绷的。"

黎冬还未开口，对面的杨丽先调侃道："我猜是爸妈要来查岗，心里偷偷紧张呢。"说到这儿她回忆起自家二老上次来，后怕地缩脖子，"我妈上次来，把我的鸡爪、薯片、螺蛳粉全没收了，那周我连喝奶茶都得半夜偷摸出门。"

"同一个世界同一个妈，"小于连连点头，感同身受道，"我妈还要求我十点睡六点起，拜托，我十点才刚醒没多久啊。"两人你一言我一语，停不下来，黎冬在旁笑着倾听。直到杨丽忽地想起什么，转头问她："对了，周六科室聚餐订了KTV包厢，你那天不忙吧？"

职业性质特殊，医生在工作日，哪怕是下班时间也不太好放开喝，周末算是难得能放松的机会。见黎冬点头，杨丽双眼闪烁，兴奋道："我可太好奇了，上次和你们去游乐园的人都说你穿私服特别好看——"后半句被敲门声打断，办公室里三人不约而同地抬头，见到屈指敲门的祁夏璟和他身后笑吟吟摆手的徐榄。

"我小叔没有你的联系方式，所以托我来问你，"走廊里人来人往，表情浅淡的男人有意压低音量，声音微哑，"他问你，愿不愿意去当伴娘？这件事不是黎嫒的意思，是我小叔想给她的惊喜。"祁夏璟英挺的眉微皱，双手插兜，周身气压低冷，脸色看着不大好，"不想去就拒绝，不用有顾虑。"黎冬静静抬眸望他，开口却问了个毫不相关的问题："你身体不舒服吗？"

"能舒服就怪了。"旁边靠着墙的徐榄懒懒开口，凉凉嘲讽道，"一天一顿，充饥全凭意志。铁打的胃也得烂出个窟窿来。"祁夏璟不吃早饭的事，黎冬从高中就清楚。她只是没想到，男人上班后的饮食习惯会比以前还放纵。

"祁夏璟，"黎冬低声轻唤男人姓名，生硬地劝道，"这样下去会得胃病的。"被批评的男人闻言眉尾轻挑，眼底染上几分意味深长的笑意，不紧不慢反驳道："可我不是你的病人，黎医生是以什么身份管我呢？"黎冬闻言语塞，正巧有人远远在走廊尽头喊祁夏璟，叫他过去看病患。

"你好好想想，"祁夏璟站直身体，转身欲走，垂眸又在黎冬耳边沉沉留下一句，"那么，晚点儿见。"目送高瘦的身影消失在走廊尽头，黎冬转身要回办公室，结果一回头就对上门口杨丽和小于两张八卦脸。刚才的对话两人虽一字没听清，但祁夏璟又是弯腰俯身又是轻笑挑眉，勾人的桃花眼天生含情。别说黎冬回来时双颊微红，就连扒着门口偷看的两人都脸红心跳的。

杨丽率先拽住她的袖子，无比感慨道："虽然这么说不太好，但你要是再栽在祁副高身上也实属正常。这个男人，真的太会了。"

小于在旁边使劲点头："连我一个男人都疯狂心动。"

杨丽收回目光："小同志，你刚才的发言很不对劲。"

下班的十分钟前，沈初蔓新买的五座宝马已经稳稳停在医院停车场。车窗大开，沈初蔓远远见到黎冬的身影出现，立刻将手伸出窗外，脆声热情喊人："冬冬，这里这里！"

相比于自来熟的沈初蔓，黎冬作为亲生女儿，面对父母反而要更僵硬生疏，在副驾驶座坐下后，也仅仅是转身朝后排微微点头。高中那场争吵后，无形的隔阂就如沟壑般横跨在三人之间，随着时间推移，只深不浅。现在能做到相安无事已经很好了。

"爸、妈，"黎冬低头将安全带系好，温声询问道，"一路上还顺利吗？抱歉我不好请假。"

"顺利，工作日人不多，"周红艳坐在后排左侧，心疼地看向一脸疲惫的女儿，"妈妈给你带了一箱新做的阿胶糕，看你最近瘦的。回去放进冰箱，要记得吃。下次妈妈再给你做。"阿胶糕工序繁杂，做起来费力又劳神，一整箱带上高铁不知要费多少力气。母亲前些年做家政落下腰肌劳损的毛病，这几年一到天寒就腰疼；父亲的身体情况就更不用说，从黎冬小时候起他就时常进医院，大小手术都做过了。比起给自己做阿胶糕，黎冬更希望父母能重视自己的身体。犹豫片刻，她还是张口想劝："妈，谢谢你的好意，其实——"

"叔叔、阿姨，晚上想出去吃吗？"开车的沈初蔓扬声打断，疯狂朝黎冬摇头使眼色，"我知道附近有家韩国餐馆，红参鸡汤特别有名，正好给叔叔、阿姨补补身子。一路上太辛苦啦。"

"去什么饭馆哦，"周红艳嘴里拒绝，心情却肉眼可见地变好，"蔓蔓晚上来家里吃，阿姨带了你最喜欢的腊肠，肯定给你喂得饱饱的。"

"阿姨,不瞒你说,我在国外就总嘴馋你做的腊肠,天天跟冬冬诉苦呢。"

"可怜孩子,这次回国就别再往外跑了,想吃什么告诉冬冬,阿姨做好了给你寄过来。"两人一路热络地东扯西扯,后来连寡言的黎父都偶尔加入话题。只有黎冬全程沉默地望向窗外,静看飞速倒退的灯红酒绿。在车靠近商业街时,她突然转头看向沈初蔓:"蔓蔓,前面的药店可以停车吗?"

"哦哦,好。"

不清楚祁夏璟胃痛的具体症状,黎冬就将常见的胃药都买了些。提着七八个塑料袋回去时,车里人的脸上都表露出不同程度的惊讶。

"你最近又没按时吃饭?"周红艳强势夺过塑料袋,不经允许就低头一通翻,"你这医院的工作到底多久才能熬出头?又要通宵值班,又要手术不许吃饭,人都累垮了。"

黎冬垂眸,平静地看着母亲将袋子翻乱:"没生病,买药只是备着。"

"蔓蔓你看看,我们做父母的不求孩子大富大贵,就希望她能活得幸福轻松点儿。"周红艳哪能听进去这些,见黎冬无动于衷,只能向沈初蔓寻求认同,"工作非要选最累的就算了,让她找个对象照顾也不听,这都快单身到三十岁了,你说可怎么搞哦。"心焦的女人忽地想起什么,坐直身体追问道:"上次你不是说有个男生在接触了,进展怎么样啊?"

窒息的对话听得沈初蔓眼皮直跳,连忙出声打圆场。"阿姨您先别急,我觉得冬冬要是喜欢医生这个职业,就算累也很有成就感啊。再说了,找对象这事真不急。"她小手一拍方向盘,"现在有些恋爱谈了更遭罪,找个男的就像养个巨型婴儿,吃喝拉撒都得你惯着——"

"如果我找到合适的人选,"黎冬忽地出声,"这次还需要经过您的同意才能继续吗?"她转身,面色平静地看向周红艳,"我的婚姻,可以由我自己做主吗?"周红艳最听不得这话,声调瞬间拔高八度。"什么自主不自主的?黎冬你是不是又要拿早恋说事?你要不要反省下你是在什么时候谈的恋爱?我跟你爸为了供你读书,脸都不要了,接受那家人的救济,你知不知道别人背地里是怎么戳你爸脊梁骨的?人家说你爸为了俩破钱,把你小姑卖进有钱人家做三!"女人越说越激动,也顾不上还有外人在,"你又是怎么报答我们的?你长本事啊,高考还剩一百天不到,全校人都争着抢着看你偷亲那家独生子的照片呢,你不害臊我都替你——"

"行了!吵什么吵,都闭嘴!"沉默许久的黎明强终于爆发,怒吼声让车内瞬间安静下来。男人重重咳嗽两声,用黑眸盯着黎冬:"爸妈对你找对象没别的要求,找个踏踏实实、对你好的人就可以!你要敢像你小姑一样往钱眼里

第 7 章

钻，就趁早滚出去！"说完脸色通红的男人再次重重咳起来。周红艳也不敢再发脾气，憋着火侧身给丈夫顺气。

黎冬抿唇不再开口，沈初蔓也乖乖噤声，几人就这么鸦雀无声地开回小区。宝马停靠在黎冬家楼下，沈初蔓拽拽黎冬袖子，示意她两人先下去把长辈的东西搬下车。几乎是推门下车的同一时间，黎冬就听见熟悉无比的狗叫声响起，错愕地抬头。

"罐头。"昏黄路灯下，男人自不远处被金毛强行拉拽着走过来。黑衣黑裤将他整个人包裹在黑暗中，让鲜少露出的皮肤更显冷白。看清来人是祁夏璟的瞬间，黎冬觉得呼吸都骤停了半秒。虽未曾谋面，但周红艳见过那张千人传阅的照片，如果她认出祁夏璟——

"抱歉，是我没牵好狗。"与平日的懒散大相径庭，男人低沉悦耳的声音里满是恳切歉意。他抬眸看见黎冬，脸上又露出恰到好处的诧异："黎医生？你刚下班吗？"沈初蔓见状，双手抱胸发出一声冷笑。不等黎冬回答，走下车的周红艳疑惑道："冬冬，这位是？"

"叔叔、阿姨好，我是黎冬在医院的同事，叫我小夏就好。"顾及两位长辈，祁夏璟贴心地在半米外的位置停下，温柔地拍拍罐头的脑袋，轻声让它贴着自己乖乖站好。往日看上级都只是懒懒掀起眼皮的男人此时弯着眉，笑容真诚谦逊，视线在满满当当的后备厢扫过，眼底的笑容更深。

"这里没有电梯，几位搬行李大概不太方便，"祁夏璟风度翩翩地提出帮忙，眼神始终望着周红艳，"不冒犯的话，我可以帮忙。"在场的除了两个纤瘦的年轻女人，就只剩下年长的夫妻俩。无论从哪个角度看，让成年男性来搬行李，都是最省时高效的方案。黎冬见祁夏璟的身份暂时没有被戳破的迹象，想要出声拒绝，就听周红艳迟疑道："会不会太麻烦你了？"

"举手之劳而已，只是要麻烦黎医生先帮我牵狗。"祁夏璟怎么会听不出半推半就的真实含义，将罐头的牵引绳顺势交给黎冬，末了还不忘装模作样地问她："黎医生家是在几楼？"

"四楼。"

"好，那麻烦叔叔、阿姨给我带路。"

不算宽敞的楼道内，夫妻俩走在最前面，时不时关切地回头看向祁夏璟，再往后是黎冬。沈初蔓则在楼下看东西。初次见面就让人提行李，周红艳心里过意不去，上楼的过程中，道谢的话说了四五次。

"阿姨不用客气，我刚吃完饭出门锻炼，正好当成锻炼身体。"整晚都过分健谈的祁夏璟和平日判若两人，自动无视黎冬频频投来的目光，微笑着开启话题,"叔叔、阿姨这次来,是要来陪陪黎医生吗?"

"没,孩子她爸这两天心脏不舒服,"周红艳对面前乐于助人的帅小伙很有好感,再加之是黎冬的同事,心里早没戒备了,"我们就来看看病,顺便再做个全身检查。"

"去心内看吗?"祁夏璟顺势将话题进展下去,甚至能面不改色地胡编乱造,"我这里正好帮熟人挂了号,不过他临时有事。时间就在周一——不知叔叔、阿姨的时间安排?"夫妻俩面面相觑:"我们也打算周一去医院。"

黎冬越听越离谱,忍不住出声打断:"等一下——"

"那很巧啊,"祁夏璟的声音直接盖过她的后半句,笑容纯良无害,"不如我把名额让给叔叔吧,总比白白浪费了好。"

视线扫过早被说服的周红艳,已然掌控全局的祁夏璟将目标落在黎明强身上,字字精准打击:"这样黎医生也不用亲自去排队,还可以空出些时间多休息。"果然,黎明强郑重地朝祁夏璟微微鞠躬,松口道:"谢谢你多费心。"

"同事之间,应该的。"祁夏璟变脸比翻书快,转身垂眸,视线落在黎冬手里装满胃药的塑料袋上,勾人的桃花眼里是从容自如的笑意。男人慢条斯理地道:"毕竟,黎医生在生活上也给予了我许多帮助。"

将最后一件行李搬上四楼时,同行上楼的沈初蔓白眼都快翻上天,周红艳则忍不住连连道谢。不知是被善行感动,还是祁夏璟这张脸太具有欺骗性,周红艳甚至想留他来家里坐坐。

"您和叔叔一路辛苦,要多休息,我下次有机会再拜访。"祁夏璟将谦顺的形象表现到极致,"今晚就不多打扰,我先回去了。"沈初蔓迫不及待就要把门关上:"得嘞,慢走不送哈。"

"怎么能不送?"周红艳连忙将黎冬推出家门,使眼色道,"冬冬去送送小夏,记得注意礼貌!"闷闷的关门声响起,空荡安静的走廊里,只剩下四目相对的两人以及欢脱摇尾巴的八十斤金毛。

祁夏璟将狗牵到楼梯拐角处,神情恢复往日熟悉的倦怠,懒懒勾唇看黎冬,声音中带着点儿笑:"阿姨说,让你一定要送我回家。"

黎冬:"……"这人轻易就把她父母绕得团团转,现在还对她睁眼说瞎话。她抬眸静静望着祁夏璟。在她长时间的闭口不言下,祁夏璟眼底本不多的笑容变淡,再开口时声音略显沙哑:"你是在怪我擅自——"

"祁夏璟,"黎冬右手还提着装满胃药的塑料袋,盯着人轻声道,"你吃饭了吗?"黑眸里渐起的黯淡瞬间变成柔软,祁夏璟沉默片刻,抬手环住黎冬细瘦的右手腕骨,哑声道:"没吃,胃疼。"温热触感自手腕传来,黎冬没有挣

第 7 章

175

脱,继续问道:"家里有白米和煮锅吗?"

"嗯。"

尽管曾在监控画面里见过,但亲眼见到男人的家时,黎冬又是一番体会。祁夏璟租住的房间整体是单一的黑白灰色调,视线所及的家具物品一概是性冷淡风,连厨房都是如此。如果不是随处可见的狗毛和桌上摆放的零散物件,这里几乎找不出有人居住的痕迹。第一次来祁夏璟家,黎冬拘谨地跟在男人身后,眼睁睁地看着他打开冰箱,在二三十瓶矿泉水和冷饮中,挑出仅剩的一把蔬菜。男人看着半蔫的青菜挑眉,言简意赅道:"家里只有这个了。"

极力忽略身后如有实形的目光,黎冬走进厨房,将米洗净后放入锅中,再拿出菜板和唯一的刀,动作利落地将青菜的梗和叶片分别切开放好。做完这一切,她转身看向懒懒靠在门口的祁夏璟,试图教会他做法。"等米汤变得浓稠后,依次加入碎叶梗、调味料和青菜叶,拌匀烫熟就能喝了。"说完才想起对方连胃药都懒得吃,她无可奈何地轻叹出声,"如果记不住的话,我可以再说一遍。"

"黎冬,"沉默许久的祁夏璟终于开口,他走近看了眼稀薄的米汤,"其实——"话音未落,手机铃声在稍显寂静的房间突兀响起。周红艳大概是看黎冬半天不回来,心里担心,于是打来电话:"冬冬,你怎么还不回来啊?家里饭菜都要做好了。"

黎冬余光瞥见祁夏璟薄唇微张,眉头上挑,像是要开口说话。方才的前车之鉴历历在目,她生怕男人此时再语出惊人,行动快于大脑,抬手直接捂住祁夏璟嘴巴。触感湿润温软的薄唇轻贴在掌心,让黎冬有一瞬的晃神。在祁夏璟似笑非笑的眼神中,她不自然地别开视线,缓慢放下手的同时,和母亲扯谎道:"医院临时有事,你们先吃吧,不用管我了。"

话落,不等周红艳回复,黎冬先一步匆忙挂断电话。急剧升腾的羞耻感让她忍不住抬眸,毫无震慑力地瞪了唇边带笑的男人一眼:"你笑什么?"

"没什么。"跟黎冬说话时,祁夏璟总习惯性地微微俯身,意味深长的目光将她眼底藏不住的仓皇看得一清二楚。感受着黎冬因为距离缩短而不自觉紧绷的呼吸,祁夏璟眼底的笑意更甚,薄唇恶劣地寸寸压近她耳侧,一字一顿地清晰道:"就是觉得你刚才慌张的表情,像是我们在偷情一样。"

27

黎冬被这形容震惊得哑口无言,贴着她耳边的人后退寸许,不紧不慢地贴心解释道："没有名分,连见面都要偷偷摸摸——难道还不算偷情吗?"黎冬自知辩不过祁夏璟,于是抿唇默默转身,捏着沾湿的抹布拿起锅盖,查看锅里熬煮的米粥。

短时间内回去是不可能了。视线在料理台扫过,黎冬从放调料的矮架上找到半块生姜,放在流水下洗干净,打算在熬粥的时候顺便煮点儿养胃的姜糖水。

食指关节抵着冰冷刀背,下刀切姜丝前,黎冬忽地想起什么,皱眉转身看向祁夏璟:"是胃黏膜损伤吗?"对于胃寒患者,姜糖水能缓解腹痛、腹胀的症状。可对于胃黏膜损伤的病患,生姜本身的辛辣和刺激性会促使胃酸分泌,从而导致腹痛加剧。

她对祁夏璟的胃痛一无所知。

祁夏璟的视线落在她滑落的衣袖,无所谓地回答道:"现在没有。"那就是过去有过。面对祁夏璟的轻描淡写,黎冬有种力不从心的无力感,正要开口时,男人突然迈着长腿再次靠近。站定在半臂距离外,祁夏璟垂眸沉声道:"抬手。"

诱惑的乌木沉香丝丝飘进鼻尖,黎冬乖乖照做。骨节分明的手挽起她滑至手腕的袖口,耐心地一点点向上翻折。手指有意无意地蹭过小臂皮肤,是微微凉的触感。

黎冬抬眸,静静看着祁夏璟为她整理衣袖。做这些时,男人脸上的表情是前所未有地沉静和专注,黑眸里映着她细瘦的胳膊。在这一刻,仿佛眼前的她就是全部。

"祁夏璟,"胃痛的事让她耿耿于怀,黎冬轻声喊他名字,"胃病不是小事,如果连你自己都不爱惜身体,也没人能管——"

"不会的,你不会不管我的。"祁夏璟眯着眼打量她左右袖口的位置,确认两端平齐后,才满意地后退半步。四目相对,神情倦怠的男人勾唇,说着讨打又无法反驳的话:"不然你不会去买药,现在也不会留在这里。"

男人说话时,黑眸里的笑意带着几分稳操胜券的狡黠,因为知道黎冬无法辩驳,不会明知他生病还当无事发生,所以他就故意惹她心疼。黎冬的思绪挣扎半天,也想不到话驳斥,只能转身把姜放下,试图在厨房里找出红枣。

祁夏璟看着纤瘦的身影忙碌,忽地出声道:"黎冬,教我做饭吧。"

干净的厨房一尘不染,唯一的新鲜食材是徐榄上次来吃火锅时剩下的,食柜里余下的都是速食产品,让他这番话毫无说服力。对上黎冬疑惑里带着点儿震惊的眼神,祁夏璟无谓地扯唇道:"这样你哪天真不管我了,我也不至于饿

第 7 章

死。"说着他递给黎冬一张厨房纸擦手，主动站在菜板前，右手持刀。

关于做饭，祁夏璟在手受伤后去黎冬家吃饭时就萌生学习的念头。之后每次见到她低头专注做饭的神情，想法就疯狂地滋长。在黎冬终于找到半袋干红枣，打算煮点儿大枣姜汤时，祁夏璟已经将生姜切丝，装在瓷碗里。大概是专业对口，碗里的姜丝不仅根根轻薄，细看连长度和薄厚都相差无几，看得黎冬莫名其妙地想笑。

"在你胃病好起来之前，"她将红枣放进水中浸泡，温声应着祁夏璟的话，"不会真的不管你的——"话音未落，客厅响起急促的闷闷敲门声。沈初蔓神情慌张地站在门外，见果然是两人推门出来，急匆匆地朝黎冬道："我就知道你肯定没去医院。"

黎父、黎母正在家里做饭，她还是以接工作电话为借口偷跑来阳台的。

"你扯谎也太明显了，但凡去医院打听一下，你就会立刻露馅儿。"生怕被人听见，沈初蔓只能压着音量，语速飞快，"你什么时候回来？阿姨刚才已经问了十几个关于'小夏'的问题，我都不知道怎么圆谎。"

从高中起，沈初蔓就对祁夏璟独断且不计后果的行为不满，不等黎冬回话，她就将矛头指向男人，一时连音量都收不住。"你撒这种谎有什么意义？是要我们都陪你玩，还是永远拿'小夏'的身份骗人？谎言败露你倒是可以拍拍屁股走人，可你以为后果是谁来承担啊？"祁夏璟今晚的行为让沈初蔓又想起高中那点儿事，脖子暴起青筋，"祁夏璟，你什么时候做事能不那么冲动，能考虑下黎冬的感受啊？你真以为自己这样很帅吗？高中时候就这样，大话说着，丢下一地鸡毛飞去国外——"

"蔓蔓别说了。"黎冬慌忙拉过沈初蔓的手臂，"你先回去好不好？我马上就回家。"她几乎是用央求的语气，"别提高中的事情，拜托你。"

沈初蔓深吸口气，面对黎冬还是心软了，只能愤愤地看着祁夏璟，咬牙道："祁夏璟你听清楚，黎冬这些年所挨的骂、被造的谣，全是因为你。算我麻烦你，谈恋爱也稍微用点儿脑子吧。"话毕她重重摔门离去，留下满场寒凉夜风以及阳台上再无话语的两人。

"蔓蔓情绪激动，"最后还是黎冬先开口，转身将门关上，声音干涩，"她说的话，你不用放在心上。"房间一片死寂，罐头趴在客厅的软窝里睡得酣甜，耳边只剩下不时从厨房传来的煮粥的微弱咕嘟声。天花板吊灯打下刺眼的冷白灯光，连同被光线直射的祁夏璟，都让人不敢直视。她能感知到男人周身凉若霜寒的气场。

黎冬没有去看祁夏璟此时的表情。她绕过男人，目不斜视地走向厨房，拿起锅盖将青菜梗丢进去,在蒸腾而上的水蒸气中,也不知是说给谁听:"我们约定过的,不再因为过去的事情纠结遗憾。"

逐渐黏稠的米粥时而冒泡,黎冬听见身后响起的脚步声,在锅中倒入调味料后用长筷轻轻搅拌:"其他人无所谓,但至少我们不应该用十年前的错误来责怪现在的自己。"熟悉的气味靠近,男人颀长清瘦的黑影落下。黎冬动作微顿,继续道:"这对你不公平,也对我不公平——"

黑影不由分说地倾压而下,席卷而来的乌木沉香强势地侵入鼻腔,落在腰上的力道收紧,属于男人独有的气息瞬间将她包裹其中。不同于以前小心翼翼的拥抱,祁夏璟像是要把她整个人揉碎在怀中,微弯的身体紧贴着她后背,有力的双臂紧紧环着她腰身,甚至用力到黎冬感觉疼痛。

"黎冬,你担心的事情都不会发生。"祁夏璟将头埋在她颈间,试图用锁进怀抱的方式将她占为己有,低沉的声音掺着几分沙哑,"你什么都不需要做,只要再多给我点儿耐心和信任就可以。"男人的话字字清晰地传进耳朵,其中杂糅着太多复杂情绪。黎冬垂眸望着腰上根根修长的手指,恍惚间仿佛又听见少年在同她低语。十八岁的少年总是意气风发的,连语气都是恣意的,一遍又一遍地告诉她:"阿黎,你只要看着我就好,别人说什么都不重要。"

十七岁的黎冬没能做到,所以她懦弱地提出分手,在祁夏璟抛弃全世界、一心向她奔来时,做了狠心无情的刽子手。她从没不相信祁夏璟,她只是不相信自己。

"我答应你。"柔软黑发蹭在颈间,引起痒感,黎冬从回忆中抽身,目光落在埋头在她肩膀的男人,忍不住问道,"我能不能问问,为什么你每次都这样抱人?"黎冬向来说话直白,思维又总是很跳脱,八竿子打不着的提问令人猝不及防,终于让紧绷的气氛碎出一丝裂纹。

沉默片刻,靠在她肩膀的祁夏璟沉沉笑出声,紧箍在她细腰上的手臂卸下点儿力道,半响回复:"因为喜欢。"

暧昧又肉麻的话反而让黎冬不知所措。祁夏璟懒懒靠在她身上,右手缠上来用掌心包住她的手,低声贴在耳边说:"那我们不吵架了,好吗?"

黎冬原本就没想过吵架,任由男人把玩她手指,半响轻声道:"不想在父母面前提起你,除了高中的事,还有其他原因。初三那年小姑和祁琛来我们镇里扶贫。两个人的恋情公布不久,就有女人找来,当着很多人的面说她和祁琛有婚约,说我小姑插足两人感情。"黎冬转身结束拥抱,抬眸望进祁夏璟的深邃双眸,将上一辈的陈旧恩怨第一次摆在他面前,"所以,父亲一直认为小姑是为了钱才嫁进祁家,不希望我们和祁家再有牵扯。"

"黎媛不是第三者。"祁琛悔婚的事曾引起轩然大波,祁夏璟对此很有印象,"小叔从未接受那场联姻,悔婚也是很早之前的事。只是女方一直纠缠,两家牵扯的利益过多,才一直没有对外公布消息。"

黎冬相信黎媛,也早见过祁琛看小姑的眼神——男人眼里充满的疼爱不会是装出来的。但传谣容易辟谣难,这种事哪是夫妻二人两张嘴就能解释清的。

"父亲这些年始终耿耿于怀,最近身体又不好,所以我没有第一时间告诉他我们的事情。"坦诚比想象中容易许多,黎冬如释重负地弯眉轻叹,再抬眸看人时,眼底满是认真,"祁夏璟,我从没想过要你孤军奋战。"

女人明亮双眸中有光点闪烁,唇边笑意盈盈,看得祁夏璟喉咙发痒。他双手撑着黎冬身后的料理台,在女人即刻紧绷的神情中,身体一寸寸向下压,倦懒的声音带着点儿诱哄意味。"我们的事情?"他不紧不慢地重复黎冬的话,步步紧逼道,"不知道黎医生具体指的是哪件事?"

滚热的气息尽数扑落在脸上,黎冬拒绝回答祁夏璟的明知故问,压下失控的心跳,转身又要去折腾那锅粥。

"逃什么?"祁夏璟将人圈在臂弯中不许她逃,左手轻抬又落下,微凉指尖滑过黎冬发烫的耳朵,薄唇轻启,"在害羞?"像是沉稳老练的猎手,祁夏璟勾人的桃花眸将黎冬暴露无遗的慌乱尽收眼底。灼灼视线烧过她的双眸,如有实质地流连过她眉间与鼻梁,最终停在紧抿的红唇上。

余光发现黎冬十指紧攥、指尖发白,祁夏璟温柔地握住她双手,耐心而强势地要她松开掌心,骨节分明的十指插入她指缝间,改为两人双手紧紧交握。

微凉的触感刺激神经,黎冬连呼吸都乱了节奏。祁夏璟的薄唇停在她烫红的耳侧,低声唤着只有两人才知晓的小名:"阿黎,我胃疼。"

分明是掌控全局的人,却一定要故意扮可怜地压着音调让她揪心。

"你就当是我逼你,说句好听的话哄哄我。"

"就是我们在一起的事情。"黎冬别过涨红的脸,忍不住抬手推人,羞赧到语调都有些恼了,"现在可以放开我了吗?"

周六不用上班,黎冬却在六点整就被生物钟叫醒,她简单洗漱后从浴室出来,发现父母还沉沉睡着。黎冬换上运动服准备去晨跑,出门见到对面紧闭的房门,大脑开始自动回放昨晚的某些场景。耳尖又开始隐隐发热,她低头快步下楼,深呼吸着试图摒除杂念。在经过楼下大门时,耳边传来一道熟悉沙哑的男声:"早。"

晨起的祁夏璟惯常气场低冷,面无表情地牵着蠢蠢欲动的罐头。纯黑色的防寒冲锋衣立起衣领,鸭舌帽半遮挡着深邃眉眼,双手插兜,瞧着很不好惹。四目相对,男人一眼看穿黎冬眼底微讶,懒懒轻笑一声,散漫扯唇道:"不巧,我在等你。"

两人去附近的体育公园遛狗。慢跑半小时后,黎冬身体的各项机能被充分调动起来,后背也微微渗出些汗。她觉得热,抬手将运动服的拉链向下扯了些,露出纤长细白的天鹅颈,隐隐可见两根笔直清晰的锁骨。

回去路上经过一家新开的馄饨店,生意和卫生条件瞧着都不错。店门口还支了个小摊,几张木桌摆在外头。身旁人有胃病,应该按时吃早餐,黎冬自己也不想劳烦母亲做早餐,抬头轻声问祁夏璟:"要一起吃早餐吗?"

黎冬鲜少主动邀约,祁夏璟眼底闪过一瞬意外,勾唇沉声说:"好。"

生意兴隆的早餐店有不少人排队,两人带着狗不方便进店。于是祁夏璟进店排队,黎冬则带着罐头在外面等,买完正好在店外的桌子吃。黎冬带着罐头在角落的木桌坐下,起身拿餐巾纸擦桌面时,忽地听见右前方传来窃窃私语声。

瘦猴似的男人佝偻着腰,贼眉鼠眼地频频朝黎冬的方向看过来,自以为声音很小:"看见左边的妞没?背影看着身材挺正啊,腿又长又直,屁股还翘,还不是'太平公主'。你说我要不要去勾搭一下?"

黎冬闻言皱眉,默不作声地移到更角落的位置。

"大早上的你怎么又要惹事?"瘦猴男对面的眼镜男犹豫不决,"万一人不想搭理你呢。"

"聊两句不行啊!"看清黎冬长相后,瘦猴男脸上的笑意越发猥琐,视线放肆地将她从上到下打量一遍,"一个女的大早上出门还穿紧身衣,屁股、大腿和胸都让人看得一清二楚——这不明摆着想要勾引男人嘛。"他放下手里的筷子,弓着腰痞里痞气地晃到黎冬身边,开口前还不忘左右张望,确认她是只身一人。

瘦猴男笑起来,露出一口黄牙:"美女一个人来吃饭啊?加个微信呗?"

早餐店里鱼龙混杂,其中不乏素质低下之人。黎冬抬手将衣领拉链扯到最上面,拦着喉咙里发出低吼声的罐头,冷冷道:"滚。"

她穿的衣服根本不暴露,不过是最寻常的长款修身运动服。只是思想糜烂的人见什么都觉得肮脏,说再多都是白费时间。

"哟嗬,美女脾气还挺大?"瘦猴男不屑地朝她胸前投去赤裸目光,恶语相向,"不想被人搭讪,你就别穿得这么骚上街啊,大清早怪勾人兴趣的。"

"我再说最后一遍,"黎冬面色冰冷地起身,视线与瘦猴男平齐,"滚。"

骚扰无须成本，而承受者反抗前却需要在心里无数次鼓起勇气，还要承担周围异样的目光和指点。周围已有几人朝这边望过来，瘦猴男还人来疯地要在她身边坐下："你有种多骂我两句，我还真就好奇了，你是发骚厉害还是骂人厉害——"话音未落，瘦猴男的脑袋就如任人玩弄的皮球般，被凭空出现的大手猛地抓住后脑勺朝桌面砸去。前额头骨重重撞在桌面，发出咚的一道闷声巨响，连厚桌板和四条桌腿都跟着颤了颤。

祁夏璟面无表情地单手插兜，左手毫不费力地死死将瘦猴男按在桌面，俯视的眼神宛如在看垃圾。在瘦猴男的惊天痛喊声中，他抬眸看向黎冬，压着声音问："有事吗？"

帽檐压低的男人看不清表情，绷直的唇线和棱角分明的下颌线无端生出凌厉感。原本吵吵嚷嚷的摊子一时间鸦雀无声。黎冬摇头。

"你是这女的男朋友？"剧痛让瘦猴男终于反应过来，破口大骂道，"你个狗东西！信不信老子现在就打110报警抓你！"

"行啊，我帮你打。"祁夏璟闻言挑眉，右手不紧不慢地从口袋里拿出手机，在按键上依次点1、1、0。并不着急点击拨通键，祁夏璟将手机随意丢在瘦猴男面前，拎起他的脑袋要他看清自己的脸，露出令人心惊胆战的微笑："你还想要什么？我都满足你。"

店里有不少排队的人闻声出来，却在见到似笑非笑的祁夏璟时，不约而同地选择噤声。连和瘦猴男同行的眼镜男都远远躲在一旁，生怕自己受到牵连。

"用不用我再帮你喊辆救护车？"祁夏璟厌倦了眼前的脸，沉哑寒凉的声音一字一句响起，"正巧我是医生，你要是哪里骨头错位了，去医院的路上我还能帮你接上。"

早餐店老板慌忙赶来，见店外一片狼藉，忍不住高喊道："哎，你们干什么呢，要打架就去一边打——"祁夏璟面不改色地扭头看人，漆黑深邃的双眸看得老板一个哆嗦，将后半句直接吞进肚子。

"我错了，我错了还不行吗？"压在头顶的手像有千斤重，瘦猴男无力挣脱，钻心的痛让他终于意识到眼前的人是认真的。

"美女、帅哥是我嘴贱，对不起！我再也不敢了！"祁夏璟的眼神让他恐惧到语无伦次。听到他道歉，祁夏璟挑挑眉，松手卸力，身体懒懒靠着木桌，慢条斯理地用纸巾擦手。瘦猴男敢怒不敢言，几乎是落荒而逃，面面相觑的其他人也纷纷散开。一场闹剧就这样不痛不痒地结束，只是时不时有人投来打探的目光。

"觉得不舒服就先披着我的衣服。"见黎冬再次低头打量自己的穿着，祁夏璟脱下外套，露出里面柔软的浅灰色毛衣，表情波澜不惊，"或者我们直接回家。"他起身走到她身边，抬手将衣服披在她肩上，淡淡道："穿什么是你的自由，没必要和垃圾共情。"

外套上残留着祁夏璟的体温和气味，黎冬没有拒绝，将衣服拢紧，视线落在男人左手指关节的几处擦伤。伤得并不严重，微微渗出血，斑驳地凝在冷白皮肤，应当是抓着瘦猴男时蹭伤的。

黎冬做不到视而不见，忍不住抬眼看人："祁夏璟，你手上的伤要不要处理一下——"后半句被男人轻柔抚摸她发顶的动作打断。祁夏璟用干燥温暖的右手掌心轻揉着她脑袋，眼底藏着点儿难以察觉的担忧，俯身沉声问道："刚才吓到了吗？"他总觉得不该在她面前表现得太凶。

"没有。"黎冬摇头否认，沉吟片刻后认真道，"就算你刚才没来，我也不会让他欺负。"黎冬并没开玩笑，她大学时修过女子防身术，虽不至于直接迎上去和人打架，但也绝不会任人欺辱。

望着女人坚定的双眸，祁夏璟心底某处的柔软忽地轻轻被触碰。他勾唇笑着，沉沉应了声好，再次揉揉她脑袋："嗯，那下次换你保护我。"

第 8 章

你总在哭

❄ 28

　　饭后，两人提着早餐回去。祁夏璟在楼栋口停下脚步，拽着牵引绳不让罐头往前蹿，目光看向黎冬："你先上去吧。"男人神情倦怠，左手上的擦伤用清水随意清洗过，只剩几小片红仍狰狞着。

　　没有像昨晚那样再贸然行动，祁夏璟到底将沈初蔓的话听进去了，在学着收敛。感受到男人细微的改变，黎冬看着他的伤，沉默片刻，轻声道："你在这里等我一下，我去拿药。"说完头也不回地上楼。

　　时间不过八点，黎冬进门时客厅里空荡一片，只有卧室隐隐传来说话声，大概是父母已经醒来。将家门虚掩着，黎冬轻手轻脚地走向客厅电视柜，蹲下身拉开最底层的抽屉，拿出消毒伤口的医用酒精和创可贴。她拿好东西关上抽屉，起身正要离开时，身后突然响起一道疑惑的询问声："你一大早拿这些做什么？"听见客厅传来声响，周红艳穿着睡衣从卧室出来，一眼就见到蹑手蹑脚的女儿，神情戒备。

　　黎冬出门晨练穿的是一身纯黑色健身服，衣服上，尤其是小腿位置的浅金色狗毛尤其明显。周红艳想起昨晚做饭时在食柜里发现的狗粮和零食，以及客厅装杂物的柜子里显然是专门买给宠物的玩具头饰。如果她没记错，昨晚帮忙提行李的男生，养的就是条毛色浅金的金毛。

　　"拿药。"黎冬被母亲发现也只背影一僵，将小瓶医用酒精和创可贴放进口袋，走去厨房放下买好的早餐，平静道，"我吃过了，您和爸趁热吃吧。"

母女俩大多时间无话可说。黎冬避开母亲注视的目光，只微微颔首，转身走到玄关处穿鞋，关上家门后匆匆下楼。

经过一楼楼梯拐角时，见到等候的祁夏璟，黎冬不自觉加快脚步，在男人深邃黑眸泛起的点点笑意中，站定在他半臂距离外。

"急什么？"祁夏璟抬手拢起她散落鬓角的碎发，勾唇沉声道，"我又不会跑。"黎冬让他伸出手，托着祁夏璟温暖干燥的掌心，用棉签蘸取酒精后小心翼翼地涂抹在伤口位置。撕创可贴时，黎冬看着包装袋上的史迪奇图案犹豫了下，头顶响起一道沉沉笑声。

耳尖微微发烫，她低头贴好创可贴，看着祁夏璟手背上的三只史迪奇，没忍住弯唇轻笑："家里只有这种。"

"没事。"祁夏璟目光落在她扬起的嘴角，眼底柔和一片，只是余光在扫过楼梯口躲藏的人影时，出声提醒，"阿姨来了。"

黎冬正弯腰陪罐头玩，闻言手上动作微顿，最后也只是直起身揉揉罐头的脑袋。"嗯，没关系。"说着她将剩下的创可贴和医用酒精递过去，"放在家里备着吧。"在客厅遇到周红艳时，她就做好了母亲会跟下楼的准备。

"好，你先上楼。"祁夏璟接过东西，见她急着下来，连外套都没穿，默不作声地移动位置，挡在风口，"下午三点科室聚餐，我两点半在小区门口等你。"

"好。"和依依不舍的罐头道别后，黎冬转身朝楼梯口走去，拐角处早已不见母亲身影。周红艳大概没想到她这么快回来，黎冬在玄关处换鞋时，她身上的外套还没脱下。面对平静自若的女儿，想打探情报的母亲反倒不够自然："你刚才是去给谁送药啊？"

"夏医生，昨晚你才见过。"黎冬沿用了祁夏璟昨晚的称呼，平静解释道，"早上出门遇见他，吃早餐的时候我被人骚扰，他帮忙解决，手受伤了。我刚才下楼给他送药，下午两点半要搭他的便车去科室聚餐。"

这些年里，两人的交流都是母亲在说、女儿在听，黎冬鲜少会一次性和周红艳说这么多话。习惯了女儿的沉默的周红艳，难得有些不知所措。女人望着黎冬镇定自若的脸，又问："你上次在电话里说有接触的男生，是小夏吗？"

"嗯。"黎冬将塑料袋里的包子和豆浆拿出来，整齐摆放在桌上，头也不抬道，"是他。"同十年前一样，她从没想过和父母隐瞒这段关系。不善言辞如黎冬，总是用最直白生硬的方式告知。

周红艳张口还要再问，黎冬则先一步提起黎明强周一的体检安排，以及周屿川这两天可能也要来 H 市的事情。黎父很快从卧室出来，在饭桌上和周红艳闲聊起来。黎冬顺势提出还有未处理完的工作，随后一头扎进卧室没再出来。

午饭时周红艳坚持亲自下厨。她向来强势，来看女儿一趟，坚决不许女儿再受累。哪怕家里足够整洁，她也从昨晚就闲不下来地非要给黎冬收拾。黎冬心里清楚劝不动，委婉叮嘱几次不要随意丢她的东西，其他便随周红艳折腾。

饭后黎明强出门散步，周红艳买了菜在餐厅包饺子，黎冬则再次回到卧室，挑选等下出门要穿的衣服。镜子里的女人素面朝天，咖啡棕的短款修身毛衣衬出玲珑有致的身段，优雅利落中不失俏皮。搭配的米、茶、棕三色格子裙在高处收紧，勾勒出黎冬盈盈一握的腰身，整个人轻盈又温柔。

黎冬拿起首饰盒里的米色发带，将柔顺的黑发绑成麻花辫，鬓角几缕微卷的长发自然垂落。再次抬头看墙上时钟，黎冬目光流转，终于看清镜子里的自己满眼笑意，神情里像是有几分急不可耐。

对此同样有所察觉的是餐厅里正包饺子的周红艳。女儿匆匆进卧房后，她就不时通过半掩的房门看黎冬在做什么。第三次见到女儿对着镜子弯眉轻笑时，连周红艳都有过一瞬恍惚——太久没见过女儿脸上有如此生动的表情，以至于她快忘记黎冬上次这样笑究竟是在多久之前。

保时捷早早在小区门口等候。驾驶座上的男人左手握拳，懒懒支着脸。右手指尖漫不经心地轻点方向盘，发出闷闷声响。

后视镜里映着祁夏璟若有所思的神情。男人勾人狭长的桃花眼微眯，打量镜子里的人半晌，骨节分明的手拨弄了一下头发。指尖触碰发梢时，还能感受到发丝的清凉湿润。

祁夏璟忽地勾唇，沉沉笑出声。明明是一群人的聚餐，却弄得好像两人单独去约会一样。

不久后，后视镜里远远出现一道纤细身影。黎冬打开车门，侧身坐进副驾驶座的瞬间，典雅清淡的雏菊香就在封闭空间内弥漫四散，无声浸润着车内每一寸空气。

女人今天穿着修身的深棕色高领毛衣，外搭米白色外套，肩头脸侧的毛领会随着动作不时拂过她吹弹可破的脸颊，优雅而不失娇俏。

她特意戴了耳饰，玫瑰金的流苏在耳下坠着轻晃，碎钻反射着细密光点，看得人心猿意马。

祁夏璟侧身，漆黑深邃的眸不紧不慢地打量着黎冬，大胆而肆意。

黎冬被灼灼视线看得局促，平放在腿上的手收紧，轻声问："怎么了？"

祁夏璟慢悠悠地收回目光，真诚评价："很好看。"

黎冬微愣，垂眸。她或许该出于礼貌夸一句祁夏璟，但每每对上男人的桃花眼，震耳的心跳就让她夸赞的话卡在嘴边，生憋半天也依旧沉默。

不善言辞的缺陷难改，黎冬只能无奈在副驾驶座坐好，静等汽车启动。

"黎冬，安全带。"男人低沉含笑的声音懒懒响起。

不等黎冬偏头，祁夏璟人已侧身过来，修长的手拉过被她忽略在脑后的安全带，从右肩上方扯到左下位置。

男人身体压下来后，两人间的距离急剧缩短。黎冬后背本能地紧贴座椅，下一秒就听落在耳侧的薄唇沉沉开口："放轻松点。"

话毕几秒，并没有响起安全带插进锁孔的清脆声。黎冬不自觉垂眸去看——原来是耍帅失败的祁夏璟没对准位置。

空气有一瞬的凝固。下一秒，黎冬扑哧轻笑出声。在男人肉眼可见难看的表情中，她耐心等祁夏璟替她系好安全带，紧绷的心弦放松下来。

垂眸见祁夏璟毛呢风衣的右领口翻起，黎冬抬手，顺便替他整理好。

女人温软的指尖蹭过人体最敏感脆弱的颈侧，指腹轻碾过皮肤向下移动，这种不自知的暧昧最为致命。祁夏璟抬眸撞进黎冬笑吟吟的水眸。四目相对，他有一瞬难得的晃神，就听女人说道："祁夏璟，你今天也很好看。"

干涩的喉结轻滚，祁夏璟无声挑眉，指尖微蜷，别开眼，终究在方才短短半分钟的较量里，落了下风。

聚餐地点距小区有段距离，两人到场时三点过三分。科室其余人早已到场，在量贩式KTV包厢里该吃吃该唱唱。两人一起进来，包厢里的同事都齐刷刷地扭头看过来，半秒钟后，极有默契地出声起哄。

跟黎冬和祁夏璟关系都不错的王医生起头调侃："你们俩穿情侣装来就算了，怎么长得还跟大学生似的，还让不让我们其他人活了！"

"就是就是，长得好看了不起啊？行吧，你们俩这脸是真了不起，我服还不行嘛！"

"我的妈，黎冬私服居然这么好看！头发放下来，跟平常比完全像是两个人。"

期待已久的杨丽兴冲冲地跑上前，惊叹连连地打量着黎冬："你平常要是这么穿，追你的人估计要排到科室外头了。"旁边几个女同事纷纷点头赞同，还有两三个不信邪地凑上前，目不转睛地盯着黎冬的脸，不相信她真的没化妆。

"我八卦一句呗，"杨丽不由分说地将黎冬拽到旁边，凑到她身边耳语："你

第 8 章

和祁副高到底是什么情况，你们俩是不是要复合了？"不等黎冬回答，杨丽又自顾自地马后炮，"其实我第一次见就觉得他看你的眼神不一样——"

"老祁你手上贴的是什么？"徐榄大大咧咧的提问声响起，在光线昏暗的包厢里吸引了所有人的注意。有好事的男同事凑上去看，见到祁夏璟手背上的史迪奇创可贴，都忍不住乐出声："不是吧，祁哥，你一大老爷们儿，还好这一口呢？"

背靠沙发的男人坐姿恣意慵懒，毛呢大衣被他随手丢在长椅上，高领毛衣难掩脖颈修长。他的长腿自然交叠，胳膊撑在沙发扶手上支着脸，再配上棱角分明的深邃五官，整个人有一种说不出的禁欲矜贵。

"是，"祁夏璟被调侃也只懒懒勾唇，掀起眼皮，似笑非笑地看着提问者，"你有意见？"

"哪敢呢，咱这不是感叹一下嘛！"

"我知道我知道！这肯定是黎冬贴的！"每逢有八卦，杨丽的脑子就转得比谁都快，举手抢答，"她最喜欢史迪奇了，我看她好几个水杯上都有史迪奇图案！"话落又是一阵哄闹。

"这恩爱秀得我一个已婚人士都受不了。"王医生将桌上的鸡尾酒推过去，"祁哥，你今天可是迟到了——是不是该自罚两杯？"

"就是就是，女同事我们不勉强，祁哥怎么着得喝点儿吧？今天还是你和老徐的欢迎会呢！"

"喝喝喝！"

黎冬抱着饮料，静静看向一出场就被簇拥在人群中央的祁夏璟——这世上有种人，从出生起就自带主角光环，注定要在众星捧月中度过一生。祁夏璟就是这样的人。

午饭她吃得很少，进包厢后闻到食物香味就觉得饥饿，目光最终锁定在面前的麻辣小龙虾上。光线昏暗暧昧的包房里，五光十色的射灯交相辉映，将只只肥硕的小龙虾照出朦胧又诱人的模样。

黎冬直勾勾地盯了会儿，垂眸又见身上穿着浅色裙子，在嘴馋和油渍中纠结，默默别开视线，决定再也不穿浅色衣服出门聚餐。

"你们几个哪是来聚餐唱K的，其实就是为了喝酒吧？"

吧台处闹哄哄地围满了人，以在家被严令禁烟禁酒的老王为首，众人接连叫服务生调了好多混合酒，一饮而尽，还意犹未尽地咂着嘴巴。

对于胸外科常做手术的医生，别说工作日，周日都不敢放开喝，唯独周六胆子大点，因为喝高了隔日还能昏睡一天。

几个男人推杯换盏喝得欢,也不去干扰唱歌聊天的女生,全场就盯着男同胞,比如祁夏璟。

神情倦懒的男人酒量不错,面对同事殷勤端上的酒杯,嘴里停不下来的一声声"哥",都只是懒懒散散地扯唇,似笑非笑。偶尔也会给个面子,接过酒杯手腕翻转,将杯中酒一饮而尽,唇边带着点酒渍。

其间他招手叫服务生过来,侧身低语两句后,又重新靠回座位用手撑住脑袋,懒洋洋地看着王医生又递来一杯混合酒:"祁哥尝尝,刚调的,味道还不错。"

黎冬在旁看得微微皱眉,男人昨天胃痛导致的面色发白历历在目,空腹的状态下喝太多——

"不喝。"这是祁夏璟到场后第一次出声拒绝。

此时服务生端着盘子走来,祁夏璟微扬下巴,示意他放下一碗麻辣小龙虾,抬眸对上黎冬的视线,勾唇,眼神变得意味深长。祁夏璟戴上透明手套,在众目睽睽中慢条斯理地剥虾,用一贯漫不经心的语调说:"今晚都不喝了。"

徐榄眼尖,一眼看破事情真相:"班长一个眼神就尿了,老祁你就这么听话?我以前可没见过你这样。"黎冬在哄闹声中耳尖发红,不知如何解释。

"嗯,都听她的。"祁夏璟手上动作飞快,随意将剥好的小龙虾丢进空碗,抬眸挑眉反问道,"怎么,你想听具体内容?"

"别别别,你可放过我吧!"徐榄连忙摆手拒绝,弯腰想捡碗里现成的小龙虾吃,结果刚伸手就被一巴掌拍开,嘀咕道,"你这人不能处,太小气。"

祁夏璟半个眼神都没分过去,长年握手术刀的十指修长灵巧,迅速将小龙虾壳肉分离,面前的空碗很快被填满一小半。

黎冬在对面看得正出神,姿态闲散的男人猝不及防抬眼。四目相对,祁夏璟垂眸看向他身边的空位,示意黎冬坐过去的意图明显。在此起彼伏的起哄声中,黎冬双手不知如何摆放,随手拿起一瓶饮料起身,在全体瞩目中走到祁夏璟身边。

落座的同时,祁夏璟用腕骨顶着瓷碗推过来,声音在震耳的歌声中依旧字字清晰:"趁热吃。"说完男人将沾满油渍的手套脱下,长臂一伸拿过黎冬带来的汽水和手旁的铁勺。勺尾顶着瓶盖的同时,腕骨下压,就听见啵的一记轻响,瓶盖应声飞起,滚落在地。

祁夏璟将汽水递给黎冬,又换了副新的手套剥小龙虾。包厢里空气不流通,两人本就只有半臂距离,黎冬能闻到祁夏璟身上很淡的酒味,混杂着醇浓的乌木沉香,叫人闻了发晕。

小龙虾肥嫩多汁，辣味全然浸透滑嫩肉身，一口下去都是香辣汁水，弥漫在唇齿间久久不散。吃了两只，她觉得不好意思，想开口让祁夏璟也尝尝，抬眸就对上男人意味深长的眼神，就差写着"世上没有免费的午餐"——他要她喂他吃。

不习惯在大庭广众下亲密接触，黎冬抿唇犹豫不决，祁夏璟则更有耐心地等待，吊着桃花眼，从容不迫地看着她。

喝了酒的男人跟平日不大相同，除去那点儿惯常的漫不经心，深埋在骨血里的野痞劲儿蠢蠢欲动。他像是蛰伏在暗处的孤狼，盯着落单羊羔，随时要扑上去。

黎冬只隐隐觉得危险，半响还是拿起一只小龙虾放到男人唇边，尴尬地轻声催促："快吃——"话音未落，指腹轻微的刺痛让她立刻噤声，瞳孔微缩。尖锐犬齿抵在她指尖微微用力，始作俑者则目不转睛地紧盯她的反应。男人在捕捉到她眼底那抹慌乱后缓缓勾唇，勾人的桃花眸里泛着点满足而顽劣的笑意，像是在欣赏她此刻的惊慌。

祁夏璟将龙虾肉叼走，不紧不慢地侧身靠近黎冬，薄唇贴着黎冬耳垂，滚热呼吸落在她颈侧，低低道："你上当了。"

根本没什么贴心，是他要从她这里讨要，为了在车上输掉的、她根本不知晓的对局。黎冬对此一概不知，只是直觉祁夏璟在和她较劲，垂眸看着被咬过的右手食指，表情出神。

"黎冬别发呆啦，快来玩游戏。"直到杨丽脆亮的声音响起，黎冬才抬头，朝声源处望去。摆满食物的长桌被清空，只剩下一个带着双头指针的转盘。指针两头正对转盘外围的不同数字，旁边则是一摞叠好的卡牌。

提议玩游戏的杨丽正给在场的每个人发号码牌。

"都不许偷偷翻看提问卡哦，我给你们讲游戏规则。"

规则其实很简单，说白了就是复杂版的真心话：每人在游戏开场前会得到一张号码牌。"上帝"转动转盘并负责抽取问题卡，而拿到指针对应数字的号码牌的玩家，则要快速回答卡面上的问题。

游戏的精髓在于快问快答，如果答题者犹豫的时间超过三秒，就要再无条件回答在场玩家的一次提问。除了被临时拉来的黎冬和向来无所谓的祁夏璟，其余人都摩拳擦掌，跃跃欲试。

游戏正式开始。

杨丽和徐榄率先中招，"上帝"王医生兴奋提问："有过几位前任？三、二、一！"

杨丽："三个！"

徐榄："没有前任。"

在惊叹和质疑声中，徐榄无所谓地耸耸肩膀："怎么，我就不能本性纯情吗？"

紧接着是王医生和另一位男医生被选中。

四五轮下来后，终于轮到祁夏璟和另一位女生回答，众人纷纷好奇问题是什么。

"好无聊的问题，我都知道答案，""上帝"徐榄看着题面挑眉，觉得无趣，拖着音问道，"你和现在的爱人是谁追谁？没有对象的就说上一段恋情。"

祁夏璟眼皮都不抬，挑眉不假思索道："我追的她。"

女生的回答则是被追。

八卦之心熊熊燃烧的众人也懒得管规则，追问祁夏璟道："黎冬难不难追？"

黎冬闻言，抬眸看过去，发现祁夏璟也在看她。男人微微眯着眼，半晌朝她扬眉："是我追过的女生里，最难追的。"

有人傻乎乎地问："追过的女生里？祁哥你追过多少女生啊？"

"你这孩子是不是傻？"王医生照着那人后脑勺给了一下，"能这么回答，不就摆明了他只追过黎冬一个嘛！"

"这我哪能听懂？"被打的人委屈极了，忍不住吐槽道，"谁知道祁哥工作时候面无表情的，私下里却是个秀恩爱怪啊！"

面对同事的幽怨眼神，祁夏璟挑眉，极其敷衍地安抚："习惯就好。"

这人又开始秀了。

黎冬全程看着同事嬉笑打闹。在场除了她和祁夏璟外的所有人，哪怕是她告知过真相的杨丽，此时都坚信不疑他们两人是情侣。

和高中时期一样，祁夏璟的喜欢永远高调张扬。黎冬从不需要开口去确认，他早就恨不得在每个动作、每个眼神甚至每次呼吸中，清楚明白又不厌其烦地一遍遍告诉她，他喜欢她。被他喜欢，是件何其幸运的事情。

几轮下来后，指针一端终于指向黎冬所拿号码牌的数字，而另一端对应的居然恰好是祁夏璟。人群爆发出一阵惊呼。

"哦吼！这道题给你们两位答，真是太妙了，"王医生兴奋得直接站起身，大声朗诵出题面内容，"两位的初恋分别是什么时候——三、二、一，请作答！"

祁夏璟毫不犹豫："高二下学期。"

黎冬沉吟几秒："初三毕业。"

"我最期待的修罗场来了！"王医生想看的就是这个场面，看热闹不嫌事大地说道，"先别急着八卦，黎冬刚才可犹豫超过三秒了——这我们不得派个代表来提问啊！"

所有人都齐刷刷地扭头看向祁夏璟，含义不言而喻。

在座众人年纪都在三十岁左右，初恋是几年甚至十几年前的事，加之祁夏璟和黎冬在一起走过多年，怎么会为了这点事翻脸？心里没有负担，于是就开始乐呵呵地吃瓜看戏。

黎冬心里后悔刚才的诚实，就听对面的祁夏璟忽地沉沉开口，神情似笑非笑："初恋是什么类型的？"这次黎冬果断选择隐瞒，面不改色地对上男人双眼："记不清了。"

之后无论别人如何起哄，她都对这位"前任"闭口不谈。直到游戏中途休息，她起身去洗手间。从初三毕业起就暗恋祁夏璟的事，她一直觉得没必要主动提起，但也无须刻意隐瞒。暗恋是无人问津的独角戏，参演者寂寥一身地登台，又在兵荒马乱中黯然谢幕。

如果祁夏璟好奇，黎冬会坦诚告诉他自己曾经的心意。但那些长达一年半的辗转反侧，实在没必要对他赘述。擦干净手从洗手间出来，黎冬远远见到走廊尽头的祁夏璟。懒懒靠着墙的男人双手插兜，面前站着身穿超短裙的妖艳女人。昏黄廊灯落在他们的发顶、肩头，映照着两人脸上神情不一的笑容。

一个是饶有兴致地打量，另一个是漫不经心地疏离敷衍。回包厢的路只有一条，黎冬正要走上前，十几米外的祁夏璟先她转过头，站在原地招手，让她过去，脸部线条在暖光灯下棱角分明。同时转身的女人妆容精致，将黎冬上下细细打量后，了然一笑："原来你喜欢这款的。"

"是。"祁夏璟笑容散淡，兴致不高地反问，"怎么，你想做我的情敌？"

搭讪的女人笑出声，用挑衅的目光盯着黎冬素净的脸，大红唇轻喷出声："这张脸漂亮是漂亮，但未免有些太寡淡了。"

"谢谢夸奖，"黎冬只选择性地接受前半句，波澜不惊地对上女人挑衅的视线，微微一笑道，"建议这位小姐先去补补妆，你右眼的睫毛膏已经晕染到颧骨上了。"女人闻言愣住，下意识拿出手机查看脱妆情况，随后愤愤看了黎冬一眼，飞快地离开了。

黎冬鲜少会语言攻击他人，只是在祁夏璟身旁闻见浓郁刺鼻的香水味时，嘴里的话不受大脑控制地脱口而出。

她转身欲走，手腕却被强势有力的掌心环住，轻而易举地将她拉回来。

后背贴着冰冷墙壁，她抬眸对上祁夏璟漆黑深沉的桃花眼。男人开口又是讨打的懒倦语调：“她说我长得像她初恋。”

"那很巧。"黎冬对那女人的初恋并不关心，面无表情地手上用力，要将手抽出来。

桎梏她的人却不愿意就此放手，祁夏璟俯身压下来，巨大的身高差和俯视视角，在无形中将压迫感放大数倍。他用另一只手轻抬起黎冬下巴，强迫女人和他对视，语调懒散，目光却锐利：“你呢，你初恋长什么样？”

空气中除却熟悉而强势的乌木沉香外，还残余着一丝属于女人的香水气味，刺鼻到令人恼火。一分钟前还打算实话实说的黎冬现在却忽地变了主意，照搬原话："记不清了。"

"记不清了？"似笑非笑的低哑声音里压着不自知的愠怒，祁夏璟扣着她手腕不放，像是非要讨个答案，"要不要我帮你回忆一下？"

男人的呼吸带着点酒气，烧得她皮肤隐隐作痛。黎冬也不知道自己在倔什么。面对祁夏璟不依不饶的追问，她不仅不退让，反倒站直身体，抬头和他对视。两人距离近到薄唇快要贴合。

"你和他很像，各方面都是。"此刻她脑海里都是方才女人贴近，祁夏璟却一副懒得拒绝的模样，话又不经大脑地脱口而出，"你要是实在好奇，我可以告诉你关于那个人——"

"黎冬，你要再提他，我就亲你。"她刚才的话让祁夏璟再没耐心听完后半句，沉声打断后，几乎是咬牙切齿地从牙缝中挤出下一句，"以后你提他一次，我亲你一次——说到做到。"

❄ 29

黎冬知道，祁夏璟没在开玩笑。对上男人深不见底的黑眸，她噤声败下阵来，垂眸轻声道："他不知道我是谁。"话出口的瞬间，她只觉得喉咙一阵干涩，像是有细软的刺卡在嗓子里，如鲠在喉。

坦诚并没有黎冬想象中简单。上次和小姑见面时她就该知道的，曾经深埋心底的悸动，那些不见天光的暗恋，哪怕十多年过去，从骨血里被剖开挖出时，依旧晦涩沉滞，久久难以平复。

哪怕不谈种种细节，单单一句"他不知道我是谁"，都足够牵动她的情绪，让心口泛起点点酸楚。

不该玩真心话游戏的，也不该谈起初三那年的，成年人的世界需要谎言。黎冬垂眸不再出声，轻颤的长睫却将她压抑的情绪暴露无遗，挣扎的手放弃抵

193

抗地垂落，她以近乎任人摆弄的顺从姿势贴墙站着。

预想中的愠怒追问没有继续。良久，禁锢她手腕的力道卸下。黎冬缓慢眨眼抬眸，对上祁夏璟沉如死水的黑眸，几秒前借着醉意的愠怒消失不见。男人重新站直，视线停在她腕骨浅浅一圈红印，哑声问道："弄疼你了吗？"

黎冬摇头。祁夏璟双手插兜，不再自讨没趣地重提，语气淡淡的，没什么情绪："回去吧。"话毕转身就走。

昏暗暧昧的廊灯打在男人的发顶和宽阔双肩，独自离去的背影中却能看出几分挫败的孤寂与落寞。黎冬几次想解释，却欲言又止。该说些什么，又该从何说起呢？是说那年夏天她震耳欲聋的心跳，还是说她偷藏过祁夏璟丢弃的外套，抑或是那本再也寻不到的画册？

算了吧。

两人回到包厢，各自在原来的位置坐下，如常的表情让玩得正嗨的同事们瞧不出异样。有几个甚至还调侃两人出去这么久是不是去做什么见不得人的羞事。祁夏璟又换上漫不经心的表情，被调侃也只勾唇不语，而黎冬默默坐在一旁，将面前已经放凉的小龙虾吃完。

游戏继续，几轮下来后王医生建议找别的乐子，于是大家又开始一轮新的哄闹。徐榄是在场唯一看出端倪的，凑到祁夏璟身边，不由分说地搂住兄弟脖子。"你俩怎么回事啊，刚刚出门前还眉来眼去的。就因为班长说初恋不是你，吃醋成这样？"徐榄挑眉乐了，"不是吧你，都多少年前的事了还计较？"

祁夏璟后背靠着沙发，神色难辨，闻言懒懒挑眉："我和她，也是十年前的事了。"

徐榄一时语塞。祁夏璟兴致不高地轻晃着手中酒杯，抬眼扫过安安静静在角落看人唱歌的黎冬，将杯中酒一饮而尽。听她的口吻，那个突然出现、和他长得很像的初恋，应该是她在单相思。祁夏璟以前总自欺欺人地想，哪怕她十年后不再动心，他凭着初恋的身份，总能在黎冬心里占据一席之地。

黎冬心里装不下太多人，他再清楚不过。但祁夏璟总觉得不够，他欲壑难填。他想要她满心满眼、从始至终只有他一人，于是会患得患失，会在意外出现时喜怒无常，会在黎冬一次次的沉默中，萌生出如履薄冰的无力感。

于他而言，黎冬好像蜿蜒而下的溪泉流水，再怎么用力攥紧，最终都会从掌心溜走，手上的淤泥反倒会污染她原本的清澈。

他不知该拿她如何是好。

周日晚十一点整，黎冬在客厅看完文献，关上电脑，准备关灯睡觉时，收到弟弟周屿川的信息。

周屿川：爸妈睡了吗？

明天要去医院体检看病，父母不到十点就早早回房躺下。此时家里一片安静，只剩下墙上时钟嘀嗒嘀嗒的走表声。

黎冬关灯躺下，在黑暗中回复消息："十点睡的，你那边还顺利吗？"

受黎冬的影响，周屿川从小就对绘画产生了极大的兴趣。虽然大学念的是经济，但始终没放下对画画的执念。大一时，周屿川利用自媒体展示画技，成功从无名之辈成为月入过万的网红博主。随后在平台某次露脸活动中凭借颜值小火一把，人气暴涨。

大学还没毕业，周屿川就已经拥有百万粉丝，有不少国内外的公司主动向他抛出橄榄枝。本来是最好的赚钱时间，周屿川却沉寂下来，除却在平台更新画作，很少出现在大众视野。他对黎冬说，他想做的不仅仅是复现文字的插画师，而是打造有血有肉、有他心血灵魂的作品——周屿川想开发自己的游戏和厂牌。父母自然极力反对，家里唯一支持他的黎冬对这些一窍不通，平日只不时叮嘱弟弟注意休息。

周屿川收到消息后秒回："还可以，工作室迁过来还要段时间，但我近期会回来，这两天爸妈那边辛苦你了。哦对了，祁琛托人找来，邀请我去参加他和小姑的婚礼，我答应了。"

黎冬看着消息微愣，想起周五午休时，祁夏璟曾替祁琛给她带的话。

周屿川问她："你呢，你不会也要去吧？"

黎冬犹豫片刻，打字回复："嗯，他希望我能当伴娘，我应该也会答应。"

小姑这段婚姻受尽他人诟病，黎冬不希望在她一生一次的婚礼上还缺失家人的祝福。消息发出去的瞬间，周屿川打来电话，开门见山地道："我以为，我们姐弟去一个就够了。"父母还睡着，黎冬只得压低声音："屿川，如果没有小姑，我们可能没法去市里读书。"

姐弟俩自小成绩优异，镇上学校想招揽优秀学生，早早就上门提出减免所有费用。如果不是黎嫒和基金会帮助，黎冬和周屿川应该都会为了减轻家里负担，放弃市内的省重点。周屿川无法反驳，沉默片刻后出声道："如果你在小姑婚礼上遇到颜茹怎么办？"

记忆深处的名字猝不及防地被提起，十一月下旬的气温骤降，黎冬畏寒地在被子里蜷缩起身体，轻声道："事情过去这么久，她应该不记得我了。况且当年她是所有大人里，唯一为那件事给我道歉的人。"

黎冬和颜茹的交流并不算多，准确些说，只有短暂的十分钟而已。偷拍照的事闹大后，黎冬因为祁夏璟赠送的高价礼物成为众矢之的，流言四起。

学校原本打算睁一只眼闭一只眼，可祁夏璟之后与传谣男生发生冲突的事令全校哗然，纸再也包不住火。祁夏璟结束禁闭前的那个下午，两方母亲——周红艳和颜茹一同来到校长办公室。

时间久远，黎冬早忘记那年校长和两位母亲的谈话，只记得颜茹在周红艳的恳切要求下，拿出明码标价的礼物清单。周红艳看着高昂的费用，终于双唇颤抖得失声，不知该如何为黎冬辩驳。

散会后几人离场，黎冬送走双眼通红的母亲，回教学楼前遇到等候多时的颜茹，对方礼貌询问她是否能抽出十分钟谈谈。"我相信你所说，事先并不知道礼物价格，也为祁夏璟动手打人对你造成的舆论伤害，深表歉意。"比起其他人背地里的猜忌，矜贵利落的女人从未对她恶语相向，开口所说的第一句话也并非苛责，"祁夏璟做事冲动，不顾后果，有我和他父亲教育失败的原因。我们这两天尝试和他沟通，结论就是他一定要留下来，放弃原定的出国计划。"

颜茹全程将黎冬当作平等的成年人对待。她从包里拿出一沓资料递过来，以疏离而公事公办的态度道："我知道以我的年龄和阅历与你进行这样的谈话，对你而言很不公平——但我也希望你能理解作为母亲的我，无法接受孩子离经叛道的做法。"

哪怕十年后，黎冬也记得那份文件的含金量，里面详细记录了培养如祁夏璟这般天之骄子的背后，要付出多少时间、金钱和精力。

大到大学和工作的安排，小到每个学年要进行的标准化考试、校外参与的国际比赛和活动，甚至连申请名校需要的业界大牛的推荐信，都事无巨细地记录在这份文件里。

这是黎冬第一次知道，人生可以被安排得如此缜密精细。

"我不是成功的母亲，但这是我能提供给祁夏璟的最好的资源。"颜茹语气平静，"你可以认为我限制他的自由，但你认识的那个所谓的'耀眼'的祁夏璟，就是在这样的环境里长大的。事实就是，离开祁家，祁夏璟其实一无所有。他甚至会因为自己的冲动行为而被开除，无法参加高考。"

黎冬对此哑口无言——因为她知道，颜茹说的没错。只字未提让二人分手，女人只是将血淋淋的事实化为刀刃，撕碎黎冬自欺欺人的幼稚幻想。

祁夏璟要留在她身边，自愿放弃父母安排多年的出国，甚至连两人异地四年的事儿都绝不妥协。十八岁少年的意气风发，永远果敢而坚定。他会用最高调恣意的态度大声告诉全世界,他有多喜欢她。

被他喜欢,是件何其幸运的事情。

退缩的懦夫,从来只有黎冬一个,所以她才是唯一没资格悲伤落泪的人。和周屿川的电话早就挂断,手机的振动将黎冬从苦涩回忆中拉扯回来。她解锁屏幕,发现是祁夏璟发来的消息。

祁夏璟:明天上午我有手术,会有专人陪着叔叔、阿姨体检看病。你专心忙工作就可以。

祁夏璟:昨晚是我情绪激动,抱歉。

祁夏璟:晚安。

"黎医生你快去忙吧,我是祁少的助理,叔叔、阿姨这边交给我就好。"自称"小李"的年轻男人微笑有礼地看向黎冬,话毕转身看向周红艳和黎明强,温声道,"叔叔、阿姨好,待会儿由我带二位去体检。"

从未受过如此待遇,黎家夫妇俩都受宠若惊。周红艳小心翼翼地问道:"你……是小夏喊来帮忙的吗?"

"不是,是黎医生托我照顾二位,夏医生只是帮忙挂号。"训练有素的助理对答如流,面不改色地胡编乱造,"我也是医院职工,今天上午正好调休,您放心跟着我就好。"

"那真是麻烦你了。"

"不麻烦,"小李朝黎冬微微颔首,语气恭敬,"黎医生平时也帮我很多。"

黎冬默不作声地看着李助理安抚好父母情绪,温声给二老说今天的时间安排,再顺水推舟地将所有功劳都归于她。最后连不善言辞的黎明强都出声道:"我这次过来,你费心了。"

可她分明什么都没做。

离开前,助理小李还不忘贴心地和黎冬道:"祁少说他等下有手术,没办法亲自陪同,让我代为说声抱歉。"

黎冬不清楚祁夏璟为什么道歉。周六那场不为人知的拌嘴后,这是祁夏璟第二次和她道歉——他分明什么都没做错。回办公室的路上,黎冬在经过三楼手术室正对的走廊时,见到一道熟悉的身影。

准确地说,或许是两道熟悉的身影。祁夏璟站在手术室门外,皱着眉低头看资料,而他身旁着粉衬衫、黑色包臀裙的女人,正微仰着头和他说话。

妆容精致的女人只露出半张侧颜。黎冬看不太清,只觉得对方的五官十分眼熟。似乎感受到注视，身材姣好的女人侧过身，开口和祁夏璟说了些什么。两人朝左前方走去，彻底进入黎冬视线的死角。

身后传来同事的呼喊声，黎冬回神离去，全身心投入工作中。

午休前她结束手术出来，回办公室的路上打开手机，发现祁夏璟和小李都给她发过消息。祁夏璟发消息的时间，就在她离开三楼走廊不久。

祁夏璟：你刚才来三楼手术室这边了？

李助理的则发送于十分钟前。

李助理：黎医生您好，叔叔上午的体检一切顺利。我现在带两位去食堂，您随时可以过来。

先简短回复了祁夏璟的消息，黎冬边回办公室，边给小李打字，想先问问父亲上午体检的具体情况，简单整理后再去食堂。

"黎冬？早上真的是你？"甜软女声带着略显夸张的惊叹。黎冬闻声回头，正对上早上只觉眼熟的女人的脸，就听对方继续道："是我呀，邓佳莹！"

久远的记忆终于和眼前身影对上。

"你不会真把我忘了吧，"邓佳莹故作嗔怒地调侃黎冬，"我们两个可从初中起就是同学。"

"没有。"黎冬看着眼前和记忆中判若两人的邓佳莹，有一瞬恍惚，直白道，"我刚才没认出你来。"

邓佳莹和黎冬都是从X镇贫穷人家走出来的孩子。两人初中三年都是同班，升入高中后不同班过一段时间，在高二下学期文理分班时又同时进入重点班，成为同学，高考后再无交集。

"刚才我在三楼感觉就是你，"邓佳莹去挽黎冬胳膊，亲昵道，"老同学好久不见，我们去医院附近的咖啡厅坐下聊聊吧。"

两人从前的关系谈不上要好，黎冬不习惯邓佳莹的自然亲近，却盛情难却，只能拜托李助理照顾父母，自己则被拉去附近的咖啡厅吃午餐。

"大学时期我一直在璟礼基金会做志愿者，毕业后通过面试留了下来，一直工作到现在。"氛围安静的咖啡厅里，邓佳莹率先讲起她来医院的目的，"盛穗的事是祁夏璟点名要找专人负责。琛总得知我们是高中同学，于是让我接手管理——今天来医院，就是询问些基本情况。"

和黎冬相同,邓佳莹当年也是基金会的受益人,和黎冬不同的是,邓佳莹现在已经能淡然说出曾受过的救济。黎冬见负责盛穗的是多年同学,而邓佳莹看起来又是真心热爱这份工作,心情也随之明媚起来。

"对了,我今天问祁夏璟你们是不是还在一起,他没否认呢。"邓佳莹突然话锋一转,仍旧笑吟吟地望着黎冬,轻抿口咖啡,似是不经意道,"你们俩真不容易啊,当初知道祁夏璟去 N 州读书的时候,我还以为你们分手了呢。"

黎冬闻言微愣,切牛排的手用力不当,刀刮在瓷盘上,发出一道刺耳声响。原来祁夏璟去的是 N 州,这是她十多年来,第一次知道祁夏璟的过往。

"听说祁夏璟和家里闹掰了,非要学医,大学四年祁家都没给他一分钱呢。"邓佳莹像是想起什么趣事,轻笑出声,"还有他去当家教,结果把人小孩和家长都气哭的事——这些他和你说过没?"黎冬连祁夏璟在哪儿念大学都不清楚,怎么会知道这些,只得扯出点儿僵硬的笑:"我没听他说过。"

"我也是听人说的,他可能怕你心疼吧!"邓佳莹见黎冬面露尴尬,无所谓地耸耸肩,换了个话题,"反正你们现在还在一起就好啦。你都不知道,高中的时候有多少女生羡慕你运气好呢。"

羡慕她运气好?恍惚间,黎冬觉得她高中时期错过太多,以至于为多年后的今日所闻震惊:"为什么羡慕我运气好?"

"高中有多少女生喜欢祁夏璟,你肯定知道吧?但他不是向来不把人放在眼里嘛。"邓佳莹见黎冬表情疑惑,善解人意地解答道,"你还记得当年分班后竞选班长吗?祁夏璟可是投票给你的。"

黎冬思考几秒后点头,隐隐诧异于邓佳莹记忆力这么好,然后就听女人故作神秘道:"有人去问祁夏璟为什么投给你,他说看你名字好听,就随手投了。"

——我叫黎冬。黎明的黎,冬天的冬。因为我出生在冬至,所以父母取了这个名字。

——黎冬?挺好听的名字。

"黎冬?黎医生?你是不是很累啊,发呆好几次啦。"邓佳莹不断的呼唤声将黎冬从久远的对话中拽出,看着人深深叹气,"要不你快回去休息吧,我们改天再聊。"女人说着就转身去喊服务生结账。

"不好意思。"黎冬知道对方本意想找她叙旧,只是她今天总不在状态,歉然道,"下次换我请你吃饭吧。"

第 8 章

199

"好呀。"邓佳莹爽快答应,离开时不忘嘱咐道,"到时候带上祁夏璟呗。老同学坐在一起聊聊天,讲讲你们俩这些年的爱情长跑,也让我羡慕一下。"

"嗯。"

和邓佳莹在咖啡馆分别,黎冬只觉得疲惫。回医院安顿好父母后,她掐着点快步走向手术室,进去前低头看了眼手机。

祁夏璟没有回复,应该是还在手术。

工作是摒除杂念的最好方法。下午的开胸手术是黎冬给刘主任做一助,病人的衰老和并发症情况比预想中糟糕太多,导致预计四小时的手术,生生拖到了快七个小时才结束。

腰背酸痛地换下无菌服,从手术室出来的黎冬在看清窗外低垂暮色时,忽然意识到时间早过了下班点。她匆忙去拿手机要打电话。

"我和你爸早就回家了,不是你让小李送我们回来的吗?"微弱的脚步声后,背景音突然变得嘈杂,像是周红艳在炒菜,"你这工作怎么天天加班?我和你爸晚饭都吃过了,再晚点家我都给你收拾好了。"周红艳忍不住又抱怨,"抓紧下班回来,我帮你把菜再热一遍。"

"谢谢妈,我尽快回来。"黎冬嘴里答应得好,实际上手术后还有不少后续工作,等真正忙完已经九点半,从窗子向外看,连街上的行人都寥寥无几。

和祁夏璟的聊天停留在黎冬上午的回复。听值班的小护士说,他今天连轴转地上了四台大型手术,午饭根本没吃,晚饭也是匆匆吃了两口就被紧急叫走。

黎冬也不知道他这样会不会胃痛。半小时后回到家,黎冬进门便见到餐桌上香喷喷的饭菜,母亲从她卧室出来,神情欲言又止。黎冬以为是体检结果不好,心下一沉,忙走到她身边,低声问道:"医生怎么说?"

周红艳闻言愣住,两秒后才反应过来黎冬话里的意思,立刻摇头否认:"没什么大事,就是人老了,明天还有几项检查。"

见女儿仍忧心忡忡,周红艳赶忙催促黎冬去吃饭。在桌边坐下盯了她一会儿,忍不住开口问道:"你晚上自己回来的?那个什么小夏没送你?"

"没有,他还在做手术,"黎冬总觉得母亲今晚眼神异常,放下筷子平静道,"您有话要对我说吗?"

"我能说什么,我说的话你几句听进去了?"周红艳仿佛被看破心事般恼起来,不自觉扬高声调,"让你找个轻松工作你不听,让你找个靠谱人家你又非要——算了,我懒得说你。"周红艳怒其不争地重重叹气,话锋一转,下巴朝客厅一扬,"沙发上都是你衣柜里的旧衣服,堆起来快要把柜子卡住了,也不知道收拾收拾。你把打褶的衣服挑出来,明天我手洗一遍——这次我可没乱丢你东西,别又像上次那样大呼小叫的。"

在母亲转身离去的脚步声中,黎冬低头吃了几口热饭,许久后想起什么,手上动作猛然顿住,噌地从座椅上起身去客厅。

为了给父母腾出空间,原本被她塞进柜子的衣服正静静躺在沙发上。黎冬没按周红艳要求的去挑打褶的衣服,几乎是心慌意乱地翻找着那一件。仿佛有无形的手掐紧她的脖子,黎冬在短短几秒内,煎熬在无限长的窒息中。

当男式黑色冲锋衣终于出现时,她胸膛剧烈起伏两下,终于得以呼吸,小心翼翼地隔着布料去触碰冲锋衣口袋里那张许久未见的相片。

东西还在。空荡的客厅鸦雀无声,黎冬合着眼平复情绪,轻颤的长睫将她此时的后怕暴露无遗。

心脏因为失而复得的余悸猛烈跳动着,似是觉得光隔着衣料触摸不放心,黎冬垂眸犹豫良久,最终拉开冲锋衣的口袋拉链,将那张陈旧到连边角都微微泛黄的相片拿出来。

种种原因,她很久没仔细看过这张合照了,以至在看向照片里,被众人簇拥在中心的十六岁祁夏璟时,竟然觉得有些陌生。照片里有近百人,黎冬第一眼就看向意气风发的少年,找了半天,在角落看见那时纤瘦的自己。

众星捧月的少年总是恣意而桀骜的,快门按下时,才慵倦敷衍地懒散一笑,而无人在意的她却不管眼前镜头,只是执拗地扭过头,隔着茫茫人海看向人群中心那抹身影。

那时她还偷藏着少年的外套,不知道他们今日过后是否还会相见。她求的不多,只想再多看少年一眼,哪怕只是远远地、无人注意地也好。

❄ 30

"H市今日多云转阴,局部地区将出现阵雨或雷阵雨,雨大风急,请各位市民外出时携带雨具……"窗外的瓢泼大雨,印证着此时客厅的天气预报,雨声急骤,豆大雨点颗颗砸在屋顶、窗户和地面,整座城被笼罩在湿雾与泥水中。

"先专心吃饭,别总看你那个打车软件了。"在黎冬又一次解锁屏幕,查看排队时间时,对面的周红艳忍不住出声道,"吃完我们坐公交车去医院,我和你爸没那么娇气。"

不等黎冬开口,就听门外走廊传来闷闷的关门声。她手上动作微顿,顺从地将手机关上,轻声道:"我吃完饭再打车,外面雨太大了,淋雨会生病的。"

余光见周红艳起身要去客厅,黎冬想起她昨晚藏在书里的照片,下意识出声提醒:"妈,您不要动我茶几上的书和笔记,里面有很重要的工作文件。"

"知道了,我去给你收拾换洗的衣服,看你这沙发乱的。"等周红艳拿走沙发上的衣服去洗手间时,黎冬低头想再查看打车软件,桌面的手机先一步振动,跳出信息提示。

祁夏璟:外面雨大不好打车,我送你和叔叔、阿姨去医院。

祁夏璟的上一条消息发送于今早三点半,应当是刚下手术台,再加上后续工作的耗时,到现在满打满算也没睡够四小时。

黎冬不自觉皱眉,低头打字:"你吃早饭了吗?"

祁夏璟秒回:"没。"

黎冬看着单字回复轻叹出声,放下手里的三明治,起身走向冰箱,拿出些刚包好的新鲜饺子,转身去料理台打算下锅水煮。周红艳从洗手间出来,见黎冬要开火煮东西,不由得问道:"煮饺子干吗?桌上那些不够你吃?"

"没有,我给夏医生带。外面雨大打不到车,他说开车送我们过去。"黎冬将饺子下锅,弯腰去找食柜里的保温桶,背对着母亲平静道,"他今早三点下手术,早上来不及吃早餐,胃也不太好,所以我想煮点饺子带给他。"

形状圆胖的饺子静静躺在锅底,黎冬盖上锅盖,有意避开母亲目光回到座位,垂眸继续吃三明治。意料外的长久沉默过后,周红艳再开口时,话里罕见地带着谨慎的试探:"你和小夏……认识很久了?"

略有些奇怪的提问方式。不是问认识多久,而是问是否认识很久。

"有段时间了。"黎冬轻轻"嗯"了一声,压下心底点点讶异,说话依旧直白,"他对我很好,昨天的小李我并不认识,是他特意安排来照顾您和爸爸的。"黎冬说完,就低头默默等母亲进一步地追问或责备,结果手上大半三明治吃完,都未听见人声,抬头却见周红艳从冰箱里拿出一罐老家带来的茉莉花茶。

"出门前泡点带过去,茉莉花茶提神也不伤胃。"周红艳将茶罐推到她面前,对上黎冬诧异的眼神,才又忍不住数落,"这么看你妈做什么,人家帮这么多忙,难道不应该表示感谢吗?"

祁夏璟的保时捷早早停在楼下。厚雾雨幕中,眼前景物都仿佛蒙上厚重的纱。透过车玻璃,黎冬在楼梯口远远望着驾驶座上的男人。姿态懒散的人左手支着车窗撑住头,右手随意搭在方向盘上,背靠座椅,凌厉的下颌线和深邃五官都被雨幕模糊,整个人透出些清傲的孤寂感。

三人先后上车。

"叔叔、阿姨早。"微哑声音中有挡不住的疲惫,祁夏璟回头和两位长辈打招呼,眼下有淡淡的乌青。寒暄两句后,男人低头发动汽车要走。黎冬却抬手轻拽他袖口,拿出装饺子的保温桶:"时间还早,吃完再走吧。"

她打开保温桶盖,将筷子一同递过去时,手上动作微顿,面露难色:"这个饺子里面有葱、姜、蒜。"伴着香辣醋味,热腾腾的香气弥漫在封闭空间。祁夏璟垂眸见黎冬表情自责,强行压下揉她脑袋的冲动,接过东西道:"没事,先送叔叔、阿姨去医院。"

"时间有的是呢,着什么急去医院,赶紧先吃饭。"周红艳最见不得年轻人糟践身体,习惯性地插话教训人,"光吃饺子做什么?冬冬,你没带泡的花茶?怎么现在都不拿出来?"

黎冬这才想起包里的玻璃杯,忙转头去拿,就听周红艳碎碎念个不停:"你们就仗着年轻不爱惜身体,成天加班熬夜点外卖,等老了就知道后悔了!"

连沉默的黎明强也出声道:"身体是一切的本钱,年轻人拼命要适度。"

黎冬皱眉想劝父母别再多说,旁边的祁夏璟倒是先沉沉笑出声,散漫语调难得有几分认真:"嗯,知道叔叔、阿姨心疼我。"

没想到祁夏璟如此直白大胆,连周红艳都哽住,半晌轻笑出声:"你这孩子,还挺自恋。"

李助理闻讯,早早在医院大门口等候,手里撑着一把巨大的伞。周红艳知道人是祁夏璟请来的,也不好意思再耽误时间,催促两位医生赶紧上班,就转身和黎明强上楼看病。

黎冬和祁夏璟的办公室分别在科室走廊的两端。雨天人少,又未到上班时间,两人默契地选择了人少的路线。在无人的拐角处分别时,落后半步的祁夏璟抬手环住黎冬腕骨,掌心干燥温热,指尖却是微凉的。

黎冬脚步微顿。祁夏璟轻拽着她令她的后背靠墙,让贴近的两人仿佛消失在众人视线中,声音沙哑:"昨天在三楼怎么不过来?"祁夏璟连说话都透着浓浓疲倦。他微微俯身低头,眉眼隐没在额前垂下的碎发后面,"还在为周六的事生气吗?"

仔细想想那天无理由的责问,祁夏璟只觉得幼稚又蛮横。他垂眸,沉默地静静打量黎冬——在车上他顾及后排的两位长辈,都不曾好好看过她。

"没生气。"她看着男人紧皱的眉,抬起左手落在他眉间,轻轻按压着向眉尾推,轻声道,"辛苦了。"女人细嫩柔软的手缓慢从他的眉间滑过,带着

第 8 章

203

几分湿气的清淡雏菊香气沁人心脾,无声抚平他的困乏和焦躁。

祁夏璟拧紧的眉头舒缓,握住黎冬落在他额前的手放到脸旁,亲昵地轻蹭她掌心,哑声中带着点不可名状的委屈:"感觉很久没见过你了。"

分明才两天时间。

黎冬安静地任由祁夏璟握住她右手,左手耐心地刮过他眉头,看着祁夏璟缓缓合上眼。两人就这样无声地面对而立。

"叔叔的体检结果我都看过了,目前看没有大问题,刘主任那边我也会继续跟进。中午体检结束后,小李会开车送他们回去。"离上班时间所剩无几时,祁夏璟终于睁开眼睛,"你放心,我不会在未经你允许的情况下再见叔叔、阿姨。"对祁夏璟,黎冬除了道谢外,常常不知该如何回应。

"谢谢,"这次同样没有破例,只是她在男人要松手时忽地出声道,"如果今晚下班时还在下雨,可以麻烦你送我回家吗?"祁夏璟闻言动作微顿,半晌垂眸望着黎冬渐红的耳尖,无声勾唇,散漫眼底染上点儿笑意。

"好。"男人柔声答应,握着黎冬的右手贴近唇边,在她微微的屏息中亲吻在她掌心,薄唇贴着细软皮肤,"那我希望这场雨,永不落幕。"

或许是雨天的缘故,白天的工作倒不如平日繁忙。黎冬结束上午的手术后,午休时间陪父母在食堂吃了午饭。父亲的大部分体检数据已经出来,衰老带来的问题不可避免,过去几十年劳作留下的后遗症也依旧存在,但至少没有旧病复发的征兆。心脏目前也没出现问题,只需要注意休息,保持心情舒畅,定期来医院复查体检。

听过心内刘主任的诊断结果,黎冬心中一块大石头终于落下。高三分手后,这些年她和黎明强、周红艳的关系不算融洽亲密,但父母终究是她一生无法放下的牵挂,她衷心希望父母能健康长寿。

送走父母,黎冬下午上班都觉得轻松许多。下午走向手术室时,连跟拍小于都不禁感叹道:"姐,我终于见到你笑了,感觉你前两天都忧心忡忡的。"黎冬闻言微笑,偏头朝窗外望去,发现依旧是瓢泼大雨,眼底笑意更甚。

"听新闻说,这雨要下一整天呢,也不知道晚上怎么打车。"小于望着窗外的水雾蒙蒙,愁眉苦脸地问道,"姐,你晚上怎么回去啊,要不要一起拼车?还能省点时间。"

"不了,"黎冬摇头拒绝,眼中盈盈笑意让小于都有一瞬的呆愣,"有人会送我回去。"

"是祁副高吧,得嘞,我就知道是我自讨没趣咯。"

时间在期盼、等待中飞速过去。黎冬再从手术室出来时,时间已经将近五点半。下班前,她打算先去五楼看看盛穗。

最近工作繁忙顾不上,她昨天才从邓佳莹那里知道,小姑娘住院都有半个月了,马上要出院了。1型糖尿病患者除了要定时注射胰岛素,平时看着和正常人无异。盛穗年纪又轻,只要得到妥当照顾,身体机能会恢复得非常快。

黎冬来到病房时,第一眼就见到刚从外面回来的小姑娘。她正要躺回病床,苍白的脸色养出了几分红润,连干瘪的小脸蛋也圆润不少。

病房里的另外两人正在低声讨论。黎冬站在病房外,听见邓佳莹和祁夏璟聊着盛穗的情况,安静地不去打扰。

邓佳莹今天仿佛又换了个人,没化昨日所见的精致妆容,长卷发披肩,也不再穿修身的衬衫和包臀裙,反倒穿了一件典雅素净的深灰色高领毛衣。脸上妆容淡雅,连长发都高高扎束起来,一改妩媚娇俏,浑身透着精干利落。

或许是和昨天相差过大,不知怎的,黎冬看着有些别扭。

邓佳莹站得离祁夏璟很近,没低头去看资料,而是抬头笑眼弯弯地望着男人,柔声道:"案子我刚接手,盛穗的病情和家里的情况还不够了解,以后可能要多打扰你。"

"她的病情去问负责的主治医生。"在外人面前,祁夏璟永远透露着一种散漫疏离的冷感,半个眼神都没分过去,将手里资料递给邓佳莹,语气冷淡,"其余部分,该是你的本职工作。"

话毕他和邓佳莹拉开距离,径直走向盛穗,俯身要给女孩检查心跳。小姑娘眼尖,抬头立刻发见门口等候的黎冬,声音甜软地喊她:"黎冬姐姐。"

病房里的两人不约而同地回头。

"下班来看看盛穗,看你们在说话就没进来。"黎冬简单解释来意,笑着走向病床边。她俯身爱怜地揉了揉女孩脑袋,轻声问道:"听说你快出院了,感觉还好吗?"盛穗用力点点头:"已经没事了,姐姐你不要担心我。"

黎冬笑着说好,起身对上祁夏璟似笑非笑的深邃黑眸。男人棱角分明的脸朝窗外侧偏些角度,无声勾唇。黎冬明白,他是在说窗外仍落着大雨。她答应过的,让他送自己回家。

"黎冬刚下班就来查岗啊,看得这么紧呢!"邓佳莹在一旁笑看两人眉来眼去,语调轻柔,"难怪感情能一直这么好呢。"

黎冬不会接话,祁夏璟懒得回应,邓佳莹的玩笑话就这么直直摔在地上。

好在女人也不觉得尴尬,另提新话题后又和黎冬聊起来,直到徐榄来病房找祁夏璟去开会。

"你又不看群消息,"徐榄肩膀靠着门框,随意地和两位女士打招呼,话是冲着祁夏璟说的,"主任那边忙完了。十五分钟后要开明天的术前会议,准备加班开工吧。"

从病房出来前,走在最后的祁夏璟抬手钩住黎冬小拇指。男人上前半步停在她身后,俯身薄唇贴着她耳垂:"现在已经是下班时间。黎医生说话要作数。"

黎冬愣神,脚步微顿,半秒后反应过来,她当初提出送她回家的条件,是"如果今晚下班时还在下雨"。那么哪怕祁夏璟加班时雨停了,她也不能违背诺言——最近她不止一次发现,祁夏璟会在某些细节上幼稚地较真。

不习惯在他人面前表露爱意,黎冬耳红垂眸,小拇指又钩了下男人手指,用只有两人能听见的音量回答:"那我等你下班。"

"徐榄,你这件毛衣是Y家的吧!这么小众的牌子,没想到你也喜欢。"走廊里传来邓佳莹的说话声。徐榄低头看了眼身上的毛衣,朝祁夏璟抛了个媚眼:"老祁以前送的,他在A国时总买这个牌子的衣服。"

"好巧啊,我也很喜欢这个牌子,"邓佳莹惊喜地看向祁夏璟,语气雀跃,"我大四去C校交换的时候也总买它家的衣服,家里现在还有好几件呢。"

"你还去C校交换过?"徐榄听完乐了,"那你这不就是我和老祁半个校友嘛!"黎冬在一旁默默听着。原来祁夏璟大学去的是藤校。

"婚礼的事你考虑好了吗?"头顶传来祁夏璟置身事外的懒散询问,男人对旁边两人的对话置若罔闻,只垂眸望进她双眼,"没问题的话,这周我们找个时间去试衣服。"

祁夏璟的暧昧用词太具有欺骗性,前面闲聊的两人齐齐回头,男人挑唇笑,女人则是满脸震惊。邓佳莹脸上的盈盈笑意终于出现一丝裂缝,又扯出僵硬笑脸:"你们俩要结婚了?"

祁夏璟双手插兜,懒懒掀起眼皮反问:"你很感兴趣?"

"当然,毕竟是轰动全校的恋爱。"邓佳莹整理好表情,脸上又是无懈可击的笑容,"都过去十年了,你们也该修成正果了。"

邓佳莹的手不自觉紧握住包带,回头望向黎冬时却微微一笑。"当初阿姨来找黎冬时,我们都吓坏了,还好她坚持了下来,你们才能坚持这么久啊。"说完女人看向几米外的电梯,率先朝在场三人告别,"我就不打扰各位工作,先回去了。"

黎冬也要回办公室,几人在拐角处分别后,只剩下两位要去加班开会的男士同行。祁夏璟停下脚步,拿出手机将刚拉黑的号码放出来,面无表情地打字,唐老鸭的挂坠悬空转悠着。

"怎么回事？"徐榄敏锐地感受到男人突如其来的低气压，"你这眼神像是要杀人一样。"点击发送，祁夏璟将手机丢进口袋，垂眸遮住眼底表情，声音却低哑得吓人："邓佳莹说，颜茹去找过黎冬。"

"我知道啊，你们俩的老妈都去了。"徐榄还记得那次自习前，黎冬在全班注视下被教导主任叫走，"那天你晚自习才赶回来——"徐榄猛然反应过来，忍不住吞咽一下，艰难地道，"祁夏璟，你到底什么意思？"

男人深不见底的黑眸弥漫着厚重浓雾，周身寒意让徐榄轻微打了个寒噤："字面意思。"

颜茹，去找过黎冬。

回办公室整理妥当后，黎冬又看了会儿资料，发现半个字都塞不进大脑，放弃地起身。母亲发短信问她几点回家吃饭，黎冬含糊其词地回复说不必等自己。

听祁夏璟的口吻，这次术前会议应耗时不久。于是黎冬百无聊赖地走向一楼通往停车场的后门，低头给祁夏璟发短信告知位置。寒凉冬雨已落了整日，丝毫没有减弱，反而有越演越烈之势，雨滴噼里啪啦地砸在地面，炸开水花。

黎冬出神地望着斜雨落地，思绪不受控制地飘远。重逢时不觉得，今天听邓佳莹再度提起她全然陌生的信息时，黎冬才意识到她一直刻意回避的问题。

祁夏璟从高中毕业后的一切人生，于她而言都是茫然空白。错过的十年像是无形的巨大鸿沟，横在两人中间。关于祁夏璟的过去，她都只能从旁人的只言片语中了解。

每每邓佳莹讲起祁夏璟在外面的趣事，她总有一瞬会难以自抑地想：祁夏璟在经历外面的精彩世界时，会不会偶尔也想起她呢？

念及此处，黎冬靠着墙垂眸笑笑。

其实不想也没关系。而且从时间上看，祁夏璟应该更习惯自己的世界里不存在黎冬的日子。他们在一起仅仅一年时间。在此之前，她沉默而遥远地临摹了祁夏璟两年时间，分手后的十年也找不到人来替代。

黎冬心里很清楚，分手后的不想念以及重逢后的冷漠，才是大多数人的正常情况。祁夏璟没有错，她也不该感到委屈。

"在想什么，这么出神？"头顶光影被高大身影遮挡，黎冬下意识地抬眸，正好撞进男人漆黑的双眼。换下白大褂的祁夏璟站在她面前。刺眼冷光照射在祁夏璟的黑发和宽阔的肩膀上，往日漫不经心的神态似乎消失不见，深不可测的眼神让黎冬恍然觉出些陌生。

不过半小时不见，黎冬却隐隐觉得，祁夏璟今晚有些不大一样了。

第 8 章

"久等了。"为了她方便,男人说话时总会习惯性地微微俯身,"我们回家吧。"黎冬出门才发现,后门几级台阶下的平地地势较低,早已淹没在大片泥水中。哪怕个子再高、腿再长,走下去也必定要弄湿鞋袜。

停车场四周有围栏,也没办法从前门直接绕过去。她犹豫片刻,打算弯腰挽起裤脚从泥水中跨过去。顶多也就是踩两脚淤泥而已,她只是担心上车时会不会弄脏脚垫。

而祁夏璟已经在她面前蹲下,宽阔肩背正对着黎冬。男人臂弯里是毛呢大衣,内里只穿了件黑色衬衫,贴着脊背的衣料勾勒出他肩宽腰窄的完美倒三角身材,仅仅是背影都让人心生安全感。

"做了一天手术,手上没力气,背你过去吧。"淅沥雨声中,祁夏璟的声音更显沉哑,黎冬听见他低低笑了一声,似乎陷入了某种回忆,"我好像从没背过你。"傍晚、暴雨、蹲下的男生——短短一瞬,太多熟悉的场景和画面在黎冬脑海中疯狂闪过,有些话几欲脱口而出。

其实是背过的。

在初三毕业的那场仲夏夜雨中,在她为了寻找上山贪玩的弟弟而不慎崴了脚时,在她无助蹲在半山腰打算等雨停再回家时,曾有身穿黑色冲锋衣的少年蹲在她面前,半张脸隐没在雨幕中,看不清神情。

环住祁夏璟脖子的那一刻,闻着男人身上熟悉的乌木沉香,黎冬只恍惚觉得时间同十二年前的那晚重合相撞。

祁夏璟的外套遮在两人头顶,黎冬趴在他身上,被背得很稳。在大雨倾盆中,她时不时能听见对方沉稳的呼吸声。落在她耳边的每一声,都仿佛在耳膜炸开,到后来和她的心跳声混在一起,甚至分不清哪个更响。

黎冬那时问了什么呢?

——能不能问问……你叫什么名字?
——祁夏璟,你呢?
——我叫黎冬。黎明的黎,冬天的冬。因为我出生在冬至,所以父母取了这个名字。
——黎冬?挺好听的名字。

邓佳莹说她羡慕黎冬运气好,因为祁夏璟觉得她的名字好听而记住她。可他分明把她忘记得彻底。酸涩冲上胸口的那一刹那,黎冬在大雨倾盆中感受到涌上来的泪意。眼泪久久并未落下,只是视线变得模糊不清。知道不应该,清楚这是无理取闹，可当祁夏璟十二年后再次蹲下身，背着她走进雨幕中时，黎冬想，其实她这些年是有些委屈的。

她身体贴着男人坚硬温暖的后背，手一点点地环住他脖子，将头埋进男人颈间，第一次以依偎的姿势，紧紧拥抱着祁夏璟。黎冬极力压抑着尾音的哽咽，低声呼唤他姓名："祁夏璟，你可不可以走慢一点儿。我害怕。"

害怕他放下她之后，又会像以前那样，再也记不起黎冬是谁了。

"阿黎。"男人缓慢地走过坑洼的水地，鞋袜早被肮脏泥水污染，却没有将黎冬从背上放下来。祁夏璟在雨中走得很慢，周边几乎静止不动的景物，让黎冬清晰感受到他的如履薄冰。

"阿黎，"男人再次低低呼喊她的名字，沙哑声音盖不住他在面对黎冬突如其来的情绪低落时，无能为力的疼惜和无措，"你是不是在哭？"

"没有，"黎冬摇头否认，她还没忘记再也不为祁夏璟哭的誓约，深吸口气平复情绪，轻声问道，"祁夏璟，你为什么总以为我在哭？"

短短十字的提问过后，又是一阵漫长而煎熬的沉默。黎冬分不清祁夏璟是不想回答，还是不知该如何回答。她唯一能感受到的，只有男人逐渐僵硬的背脊。几米外就是熟悉的保时捷，不得不将黎冬放下来的处境，让祁夏璟终于艰难开口。

"每次梦到你，你总是偷偷在哭。"他的话音微顿，黎冬听见祁夏璟自嘲地低笑出声，声音沙哑到不像话，轻得仿佛下一秒就要消散在风中，"梦醒后我都会想，在一起的时候我是不是真的对你很不好，让你甚至在梦里，都从来不肯转身看我一眼。"

❄ 31

雨落倾盆，水漫四溢，滚圆的雨滴无情地砸在车玻璃上，接连发出闷闷声响，像是为车内广播播放的音乐伴奏。

> 多希望你就是最后的人，但年轮和青春不忍相认。
> 一盏灯，一座城，找一人，一路的颠沛流离。
> 从你的全世界路过，把全盛的我都活过，请往前走，不必回头，在终点等你的人会是我。①

---

① 歌词出自电影《从你的全世界路过》的插曲《全世界谁倾听你》。

温柔清润的男音随着忧伤乐声在车内流淌，让车里相对无言的两人不必时刻煎熬在寂静中。透过车窗玻璃，黎冬出神地望着空荡街道飞快后退，脑海里循环播放着祁夏璟背着她时说过的话。

滂沱大雨中，男人声音嘶哑地问她，在一起时他是不是真的对她很不好。心脏仿佛被人捏在掌心攥紧，每次呼吸都是针扎般痛。

黎冬问心有愧，祁夏璟如履薄冰，嘴上轻松说着再不谈及过往的两人，实际上从未从十年前的过往中挣脱，反倒在泥泞中越陷越深。

其实她早该知道的，这段时日的亲昵，让黎冬得意到忘记过去的事谈不得，也忘记了祁夏璟两个月后要返回S市。她的长睫低垂，熟悉的无力感和茫然再次弥漫心头，分明才经历过温情一幕，她却有种力不从心的挫败感。

"叔叔、阿姨来的那天晚上，你答应过，会给我更多耐心和信任。"保时捷稳稳停在楼下门口，转身临下车前，黎冬听见身后响起祁夏璟沙哑的声音，"再给我些时间吧。"

她开车门的手僵住。祁夏璟总能第一时间敏锐察觉到她所有的细微情绪。

"黎冬，我知道你有很多委屈，"天之骄子的话里满是苦涩，让黎冬甚至不敢回头去看他此时脸上的表情，"可如果连你都放弃，我大概真的坚持不下去了。"各怀心事的两人让话题一度变得沉重。黎冬不清楚祁夏璟所知的"委屈"是什么，光是听见他说出这些话，她就觉得心如刀绞。

深吸口气，黎冬压抑下哽咽，没有转身，只点头答应："好。"随着车门关闭声响起，女人纤瘦的身影迅速消失在雨幕中，决绝离去的模样，让祁夏璟想起黎冬提分手的那天。那时他因为放弃藤校录取通知书的事被逐出家门，高考后如约选择S市医科大。在A国陪护突然生病的外公时，所有闲暇时间都在想他们未来四年的规划。

少年相信事在人为，相信双向奔赴就能排除万难，毫不犹豫地抛弃全世界，只想留守在心爱的女孩身边。直到他从旁人口中得知，黎冬考取的是本地一所医学高校，直到她在电话里亲口承认一切。

现在回想起来，分手早有预兆。祁夏璟结束禁闭返校后的日子，他们常有争吵。黎冬退还他精心挑选的礼物，并且不许他再接送她上下学，祁夏璟总是感到愠怒。他想过黎冬有苦衷，于是忍着滔天怒火，用最后的温情耐心地告诉她，他可以复读，可以和家里彻底决裂，可以——

"祁夏璟，我真的累了。"黎冬波澜不惊地打断他，平静的语调让祁夏璟感到自取其辱的可笑，"我们分手吧。"他彻底被愤怒冲昏头脑，相识后第一次吼了她："黎冬你想清楚，如果你一定要分手，我们就永远没有可能了。"

她说："好。"

直至今日，他仍旧记得分手当晚通宵未眠，无数次回想他曾经有可能犯下的错误，想他怎么会把黎冬弄丢。他发疯般连夜坐飞机回国，拨打上百次电话，只听见忙音，花光身上所有的钱买下那只金毛，在人去楼空的筒子楼下等了黎冬三天三夜。

直到第四日的朝霞穿过云层，在天幕透出第一丝光亮时，祁夏璟恍然顿悟。黎冬是真的不要他了。她离开得这样决绝，哪怕他知道错了，哪怕他想弥补，她也再不会给他一次道歉的机会。

祁夏璟终于一无所有，成为丧家之犬。窗外雨声淅淅沥沥，悲情歌曲循环播放。良久，祁夏璟将头靠在方向盘上，合着眼，手里抓着黎冬方才披过的外套，上面还残留着她的温热和气味。

男人独自在车里坐了不知多久，直到手机振动，是被拉黑许久的号码打来的电话。祁夏璟面无表情地接起。

"我们谈谈吧，"听筒里，平静沉稳的女声响起，"我可以回答你在短信里的问题。"

体检和诊断结果出来后，黎家所有人都放下了心中大石，黎明强当晚便提出要尽快回家。面对黎冬的挽留，寡言的父亲坚持道："我和你妈在这里也没用，影响你休息。"

两人僵持不下，最后周红艳不得不出面调和，确定在周六那天离开。暂住了几天，周红艳发现黎冬家里有不少堆积的旧物，想在离开前帮她整理妥当。

担心东西被乱丢，黎冬无奈，只能一起收拾。母女俩花费整整一晚，确实清理出不少陈积物件。

"你看你小时候，多乖多漂亮。"周红艳手里拿着从书柜翻找到的老相册，坐在桌边翻看，语气满是怀念，"那时候每次带你出门，镇上总有人要给我和你爸说娃娃亲。"黎冬停下手中的事儿，凑过去看母亲手中的相册，看着年幼还爱笑的她在一张张相片中都无忧弯唇。

"你小时候可比现在活泼很多，"周红艳看着相片，不禁连连感叹道，"好像上学之后，就变得越来越不爱讲话了——"说话声在女人再次翻动相册时戛然而止。照片上是黎冬百天时照的全家福，那会儿还没有周屿川，画面里黎媛抱着小黎冬，清贫的一家四口在镜头下笑得幸福美满。

平日话很多的周红艳忽地陷入沉默，爬满粗茧的手指轻轻抚摸过照片，良久低声道："其实你小姑最疼你了。"

第 8 章

黎媛年纪只比黎冬大十一岁，黎冬上小学时，黎媛也不过是高中生，每每看到黎冬嘴馋别的小朋友吃的零食，都会饿肚子把钱攒下来，背着大哥、大嫂给黎冬买。她大学时，知道黎明强身体累垮后更是省吃俭用，四年从不曾向家里要一分钱，逢年过节还给家里寄补品。

　　"后来你爸总和我说，是不是小媛以前穷怕了，现在才一定要嫁进有钱人家，"黎明强在客厅看电视，周红艳压着声音不敢张扬，"婚礼的事，你小姑来找过你吧？"

　　黎冬只点点头，犹豫许久，还是问出困扰她多年的问题。"我听很多人说过，您当年和爸爸结婚，同样有很多人反对，他们觉得父亲家里太穷，可您还是义无反顾地和爸爸成为家人。为什么换成有钱人，你们却不能接受呢？我知道您会说那个人早有婚约，"见周红艳挑眉就要出声反驳，黎冬先一步将话说完，"可小姑也解释过无数次，她没有插足别人的婚姻。明明您和爸爸看着小姑长大，是最爱她的人，为什么不能相信她的话呢？"声调扬高，黎冬鲜少在母亲面前情绪激动，"如果连你们都不相信小姑，那世上还会有谁相信她？"

　　话毕，她发现自己藏在长袖下的指尖都在感同身受般地轻抖着。她也说不清为何会替小姑争辩，会如此希望父母能忽略身边的流言蜚语，选择相信小姑，就好像在为当年不善言辞的自己争辩一样。

　　周红艳被问得哑口无言。手机在口袋里振动，黎冬低头看，是小姑发来的消息以及三万块的转账提示。她皱眉，轻声找了个借口起身去洗手间。

　　黎媛：小冬，辛苦你这两天照顾大哥大嫂。这钱麻烦你给他们买些好点儿的保养品，就别说是我送的了。

　　黎媛：我听祁琛说伴娘的事了，我知道你有你的难处，千万不要有负担，小姑知道你的心意。

　　洗手间内一片静悄悄的，黎冬靠着洗手台久久望着手机屏幕，半响打字回复："保养品我会买的，小姑费心。伴娘的事我已经答应姑父，没关系的。"

　　指尖微顿，黎冬打出衷心的祝福："小姑，我相信总有一天，父亲会重新接纳你的。"

　　收起手机，黎冬从洗手间出去，就见到母亲又去了厨房忙碌，而原本在客厅的父亲，此时正独自坐在卧室床边，手里是熟悉的旧相册。

　　数年的病痛早已将曾经的顶梁柱压垮。不再年轻力壮的男人腰背佝偻，背脊仿佛再也直不起来。他埋着头，久久凝望着那张陈年的一家四口合照。

伴娘的事正式敲定，黎媛考虑到黎冬周末要送父母回去，初次试伴娘服的时间定在周四下班后。因为刚接手盛穗的事，邓佳莹这几日成天往医院跑，还没忘记顿顿午餐都拉上黎冬一起吃，连徐榄见了都调侃她俩最近怎么跟双胞胎似的，形影不离。

邓佳莹总爱亲昵地挽住黎冬胳膊，笑吟吟道："这你就不懂了，我们俩都是小地方出来的，从初中起就是同学呢。"黎冬每每都只淡笑着抽开手。

周四和邓佳莹吃过午餐后，黎冬刚送走人，回到办公室，杨丽就立马凑过来，神秘兮兮道："你难道不觉得，你那个老同学很奇怪吗？"

杨丽坐在椅子上转向门口，眯着眼睛看远去的邓佳莹的背影，摸着下巴道："总感觉，她在刻意模仿你一样。"话毕，她转头看向旁边使劲点头的跟拍小于，挑眉问他："不怪我乱揣测吧，你是不是也这么觉得？"

小半个月过去，三人关系早就熟稔。小于闻言，抬手扶了下不存在的眼镜："连续三天，这位邓小姐都跟着冬姐穿，款式、颜色不说一模一样吧，都快以假乱真了。"

"你也发现了！"杨丽猛然一拍手，双眼一亮，"第一次来时明明走的是'纯欲风'，但是这几天恨不得把黑、白、灰镶身上，不喷香水也不化浓妆了，甚至卷发都拉直了！"黎冬闻言才想起，邓佳莹昨天问过她毛衣的品牌。

"不是，她这是要干吗？"杨丽百思不得其解，"争做黎冬二号？赶明儿也上手术台救死扶伤？"

黎冬摇头，同样疑惑，但并未多想邓佳莹的事，趁着下午上班之前，抽空看黎媛发来的伴娘服照片，供选择的有七套。黎媛将配套的伴郎服同时发来，让黎冬先挑选看看。

黎冬明白，小姑这是在提醒她祁夏璟会是伴郎。关于伴娘服她没有经验，只懂得不要太出风头，又想着黎媛婚礼的主题是海洋，最终选了第三套浅蓝色纱裙。

"伴郎服我看不出区别，"黎冬回复消息，"小姑你来定吧。"

黎媛安抚她："没事，下午夏璟也过来试服装，到时再确定也来得及。"

黎冬垂眸看着屏幕上的消息，心因为对方简单一句话而加速跳了跳。这两天她值班，留在医院过夜，祁夏璟又整天都待在手术室，两人鲜少可以见面的时间里都有旁人在，根本抽不出空聊几句，黎冬时而会觉得想念作祟。

下午在走廊和病人家属聊术前注意事项时，黎冬远远就听走廊另一头传来骚动。尹护士随后匆忙跑来，让黎冬立即去手术室。

"病人是急诊送来的，前胸和后背各被人捅了两刀，内脏器官多处出现大

第 8 章

出血现象，相关科室的医生都在赶来的路上。"情况紧急，黎冬一路小跑来到手术室门前，看见不远处跪坐在地的年轻男人，愣了愣。浑身是血的男人穿着格子衫，颤抖不止的右手无名指上，是一枚素净的银戒。

一米八几的人，身体抖如筛糠，眼泪和鲜血沾在脸上，双膝发软地跪在地面央求，喉咙里发出含混不清的绝望的嘶喊："求求你们救救她，求求你们了……"

黎冬深呼吸平复心绪，换上无菌服后走进手术室，看着手术台上身穿婚纱的女孩奄奄一息。听协助的护士说，女孩原本是打算穿着婚纱和男人求婚的，还特意将地点约在两人初见的地下商场。结果在等男人过来的时候，女孩撞见扒手偷老人钱包，见义勇为地将人捉住并大声呵斥。小偷怕警察来，气急败坏下拿出随身携带的匕首，冲着女孩的前胸和后背各捅数刀，匆匆逃走。

"听送人来的救护人员说，事发地点离两人见面的地方特别近，男的是看着女孩被捅的。"

这场无比沉重的手术时间很短。仅仅半小时，失血过多就轻而易举地剥夺了年轻女孩的生命。心电监护仪示波屏上显示一条直线，刺耳的嘀嘀报警声宣告女孩的死亡，无能为力的医生们沉默着离开。

黎冬是最后离开手术室的。推门出去前，她又忍不住回头看向冰冷手术台上再无生命体征的女孩，心情宛如灌铅般沉重。

如果不是这场意外，女孩应该已经求婚成功了。

人死不能复生，或许承担痛苦，是生命存活下来必须尽的责任。

人们不知该如何面对走廊里跪地不起的男人。

曾失声痛哭的男人早已流不出泪，恍惚地听路过的人一声又一声说着"节哀"，眼神呆滞而茫然。

最终他将目光锁定在黎冬身上，发疯一般面目狰狞地冲到她面前，用沾满鲜血的手用力摇晃她的肩膀："不是都送来医院了吗？怎么还会死呢？凭什么是她死呢？"语无伦次的人迅速被周围人拉开，黎冬的心被紧紧揪住。她看着男人无名指上的银戒，脚仿佛有千斤重，定在原地无法动弹。

短短几秒时间，失控的男人从滔天怒火变为跪地祈求，几乎是胡言乱语着："我们还要结婚的，她说要和我结婚的。能不能让小安再多活五分钟，一分钟也可以。我求求你们，她还没听到我夸她穿婚纱好看，还没等到我答应娶她……"黎冬向来无法处理这种状况，几乎是逃跑一般离开走廊，白大褂上印着杂乱的血手印，一路上引得众人频频回头。

心乱如麻的糟糕情绪让她无暇顾及路人目光，满脑子都是男人撕心裂肺的哭泣。护士说，女孩倒地的位置离男人不过十几米。男人只要早到哪怕一分钟，或许都不会酿成惨剧。

女孩再也听不到男人叫她"小安"，男人再也无法答应女孩的求婚。原来分秒之差的犹豫，就可能是阴阳相隔的永不再见。想念毫无征兆地爆发，虽然不知道要说些什么，但黎冬想立刻见到祁夏璟。

"班长？"徐榄担心的声音在头顶响起，黎冬回神抬头，就见恰好路过的男人看向她，皱眉问道，"你没事吧？"

"病人家属有些激动，血蹭到身上了。"黎冬摇头，语速不自知地变快，直勾勾地盯着徐榄的眼睛，"你知道祁夏璟在哪儿吗？"

"你找老祁？"徐榄意外地挠挠头，"不知道，不过他下午请假了，刚离开医院，我帮你问问？"

黎冬闻言摇头，唇边扯出点僵硬笑容："没事的，我自己找他就好。"

"也行，你赶紧去换身衣服吧，看着怪吓人的。"

送别徐榄，黎冬匆匆返回办公室换下带血的衣服，拿出手机点开和祁夏璟的聊天界面，指尖停在通话键上方，迟迟没有按下。她性格沉闷，表达又笨拙，习惯了将所有事都深埋心底，记忆中从未和人坦诚表露过心事。

犹豫不决时，桌面上的手机却嗡嗡振动起来，是祁夏璟打来的电话。

"你还好吗？"听筒里祁夏璟的声音响起的一刹那，黎冬觉得周遭一切都归于寂静，只剩下男人的安抚，"人送来已经严重大出血，你不能因此责怪自己。"黎冬闻言有一瞬的诧异，事情才刚过去不到十分钟，祁夏璟怎么会知道得这么清楚？

"那什么，是我给祁副高打的电话。"偷藏在门外的跟拍小于鬼鬼祟祟地探头进来，"第一天他就交代过，如果姐你心情不好，第一时间给他打电话。"话毕，小于自己也觉得这个行为挺变态的，竖起四根手指保证道，"这是我第一次打小报告！主……主要是我看那男的晃你肩膀的时候，表情挺吓人的，怕你被吓到，所以才……"

"没事，"黎冬摇头，抬眸看向墙上时钟，轻声道，"可以等我打完电话再拍吗？"她只给自己五分钟时间软弱。

房间重归安静，听筒那端的男人静静地等候着，隐隐传来汽车鸣笛的声音。

"你在开车吗？"黎冬心里一紧，"那我等下再打过来。"

"没关系，我已经把车停在路边。"祁夏璟沉哑而令人心安的声音落在耳边，慢慢抚平了黎冬焦躁慌乱的心绪，"阿黎别慌，你慢慢说。"

215

"女孩原本打算和男人求婚的,她穿着婚纱要去他们初遇的地方见他。男人晚了一步,就只能看着女孩被救护车带走……他再也没法答应女孩的求婚了。"逻辑不清的话说到最后,黎冬也不知道她想表达什么,只是干巴巴地重复着,"祁夏璟,他们再也没有以后了。"

"黎冬,你看了那七套伴娘服吗?"沉默几秒,对面的人却提起毫不相关的话题,"我最喜欢水蓝色纱裙那一套,你呢?"话题跳转得太快,黎冬思绪反应不及,愣愣道:"嗯,我也最喜欢那条裙子。"

"嗯,那我们就最先试那一套。"听筒传来的声音太过和缓,黎冬甚至能想象到祁夏璟此刻脸上的温柔神情,"我等下有事要忙,最快赶回来也要一小时后。那时你应该已经下班,我们直接在婚纱店见面吧。"

黎冬缓慢眨眼:"其实我打这个电话——"

"阿黎,我们不是他们。"祁夏璟轻叹后沉声打断,有意放慢语速讲给她听,"我们一小时后会在婚纱店见面,会先试水蓝色那套伴婚服。之后如果你愿意,我会送你回家。我有许多话想对你说,很多事想同你一起经历——我们还有长久的、相互陪伴的未来。"

"嗯,我知道。"黎冬垂眸耐心听完,手指反复拨动着桌面文件的纸张边角,垂眸抿唇半晌,还是将刚才未说完的后半句讲完,"其实我打这个电话,只是想告诉你,祁夏璟,我现在很想你。"

祁夏璟说的她都懂,但至少现下这一刻,她不想再犹豫。哪怕笨拙得不懂技巧,她也要清楚直白地告诉他,她很想他。通话再次陷入沉默,黎冬在对面持续的沉默中感到不断升腾的羞耻感,悄然红了脸。良久,对面的人才终于回神,轻笑出声,语气难掩宠溺地回应道:"乖,我也想你。"

❄ 32

话音落下,祁夏璟听见电话那一端的呼吸都骤停几秒。想到女人此刻脸颊泛起的微红,屏息而不知如何回答的羞赧,祁夏璟喉结很轻地上下滚了滚,喉咙有些痒。许久未犯的烟瘾袭来,他坐在车里用左手懒散拿着手机,目光停落在车门储物格里遗落的棒棒糖上。

这是手术失败那日,黎冬送给他的。空闲的右手拿出糖在手心把玩,祁夏璟耐心地将糖衣表面的小麦哲伦星云图案看完整,沉沉道:"怎么不说话?"半晌,黎冬清清嗓子,生硬地转移话题:"你下午突然请假,是有急事吗?"

"去见个人。"祁夏璟漆黑眼底微沉,语调又恢复往日散漫,"一个小时内能赶回来,去婚纱店时不会迟到。"黎冬再次愣了愣,轻声解释:"我没有催你的意思——"

"嗯,我知道。"祁夏璟喜欢女人声音贴在他耳边落下的亲昵,生出念头后又笑他自己臆想太多,"是我等不及想见你。"挂断电话,车内重归寂静,男人沉黑眼眸中最后的温情消失,取而代之的是深不见底的冰冷疏离。

仔细算起来,除去参加外公葬礼,祁夏璟上次回祁家还是十年前。那时他还没去A国,在家行尸走肉般住了一段时日。富人区的黄金地段,寸土寸金的位置,依山傍水,成千上万人拼尽一生挤破头想住进去的地方,祁夏璟靠近时只觉得厌恶。

保时捷最终停在英伦风的三层别墅草坪前,祁夏璟从车上下来,随手将车钥匙丢给毕恭毕敬的门童,迈着大步朝着十几级大理石台阶走去。

大门前等候的人整齐排列在两侧,其中不乏熟悉面孔,瞧着比印象中苍老许多,脸上爬满了岁月留下的纹路。

管家齐叔是看着祁夏璟长大的。年过半百的人鬓角斑白,早已不再年轻,见到祁夏璟就立刻红了眼眶:"夏璟终于知道回来了啊……"男人身后几个十几年前就在祁家的保姆,见状也纷纷低下头去,偷偷用衣袖拭泪。

祁夏璟将过膝风衣递过去,拍拍管家肩膀,面色仍旧冷淡:"人在哪儿?"早在和黎冬分手之前,他就已经许久未再叫过那个女人母亲。

"夫人还在楼上开视频会议,"齐叔面露难色,像是怕祁夏璟转头就走,讨好地笑着,"夏璟要不先去客厅吧,夫人很快就下来。"话毕立刻催促身后的人准备茶点。

祁夏璟微微颔首算作答应,随着管家一起,重新踏进曾困住他十八年的"巨大牢笼"。宫殿般金碧辉煌的别墅寂静无声,在祁家,随处摆放的物件都堪称藏品级别,唯独要说缺少什么,大概是实在没有烟火人气。

宽阔客厅空荡无人,红木沙发上摆着金丝线横纹的坐垫,连小桌上插花的瓷瓶都是珍品。祁夏璟垂眸望着这一切连连冷笑,在正厅坐下后,目光懒散地瞥过拐角楼梯处逃走的瘦小身影,漫不经心道:"他多大了?"

"刚过完九岁生日。"齐叔低眉顺眼地回答,嘴边笑容僵硬着,"夏璟,你不要想太多。"

想太多?听见楼上传来的关门声和模糊谈话声,祁夏璟懒倦无谓地勾唇笑着,后背靠着软垫,等女人从楼梯上下来。

颜茹十年如一日地精干利落,浅灰色套装完美修身,额前和鬓角的碎发都一丝不苟地梳到耳后,正如同她不许任何计划之外的事发生,打乱她的精密

第 8 章

人生。

祁夏璟面无表情地看着女人在对面坐下，视线落在她右手的文件袋上。许久未见，母子俩重逢不曾有过一句寒暄。无声对峙几秒，颜茹率先将手里的文件递过去，平静道："这是我给她看的东西。"

祁夏璟为什么会回来，"她"指代谁，母子两人都心知肚明。略微意外于颜茹的无条件配合，祁夏璟挑眉接过文件翻开，眸色随着纸页翻动沉下去。说来可笑，不过短短几十页纸，却能框死他过去十八年，甚至试图锁住他往后几十年的人生。

"给她看这些做什么？"半晌他抬眸，讽刺地勾唇笑了，"怎么，炫耀你和你的团队是如何试图打造一个完美无缺的产品吗？"面对儿子毫不留情的嘲讽，颜茹脸色难看不少，只是语气仍平静。"用事实告诉她，培养一个她喜欢的'祁夏璟'背后，需要多大的工程量而已。你出生就拥有别人一生不可及的东西，而相应的，你在得到的同时也必须承担相应的义务。"颜茹永远能逻辑自洽，波澜不惊的态度让人看了火大，"即便是十年后的现在，你能拿得出的底牌仍旧是祁家。你也无法否认，你自小到现在所获得的荣誉和爱慕，都离不开祁家提供的教育和物质条件。而我所指的爱慕，也包括那个女孩对你的情感。"颜茹深邃的眉眼有六七分遗传给了祁夏璟，多年的商战经验，让女人总能一针见血地戳人痛处。

祁夏璟总算明白颜茹为什么会爽快答应见面，原来是满腔怒火无处发泄，难听的话一定要当面不吐不快。"所以我从这个家滚出去了。"祁夏璟从容不迫地将资料翻看完，随手丢回桌面，视线再次望向偷藏在楼梯口的男孩，嘴角不紧不慢地上扬，轻飘飘地道，"怎么样，我走后你立刻生的替代品还听话吗？他有没有每天都按照你的计划生活？"

见颜茹被问到哑口无言，祁夏璟便兴致缺缺地收回目光，长腿交叠，重提起他此行目的："所以呢，炫耀成品后，你又和她说了什么？"

"没了。"面对儿子不加掩饰的鄙夷，颜茹直直望进祁夏璟双眼，面不改色道，"一份文件已经足够让她理解我的意思——培养一个人很难，她想毁掉却很容易。"

祁夏璟怎么会听不懂？犀利如颜茹，见到黎冬第一眼就清楚接下来的对话会无比轻松，所以她不必将话说得直白难听，只需要把血淋淋的事实摆出来，对黎冬就是足够的羞辱。

文件的用意再明显不过。没人在乎他们是否分手，但祁夏璟如果为了这段感情放弃出国，就相当于亲手断送了自己过去十几年为之努力的光明前途，也将亲手撕裂他和家人之间的所有联系。

黎冬会成为一切的导火索,是她让祁夏璟前途尽毁、众叛亲离。颜茹甚至不必提起分手二字,她也从不怀疑黎冬对祁夏璟的感情。甚至是因为信任这份感情,她才更清楚地知道,其中利害关系已经足够压垮一个不曾接触社会的未成年人。

祁夏璟闭了闭眼。黎冬是什么样的人,他早该知道。沉默寡言的女孩向来只做不说,天大的委屈砸在身上,都只会一个人硬扛。

千疮百孔的心脏扭绞着阵阵发痛,听颜茹轻描淡写地说起不为人知的过往,他甚至不知该痛恨黎冬这份隐忍的坚强,还是该疼惜她打碎牙往肚子里咽的委屈,抑或是该悲悯他们再也无法弥补的十年鸿沟。

与此同时,颜茹镇定自若的声音再次响起:"我说过,我和她都给过你机会,只要你当时答应出国,我不会强迫你分手。"

祁夏璟闻言嗤笑出声,眼底目光凌厉寒凉。

"其实你心里一直清楚,"颜茹尖锐锋利的目光如匕首,字字如刀,刺进他心脏,"当你不顾一切地抛弃所有时,所有压力就只会落在她一个人身上。你总说我逼你们,但祁夏璟你扪心自问,你的所作所为难道不是在逼迫她放弃一切吗?"

浑身血液像是凝固,连呼吸都想作呕,祁夏璟厌恶这座牢笼里出现的一切。他懒得再反驳颜茹的强词夺理,起身居高临下地俯视着女人,声音沙哑:"然后呢,她和你说了什么?"

对上祁夏璟冰冷如寒霜的黑眸,颜茹突然意识到这段恶劣的母子关系再也无法弥补,第一次生出些类似后悔的情绪。直到现在,她依旧对黎冬讨厌不起来,甚至还清楚地记得十年前那个下午,女孩离开前,曾深深给她鞠躬,又留下长长一段话:"她说你对杧果过敏、不爱吃葱、姜、蒜,不吃早饭,所以偶尔会胃疼,讨厌一切掉毛的动物。"

祁夏璟闻言愣住,如鲠在喉的窒息感几乎将他淹没。良久,他听见自己嘶哑的声音响起:"还有呢?"

颜茹垂眸,在这场针锋相对的谈话中,第一次回避祁夏璟的视线:"她告诉我,虽然你嘴上从来不说,但心里其实很渴望有人能毫无保留地疼爱你。"

"冬冬?你在听我说话吗?"高级定制婚纱店的二楼安宁静谧,灯光环绕下,黎媛站在试婚纱的圆台上,四面满是镜子。她看向终于回神的黎冬,耐心地笑着轻声问道:"你觉得我身上这套怎么样?"

这家店面向的人群都是高消费者，每日上、下午各接待一位顾客，且需要至少提前半个月预订。镜子里的黎媛身穿鱼尾款的洁白婚纱，包臀鱼尾裙勾勒出女人傲人的曲线和纤细身材，灯光下的一颦一笑都优雅温柔。

黎冬回神，真心夸赞道："很好看。"

"和刚才那套不规则领的款式比呢？"祁琛临时有工作要晚来一会儿，黎媛独自纠结也做不出选择，只能向侄女求助，"你觉得哪一个更好些？"

刚才光顾着分神，黎冬早忘记上一套婚纱的模样，只能含糊道："小姑你穿什么都很好看。"黎媛知道她工作辛苦，怜爱而无奈地看着黎冬，只好转身询问身旁的礼服师："可以给我一些专业的建议吗？"

"黎夫人长得漂亮、身材又好，自然穿什么都好看。"礼服师不管三七二十一先夸一通，随后才斟酌着发表观点，"不过我个人更喜欢鱼尾款，因为您和婚纱都给人典雅知性的美感。相比之下，不规则领的款式会多几分俏皮和性感。"沉吟片刻，礼服师眼神忽地看向黎冬，打了个响指，"我认为黎小姐更适合不规则领的这一套，她个子高，还是直角肩，露个锁骨简直绝了。"

黎媛被礼服师说得心动，用期盼的眼神看向黎冬："冬冬，你要不要也试一试？"

"当然要试一试啦，咱们家要预约一次可不容易呢！"黎冬正要委婉拒绝，礼服师就不由分说地拿起那条不规则领款式的婚纱，极力推荐道，"黎小姐相信我的眼光，你穿这件准好看的！"

小姑和礼服师齐力东一句西一句地劝她，说得黎冬晕头转向、难以拒绝，再加上婚纱确实好看，最后她也半推半就地接过婚纱，走向角落的试衣区，转身拉上换衣帘。都说婚纱最挑身材，尽管黎冬身材高瘦，穿上也觉得腰腹位置半透明的白纱紧贴着皮肤，这还是在身后绑带没系的情况下。

婚纱下摆冗长，层层花纹繁杂，无形之中增加了穿衣难度。黎冬又是第一次穿，没经验，礼服师几次在外面询问进度，她都只能让对方再稍等片刻。

等候过程中，黎媛想去二楼另一侧挑其他样式，于是温声告诉黎冬不必着急，她和礼服师等会儿回来。

黎冬轻声应好。终于套上婚纱后，她开始折腾后背的绑带，因为不想裸露着后背示人，硬是倔强地没出声求助。直到换衣帘外响起脚步声，前额冒出细汗的黎冬终于放弃，下意识以为来人是礼服师，低着头轻声道："可以帮我系一下后背的绑带吗？"

没有预想中的热情应答，身后响起的脚步声沉稳，黎冬专心于整理着颈间的纱料，起初并未察觉，直到鼻尖传来熟悉的丝丝乌木沉香时，她才迟钝地惊觉来人是谁。

"祁夏璟——"三字脱口而出的同时，男人骨节分明的手已经握住垂在她婚纱后摆的两根纯白细带，修长指尖钩住带子末端环绕两圈，去寻找在她蝴蝶骨下方位置的细带穿孔。

黎冬本能屏息，十指紧攥着婚纱下摆不肯松手，背对的姿势让她本就紧绷的神经越发敏感，仿佛再轻触一下就会碎裂。

寂静无声的试衣间内光线昏暗，祁夏璟动作仍旧是不紧不慢的，耐心地将细带从上到下穿好，手指甚至未曾碰到她光洁的后背。记忆中的微凉触感却始终在黎冬背脊游走，带起阵阵战栗。试衣间里只剩下轻微的衣料摩挲声，黎冬几欲溺毙在强势入侵的乌木沉香中。

祁夏璟今晚异常长久的沉默不语令人心慌，彻底失控的心跳震耳欲聋，黎冬掌心被湿汗浸润，半响率先败下阵来。

"祁夏璟，"她战栗的尾音带着些央求意味，垂下的长睫轻颤着，"你下午去忙的事，还顺利吗？"

"嗯。"许是因为空间狭小，头顶响起的沙哑男声仿佛自带混响，字字清晰地贴着耳边落下，"我回祁家见颜茹了。"始料未及的话题让黎冬闻言愣住。去见颜茹？为什么突然要——

"她给我看了当年那份文件，"祁夏璟直白残忍地不给黎冬半分逃避的机会，"也告诉了我你们当时所有的谈话内容——"

"我们不是说好，"旧事重提引起的不知所措让黎冬不由得出声打断，她试图止住这个话题，"不再谈高中的事情吗？"

"黎冬。"头顶本不多的灯光被挡住，祁夏璟转而站在她正对面垂眸，深不见底的桃花眼像是要将黎冬吞没，声音沙哑得不像话，"为什么当时什么都不说？"

祁夏璟还是将过去那点儿伤疤重新撕开，逼迫着黎冬去看早已血肉模糊的腐烂内里。即便是现在不得不面对，她也不知道该说些什么。

黎冬抬眸静静望着祁夏璟，看清男人沉黑眼底下汹涌的惊涛骇浪。面前的人，是她用尽一整个青春来追逐的存在，是十五岁那年的仲夏之夜，冒着倾盆大雨寻她而来的少年，是她当时贫瘠而乏味的人生里，唯一闪耀的星光。

两年后那节晚自习的天台，少年将印有星云图案的棒棒糖塞进她掌心，薄唇亲昵地贴在她耳边，柔声告诉她，小麦哲伦星云是距离银河系最近的星系之一。

他说，黎冬是祁夏璟的小麦哲伦星云——她永远是他宇宙的唯一中心。

第 8 章

"你还记得你第一次送我星云棒棒糖吗？"良久，无处可逃的黎冬艰难出声，坦诚于她而言总是折磨，她只能深埋着头，生涩而笨拙地解释，"我一直记得那天你说的话。"黎冬是祁夏璟的小麦哲伦星云，祁夏璟又何尝不是她人生中唯一闪耀的星光？他是她的星星啊，她又怎么忍心让星星蒙尘。

男人沉默依旧，唯有灼灼视线紧盯着她不放，长久的安静后沙哑出声："所以呢？"祁夏璟猝不及防地俯身逼近，将本就站在角落的黎冬逼到向后踉跄半步，背脊紧贴着白墙，冰冷的触感刺激着脆弱的神经。

距离急剧缩短到近乎无，黎冬被迫抬起头仰视，四目相对，又被男人深渊般幽暗的双眸注视到发慌。祁夏璟深不可测的眼底只剩下她的身影，仿佛这世间再装不下任何人。

有一瞬，黎冬被他的眼神蛊惑，恍惚间话便脱口而出："所以舍不得——"未完的后半句被尽数吞没在不容拒绝的强势亲吻里。

面对毫无征兆的亲吻，怀里纤瘦的女人背脊绷直，双眸惊愕，瞳孔微缩，手指紧紧攥着洁白的婚纱裙摆，用力到骨节泛白，却不曾抬手推开他。

这个亲吻实在不能算作温情，带着些急躁与不安，更多的是深埋太久、如痴如狂的渴望。

清淡雏菊香扑面而来涌入鼻腔，唇齿相依的亲密并不能让祁夏璟满足。他捉过黎冬紧攥的双手，手指强势地插入她指缝间，十指交缠紧扣着。他毫不怜香惜玉的进攻，让生涩的黎冬不得不节节败退，卷翘颤抖的长睫沾染水汽。

分别的时间太长，尽管再重逢时两人早已不是青葱少年，但祁夏璟对黎冬的印象仍旧停留在十八岁那年，连带着对她的喜欢都纯洁无瑕，不带分毫邪念欲望。他舍不得欺负她，于是反复告诫自己要有耐心，十年光阴他尚且都等得起，何必要逞一时之快。

可尝到她味道的那一瞬，过往一切原则都抛于脑后。祁夏璟再也无法欺骗自己，他从未停止过想要她，长久的执念深入骨血，一点一滴渗透他的全身骨骸，痴狂到骨节都泛着痛。

黎冬刚被亲得喘不过气，下一秒却跌进温暖有力的胸膛。祁夏璟刚才咬她时用了力气，尖齿抵在她薄软的下唇，到现在仍旧隐隐作痛。黎冬无力地靠在男人身上，胸脯起伏不定地急急喘息着，双颊通红耳尖滚热。

她晕晕乎乎地想着，祁夏璟分明前一秒还揪着过去不放，为什么又突然亲她。事情是怎么跳转到现在这样的？

"祁夏璟，"她声音干哑，右手还被人十指相扣地紧紧牵着，耳边分不清是谁的心跳，"我嘴巴好痛。"

大概是亲吻已耗尽全部心力，黎冬此时反倒没有刚才紧绷，安静乖巧地依偎在祁夏璟胸口，不自知地拖长尾音，仿佛在撒着娇抱怨。感受着她逐渐平稳的呼吸，祁夏璟忽地只觉得压抑一路的焦躁和惶然都被抚平。

　　他的视线落在黎冬的冷白后背，本就未完工的绑带又经过一番挣扎，松散得不像话，凌乱地散落在她铺开的巨大的婚纱裙摆上。

　　祁夏璟难得平稳的心绪再度被另一种躁动挑起，他用手轻抬起黎冬的下颌，垂眸沉沉看着她盈润鲜红的薄唇，下唇满是他印下的齿痕，看得人心猿意马。他骨节分明的手向上，堪堪停在斑驳痕迹上。祁夏璟看着红唇主人表情失措，指腹不紧不慢地在她唇瓣滑蹭，薄唇轻启："讨厌吗？"

　　犹豫片刻，黎冬垂眸摇头，耳垂红到要滴出血来。祁夏璟望进她微微失神的眼，眼尾染着绯红，眼带笑意地弯腰俯身，刻意压低的沉声透着明目张胆的蓄意引诱："那再亲一次好不好？这次我会记得轻一点儿。"

第 8 章

第 9 章

就是我们

33

黎冬无奈地发现，面对祁夏璟，她总是无法拒绝。男人蛊惑的沙哑声音贴着她耳边落下，薄唇若有若无地蹭过耳垂，低低呼唤只有他们才知道的亲昵小名。

压迫的姿势让她不得不抬眸，抬头怔怔望进祁夏璟深情的桃花眼，失魂般缓慢眨眼，沙哑出声："好——"

话音未落，湿润滚烫的唇便再度侵袭而来，封锁口腔夺取每一寸空气。她唇齿间满是浓郁强势的乌木沉香，让人阵阵发晕。黎冬双手下意识又要攥紧，却被男人强硬地单手环住，不许她用将手心掐痛的方式获得清醒。

"阿黎，"滚热的唇后退半寸，耳边落下祁夏璟诱哄的低音，"你也想要我，对不对？"新鲜空气争先恐后地侵入肺腔，黎冬轻颤着，呼吸急促，下巴再次被轻挑起。

不想她跌倒，祁夏璟单只手轻松环住黎冬盈盈一握的细腰，另一只手慢条斯理地继续替她系绑带，一时间试衣间只剩下轻微的绸料摩挲声。比起刚才躁动的侵夺，暗流涌动的暧昧更为致命。半透明的轻薄纱料让指腹落在皮肤的滚热触感都成倍放大，一时间，黎冬所有注意力都集中在腰后。

她知道祁夏璟想听什么，受不住地闭上眼，手抓紧男人后背的衣服，缴械投降："我也想要你。"

从最初那个吻,她就从祁夏璟急躁的动作中,清晰感受到埋藏在动情之下的不安和慌张。

男人分明唇带笑意,分明一次又一次在她耳边表露爱意,黎冬却觉得心慌害怕。

她感受到祁夏璟的恐惧,隐隐能猜到原因,却不会安慰,只能笨拙地配合亲吻,说他想听的话。泣音响起的瞬间,男人握住缎带的手僵住,禁锢的手卸下力道,窒息的压迫感也消失得无影无踪。祁夏璟扶在腰上的手轻托住黎冬,半蹲下去看她的眼睛,想确认她是不是在哭。

黎冬静静望着男人紧蹙的眉,抬手轻柔地为他抚平:"我没有在哭。"

"哭也没关系,"祁夏璟声音沙哑,深邃眼底的情动还未消散,"只是不要背对着我,好不好?"

直到现在,哪怕了解过所有缘由,哪怕再清楚不过黎冬是扛下了所有重担,甘愿被他怨恨也希望他去更广阔的世界,祁夏璟仍旧感到意难平。

开车赶往婚纱店的路上,他曾无数次想过坦白,告诉黎冬他也是人,也有软弱和害怕,被抛弃时也会不知所措,遇到问题时也想替她遮挡风雨。

可黎冬那句"舍不得",彻底击溃他所有防备。整件事里,黎冬才是一声不吭承受最多的人。他的三两句抱怨能说得轻而易举,可黎冬又要独自消化多久?祁夏璟舍不得她难过。

"祁夏璟,在一起的时候你对我很好,我也很少会哭。"黎冬轻声呼唤着男人姓名,笨拙地概述她过去的十年,"分开之后我很努力地读书和生活,从工作到现在一直很顺利,我真的没有很委屈。"她抱住祁夏璟,安抚地轻拍他后背,柔声道,"你不要自责。"是她该说对不起的。

"阿琛,我好像听见有男人的声音,是夏璟吗?"伴随着几道脚步声,黎媛柔和的询问声从远处传来。祁夏璟闻言站直身体,瞬间平复情绪,低声回复道:"嗯,在帮她系绑带。"

"不着急,"黎媛并不催促,在外面期待地笑吟吟问道,"冬冬穿这件婚纱好看吗?"祁夏璟垂眸对上黎冬害羞的视线,目光在她身上自上而下打量过,桃花眼染上点和煦笑意:"嗯,很好看。"

推开遮挡帘出来时,黎冬还不大适应过分修身的婚纱。黎媛和礼服师都忍不住纷纷感叹,连不久前赶到的祁琛都礼貌微笑着表示赞扬。

黎媛牵着黎冬站上圆台,让她去看镜子里的自己,柔声在她耳边道:"冬冬,你一定会是最美丽的新娘。"

比起父亲黎明强的硬朗,黎冬精致立体的五官其实和黎媛更相似。不施粉黛的五官在灯光下也挑不出丝毫瑕疵，纯白的婚纱将她的肤色衬得更为冷白。修长的天鹅颈和笔直的肩被精心设计的不规则领衬托出别样的娇俏，而修身的收腰包臀和长长裙摆又是恰到好处的性感。

只是美而不自知的人正无奈笑着："小姑是不是忘了？今天是你来挑婚纱，我只是来选伴娘服。"黎媛视线流转，落在黎冬身后弯腰提起裙摆的祁夏璟身上，爱怜地抬手抚摸侄女发顶，笑而不语。

"我一看就知道，这件婚纱特别衬黎小姐。"礼服师在旁边赞不绝口，语气夸张道，"而且这件婚纱不是黎夫人看中的那款哦，是我特意选的最新款，前天才拿到店里。黎小姐可是首穿呢。"

礼服师兴奋地搓着双手，特意绕到黎冬身后，眼睛却径直看向祁夏璟："黎小姐的绑带是您帮忙系的吧？这也是我们新锐设计师的巧思——据说替心爱的人亲手系上婚纱绑带，两人就会一辈子长长久久。"这话推销的意味太重，黎冬扯了扯黎媛衣服，轻声道："小姑，快先去试试你的衣服吧，别在我这儿浪费时间。"

"知道了。"黎媛看着她红润微肿的唇，连浅浅牙印都看得一清二楚，心里还有什么不清楚的，拍拍黎冬的手低笑道："你害羞什么呀？你和夏璟也会有这一天的，就当提前适应了。"说完不再调侃黎冬，温声让礼服师去拿另外两套婚纱和伴娘服，让祁琛和祁夏璟都拿拿主意。

黎冬则提起裙摆转身，要回试衣间换回常服。

"小冬穿得这么好看，你还有心情玩手机？"等黎媛的间隙，祁琛见祁夏璟举着手机表情专注，语气半开玩笑地走上前，却发现他这个侄子居然在自拍。与其说是自拍，倒不如说在拍穿着婚纱的黎冬，顺便把自己也框进去罢了。焦点和灯光中心都在低头提着裙摆的女人身上。

祁琛沉沉笑了："哦，原来是在偷拍。"并未理会小叔的调侃，祁夏璟放下手机点开照片，将刚才几张照片勾选进名为"我们"的相簿。

十年前，触屏手机还未普及，翻盖机像素低到五官都拍不清楚。祁夏璟懒得照相，高三毕业照时又恰巧被禁闭在家，导致他和黎冬直到分别，都没有一张合照。祁琛并不纠结于此，压低声音道："我听齐叔说你今天回祁家了，是为了小冬的事？"

"嗯，"祁夏璟闻言，眼底微沉，声音冰冷，"颜茹高三那年去找过她。"请家长的事，祁琛因为黎媛略有耳闻，也知道祁夏璟当年是被甩的一方，却不清楚黎冬提分手的具体原因，想来和颜茹脱不了关系。他不好评判颜茹身为人母的做法，无奈叹气："我知道你们都难过，但不管怎样，记得对小冬好些。"

226

"流言蜚语带来的伤害是巨大的，"经历过狂风暴雨的祁琛拍拍侄子肩膀，语重心长道，"我和小媛好歹是共同扶持。她一个女孩子独自承担所有，其中的心酸可想而知。"

祁夏璟点击屏幕的手顿住，垂眸看不出情绪，沉沉道："嗯，我知道。"沈初蔓说得对，像是黎冬这般善良的人，这些年所挨的骂、被造的谣，都是因为他。颜茹说得也不错，当年因为他的高调张扬不好惹，所有压力都直接砸在黎冬身上。他自愿众叛亲离，却从未问过她的意愿。

黎冬的伴娘服最终确定为那套符合婚礼主题色的水蓝色纱裙。

黎媛拉着丈夫和黎冬商讨细节时，一旁的祁夏璟眼神示意礼服师过来，两人走去偏僻的角落处，祁夏璟将银行卡递过去，并不问价格，只是语调倦怠："她试过的那套婚纱，尽快送到我家，以及——"见礼服师神色兴奋，祁夏璟又沉声补充道，"不用告诉她。"

目送黎冬上楼后，祁夏璟在楼下站着等了一支烟的时间，才上楼回家。空荡的房间静悄悄的，除去墙上时钟走针的嘀嗒声，只剩下罐头在客厅睡觉的呼声。

金毛毕竟上了年纪，性格再活泼跳脱，也容易感到疲惫。祁夏璟将客厅的吊灯打开，灯光立即照射在目之所及之外。罐头迷迷糊糊地醒来，见祁夏璟脱下外套后直接走向书房，便从狗窝中站起来，屁颠屁颠地跟上。

世上没有不透风的墙，祁夏璟回祁家的消息仅一个下午便尽人皆知，相熟的、陌生的人都发消息来打探，祁夏璟一概无视，十分钟后开启视频会议，听李助理汇报项目的近期进展。

离开祁家后，自大学起他便和同学投资创业。虽然现在算半个甩手掌柜，更多的是提供专业指导，但在项目中也有绝对的话语权和决策权。

前几年他发疯般地工作赚钱，拼命程度让周围人都震惊咋舌，像是要证明给谁看：他不用祁家分毫，也同样是祁夏璟，那个她眼中光鲜耀眼的祁夏璟。

会议开完已是凌晨，万家灯火纷纷融入沉黑深夜，繁忙了整日的城市陷入沉睡，万籁俱寂。洗漱后，祁夏璟只胡乱擦过两下头发，换上睡衣走向床边，将身体摔进柔软床上。身体每个细胞都叫嚣着疲惫，大脑皮质却异常兴奋。祁夏璟合眼躺在床上许久后，睡意终于袭来。

梦境里最先涌现的画面是他和黎冬在试衣间，两人动情又小心翼翼地深吻。女人钩住他脖子攀上来，腰肢纤细温热，柔软唇齿泛着清淡却摄魂的雏菊香气。贪婪如祁夏璟只觉不够，于是收紧手臂，怀中却空无一物，空落落的触感只剩下冰冷。

黑暗中他猛然睁眼，起身望着空荡无人的卧室，随即勾唇，扯出一记无尽嘲讽的轻笑。刚分手的那几年，他常常会在梦中见到黎冬。单薄的女孩总背对着他在无声哭泣，纤瘦肩膀颤抖不止，豆大的泪滴颗颗砸下。

不论经历过多少次，黎冬从不曾回头看过他一眼。分明是她在哭，梦醒时分却只有他一人枕头湿润。为了避免再见黎冬哭泣，那段时间祁夏璟总逃避似的熬夜。直到许久后的某天他惊觉，他再也梦不到黎冬了。

甚至随着时间推移，女孩的五官模样都一点点地在记忆中深埋消逝。

吞没光明的黑夜同样侵蚀人的理智，祁夏璟皱眉坐在床头，忽然不敢确定那个吻是不是又是他的臆想。手机屏幕发出刺眼的光线，祁夏璟不由得眯着眼，指尖停在唯一置顶的聊天框，迟迟才按下通话键。

"祁夏璟？"困倦女声贴在耳边落下的瞬间，祁夏璟甚至能分神安慰自己，起码他真实地拥有她的联系方式，起码他们的重逢不是幻象。

久久未等到他出声，黎冬满是睡意的声音响起："你为什么不说话？"女人不自知拖长的尾音软糯，良久，祁夏璟终于沙哑出声："阿黎，我今天是不是亲过你？"

"嗯。"面对他莫名其妙的提问，昏昏欲睡的人不仅未察觉异常，甚至还迷迷糊糊地抱怨着，"你亲了我两次，第一次还一直咬我。"

"对不起。"紧绷的神经瞬间放松，祁夏璟空洞的眼睛染上点点温柔笑意，沉声道，"你早点儿睡吧，晚安。"

"晚安。"

不是假的。

对面的人嘴里嘟囔着晚安，却迟迟没有挂电话，一阵类似翻身的被子窸窣声后，听筒里只剩下平稳的呼吸声。这一刻，祁夏璟感受到前所未有的满足。他不舍得挂断电话，更不舍得再睡觉。

点开免提，祁夏璟拿着手机下床离开卧室，泡杯咖啡后走向书房。时间刚过深夜三点半，如果黎冬明天六点半去晨跑，他们还有整整三小时才能见面。

耳边是她绵延悠长的呼吸声，祁夏璟解锁手机，点开相册，将寥寥几张算不上合照的相片翻来覆去地看，试图将她身上每处细节都刻印进脑海，似是永不会厌倦。

分明已经快得到她了，为什么依旧会患得患失？不过才几小时没见，为什么思念已经快要将他吞没？

他好想她。

黎冬醒来才发现电话仍在接通中。看着三小时的通话时长，她试探着轻呼祁夏璟的姓名，却久久未得到回复。

祁夏璟大概还在睡觉。犹豫片刻，她还是挂断电话。洗漱时思想缓慢回笼，黎冬想起祁夏璟昨晚三更半夜给她打电话，好像在问他们昨天有没有接吻。

镜子里的女人素面朝天，唇薄色浅。下唇瓣虽然再见不到可疑的痕迹，但黎冬盯了会儿，却莫名其妙地觉得耳热。这并不是她的初吻。

校园时期，祁夏璟也曾在她唇边落下蜻蜓点水般的一吻，但终归是浅尝辄止，从未有过昨天那样的缱绻缠绵。微凉清水刺激神经，黎冬洗漱完从洗手间出来，正好撞见周红艳要去厨房做早饭。

简单寒暄后，周红艳照例唠叨两句外面天冷，要黎冬出门时多添件外套。

黎冬温声应好，特意选了件保暖加厚的运动服出去。在玄关处换鞋时，她看到放在柜子旁的湿巾，还是专门买来给罐头擦爪子的。

因为父母借住，黎冬已经几日没怎么见罐头了，想起以往出门就能见到兴冲冲向她跑来的金毛，忽地有些想念。结果推门就见到心心念念的小狗和男人时，黎冬不由得微愣片刻。

想到母亲还在餐厅，黎冬连忙将房门关上，弯腰叫罐头不要出声。聪明的金毛只顾着疯狂跳起来抱她，毛茸茸的尾巴反复鞭打着祁夏璟小腿。

祁夏璟垂眸，看他新换的裤子瞬间沾满狗毛，勾唇冷笑："舔狗。"被骂的罐头抬起狗头，高傲地看了祁夏璟一眼，张口"嗷呜"咬住男人手里的牵引绳，用力拽走后放在黎冬脚边，还不忘乖巧地蹭她脚踝，简直将"舔狗"二字体现得淋漓尽致。

黎冬弯腰去捡牵引绳，注意到祁夏璟手里的灰色围巾，心里诧异他怎么不戴，直起腰时男人手里的围巾已经环在了她脖子上。鼻尖满是熟悉的沉沉香气，黎冬一时有些反应不过来，耳边落下祁夏璟低沉的声音："今天降温，戴着围巾挡风。"男人眼下有淡淡乌青，让黎冬不自觉想到昨晚深夜三点的通话，出声问："昨晚你给我打电话——"

"都特意交代过多穿点儿别着凉，这孩子怎么就是不听话——"随着周红艳无奈的抱怨声响起，房门猝不及防被打开。三人面面相觑时，祁夏璟还保持着给黎冬戴围巾的姿势，骨节分明的手停在她颈侧，姿势亲密。

母女俩不约而同地愣住，周红艳臂弯里还挂着黎冬的外套，见人也没递出来。

反倒是祁夏璟最先回神，不慌不忙地先替黎冬将围巾戴好，才彬彬有礼地朝着周红艳问好："阿姨早，我和阿黎准备去遛狗晨练。"话毕不等周红艳开口，笑容无懈可击的祁夏璟又道，"上次去医院时，您送的花茶我一直在喝，最近正打算去网上再买点儿。"

伸手不打笑脸人，祁夏璟又提起他一会儿会送黎父去医院体检，若再算上挂号和李助理的两天照顾，黎家实际上欠他不少人情。哪怕他将"黎医生"换成"阿黎"的意图再明显不过，周红艳也得对他客客气气的。

看着黎冬脖子上的围巾，周红艳不知想起什么，脸上神情欲言又止，良久迟疑道："喜欢的话，我叫冬冬上班时再给你拿点。"

祁夏璟微笑道谢，同时体贴询问："听说您和叔叔明天晚上要回去，阿黎没车，我不放心她晚上打车回家。您和叔叔不嫌弃的话，就让我来接送吧。"

周红艳闻言再次陷入沉默，态度最终也是含混不清的："我先问问孩子她爸吧。"随后她不由分说地将外套塞给黎冬，沉着脸又唠叨几句，才转身关上房门。

已经多穿的黎冬望着外套哭笑不得，和祁夏璟下楼时，若有所思的男人忽地问她："阿姨问过我是谁吗？"

"没有，她只问过我们是不是认识很久了，"黎冬摇头，侧过脸望着祁夏璟眼下的黑眼圈，担忧道，"你昨晚打电话给我，是有什么事想说吗？"

问话声响起的同时，黎冬看见祁夏璟脸上的笑容有一瞬的凝固，却在眨眼之间恢复往日的漫不经心，唇角勾起的懒倦弧度，让男人前一秒的僵硬仿佛只是她的错觉。祁夏璟停下脚步转身，俯身笑吟吟地看她："想说的话，电话里不是已经说过了吗？"黎冬只觉得牵强，反驳的话脱口而出："三个多小时的通话，就只是问你有没有亲我吗？"说完她先被自己的直白震惊，热意瞬间烧上耳尖，脸不由得往围巾里缩。随后男人沉沉笑出声，胸腔轻微颤震着。

黎冬余光见祁夏璟煞有介事地点点头，看向她的目光意味深长，半响缓缓道："是我忘了，成年人能聊的确实还有很多。只是连接吻的程度都不够的话——"祁夏璟忽地俯身望进她双眼，桃花眼勾着几分斯文败类的雅痞，薄唇停在她耳侧，慢条斯理地问，"阿黎还想听什么更刺激的呢？我今晚可以细细讲给你听。"

❄ 34

"宝贝，中午我来找你吃午饭好不好？"沈初蔓甜软清脆的声音自听筒响起，让人听了便心情愉悦，"这周工作室的事可忙坏我了，这两天可算能歇会儿了。"离上班的晨会还有段时间，黎冬将抽屉里的收音麦拿出放在桌面，弯眉温声道："你想去哪里吃？我请客。"沈初蔓沉吟片刻，果断道："那就吃你们食堂吧,徐榄那家伙成天给我吹嘘。"

"好呀,"黎冬笑着应下,转念想起什么,继续道,"不过可能还有人会来——还记得邓佳莹吗?我们的高中同学。"

这几天邓佳莹天天往医院跑,再忙都不忘拉着黎冬吃午饭。沈初蔓要是去其他地方还好,去医院食堂就实在不好避开邓佳莹。

"那个初中和你同班的?"沈初蔓似乎有些印象,语气不屑一顾,"她找你吃饭干吗,有求于你?"

"为了盛穗的事,邓佳莹在祁家基金会工作。"

"她非要来也行吧,但最好别惹我。"沈初蔓喉咙里轻哼出声,随即忍不住和黎冬炫耀,"等装修好了,宝贝你一定要来我工作室看看,超级气派!"

"好,"黎冬听着闺密的雀跃声,由衷地为她高兴,"需要帮忙的话,一定记得和我说。"

"知道啦,我们黎医生快去上班吧。"

挂断电话后,黎冬见时间也差不多了,便带上笔记参加晨会,到场后发现有不少同事已经在场。

几乎是她进屋的同一瞬间,前排懒散坐在软椅上的男人便转身看过来。修长指尖惬意转着黑金钢笔,毫不遮掩的目光大胆而肆意,唇边笑容暧昧。

想起两人早上的对话,后排的黎冬默默低头,耳尖不由得发热。会议不到半小时就结束了。走廊里,黎冬把负责的几名规培生叫到身边,详细问这几日的病人情况。

工作时的女人气场向来疏离精干,柔顺黑发一丝不苟地束成高马尾,清淡并不严厉。但事无巨细的严谨让规培生从不敢懈怠,都毕恭毕敬地回答问题。

走廊总有医生零零散散经过,人声、脚步声混杂嚷乱,祁夏璟出现在身后时,黎冬并没意识到。

新来的规培生支吾着答不上问题,黎冬低头凝眉,看着病人手术记录要询问排痰情况时,手指忽地被人轻轻钩住。

熟悉的乌木沉香钻进鼻尖。人来人往的医院长廊里,男人骨节分明的手微凉,轻巧地钩扯住黎冬右手小拇指,再一寸寸插入她指缝,指尖暧昧地摩挲在她手背,泛起点点痒意。有坚硬的球状物体隔在两人手掌之间,外包装的触感是冰冷的塑料。黎冬神情微愣,下意识要转身。

"别抬头。"耳旁响起祁夏璟磨砂质感的低沉声音。男人刻意用只有两人能听见的音量同她呢喃,耳鬓厮磨地亲昵缱绻。而下一秒,修长的手从她指缝间灵活抽出,只留下迷你的圆球体在黎冬掌心。

第 6 章

短短不过几秒，汇报的规培生甚至还在磕巴，男人已经迈着长腿离开，双手插兜背影颀长，仿佛刚才无事发生。将右手全程放在口袋，直到处理完规培生的事情，黎冬才将棒棒糖拿出来，垂眸看着糖衣表面的星云图案。

回办公室的路上，她又收到了祁夏璟的微信。

祁夏璟：黎医生现在想好今晚要听什么了吗？

黎冬光看文字都能联想到祁夏璟说话时不紧不慢的态度以及唇边懒懒扬起的痞坏笑意，带着点儿坏心思得逞的满足。她好意担心，某人却故意曲解。脚步微顿，黎冬抿唇打字回复："要上班了，不想。"

祁夏璟秒回："不急。长夜漫漫，随时听候黎医生的各种要求。"

黎冬发现，祁夏璟每每调侃她时，总喜欢把"黎医生"挂在嘴边，叫起来也是一字一字地念。拌嘴她总赢不过祁夏璟，于是在看见祁夏璟提出明天要送她父母去车站时，也半赌气似的冷淡回了两字"谢谢"。

棒棒糖的外包装早被焐热，黎冬撕开包装袋，正想将棒棒糖放进嘴里补充糖分，口袋里的手机再次振动。

祁夏璟：以及，棒棒糖不是白送的，黎医生记得回礼。

"老天爷我没看错吧，门外的人真是沈初蔓？黎冬你的高中同学？"

上午问诊工作临近结束，已经快半小时没病人。杨丽收回看向走廊的视线，忍不住道："你是不是不知道她多牛啊？大半个娱乐圈女明星都争相抢着要她做造型师的！"

沈初蔓在F国留学几年学的服装设计，毕业后在国际团队历练了几年，不再满足于单纯做造型师，毅然决定回国单干，设计打造自己的品牌。

黎冬正在灯光下看患者胸片，心不在焉地应答着，手指着一处问道："你看这是不是胸腔积液[1]？"

"叫这人再拍个彩超，"杨丽点头，想到什么，忽地睁大眼睛，"你、沈初蔓，再加上徐榄和祁副高，哦，还有那个模仿怪邓佳莹，你们是在医院开高中同学

---

[1] 胸膜包括两层膜，分别覆盖在肺组织和胸廓上。两层膜之间构成了胸膜腔。正常情况下，胸膜腔内存在少量的积液，起到润滑作用。胸腔积液是指胸膜腔内积聚了过多的液体，主要表现为胸闷、气短、呼吸困难等。

聚会吗？"

同一时间，被怀疑来医院聚会的沈初蔓正双手抱胸，踩着细高跟，居高临下地看向才来的邓佳莹，不屑掩藏眼中鄙夷。邓佳莹见到她，先是一愣，随即露出完美笑容："初蔓，你也是来等冬冬的吗？"

"初蔓？冬冬？在我面前趁早收起假惺惺的样子，"沈初蔓听着亲密称呼连连冷笑，表面功夫都懒得装，妆容精致的脸自带气场，"邓佳莹，高中传阅议论偷拍照的人里，没少了你吧？"邓佳莹嘴角笑容凝固，良久才出声："那时年纪小不懂事才人云亦云，况且现在黎冬和祁夏璟也好好的，同学们说起来都很羡慕。"

"羡慕？被全校造谣的福气给你，你要不要？"沈初蔓自小被娇惯着长大，是个爱憎分明的性子，挑眉正欲继续时，听见身后办公室有人出来。

"就你这资本，装小白花还差得远。"冷冷丢下一句，沈初蔓便踩着细高跟转身，阴沉表情瞬间明媚艳丽。无视周围人的注视，几日不见黎冬的沈初蔓上去就是一个熊抱，扬着小脸笑嘻嘻道："你怎么才下班？等你很久啦。"

黎冬弯眉，笑着揉揉她脑袋，将手里装有补品的袋子递过去，轻声道："上次你说手脚发冷，记得吃。"随即朝邓佳莹点头颔首，公事公办的口吻："久等，今天也要一起吃饭吗？"

邓佳莹看着亲密无间的两人，笑容僵硬："好。"三人快到门口，沈初蔓突然直勾勾地盯住黎冬，漂亮的眉眼缓慢皱起，半晌狐疑道："你嘴怎么肿了？"

在闺密审视的眼神中，黎冬默默偏移目光。沈初蔓正冷笑出声时，三人身后传来徐榄的打招呼声。她们闻声转身，徐榄身后站着双手插兜的祁夏璟。

徐榄俯身，笑吟吟地看着沈初蔓："今天怎么突然来——"

"暂时别和我说话，"沈初蔓目光扫过祁夏璟，抬手挡住徐榄凑过来的脸，面无表情道，"我现在正平等地憎恨着每个会呼吸的男人。"

医院食堂一桌能坐六个人，两边各三把椅子。沈初蔓打完饭菜就拉着黎冬坐下，然后瞪着圆眼看祁夏璟慢悠悠地坐在黎冬另一侧。落单的徐榄无奈，只能和邓佳莹隔着空位坐下。沈初蔓不在时，四人吃饭时都是邓佳莹在说，黎冬闷不吭声，祁夏璟懒得答应，徐榄最多礼貌地应和两句，现在邓佳莹根本插不上话。

沈初蔓不好当着黎冬的面冲祁夏璟发火，就自然将怨气发泄在对面的徐榄身上，句句话里带刺。徐榄总挑唇笑着，时不时调侃一句"沈大小姐"，乐在其中地试图把沈初蔓气炸毛。

第 9 章

233

黎冬面上波澜不惊地吃饭，实则桌下的左手早被祁夏璟捉住，细细放在手里把玩了个遍。昨天的亲吻像是破戒，祁夏璟现在的一举一动在黎冬眼里，多少都带些不怀好意。比如男人此刻右手慢悠悠地为她按摩手指，懒懒撑在桌面的左手，正无比熟练地用筷子夹菜吃饭。

　　黎冬瞬间想起祁夏璟右手受伤，左手颤颤巍巍用筷勺的场景，回神轻声道："你明明能用左手吃饭。"

　　"嗯。"某人大言不惭地沉声应下，拽回她欲抽出的手握在掌心，俯身偏头，薄唇停在黎冬耳侧，斯文败类的倦怠低音响起，"当一个男人居心不良时，他可以随时全身残废。"震惊于男人的坦然，黎冬忍不住小声回敬道："祁夏璟，我发现你好像有些无赖。"

　　"嗯，学会骂我了，不错。"祁夏璟被骂，却不怒反笑，宠溺地笑着，看得黎冬心脏漏跳半拍，"给你的糖吃了吗？"对上男人意味深长的桃花眼，黎冬立刻知道他又要提起回礼的事，正要出声，口袋里的手机突然振动。

　　"黎冬现在在医院吗？城南郊外有人恶意爆破，公安刑侦大队有好多人受伤，抓紧上来救人！"王医生沉重焦灼的声音响起，黎冬看对面两人也同时接到电话，三人都表情严肃。

　　黎冬转头去看沈初蔓："蔓蔓——"

　　"有事就快去，"沈初蔓忙催促黎冬起身，"忙完记得给我电话。"

　　"好。"

　　已经能隐隐听见救护车的尖锐鸣笛，三人飞奔跑上楼去抢救室，就见到警方已将附近包围，不断有受伤惨重的警察躺在担架上被抬进来。各科主任早已就位，此时正有条不紊地安排医护人员高效工作，黎冬很快被分配到手术台做一助。

　　进手术室前，刘主任面色凝重地告诫在场所有人："此次人为爆破发生于毒品交易时，缉毒警察和经侦支队的人早在接头位置埋伏。毒贩见东窗事发，不惜牺牲同伴，也要让人民警察葬身火海。事关重大，任何病患的身体情况和个人信息，都绝不许从医院泄露出半个字。"

　　黎冬接收的病患送来时，生命已垂危，烧伤面积预估高达百分之八十以上，同时还伴随严重的肺部震伤和硬膜下血肿[①]。抢救整整历经七小时，哪怕最后极其幸运地将人从死亡线上拉回来，在场的人都无法露出一丝微笑。

[①] 硬膜下血肿是指颅内出血的血液积聚于硬脑膜下腔。硬膜下腔是三层脑膜中的两层外膜间的腔隙。出血后，血液进入硬膜下腔形成血凝块，称为血肿。

刚战胜死亡的男孩才大学毕业没多久,二十四岁是最好的年纪。哪怕侥幸活下来,上百万的治疗费用和日后极其痛苦的皮肤修复,旁观者都觉得沉重得喘不过气。

七小时的站立后,黎冬活动着肌肉酸痛的手臂和肩背离开手术室,随即被告知需向刑侦副支队长报告伤情。医院走廊冷白色的灯光亮得刺眼,黎冬在几米外看清侧颜轮廓硬朗的男人时,神情有一瞬的错愕。她迟疑地问:"是段以珩吗?"

高大的男人闻声转身,额上和手臂都缠着绷带。受伤都没削去男人分毫的威严气场,反倒多添几分凌厉和硬冷。寡言的男人见到黎冬并不惊讶,微微点头算作回应,出示警官证件后,哑声问刚才的手术情况,英挺的眉紧皱。

黎冬悉心回答,只是在说起男生术后恢复时,偶尔轻叹出声。公事交代完毕,黎冬看见段以珩渗血的绷带,忍不住询问道:"需要我帮你处理一下吗?"

"不用,谢谢。"段以珩大步离开的背影决绝而孤寂。祁夏璟的第二台手术还未结束,黎冬和跟拍小于告别后,独自回到空荡荡的办公室,心情复杂地看着办公桌上的便条,是沈初蔓的字迹。

宝贝,你把饭卡忘记啦。

犹豫片刻,黎冬还是拨通沈初蔓的电话,对面沉默得只剩下呼啸风声,黎冬心脏轻微刺痛着:"蔓蔓——"

"冬冬,"沈初蔓向来明媚清亮的声音此刻带着浓重哭腔,"我见到他了。我见到段以珩了。"

黎冬半小时后赶到海边时,发现徐榄他们早就在了。入冬时节气温急转直下,失去阳光照耀的海滩寒风凛冽。阵阵冷风带着独有的腥咸气味,刮在脸上生疼。

相比低寒的温度,今夜月色倒是出奇地好。满月高挂在无云天幕,群星熠熠闪耀,皎洁月色与璀璨群星共同将黑夜点亮。除了徐榄和沈初蔓,此时海滩上的人三两成群。有人支起帐篷,成堆围坐在篝火旁,响起欢乐的笑声。对比之下,披着徐榄外套喝闷酒的沈初蔓,此时就显得尤为落魄。

徐榄蹲在她身边,黎冬小跑着过去时,远远就听见喝醉的沈初蔓含混不清地命令道:"徐榄!你怎么不喝酒!还是不是好兄弟了!"

"谁想和你做好兄弟,"徐榄低沉而无奈的声音响起,抬手将沈初蔓肩上快滑落的外套重新盖好,"你再问十遍答案也是不喝,否则等下怎么送你回去?"

第 6 章

"你可真没意思。"沈初蔓嫌弃地啧啧出声,看见落在海滩的影子后回头,见是黎冬,立刻便笑了,醉醺醺道:"冬冬你来啦,喝酒吗?"徐榄摆手朝黎冬打招呼,拿出手机发消息,无奈道:"我来就这样了,估计也就你能治她。"

黎冬哪里能搞定沈初蔓?刚走到跟前就被女人一把拽倒在地,随即又被纤细的手臂钩住脖子,动弹不得。喝醉的沈初蔓向来六亲不认,黎冬望向她脚边五六个歪倒的酒瓶轻叹,耳边传来她的胡言乱语:"我和你说,我特别喜欢你。高中寝室那几个女的看我不顺眼,故意往我被子里和衣服上泼冷水,半夜还故意把我锁在门外。"抱着黎冬,沈初蔓醉醺醺地说个不停,"你个傻子吵不过人家,就傻乎乎地在寝室外头陪我站了一夜。外套非塞我怀里,说自己不冷,结果第二天就烧得不省人事。那时候我就想,我沈初蔓何德何能,能有你这个朋友,"沈初蔓将头靠在黎冬的肩上,冰冷的脸蛋亲昵地蹭着她颈间,傻乎乎地嘿嘿笑起来,"哪怕后来和姓段的浑球谈恋爱,我也第一喜欢你。"

黎冬无奈轻笑,抬手拍拍沈初蔓的肩膀:"蔓蔓这里冷,先回家——"

"我和你说,"沈初蔓又噌地坐起身,神秘兮兮地低声道,"我今天见到段以珩了,这厮居然和以前一样帅。那么多人,我一眼就认出他了。"沈初蔓眯着妖媚的狐狸眼,盯着黎冬问,"是不是人都忘不了初恋啊?你和姓祁的是不是也——"

"醉鬼就不要招摇了。"低沉冷淡的熟悉男声响起,高瘦挺拔的男人逆着月光走来,肩宽长腿,五官深邃宛如精雕细琢的艺术品。徐榄在旁歉然摇摇手机:"我只能负责一个醉鬼,但把班长单独留在这里太没绅士风度,只能请位帮手。她喝这么多肯定要吐。"徐榄揉揉沈初蔓杂乱柔软的头发,在纤瘦的女人身前蹲下身,"上来吧,送你回家。"

沈初蔓醉眼蒙眬地眨眼,手脚并用地爬上徐榄后背,率先对着他肩膀重捶一下:"你放屁,我喝酒从来不吐。"

"行,那就没吐,"徐榄乐了,"顺着你还不行嘛!"

沈初蔓吸吸鼻子,手缓慢地紧紧搂住徐榄脖子,可怜模样仿佛受伤小兽:"哥哥,我委屈。"

徐榄起身的动作顿住,良久,垂眸沉沉道:"嗯,我知道。"

"你知道个屁,男人的嘴骗人的鬼,刚才还嫌弃我喝酒会吐。"随着对话声渐远,两道交叠背影逐渐消失在视野中,只剩下黎冬和祁夏璟两人。

虽说刚救活一条人命,但黎冬心情实在谈不上愉悦。身体和心理的双重疲惫让她忽地有些犯懒,理智上虽知道该回家,却并未着急起来。

海风掠过她因为跑动而松散的黑发,束起的高马尾松松垂坠着。黎冬没去管这些,面朝大海深吸口气,直直望着洒满银月的海面,轻声问道:"手术还顺利吗?"

"第一个伤员送来时已经快不行了,第二个已经转入重症监护室观察。"祁夏璟寥寥两句说得轻描淡写,黎冬却知道其中艰辛。她正想回身安慰,残余着男人体温和气味的外套先一步披在她肩头,遮挡大半寒冷的晚风。

"想回家,还是要在这里休息会儿?"祁夏璟没再提起医院的事。她背对着男人,他看不见她的表情。

黎冬披着外套坐在细软的沙滩上,沉吟片刻后道:"我想在沙滩上走走。"

这几年里,黎冬鲜少会晚上独自出门,但祁夏璟现在就站在她半步距离外,黎冬只觉得无比安心。

"好。"没有犹豫的回答在头顶响起,随即是骨节分明的手伸到她面前。

黎冬闻言抬眸,对上祁夏璟在皎洁月色下越发温柔如水的眼,将手伸过去交由干燥温暖的手掌握住。祁夏璟牵住将她拉起来后,依旧没放开,反而把手放进自己口袋,十指相扣。

黎冬的心跳悄然跳快半拍。远处的人堆突然爆发出阵阵欢呼声,并未在意的两人无所事事地沿着海岸线走。靠近潮汐交界处,海水几次险些打湿黎冬鞋袜,都被她躲开。

成年的人快乐有时来得幼稚又简单,黎冬一次又一次乐此不疲地靠近潮水,最后又快步避开。

"想蹚水就去。"沉默一路的祁夏璟在她身旁沉沉出声,将黎冬双眸一亮的微表情收进眼底,唇边泛起宠溺笑意。黎冬听出男人语调疲惫,正犹豫着,被牵住一路的手突然被松开。祁夏璟在她面前单膝蹲下,耐心地替她翻起裤脚。

根根修长的手指不紧不慢地捏住裤脚,再折叠反转向上——分明再简单不过的动作,却被祁夏璟做得无比专注。男人站起身,重新牵住黎冬左手,仍旧是倦懒散漫的语调:"想玩就去玩,我就在这里陪你。"

黎冬从来不是娇气任性的人,因为觉得自己的感受不重要,与人相处时,她总是会下意识先考虑、体谅他人的情绪,本能地习惯于退让和妥协,遇事说得最多的就是"随便"。

周围人都夸她安静乖巧,她也尽量顺从,满足所有人的需求,却很少有人问过,她想要什么。但在祁夏璟这里,一切好像都是不同的。

今晚男人时刻在问她想要什么,让黎冬恍然生出些错觉,她任性些也可以,有各种各样的小脾气也可以。只要是面对祁夏璟,她就能完完全全地做自己。脱下鞋袜挂在手上,黎冬的双脚终于毫无阻隔地踩在细软的海沙上。时而

第 6 章

237

没过脚踝的海水冰冷沁骨,她的心情却意外地好。

"安琪,嫁给我吧!我会一辈子对你好的!"

远处人群突然炸开一阵骚动,黎冬沿着声源处抬头望过去,见到泪流满面的女孩被围在人群中央,面前是单膝跪地向她求婚的男生。

这场求婚显然经过精心策划,男生带着紧张和迫不及待的呼喊声响起,立刻有蜡烛围绕着两人齐齐被点亮,同时有浪漫的情歌播放。在亲朋好友的祝福声中,收获幸福的女孩点头答应,和男生紧紧相拥。

黎冬不由得多看了两眼,连海水没过脚踝都未曾注意。耳边响起祁夏璟的声音:"觉得很浪漫?"

"嗯,浪漫。"没人不爱看有情人终成眷属,见证幸福让黎冬的心情都好了不少,抬眸朝祁夏璟笑盈盈道,"时间好晚了,我们回去吧。"

皎洁月光倾洒在黎冬乌黑的发顶和纤瘦双肩,像是为她笼上一层透明薄纱,让她看上去异常温柔恬静。

祁夏璟只觉得喉咙发痒,再度萌生出封住她双唇的冲动。两人牵着手从沙滩往回走,回到停车场前还有一段尖锐石砾和细沙混杂的路要走,踩上去会扎得脚底生疼。

黎冬沾湿的脚底满是细沙,在快走到石砾路前放慢脚步。她打算先将脚底细沙尽可能拍干净后,穿上鞋袜再过去。几步外就是长木椅,黎冬转身正要走过去坐下,身旁的祁夏璟却突然俯身弯腰,毫无征兆地将她打横抱起。

来不及反应的黎冬轻呼出声,本能地环住男人脖子,身体紧贴着他坚实有力的胸膛,直到被稳稳放在木椅上时仍心有余悸,忍不住道:"为什么突然——"

话音未落,祁夏璟今日第二次在她面前单膝蹲下,口袋里拿出纯黑色的方形手帕,骨节分明的手轻托住她脚踝,用手帕耐心而仔细地擦去她脚上的泥沙。

"坐好别动。"祁夏璟应当是真的累了,今晚几乎都是在沉默,不多的几次开口也只寥寥几字,"很快就好。"伴着璀璨星光,大片月光倾洒在男人身上。从黎冬俯视的角度只能看见祁夏璟半张侧颜,低头替她擦拭双脚的神情是前所未有的专注。

黎冬忽地想起祁夏璟刚才问她海边那场求婚是否浪漫,她回答是浪漫的。然而当她垂眸望着半蹲在眼前的男人时,忽地又觉得那场求婚不够浪漫。又或者说,不是会让她心跳错拍的浪漫。无关其他,只是那个人不对而已。

若是对的那个人,哪怕只是静静站在远处望着她,哪怕只是默默牵着她的手，抑或是蹲下身为她挽起裤脚，悉心擦去她脚底的泥沙，这些微不足道的事情都会让她心里生出无比幸福的浪漫。

寒风吹乱她鬓角碎发，黎冬肩上还披着祁夏璟宽大的外套，她弯唇轻轻笑起来。是啊，她以前怎么从没意识到，于她而言，祁夏璟的存在便已是浪漫本身。

❄ 35

黎冬在银月下扬唇轻笑着。晚风拂过，吹乱她松散坠着的马尾，没入夜幕的发梢起起落落，带着丝丝清淡却勾人的雏菊淡香。

祁夏璟眼底染上几分温和笑意，勾唇，低声问她："在笑什么？"

黎冬只是摇头："没什么。"女人瘦长温软的脚上沾着细沙，脚趾莹润而细白，脚踝用单只手就能轻松圈住。祁夏璟托着黎冬的脚腕不许她逃，用丝绸手帕一点点将泥沙擦去，感受到她因为紧张而绷紧的脚背、微蜷的脚趾。

从上次亲吻他就发现，不知是什么原因，只要两人动作稍微有些亲密，黎冬的身体和情绪都会很快紧绷。这次也是同样的，半分钟前还在弯眉轻笑的人，现在正挣扎着将脚抽出来，随即急匆匆地弯腰要去穿鞋袜。

系好鞋带，黎冬避开祁夏璟的目光就想走："好晚了，我们先回去——"

"阿黎。"祁夏璟单膝跪地蹲在她面前，见黎冬看向他，便直起身瞬间缩短两人距离，薄唇停在她红润唇瓣半寸之外。感受到她的骤然屏息，祁夏璟手扼住黎冬细瘦的腕骨，不许她逃，低压声音蓄意诱哄："还记得吗？棒棒糖的回礼。"

四目相对，无处可逃的黎冬在他眼底不断放大，脸上的僵硬和犹豫越发清晰，背脊僵直，无声抗拒的姿态明显。

她并不期待这个吻。近在咫尺却又遥不可及的无力感再度袭来，祁夏璟眼底微沉，十指悄然用力握紧她腕骨，不由分说地想继续这个吻。

欢快嘹亮的手机铃声突然打破寂静，令人无法忽略。祁夏璟皱眉，而黎冬早偏过头去找手机了。电话接通的同时，周红艳的大嗓门立刻从听筒响起："你今天不是没有值班吗？都十点了怎么还不回家？给你发消息也不回，再不接电话，你妈就要去医院找你了！"

不论多大年纪，在母亲眼里子女总是孩子。黎冬做法确实欠妥，下班三个多小时也没和家里报平安。

"嗯，您别担心，我会尽快回家的，您和爸快睡吧，不用等我。"挂断电话,黎冬坐在长椅上抬头,重新望向面前站起身的祁夏璟。她并没忘记几秒前被电话打断的亲吻。只是祁夏璟双手插兜懒散站着,柔软黑发被阵阵海风掠过,浑身透着疲颓的倦怠,让黎冬不知该如何开口。

男人什么都没说,垂眸看着她的散漫桃花眸里温情不变。黎冬却觉得刚才短短几秒内,她忽略了惊涛骇浪。她清楚地知道,刚才是她先避开那个吻的。祁夏璟俊朗的五官猝然在眼前放大时,大脑只剩不知所措的空白,身体早先一步僵化。比起主观意识的拒绝,更像是躯体本能的抗拒,连黎冬自己也不清楚原因。

黎冬没想到,周红艳会在小区门口接她。为了让父母放心,她上车时特意给母亲打过电话,甚至快到小区门口时还发去短信,让周红艳和黎明强早点儿休息。周红艳身材瘦小,寒冬黑夜中裹着厚重的外套,远远看着像是胡乱包裹的粽子,警惕的眼神四处张望。

"妈?"黎冬隔着几十米就认出小区门口的母亲,打开车窗惊呼道,"您怎么在小区门口等?"保时捷车速放缓,祁夏璟解锁车门,让周红艳上车,礼貌问好。黎冬震惊于母亲大晚上特意跑出来,周红艳已经在后座絮絮叨叨个不停:"我早都问过,你们这小区根本没监控。上半年有好几个独居的女孩在小区附近被男的骚扰,要不是有——"后半句卡在嘴边,周红艳皱着眉从鼻腔里哼出一声,继续数落黎冬,"都多大的人了,一点儿安全意识都没有,让我跟你爸怎么放心你一个人。"

祁夏璟没错过方才女人的欲言又止。相比于初次的热情,周红艳如今对他的疏离客气夹杂着抗拒,常常话说到一半又支支吾吾,像是早已知道些什么,只是不确定答案才忍着脾性试探。

指尖轻点在方向盘上 vc,祁夏璟将车停在楼下门口,朝着后视镜露出完美无缺的微笑:"阿姨放心,以后晚上我会送阿黎回来。"周红艳拉车门的动作停顿,神色复杂地看了眼驾驶座上的男人,忽地道:"黎冬,厨房柜子里是不是还有几罐花茶?去给'夏'医生拿点儿。"

女人刻意咬重姓氏,祁夏璟闻言无声挑眉。已经下车的黎冬并未察觉异常,面对母亲的指令虽觉得意外,但还是转身快步上楼,周红艳和祁夏璟则在后面跟着。

等黎冬进了家门,两人才默契地停下脚步。安静的四楼走廊里,只隐隐听见半掩的房门里传来忙碌声。周红艳抬头,望着眼前挺拔的男人,心情复杂地看着他无懈可击的笑容,一举一动都彬彬有礼:"谢谢阿姨的花茶。"

自从在黎冬衣柜里翻找到那件黑色的男士冲锋衣,周红艳这几日闭上眼,

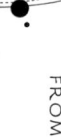

脑海里便浮现出藏在衣服口袋里的照片。照片里众星捧月的少年，面前年轻有为的男人和十年前那张偷吻照的男主角，五官与骨相都惊人地相似。

各种念头疯狂在周红艳脑海徘徊，她现在还不能确定，只能旁敲侧击地试探："你……和小冬认识很久了？"祁夏璟依旧坦然："对，但我们已经多年未见，我前段时间从S市调职过来才重逢。"

两人心照不宣地互打哑谜。周红艳眼底的凝重卸去几分，半晌又问他："我看你开的车挺好的，但听说你们医生工资也不高，是家里人支持？"

"本职外的随手投资，"祁夏璟语调波澜不惊，"高中毕业后，我就和家里没来往了。"闻言周红艳眼里写满震惊，也不知是因为话里庞大的信息量，还是为祁夏璟的自曝身份，问话几乎脱口而出："那你们俩，现在是什么关系——"

"花茶找到了。"黎冬拿着两罐花茶过来，祁夏璟和母亲独处总让她惴惴不安。她将花茶递给门外的祁夏璟，轻声道："你们在聊什么？"

"没什么。"祁夏璟伸手接过瓷罐，指尖有意无意蹭过黎冬指关节，温声道，"我正要和阿姨说，我现在在追你。"话落，他谦谦有礼地朝周红艳鞠躬："以后有些地方，还要请阿姨多多照顾了。"

有人天生就懂得该如何掌控局面，先提问的周红艳思绪立刻被祁夏璟带走，眼皮一跳扬声反问："照顾？你需要我照顾？"

"嗯。"祁夏璟勾唇，轻抬手里的两罐花茶，说了句周红艳无法反驳的话，"至少目前为止，阿姨您并不讨厌我。所以，如果日后在叔叔那里我过不了关，希望阿姨您能帮帮我。"

二十分钟后，黎冬洗漱完毕，擦着湿漉漉的头发从洗手间出来，见母亲还一言不发地坐在餐厅。黎明强身体不好必须早睡，黎冬轻手轻脚地在周红艳对面坐下，小声道："妈，您在想什么？"

周红艳闻言沉默几秒，一脸凝重地缓缓抬头看向黎冬，良久问她："那个小夏，平常和你说话也——"停顿半秒，周红艳甚至选了她认为文雅的词，"也这么不要脸的吗？"

黎冬：……

等卧室灯光关闭，许久再未传出声响时，黎冬躺在客厅沙发上，拿出手机给祁夏璟发微信："为什么会突然和我妈说起追我的事？"

消息发送的同一时间，男人拨来电话："所以呢，阿姨什么反应？"听筒里祁夏璟的声音沉远，像是将手机放在远处。黎冬缩着身体，用被子盖住头，轻声道："她说你不要脸。"话毕黎冬率先勾唇笑出声，心里依旧觉得神奇。

或许是她感同身受，或许是周红艳脸上的疑惑太过真实，周红艳像是真的想不通，祁夏璟居然会这样无赖。这显然不是好话，却莫名其妙地冲淡了黎冬紧绷的情绪。

"看来阿姨和你所见略同。"昏暗洗浴间只亮着洗手台的壁灯，刚洗完澡的祁夏璟赤裸着上半身，腰间松垮地围着浴巾，发梢仍滴答着水珠，掉落在手臂和肩背的紧实肌肉上。听着扬声器响起的轻笑，他右手拿起挂架上的毛巾擦头，左手拿起大理石台上的手机，挑眉反问道："我说我要追你，你为什么显得很意外？"脑海想象着女人几秒后的失措，祁夏璟懒懒地靠着大理石台，修长食指点下录音键，用不紧不慢的倦怠语气说："是我那天亲你，表现得还不够明显吗？"意料之中的，黎冬有半秒停顿，才匆匆辩解："你怎么总故意曲解我的话——"

"黎冬，"女人轻声抱怨的语调拖着尾音，听得祁夏璟心尖发痒，他无声挑眉，故意压低声音佯装愠怒，唇角却悄然上扬，"我这辈子就亲过你一个女的。你不会昨天才和我接吻，今天就不打算负责了吧？"

"明明是你先亲我的，"黎冬忍不住委屈反驳，斤斤计较着，"还是两次。"

"但你两次都没推开我。"祁夏璟难得能感受到她使小性子，眼底笑意更深，有意将蛮不讲理发挥到极致，慢悠悠道，"所以，我们是共犯。"

黎冬终于被他的无赖诡辩打败，闷声道："那你想让我怎么负责？"

愿者上钩，祁夏璟后牙咬着口腔里的软肉，从容不迫的语调带着几分斯文败类的痞坏："简单。你叫声'宝贝儿'给我听听。"男人顽劣的儿化音语调上扬，颗粒质感的低沉声音暧昧又缱绻，说是要求黎冬叫给他听，倒更像是借此机会调情。

几秒沉默，黎冬害羞得尾音都是轻颤："祁夏璟。"

"嗯。"祁夏璟听她半恼半羞赧地念他名字，喉咙又是一阵干涩发痒的躁动，声音也越发嘶哑慵懒，"你叫，我听着呢。"

对面彻底陷入沉默，只偶尔有稍显急促的浅浅呼吸声。祁夏璟知道以黎冬的性子叫不出羞耻称呼，本就只打算调侃她两句，顺便再拖长些通话时间。

将擦头的毛巾丢在挂架，祁夏璟目光扫过镜子里男人心脏处的文身，微顿片刻随即移开，转身要去拿换洗的衣服。

"宝……宝贝。"黎冬忍着羞耻的低喃声猝不及防在浴室响起，突然到祁夏璟一时没反应过来，话落几秒，够衣服的手仍旧悬在半空。或许是祁夏璟愣神的时间太久，最后还是黎冬率先打破沉默："你怎么不说话？"

掌心攥成拳又松开，祁夏璟双手撑在大理石台，冰冷触感刺激躁动的神

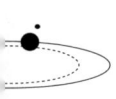

经,低头不由得沉沉笑出声。他盯着通话中的手机,屏幕光亮反射出他此刻眼底翻涌的情欲:"阿黎,再叫一声。刚才信号不好,没听清。"

这次回应他的,是无情的嘟声。寒冬腊月的季节没开空调,祁夏璟却被某人磕磕巴巴的两字喊得浑身燥热,再不着急套上换洗衣服,他低头瞥了眼,在光线昏暗的浴室中无声挑眉,抬手抓了把湿漉漉的短发。

祁夏璟拿起大理石台上的手机,给唯一的置顶发送微信:"怎么突然挂电话?"

信息发送的同时,聊天框就一直在显示"对方正在输入中",却迟迟等不来回信。许久,黎冬才明显带着情绪回复:"信号不好,手机自己挂的。"似是害怕祁夏璟再打来,第二条倒是来得飞快:"我要睡了,晚安。"

把他撩拨精神,随意搪塞个借口就算完了?后牙来回摩挲着,祁夏璟眯着眼沉吟片刻,先礼后兵地礼貌回复:"嗯,你睡。"男人唇边勾起漫不经意的笑,飞快打下几字,慢悠悠地点击发送:"托黎医生的福,我再去洗次冷水澡。"

❄ 36

"冬冬,月中的校庆你打算去吗?"周六上午,黎冬陪母亲整装行李后待在客厅,此时正低头在看文献,轻声回复电话那头的闺密:"要看医院时间安排,你呢?"

"学校要我做名人演讲,我当然不想去啊。"昨晚喝到神志不清的沈初蔓又恢复生龙活虎,"我高中什么德行你还不知道嘛,教导主任见到我,血压都得飙升一倍。"说着她嫌弃地"啧"了声,"校庆后还要搞什么同学聚会,拜托我们关系很好吗?今早都有五六十个路人甲加我微信了。"

黎冬闻言点开"通讯录",看着二十多条好友申请,轻笑道:"可能只是随手申请的。"前两天三中百年校庆的消息传出,黎冬就先被班主任老安拉进班级群,这两天陆陆续续总有人加她好友,不少人加之前,还特意在群里告知她。黎冬无奈,只能通过。

"既然是随手加的,那我就全当没看见呗!"沈初蔓懒得应付人际关系,沉吟片刻,突然问了个不相干的问题,"那什么,我想问个问题。"女人声音听着有些紧张:"昨晚是徐榄送我回家的?"

黎冬"嗯"了声:"怎么了?"

"总感觉他眼神怪怪的。"沈初蔓烦躁地喝了一大口水,"算了搞不懂,大概是我喝断片，记忆出问题了。"想起她昨晚的醉酒，黎冬放下手中铅笔："蔓蔓。"

"我知道你要问什么，"沈初蔓率先打断问话，"我不瞎也没失忆，确实见到段以珩了，也记得过去的事。但是冬冬，"听筒里，女人总是明亮的声音有几分低落，"我不想再因为他难过了。"黎冬听不得沈初蔓委屈的语气，正要柔声安慰，对面却瞬间恢复元气："我就说吧，靠近男人就会变得不幸，有这工夫我不如多赚点钱。助理刚发来模特的新图，我准备去洗洗眼睛快乐一下，晚点儿再找你哦。"

电话略显匆忙地被挂断，黎冬无奈听着忙音，退出和沈初蔓的聊天框，第一眼就见到列表最上方的金毛头像。回想起昨晚某人最后不清不楚的话，黎冬耳尖烧起点儿粉红，手里的铅笔刷刷在纸面划过。

不善言辞的她自小喜欢用画笔记录心情，学医后便十年如一日地在画人体器官结构，虽未经过系统训练，但是画技也十分不赖。手上心不在焉地起稿，大脑却不受控地回放昨晚场景：从棒棒糖回礼到要她负责以及熟练的"宝贝"称呼。

仗着黎冬对他毫无底线，祁夏璟最近越发难以满足。

手机振动，有人发来消息。黎冬笔尖停顿转头去看，发现是昨晚通过的新好友发来图片。

这人请求加好友时，备注填写的是"**高中同班**"，可直到今早也没打招呼或自报姓名。黎冬自然地点进聊天框，却在仅仅看清缩略图上的场景和人物时，左手指尖僵停在了屏幕上方，表情僵住。

铅笔尖折断，发出"啪"的轻响。哪怕十年过去，黎冬闭上眼也能记起这张照片的每一处。大到阳光正好的空荡教室，小到少女唇边羞赧的笑容。似乎嫌不够，曾经的同窗又再次发来短短一句话："班长，还记得这张照片吗？"

"冬冬，你怎么从下午起就一直心不在焉的？"喧闹的高铁站里人来人往。安检口外，远行的旅人和公务外出者都神色匆忙，手里提着大小行李。周红艳不满的问话声响在耳边："你爸刚和你说话呢，怎么一点儿反应都没有？"

黎冬立刻回神，转头看向几步外的父亲，忙快步过去："抱歉爸，刚才不小心走神。"算上祁夏璟，四人正站在安检口道别。几米外就是祁夏璟特派来接夫妻俩的接待员。

"工作时注意休息。"黎明强心疼女儿辛苦，沉沉眼神看着不远处的接待员，皱眉问她，"那些人，也是夏医生叫来的？"送行不得通过安检，祁夏璟考虑到夫妻俩一路提行李不方便，提前叫贵宾室的人出来迎接，黎冬也是五分钟前才知道这事儿，面对父亲不怒自威的眼神十分心虚，垂眸点头。

良久，黎明强又问："你喜欢他吗？"

这次黎冬没有犹豫："嗯，喜欢。"

寡言的父女俩相对无言，而一旁的祁夏璟背过他们，将手里的名片递给周红艳，言简意赅道："这是我大学时的学长，在心内临床很有名气，半个月左右回国经过H市，顺路会去拜访您和叔叔。到时您有任何问题，都可以问他。"

默默安排好一切的男人朝远处等候的接待员微微点头，轻描淡写道，"高铁到站后，接待员会送您和叔叔出去，司机已经在接站位置等候。"

周红艳越听神色越复杂。论细心和周到，眼前年轻有为的青年，已经做到近乎讨好的程度，没人会不为之动容。可想到十年前女儿的遭遇，以及祁夏璟背后祁家和黎嫒的纠葛，周红艳依旧会恨。

即使祁夏璟说他已经脱离祁家，周红艳也无法心平气和地面对他。她没去接名片，也不忍恶语相向，只能客气疏离道："谢谢你的好意，但我们不需——"

"阿姨，给我们一个机会吧。"冷光灯的光线打落在祁夏璟的发顶和双肩，握着名片的手仍悬在空中，沙哑声音杂糅着几分孤寂落寞，"十年前的事，是我冲动欠妥。但不管您信或不信，我和阿黎没有别人说的那么不堪。她只是喜欢我，而我只是想把最好的给她。仅此而已。"

如果不是他亲口承认，周红艳绝不敢相信眼前低声下气给她恳切道歉的男人，是记忆中出身豪门的天之骄子祁夏璟。男人脸上不再是完美无缺的微笑，在周红艳无动于衷的眼神中垂眸，唇边扯出点牵强笑意："我们已经付出分别十年的代价。罪犯尚有重新改过的机会，就算我罪不可恕，您也不能直接判我死刑，对吗？"

时间或许真的能改变很多。看着早已成年各有事业的两位年轻人，周红艳竟一时想不到该如何反驳。她的眉头不再紧皱，但仍没好气道："你和我说这些有什么用？我要说不行，难道你就不追了？"

祁夏璟闻言微愣，桃花眸里满是郑重："不会，但我知道阿黎很在乎您和叔叔，我不想让她为难。"

将周红艳松动的表情尽收眼底，祁夏璟弯腰，将名片塞进女人手里，在嘈杂喧闹中沉声道："重逢之后我无时无刻不在想、不在后悔。黎冬这十年是怎么过的，有没有人欺负她，她会不会深夜偷偷躲起来哭？"

怕增加黎冬的心理负担，有些话祁夏璟不会说给她听，却能在周红艳面前表达:"我知道黎冬一个人也能过得很好,但我不能。"黎冬离开祁夏璟,人生或许会更平坦顺利。可祁夏璟没有黎冬,人生就只能以遗憾收尾。

余光见黎家父女注意到自己,祁夏璟直起身站好,末了温和地笑笑:"至于我做的这些,您就当我是在自我安慰吧。"话毕男人转向黎冬,同时眼神示意贵宾室接待员过来搬行李。

周红艳注意到,为了避免黎冬被行人撞到,祁夏璟始终站在人流多的右侧。连听她说话时,都会自觉地微微俯身。话虽少,眼神却始终停在黎冬身上。

"去安检吧。"黎明强和女儿道别后走向妻子,见周红艳还直直盯着他们两人,问她,"怎么了?"

周红艳收回目光摇头,低眸看着祁夏璟塞给她的名片。除去正面以医生身份的自我介绍、联系方式等,背面是以1222结尾的手机号,以及短短一句文字——

阿姨,谢谢您。

收起名片,周红艳再次望向他们,看着黎冬脸上她从未见过的真心笑容。
"老黎啊,"女人心中五味杂陈,"我们当初是不是对冬冬太苛刻了?"

目送父母被送进贵宾室,来往人流中,黎冬转身看向事无巨细替她安排好一切的祁夏璟。她抬手拽了下男人衣袖,轻声道:"辛苦你了。"

捏住衣角的手被大掌握住,祁夏璟眼底漾起懒散笑意,勾唇反问:"黎医生指的是哪种辛苦?开车接送,还是讨好未来丈母娘?"黎冬想不通男人如何做到调情的话信手拈来,抽出手不自然地拧开瓶盖喝水,错开视线:"都有。"

丈母娘的称呼没被反驳,祁夏璟眼底笑意更深,目光停在她湿润柔软的红唇上,淡淡道:"既然辛苦,黎医生有什么表示或者奖励吗?"他抬起骨节分明的手,随后落在黎冬下唇,忽地想起什么,微微俯身,勾唇不紧不慢道:"嗯,宝贝儿?"

男人微凉指尖被她唇上的水渍沾湿,甚至还恶劣地反复按压曾被尖牙咬过的位置。再简单不过的动作,偏偏被祁夏璟变成沾染情色的爱抚。

黎冬却无暇享受。祁夏璟深邃的五官在眼前放大时,久违熟悉的惶恐席卷而来。因为身边都是人,她只觉得周围有如实质的目光正齐刷刷地看过来,身体不受控地变得僵硬。

祁夏璟感受到她的勉强,手停下来,沉沉问她:"讨厌?"

黎冬抬眸看四周行人仍神色匆匆,鲜少有人看过来,摇头轻声道:"这里都是人。"话落,男人轻触她唇瓣的手游离过左脸,最终停在耳边,修长食指钩起她鬓角碎发,低哑声音宛如诱哄:"那就去没人的地方?"

耳尖爬上粉红,黎冬抿唇不语,被祁夏璟悄然握住的右手却没挣脱,算是无声地默许。不知是有意还是无心,祁夏璟的保时捷就停靠在最南边角落的位置,在人流往来的停车场里,也只偶尔有三两人经过。

男人面色平静地替她打开车门,等黎冬在副驾驶座上落座,又弯腰要为她系安全带。再宽敞的座位对于两人来说仍是拥挤的。急剧缩短的距离让呼吸都交缠错杂,乌木沉香和清淡雏菊的气味弥漫在有限空间,气氛缱绻暧昧。

黎冬后背紧贴着座椅靠背,无论如何错开眼神都能看见祁夏璟,她的手平放在腿上,攥紧又松开。

只听安全带扣锁的清脆声,祁夏璟波澜不惊地转眸看过来。在黎冬的微微屏息中,目光意有所指地停在她薄唇上,压低声音带着几分斯文败类的痞坏:"继续?"捕捉到她眼底的犹豫,祁夏璟挑眉接着道,"想说讨厌就说。"

黎冬清楚,男人在说海边她躲开的亲吻。

"不讨厌,"她不知道该如何解释身体下意识的反抗,只能再度抬手轻拽祁夏璟衣袖,长睫轻颤,"我只是,不太会接吻。"

低沉悦耳的笑声贴着耳边落下,因为离得近甚至能感受到男人胸腔的振动,听得黎冬心脏跟着轻颤两下。下巴被修长的手指抬起,黎冬的视线被迫撞进祁夏璟天生深情的桃花眼。目光流转都仿佛蓄意勾引,看得人心生恍惚。

薄唇轻吻落下的同时,黎冬感到有只干燥温热的手掌贴在她后颈。不知是谁的呼吸声加重,黎冬看见薄唇在视线里放大时,耳边忽地响起一道微弱惊呼声,身体瞬间僵硬无比,双手下意识猛地推开祁夏璟。

她手上实打实用了力气,祁夏璟毫无防备,后背直接撞在车门框上,发出令人心惊的闷闷声响。黎冬吓得连忙坐直身体,要去看祁夏璟撞得严不严重。

"对不起,"脸上红晕瞬间消散,黎冬慌忙道歉,"我听见旁边有声音,以为有人在看我们。"说着她朝声源处望去,发现目光所及只有远处两个紧紧拥抱的女生,应当是许久未见,正兴奋地欢呼雀跃着。

所以,是她弄错了。

不敢直视祁夏璟目光,自知闯祸的黎冬神情讪讪,小心翼翼地询问道:"你刚才撞到的地方很痛吗,用不用去医院看一下?"

祁夏璟后背撞到车门时,她清晰地听见一道倒抽凉气声。

"黎冬。"应当是痛得厉害,祁夏璟许久都保持着弯腰的姿势不动。再出声时,语气里多少带些咬牙切齿的意味:"庆幸车停在这里吧。"桃花眸流转,他似笑非笑地看向黎冬,"不然刚才那出动静,人家会以为我们在做别的。"

"黎冬姐姐,请问我可以耽误你十分钟时间吗?"周一上午九点半的住院部五层,黎冬查完房在给规培生指导教学。结束要走时,身后突然响起脆生生的声音,才出院的盛穗安安静静站在几步外,整齐穿着校服,见黎冬回头便弯着眉眼甜甜笑起来,模样乖巧。

黎冬朝她走过去,俯身温声道:"可以的,你有事找我吗?"

盛穗从背包里拿出一只布袋,又小心翼翼地从中拿出一只平安袋,递给黎冬:"这是我周末在家附近的护安寺求的。不嫌弃的话,姐姐可以收下吗?"

女孩纯净双眼中满怀期待,在见到黎冬笑着道谢时,喜悦之情溢于言表。

她又从中挑出一只平安袋,再将布袋都交给黎冬,稚气未褪的声音甜软:"其他的平安袋,可以拜托姐姐帮我转交吗?我等下要回学校上学,可能来不及了。"

黎冬接过布袋翻开,发现里面还有几只平安袋。盛穗在每只平安袋的系带上都粘上了便笺纸,工工整整地写着人名。祁夏璟、徐榄、顾淮安和照顾过她的医生护士都囊括在内。

心底最柔软的部分被触动,黎冬揉揉她脑袋,答应盛穗的请求:"好,我先替他们谢谢你。"

盛穗脸上总挂着治愈的笑容,送完东西后又略有些扭捏地轻拽下黎冬袖子,小声问她可不可以去见见周时予。

女孩并不知道周时予姓名,只是模糊地用"那天帮过她的大哥哥"来形容。她们进病房时,周时予正坐在床头看书。清瘦温和的少年看见来人是盛穗,波澜不惊的脸上出现一丝意外。

"哥哥,谢谢你上次帮我。"盛穗径直走到少年病床前,伸手将从寺庙求来的平安袋送给他,"我已经出院了,希望你也能快快好起来。"向来沉着冷静的周时予乍见愣神,许久才抬头,温润声音听着有些干涩:"谢谢。"

少女落落大方地回应:"不客气。"

黎冬站在门外欣慰地笑着,连跟拍小于都忍不住偷偷拿起相机,记录眼前的温馨场景。手机在口袋里振动,黎冬见来电人是沈初蔓,便关闭收音麦来到走廊:"蔓蔓,有事吗?"

"冬冬,你人在住院部哪儿啊?我绕半天了都找不到人。"

黎冬给沈初蔓报了最容易找到的大厅位置后,转身也往那边去。人到大厅后,想起顾淮安每周一会来医院看周时予,便低头给他发信息,叫他找时间来拿平安袋。

"班长？"路过的徐榄见她埋头站在大厅正中央一动不动，不由得停下脚步，好奇询问道，"你在这里干吗？"

"等沈初蔓。"

黎冬发送完信息抬头，远远就见一个娇小却玲珑有致的人小跑过来。

寒冬腊月时节，在众人纷纷裹上棉袄时，沈初蔓却穿了薄薄的毛衣和短裙。纤细笔直的两条腿光溜溜地露在外面，让人看了都打寒噤。

"你们这住院部可太绕了。"沈初蔓手里提着鼓鼓囊囊的袋子，半撒娇半抱怨道，"我转了半小时，一直迷路。"

"你来医院干吗？"徐榄目光落在她手里的袋子上，不知想到什么，眼底笑意淡泊几分，"给他送东西？"

"什么给他，姐姐我是特意跑来给你送外套的。打你电话打了几百次，永远都关机，"沈初蔓忍不住翻了个白眼，没好气地把袋子塞进徐榄怀里，"你的衣服。"似乎是怕徐榄笑话，话落她又立刻补充强调："家里的洗衣机坏了，这可是我人生中第一次手洗衣服。你要是敢嫌弃我洗得不好，小心我揍你。"

徐榄闻言微愣，半晌轻笑出声，抬手在沈初蔓发顶揉了揉，温声道："我怎么会嫌弃你。"沈初蔓哼哼着："你最好是。"

想起盛穗的嘱托，黎冬拿出布袋，将里面属于徐榄的平安袋给他："这是盛穗给你的。"徐榄道谢后接过，看着布袋里十几个贴了姓名的平安袋，不由得感叹盛穗有心。

"这是在哪里求的啊？我也想要。"沈初蔓好奇地来回看着做工精致的平安袋，抬眼对上徐榄微沉的目光，只觉得莫名其妙："干吗这么看我？你们都有别人送，我还不能给自己求个吗？"

徐榄收回目光，没再出声。

"黎冬。"三人各自有工作要忙，简单聊了两句，准备就此别过时，就听不远处有人在喊黎冬。顾淮安今日依旧西装革履，脸上的和煦笑容让人见了便心生亲切。黎冬闻言快步走过去。

两人不知在聊些什么，黎冬脸上浮现出友好笑容。沈初蔓眯着眼睛审视两人，敏锐地道："这个路人甲男，肯定喜欢我家冬冬。"

"你说顾律师？"徐榄看她神秘兮兮地摸着下巴，勾唇轻笑，"这你怎么看出来的？"

"你们直男懂什么，"沈初蔓不屑一顾，勉为其难地解释道，"你看他那个眼神，绝对是喜欢，我百分之百不会看错。"徐榄听她语气笃定，半晌半无奈半宠溺地叹气："这种时候，你倒是不迟钝了。"

话说得不明不白，沈初蔓表情疑惑地正要提问，转头就见祁夏璟朝这边走来，面无表情地看向不远处有说有笑的两人，黎冬正从布袋里拿出平安袋给顾淮安。见状，徐榄幸灾乐祸地笑出声，精准评价道："冤家路窄。"

祁夏璟掀起眼皮，凉凉甩去一记眼刀。偏偏沈初蔓还在旁边添油加醋，指着徐榄的平安袋故作惊呼："哇，你的平安袋好漂亮，能不能也给我看看。"祁夏璟闻言挑眉转身，似笑非笑地看向徐榄："你也有？"

"盛穗去寺庙求的，黎冬手里的布袋里还有。"徐榄为避免引火烧身，立刻撇清关系朝黎冬的方向扬下巴，"估计等会儿就轮到你了。"

祁夏璟凉飕飕地勾唇笑起来，轮到他了？

除非和关系很亲密的人，否则黎冬向来话少，只是因为谈起盛穗的暖心举动，现在才难得跟顾淮安多聊几句。简单寒暄后，顾淮安表示要去周时予病房，黎冬也要回办公室工作，然而一转身就撞见不远处表情漫不经心的祁夏璟，脸上笑容瞧着有点儿冷。

她想起盛穗的平安袋，主动朝祁夏璟的方向走去。旁边的徐榄早已手疾眼快地拉着沈初蔓走了，两人边拌嘴边快速消失在视线里。昨晚害祁夏璟后背被撞的事仍历历在目。走近他时，黎冬略显不自在地清清嗓子："盛穗有东西让我给你。"

"我知道，"祁夏璟看她埋头翻找，想起刚才黎冬可是一眼就看见顾淮安的平安袋，似笑非笑道，"我看见你先给顾淮安了。"

黎冬一时没反应过来，顺着祁夏璟的话说下去："嗯，他每周一上午会来医院，正好送给他。"说完她终于找到祁夏璟的平安袋，从布袋中拿出来递过去。男人却未接，双手插兜，垂眸看她，难辨喜怒。

盯着黎冬悬空的手半响，祁夏璟忽地阴阳怪气道："黎医生倒是对顾淮安的时间安排非常了解呢。"黎冬终于迟钝地察觉，拧着秀气的眉，谨慎问道："祁夏璟，你现在是在生气吗？"

"没有。"与她犹豫发问截然相反的，是祁夏璟果断利落地否认。男人唇角分明上扬着，眼底却宛如有终年寒冰，似笑非笑的语气像是夹着冰刃。他微微俯身，勾人的桃花眼紧盯着黎冬，一字一句道："只不过是黎医生昨晚才把我弄得浑身乌青，今天转身就给别的男人送平安袋而已。这有什么好生气的呢，你说是吧？"

37

祁夏璟以为，他话说得已经足够直白。却见黎冬蹙起清秀的细眉，半晌问起毫不相关的问题："乌青是指昨天撞到的地方吗？"女人湿润水眸中满是担忧，见他不说话，便抬手轻拽他袖口，轻声道，"怎么不说话，伤口严不严重？"

"没看。"祁夏璟语气散漫倦怠，桃花眸却没放过黎冬脸上细微的表情，右手反握她柔软的手，勾唇随口道，"不过骨头应该没断。"

什么叫骨头应该没断？黎冬闻言皱眉更深，也不顾祁夏璟在大庭广众下和她十指相扣，语速不自觉加快："去你办公室好不好？我帮你处理一下，十分钟就可以。"她今天没有手术安排，查房后的时间相对自由，抽出十分钟给祁夏璟看伤还是绰绰有余的。

祁夏璟的独立办公室离黎冬的不远，在走廊尽头较僻静的地方，不问诊的时候鲜少有人经过。这还是黎冬第一次来祁夏璟办公室。桌面上只摆着几本笔记和病历本，是意料之中的简洁。

关门落锁的清脆声响起，连带着她心跳跟着错拍两下。黎冬自以为面色镇定，转身便对上祁夏璟的戏谑眼神。男人走到窗边，骨节分明的手拽动深灰色的遮光帘，窗外大片阳光尽数被遮挡在外，一瞬间，明亮的办公室变得昏暗无光。

黎冬困惑地眨眼，抬眸看向窗边侧身的祁夏璟，男人深邃的侧脸轮廓在黑暗中被削去几分凌厉。这应当是她一时的错觉，因为办公室下一秒便响起祁夏璟漫不经心的低声："不是我脱衣服吗？"

封闭空间并不算宽敞，男人迈着长腿几步便走到黎冬身边，俯身，懒懒勾唇问她："黎医生紧张什么？"自以为隐瞒得很好的小心思被戳破，黎冬不自然地转移视线，生硬地转移话题："为什么要拉上遮光窗帘？"

医院标配都是最普通的米白色窗帘，只能遮挡强光，并不像祁夏璟这里，目的仿佛是把所有光亮都隔绝在外。遮光帘，是祁夏璟自己要求安装的。

"有时要在办公室换衣服。"男人轻描淡写的解释略显牵强，似是不愿多谈这个话题，转身走到隔断帘后的病床坐下，背对着黎冬脱下外套。

昏暗环境里视觉被削弱，余下感官就会成倍敏感。黎冬看着男人垂眸，慢条斯理地解开衬衫袖扣，耳边是衣料摩擦发出的声响，细微却听得人心尖发痒。

早就知道祁夏璟身材很好，可过于直观地面对时，黎冬还是眼皮轻跳。男人应当坚持在健身，完美的倒三角形身材，肩宽腰窄。附着在骨骼上的肌肉精壮却不过分，瘦劲紧实的腰腹线条利落，背影极富力量感。

唯一突兀的，只有后背蝴蝶骨位置的乌青。黎冬心一紧，再顾不上想其他："红花油有吗？"

"有。"祁夏璟臂弯里挂着衣服，左臂挡在身前，随意道，"桌子右边第一个抽屉。"拉开抽屉，半抽屉的星云棒棒糖让黎冬微愣，她迅速找到小瓶红花油，回到病床边给祁夏璟上药。瓶身冰凉，黎冬倒出少量红花油在掌心焐热，再尽可能轻柔地涂抹在乌青伤口。

皮肤接触的同时，指尖触感是瞬间僵硬的肌肉紧绷。黎冬以为是她太用力，歉然道："对不起啊，我上药时手有点重。"

"没事。"祁夏璟的声音略显沙哑，许久才沉沉出声问她，"你和顾淮安是怎么认识的？"

"大学长跑社团认识的。"黎冬想借说话分散对方注意力，不由得多说了两句，"那时候学校要求学生最好都加入社团。我想去不太需要说话和社交的地方，最后选择了长跑社团。因为和学校的田径队分开，我加入的时候整个社团算上我也只有五个人，顾淮安就是其中之一。"黎冬说了半天，见祁夏璟始终沉默，正好药也上完了，便闭嘴将红花油瓶盖拧好。

"然后呢，"祁夏璟却在黑暗中提问，"你一进社团就跟他很熟了？"

"没有，"黎冬摇头，"是后来老社员都毕业了，原社长要他担任社长，我来做副社长，我才知道他叫顾淮安。"将红花油瓶放好，她从口袋里拿出湿巾，垂眸擦拭药油，"我以为你对这些不感兴趣。"

"不会，如果你愿意，我很想听你多说说以前的事。"祁夏璟起身穿衣服，忽地笑了笑，不再一味地回避两人分别的十年，"既然没办法亲身参与，听你说说也好。"男人骨节分明的手去系衣扣时，黑色衬衫下的肌肉线条走向若隐若现。

黎冬匆忙收回注视的目光，余光不经意瞥过某一处时，猛然顿住。瞳孔微缩，她正想再看一眼，祁夏璟已经将衣服扣得严严实实，连最上方的领口都一丝不苟地掩紧。

"我还有个问题。"男人不紧不慢将衣服穿好，在镜子前随手整理好白大褂的衣领，随后走到窗边拉开遮光帘。大片光束涌入房间，黎冬不适应地微微眯眼，大脑仍在拼命回忆在昏暗中所见的画面。如果她没看错，祁夏璟胸前靠近心脏的位置，好像有一处文身。

"黎冬。"思绪被男声打断，黎冬抬眸，见祁夏璟背靠窗台，任由冬日暖阳倾洒肩头，桃花眼静静看过来，薄唇轻启，"可以问问，为什么害怕和我接吻吗？"在海边那次他就隐隐察觉，直到昨晚在停车场才确认：比起心理上的讨厌，黎冬的表现更像是身体出于自我保护的抗拒。

黎冬害怕和他接吻，尤其害怕和他在大庭广众下接吻。第一次祁夏璟以为是性格使然，黎冬只是因为害羞。可在车里她抬手用力推拒时，祁夏璟分明在她眼底看到无法忽视的惶恐。

对上男人幽静深邃的桃花眼，黎冬沉默几秒，轻声道："我不知道。"

她是真的不知道。

爆破事故中受伤的警员有近二十人，现已被分配到各科室的病房治疗。黎冬下午去501病房时，三号床的青年警员正眉飞色舞地讲笑话，将周围的病人和护士逗得哈哈大笑。

"周五来时我还怕小杨你疼得没精神吃饭。"尹护士替青年换好绷带，笑着摇头，"现在看来，是我瞎操心咯。"

"那是因为尹学姐照顾得好，"小杨是自来熟，嘴巴甜，最会和人套近乎。见黎冬进病房，也不管是第一次见面，就立刻热情地打招呼，"你看，这不又来一位我的学姐——黎学姐好！"

黎冬正诧异对方怎么认得自己，旁边的尹护士先笑道："你这八卦消息够灵通的，这么快就打听到黎医生也是三中的了。"

"黎学姐可不是我打听来的哦。"小杨年纪比黎冬小两岁，大咧咧的性格口无遮拦，"她当时在三中可是名人，我当然记得了。"正欲拿听诊器的黎冬手一顿。

"黎医生读书时还是名人？"尹护士大两人几届，一直以为黎冬是本本分分的三好学生，不禁好奇道，"什么事情啊？我怎么没听说过？"

"就照片——"

"解开衣服扣子。"黎冬面无表情地弯腰，拿着听诊器弯腰，语调微冷，"例行检查。"四目相对，话到嘴边的小杨隐隐觉得不对劲，连忙改口打哈哈："还能有什么事？黎学姐当时学习特好，是我们的榜样呗。"

虽比不上祁夏璟厉害，但黎冬的背景履历在年轻一辈中也是佼佼者。尹护士对此并不意外，笑着又聊几句，转身去照看四号床。

黎冬听诊完心脏后，又简单询问小杨几个问题，随后叮嘱道："后天开始可以适当下地走路，但不要剧烈运动。"

小杨忙不迭地点头说好，确认黎冬说完，才抱歉地小声道："对不起啊，学姐，我说话不过脑子，是不是冒犯到你了？"

"没事。"两人毕竟第一次见面，黎冬看对方表情尴尬难堪，扯唇说了句拙劣的玩笑话，"就是没想到过了这么久还有人记得。"

"那当然记得，我们那会儿都觉得太酷了，"听她亲口说不介意，小杨脸上又恢复憨傻笑容，凑过去和黎冬套近乎，"尤其是听尹姐说，你和祁学长现在还在一起，这不是更酷了嘛！"

黎冬最后有些恍惚地从501病房出来——我们那会儿都觉得太酷了。原来在外人眼里，她和祁夏璟甚至连同那张偷拍的照片，是用"酷"来形容的。

离开病房后，黎冬在走廊停下脚步拿出手机，点开那个卡通头像的对话框。

她深吸口气，点开图片。

照片内容和她的记忆分毫不差：空荡的废弃教室里，胡乱摆放着课桌木椅。纱帘随风微动，正午暖阳透过玻璃窗斜射而入，慷慨地倾洒在窗边趴在桌面熟睡的少年身上。

少年蓝白校服的衣领凌乱，毫无防备地侧头枕在小臂，全然不知身旁悄然俯身的纤瘦女孩。拍摄角度只能看到女孩半张恬静的侧颜，以及背在身后，正因为紧张而不自觉握紧的双手。窗外是初春独有的大片生机勃勃的绿。

这实在称得上一幅唯美画面。

而黎冬时隔十年后点开，依旧只觉得浑身冰凉。她甚至不敢去看那几扇窗，像是它们下一秒就会长出成百上千双眼睛。

她迅速退出微信，一瞬的窒息感消失。

对方是谁，为什么要给她发这张照片？是像小杨一样觉得酷，还是单纯想和她聊起这件事，抑或是对此耿耿于怀？照片当年被全年级乃至全校师生传阅，黎冬对发来照片的人的身份和目的都一无所知。

小杨说他不是有意冒犯，在她说出不介意后又立刻相信，黎冬相信他没有恶意。十年前这段违背规定的喜欢，如果他们真的能抵挡住流言蜚语，携手坚持走过所有困苦，或许她今日确实能大大方方地当作谈资。

可惜没有如果。

"黎医生我先回去啦，今晚值班加油！"

"好，路上小心。"

晚上六点和同事在护士站告别，黎冬决定在值班前，先回办公室吃晚饭。正值饭点，办公室里围了不少吃饭的医生和护士。除了胸外的，还有几个其他科室过来凑热闹的。黎冬坐在角落放下饭盒,没什么胃口便吃得很慢,没过多久就拿起手边铅笔,在随身携带的口袋笔记本上随心所欲地乱画。一直以来,相比于更常见的文字记录,她更习惯用画面来随时记录想法。

黎冬坐在桌前微皱着眉,不时闭上眼睛回忆,手上刷刷刷地停不下来,连晚饭都忘了吃。旁边围坐一桌的人不知道聊到什么,整齐划一地发出惊叹声。有人注意到落单的黎冬,好奇地询问道:"黎冬,你以前有没有遇到什么奇葩室友啊?"

黎冬的大学室友都很正常,四年都保持着疏离的客气。于是她摇头:"没有。"

"老王刚说起他大学室友,臭袜子攒一个月才洗,好几次都长霉了。"提问的同事嫌弃地直翻白眼,余光不经意扫过黎冬的笔记,半开玩笑道,"你这画的是雪花和太阳?现在看着倒是挺好看的,不过它们能放在一块吗?"

对啊,雪花和太阳怎么能在一起呢?这也是黎冬上午看到祁夏璟文身时的第一反应。她垂眸望向纸面上的速写,白纸上画着一片晶莹剔透的六瓣雪花,雪花背后则是掩藏在云层后冉冉升起的半轮暖阳。

雪花和太阳,格格不入的两种元素,却被祁夏璟永久文在心脏的位置。开始她以为是光线昏暗看错,可无论多少次闭眼回想,脑海中浮现的画面都相差无几。

"徐榄,也该轮到你说了,你这小子都在这儿坐半小时了,打算只听不说占便宜啊?"起哄声打断思绪,黎冬抬眸便见徐榄靠着椅背,双手枕着头懒懒道:"我还真没遇到过奇葩室友。非要说的话,顶多算是奇怪的个人习惯?"

"别卖关子,快说快说。"

"出国读书那会儿,有段时间跟室友合租的房子只有一个卫生间。"感受到对面投来的目光,黎冬正对上徐榄视线,就见对方微微一笑,"那段时间我晚上去洗手间,有时候能听见洗澡声,但卫生间的灯永远是关着的。"

"什么意思?室友洗澡不开灯?"

"准确来说,是进卫生间就不开灯,"徐榄似乎想到什么,勾唇笑了下,"开始几次我还好心想帮他开,都差点被揍。"

"这算什么奇怪癖好啊。"

"不过听着好危险,洗澡都不开灯,难道不怕摔倒吗?"

徐榄笑容依旧:"是啊,所以我说是个人癖好嘛。"

旁边围坐的同事嫌徐榄的爆料太无聊,话题很快转到剩下没发言的人身上。说者无意听者有心,黎冬垂眸看着笔记本纸面上的文身图案,又想起祁夏璟办公室的遮光窗帘，总隐隐觉得其中有关联。

眼看墙上时钟快过六点半，她迅速将饭盒里剩余的东西吃完，和办公室其他人打过招呼后，起身离开。今晚值班状况不断，黎冬接连处理完七八位病人后，时间已过晚上十一点。

拖着疲惫的身体往值班室走，她打算回去小憩一会儿。经过护士站时，有值班护士的闲聊飘进耳朵。短发护士先问："下午进手术室的那位还没出来吗？"

"没有呢，"旁边留着长发齐刘海的那位闻言叹气，"我看祁副高六个小时前就进手术室了，也不知人还能不能救活。"

"我看家属眼泪都流干了，作孽啊真是，哭得我的心一抽一抽的。"

对话声渐远，黎冬站在值班室拿出手机，发现她和祁夏璟的聊天对话停在下午两点，是对方让她帮忙谢谢盛穗。

值班室空间并不大，只有张书桌和一个上下铺。实在疲惫的黎冬和衣躺下，席卷而来的睡意瞬间将她淹没，甚至连丢在床头的手机振动时，也只是皱皱眉，转身面冲着墙。

——啧啧啧，真长见识，原来这就是我们全面发展的好学生哦，背地里只想着怎么偷亲别人呢。

——手还背到身后，扭成这个样子，这么做作的动作到底是做给谁看啊？真是受不了。

——不都说祁夏璟对她挺好的嘛！她怎么还能面对自己男朋友时跟做贼似的啊，亲个嘴还偷偷摸摸的。

——她是不是觉得很浪漫啊，低头要亲不亲的，是在演电视剧吗？

——笑死我了，电视剧真有这么土穷的女主角吗？反正我没见过。

"黎冬？阿黎？"吵嚷冰冷的梦境被温暖有力的怀抱唤醒。

耳边还回荡着尖锐刻薄的污言秽语，黎冬醒来时，额前满是细汗。睁眼后双眸缓慢聚焦，就感受到祁夏璟正虚虚搂抱着她，低哑着声音一遍遍呼喊她小名，灼灼黑眸在昏暗环境中满是担忧。

见黎冬终于梦醒，紧绷的男人长出口气，俯身柔声问道："你出了很多汗，是做噩梦了吗？"黎冬张嘴想说话，却发现声音干涩得不像话，嗓子也是撕裂般阵阵发痛，只能点点头。其实也算不上噩梦，梦中脑海里是没有画面的，只是耳边总有人停不下来地咒骂，她怎么捂紧耳朵都无济于事。

值班室里，只桌上亮着一盏鹅黄夜灯，室内一片昏暗。似乎是嫌值班室的光线不够，祁夏璟看见对面墙壁的顶灯开关，想起身过去。几乎是下意识地，黎冬猛地抬手拽住男人衣袖，低头艰难道："别走好不好？"

"我去开灯。"祁夏璟温声同她解释，感受到黎冬手上力道不减，垂眸见她用力到手指发颤，抬手替黎冬整理她鬓角沾湿的发丝，耐心安抚，"你出了很多汗，喝点儿水好吗？"

"杯子就在桌上，"话毕，男人将额头轻轻抵在黎冬湿热的前额，亲昵地呼唤她名字，"阿黎，我哪儿都不去，只给你拿杯水就回来，好不好？"良久后黎冬抿唇，妥协地点头松手，视线追随着祁夏璟。他起身去拿桌上水杯，再走回来递给她。

向来散漫无谓的男人，面对她总有百倍耐性，悉心嘱咐着："慢点喝，不要呛到。"微凉清水润过喉管，减缓不适的同时刺激神经。黎冬逐渐恢复理智，喝完后乖乖将杯子交给祁夏璟。随后她不放心地补充道："杯子放在床脚就可以。"

"好。"祁夏璟毫无底线地事事都顺着她，弯腰将杯子放在靠床脚的位置，随后直起身，伸出有力双臂，小心翼翼将黎冬搂进怀中，骨节分明的手一下下轻拍在她后背。

昏暗狭小的值班室里，黎冬只听见有温和低沉的男声落在耳边，一点一滴地抚平她的焦躁和不安。祁夏璟薄唇停在她耳侧，滚热呼吸落在她脖颈，微微发痒，沉沉问道："还害怕吗？"黎冬将头埋进男人温热的颈窝间，手慢慢抬起环住他瘦劲的腰，闷闷地"嗯"了一声。

她从未在其他人面前展露过柔软，哪怕面对祁夏璟也不习惯，应声后又转移话题："你刚结束手术吗？"

"嗯，听说你今晚值班，就想来看看你，然后就看到我们阿黎吓坏了。"祁夏璟不紧不慢地轻拍她后背，语气是让人深陷难以自拔的柔和，"我今晚不回去了，留在这里守着你好不好？"

十分钟后，当祁夏璟以搂抱的姿势和她躺在窄小的单人床上时，黎冬感受到心脏另一种失控的跳动，耳边再度响起鼓点般震耳欲聋的敲击。

时间已过凌晨，八小时的高强度手术下，哪怕是祁夏璟也会感到疲倦。黎冬几次借着昏黄灯光抬头，都见到男人疲惫地合着眼，一只手让黎冬枕着脑袋，另一只手虚虚搂着人，睡梦中仍不忘安抚地轻拍她后背，宛如成了本能。

担心黎冬掉下去，祁夏璟坚持要她睡在靠墙的一侧。在不足一米宽的单人床上，他半边身子几乎悬空着，也不知道这样睡一整夜，明早醒来会不会腰酸

257

背痛。

许是噩梦的缘故,黎冬现在反而毫无睡意。她抬眼静静地望着祁夏璟,视线细细在男人精雕细刻般的深邃五官流连,像是要把他脸上的每一处细节都刻印进脑海,深埋入心底。

这个不染分毫情欲的拥抱,让她感到无比安心。在祁夏璟沉沉熟睡时,黎冬慢慢将脸贴近男人胸膛,缩着身子依偎在他怀中,安静闭上眼。困意渐渐涌上来,黎冬藏在令人心安的温热怀中,忽地想起祁夏璟心口的文身,迷迷糊糊间只觉得有些羡慕。如果能一直被他放在心上,该有多好。

38

等到怀中人的呼吸逐渐平稳,假寐的人才迟迟睁开双眼。与不久前的温柔截然不同,男人灼灼黑眸在昏暗环境中犀利凌厉,宛如万丈深渊一般,令人心生战栗。祁夏璟左手仍柔缓地轻拍着黎冬后背,侧目看向女人枕边黑屏的手机,目光沉沉。

记得她今晚值班,祁夏璟凌晨下手术后便想去看看她,之后再回家。护士站的人说黎冬在值班室,而祁夏璟在门前敲门却未得回应,不放心便轻声推门进去。

寂静深夜,值班室内一片昏暗。纤瘦的女人在窄小的单人床上熟睡着,双眼紧闭,侧躺着看不清表情。祁夏璟不愿打扰,正要离开时,却听见床上的人声音沙哑地闷哼出声,身体随之紧紧蜷缩起来。

察觉到不对劲,祁夏璟转身快步到床边,俯身就见黎冬清秀的眉拧紧,额前满是细汗,模糊不清地胡乱呢喃着。她似乎被困在噩梦中,修长手指不安地攥紧床单。祁夏璟侧耳倾听,却听不清她的梦中低语。

薄薄床单被黎冬拉拽着,枕边手机也跟着往下滑。祁夏璟在手机坠落前接住,正要放到一边时,屏幕自动亮起。锁屏上跳出两条未读消息,发送于近一小时前。发送人姓名是没有标注的"."。

. :两天时间了,班长为什么不回消息?
. :是没看到照片吗?

质问的口吻以及"班长"的称呼,都让祁夏璟忍不住皱眉,什么照片?
"不要再拍了……照片还给我……"思考消息发送者的身份时,耳边再次响起黎冬在梦中带着几分哭腔的泣音——这次祁夏璟终于能听清。

她说，不要再拍了。她说，照片还给她。

他的心脏在听清梦呓的瞬间被无形的手猛然攥紧，像是有万千根针同时刺穿心口，浮起密密麻麻的锥心之痛。还能是什么照片？一时间，黎冬两次抗拒他亲吻，车里推开他时眼底满是惶恐的画面，都飞速在祁夏璟脑海播放重映。

——可以问问，为什么害怕和我接吻吗？
——我不知道。

他怎么能问得这么理直气壮？窒息感翻涌而上，祁夏璟半跪在床前，紧紧抱住坠入噩梦的黎冬，薄唇贴在她耳侧低声呼喊她姓名。清瘦的人似是被梦魇困住，整个人汗涔涔的，肩膀害怕到轻微颤抖，连急促的呼吸都在战栗，却无法从睡梦中醒来。

这是第一次，祁夏璟直面黎冬默默一人承受的痛苦。以往她总表现得太过云淡风轻，"没关系""不委屈"的话常挂在嘴边，从未曾在祁夏璟面前流露出哪怕片刻的软弱。

哪怕他再心中有愧，再想要弥补，也不知从何做起。

而当这份痛苦终于被具体化，直白地铺开给他看时，无能为力的挫败感惊涛骇浪般将祁夏璟淹没。听见黎冬在梦中啜泣的那一瞬，他甚至能理解黎冬为何永远闭口不谈那些伤痛。

除了毫无意义地疼惜她的经历，祁夏璟更悲哀地发现，这种痛苦是他无法分担，甚至难以全然感同身受的。这张照片的曾经，是他早就忘却，却在十年后仍旧会让黎冬深夜梦魇的噩梦过往。

黎冬总是乖巧到令人心疼，被唤醒后也没说什么。只是在他要起身拿水时，在黑暗中后怕地紧攥住他的衣角不让走，沙哑的哭腔叫祁夏璟不知所措。他紧抱怀中的女人安然睡去，只是睡梦中仍不觉安稳，垂下的手攀上来，紧紧抱着祁夏璟的腰，如初生的婴孩在不安地寻找安抚物。

"阿黎。阿黎。"祁夏璟垂眸，小心地将人搂得更紧，一遍又一遍低低呼喊她姓名，徒劳地试图缓解她的恐惧。直到黎冬紧皱的眉眼终于松动，呼吸重归平缓时，祁夏璟将头轻轻抵在她柔软发顶，喃喃自语道："我们一定会有好结局的，对不对？"

黎冬第二日是被闷醒的。鼻尖满是熟悉而独特的乌木沉香，黎冬艰难睁眼，入目便是男人凸起的喉结。手臂沉甸甸地落在她腰间，专属祁夏璟的强烈雄性荷尔蒙气息将她包裹其中。

后半夜的记忆回笼,黎冬想着她噩梦后浑浑噩噩地抓着人不放,甚至还姿势亲密地睡了一整夜,耳尖瞬间烧起来。余光望见她搂住男人的右手,她受惊地慌忙抽回来。

"早。"头顶响起祁夏璟慵懒沙哑的问候。黎冬听见男人长叹出声,带着刚睡醒的低沉鼻音,气息贴着耳边落下时,泛起酥酥麻麻的痒意。未等黎冬回应,祁夏璟先抬手将她往上搂了搂,然后低头,将脑袋埋进她颈窝,仍闭着眼:"昨晚睡得还好吗?"

语调中不经意的亲昵自然,让黎冬恍然间生出几分他们早已是多年亲密爱人的错觉。

"嗯,睡得好。"脸上阵阵发烫,黎冬压下强烈的心跳,抬起右手回应拥抱,小声问道,"你呢,半个人都没在床上,会不会腰痛?"说着她就要坐起身,给祁夏璟腾出位置。

"不疼。"祁夏璟长臂一伸搂住细腰将她带回怀里,脑袋无意识地在黎冬颈间轻蹭着,"再给我抱一会儿。"他已经很久没睡得这么安心。不同以往在梦中黎冬总背对他哭泣,不会梦醒时分发现她只是幻象,而是真真切切感受到她的存在,甚至还靠在怀中安睡。

这是祁夏璟过去十年都不敢想的。两人相对无言地默默抱着躺了会儿,直到六点半,黎冬的闹钟响起,必须起床准备查房。她值班不能离开医院,一夜未归的祁夏璟却要回去照看金毛。

晨曦透过窗户倾落在值班室里,黎冬对着镜子整理衣领,身后床上的人突然道:"手机没电了,借一下你的给徐榄打电话。"黎冬没有起疑,拿起桌边的手机解锁,递给祁夏璟后,转身继续扎马尾。

"徐榄非工作时间不接手机,可以借用你的微信吗?"

"好。"得到准许,祁夏璟点进微信拨通徐榄的电话,等待过程中退回消息列表,目光落在前排的卡通头像。

"班长?你大早上找我有事吗?"

"是我,"祁夏璟心不在焉地应答,点进聊天框看到聊天内容和照片缩略图,黑眸微沉,"513的病人昨晚手术很成功。"

"我知道啊,七点不到你把我吵醒,就为了说这个?"徐榄满是困意的声音压着怒火,"祁夏璟,你都不如瞎编你昨晚和班长孤男寡女共睡一屋,或许我还能兴奋点。"

"没事挂了。"目的达成,祁夏璟毫不犹豫地挂断电话,抬眸就对上黎冬困惑的眼神，似乎在无声询问这个电话的意义。祁夏璟举着手机挑眉，懒懒反问道："那我再打过去，说我们昨晚真的孤男寡女共睡一屋？"

得知黎冬值了一夜晚班，沈初蔓第二日大清早就跑来给她送爱心早餐。

"三中校庆时间确定了，就在下周三。你晚上要不要来？"沈初蔓将油条豆浆推给黎冬，巴掌大的小脸抵在桌面，眼巴巴地看向黎冬，"来吧来吧，人家独自一个人好寂寞哦。"

黎冬抬手揉她脑袋，温柔笑道："没手术就来，好不好？"

"好呀！"雀跃地轻呼出声，妆容精致的沈初蔓开始埋头吃早餐，时不时停下来和黎冬聊两句。"上次你给徐榄的平安袋，是不是从护安寺求来的？"吃到一半，沈初蔓忽地想起盛穗送的礼物，询问道，"没记错的话，我们高考前也去那里拜了吧？我那天查了，这周末恰好有法会。"她抬手碰碰黎冬手臂，"我打算去拜拜，你要不要一起？"

黎冬思考片刻，确认周末没有其他安排，点头说好。求佛护佑总是心诚则灵，黎冬想在佛祖前虔诚地求一求，保佑父母家人的身体健康。

"那就这么定咯，周末一起去护安寺，下周三不忙的话陪我去校庆——"话音未落，办公室的房门突然被敲响，是段以珩站在门外。他的左手用绷带绑着，左额头用纱布包紧，从进门起，视线就紧盯着沈初蔓。

沈初蔓脸上笑容瞬间消失，三人的办公室内气氛凝固。

"黎医生。"率先打破安静的段以珩朝黎冬大步走来，带着隐隐烟味，在绝对的身高差下自带极强的压迫性，"刑侦队有公务，我想提前出院。"感受到身边女孩的僵硬，黎冬心中无奈，起身平静道："我不是你的主治医生，没权力放你出院。"具体的病情不清楚，但她记得段以珩腰腹位置有很大的创口，劝道，"你现在贸然出院，腰上缝合的伤口很有可能裂开。"

段以珩闻言并不意外，朝黎冬淡淡说了句："劳烦。"随后转向沉默不语的沈初蔓，沙哑声音单刀直入，"要聊聊吗？"

"好啊。"沈初蔓扬眉勾唇，在男人灼灼注视下，踩着细高跟起身，转身离开前，不忘回头嘱咐黎冬，"我早餐还没吃完，别丢掉哦。"随着脚步声渐远，黎冬垂眸望着办公桌上的早餐，默默坐下将她的部分吃完。

同样是喜欢一个人，沈初蔓和她却是截然不同的做法——当黎冬只敢偷偷在速写本上画少年的背影时，沈初蔓倒追段以珩的事，早就已经尽人皆知。从高一到高三，沈初蔓的整个高中都一心扑在段以珩身上，屡次告白被拒也不气馁，从不理会外面难听的流言蜚语。黎冬想他们应该在一起过，因为她曾在无人的走廊拐角撞见过段以珩亲沈初蔓。

那一次，隔太远她听不清段以珩说的话，只记得沈初蔓搂住他脖子，清脆地笑道："徐榄的醋你也吃啊。段以珩，你果然喜欢我吧？"

这段无名无分的纠缠同样在高三戛然而止，黎冬曾想过询问，又怕触及沈初蔓心事，加之知道两人后来再无联络，就一直避而不谈。

许久等不到沈初蔓回来，黎冬收拾好剩下的早餐，结果出门就见到段以珩经过。男人脸上有明显的红印，见到黎冬，也只是平静地点头，头也不回地离开。

时间尚早，走廊十字路口鲜少有人经过，让缩在拐角哭泣的沈初蔓显得尤为明显。黎冬原本想上前安慰，但想到沈初蔓逞强的性格，面对她也只会强颜欢笑，犹豫片刻，决定当作没有看见。

她转身要走，抬眼却见到正对面不知停留多久的徐榄——不知为何，那一刻，她只觉得男人的眼神是如此悲伤。徐榄朝她走近，忽地问道："是特意来找他的吗？"黎冬不解地皱眉："什么？"

"算了。"徐榄勾唇摇头，唇边笑意有几分无奈与自嘲，"班长，你说我怎么总能撞见丫头哭啊？"黎冬只轻声道："让她静静吧。"

目送黎冬背影走进办公室，徐榄走到沈初蔓对面，垂眸，无声地看着她低声抽噎。身影落在瓷砖上，沈初蔓身体明显一僵，抬头见来人是徐榄，紧绷的双肩放松："你来干什么，看我笑话的？"

"是，你妆都花了。"察觉到女人瞬间松弛的情绪，徐榄也不知是该庆幸还是该悲哀，从口袋里拿出手帕递过去，故作无谓道，"沈大小姐，这是我一周内第二次见你哭了，你是水做的吗？"沈初蔓才不去接，瞪着通红的眼睛看人，气鼓鼓道："谁要你看啊，走走走——"

"小七。"见她不肯要手帕，徐榄双眸再度黯淡几分。他俯身抬手替女人小心拭泪，沙哑声音中压抑着疼惜："如果他总让你难过，那就不要喜欢他了，好不好？"

泪眼婆娑中，沈初蔓对上徐榄温和却悲伤的眼睛，心脏突然毫无征兆地刺痛了一下。慌乱中，她下意识反驳道："难过这是我能控制的吗？你最近怎么总是提喜欢不喜欢的？"她匆匆忙忙抓过手帕，胡乱在脸上蹭着，口不择言道，"分明是个'单身狗'，弄得好像你很懂爱情一样。"擦完才想起手帕是徐榄的，沈初蔓自恼地"哎呀"一声，人倒是不再哭了，慌里慌张地把东西塞回徐榄手里，踩着细高跟转身逃走。

望着略显匆忙的身影消失，徐榄低头去看手里被嫌弃的手帕，上面似乎还残留着女人的温度和甜橙香味。眼底笑意苦涩，徐榄收起手帕放进口袋，调整表情，转身朝另一方向的手术室走去。祁夏璟五分钟前已在里面等候。

穿无菌服时，身旁的祁夏璟掀起眼皮看了他几秒，挑眉懒懒道："六点半的闹钟，抽干了你的灵魂？"徐榄面对讽刺只随意笑笑，丢下一句话便转身走向手术台："老祁，晚上下班记得陪我喝酒。"

"从你让班长牵罐头那次，我就知道你小子贼心不死。"晚上七点，夜幕低垂，强行来祁夏璟家喝酒的徐榄已经自灌三瓶，眼神迷离，笑着冲祁夏璟道，"你小子进度挺快啊，是不是已经和班长成了？"本就没指望得到回应，徐榄将杯中酒一饮而尽，后仰靠着椅背，咧嘴乐了，"兄弟说实话，有时候我还挺羡慕你的。十年啊，班长都死心塌地地留在原地等你。"

对面的祁夏璟闻言勾唇，从手机屏幕移开目光，修长手指轻晃玻璃杯，似笑非笑道："你不说，沈初蔓就永远也不知道。"各怀心事的两人今晚都喝了不少酒，话里皆是五分醉意、五分真心。

"说了能怎么样啊。"徐榄听完只是笑，笑祁夏璟站着说话不腰疼，更笑他自己的懦弱胆怯，"明知道她不喜欢，还硬要凑上去烦人，连朋友都没的做了。"

"你很缺朋友？"祁夏璟懒洋洋地放下酒杯，醉意让男人本就漆黑的桃花眼更显得深邃幽沉，仍旧是漫不经心的语调，"徐榄，从我喜欢黎冬第一天起，我就没想过和她做朋友。"徐榄手上动作微顿，随即仰头爆发出一阵畅快大笑，最后又倒了满杯酒喝下，醉眼蒙眬地看向祁夏璟的手机屏幕："你盯着班长的微信名片干什么？发个消息还要犹豫？"

两人碰杯，祁夏璟将手机甩过去："不是她。"

"这史迪奇头像和班长的也太像了。"徐榄有些意外，随口道，"乍一看，还以为是模仿她的小号呢。"他朝手机扬扬下巴，"所以，这是谁啊？"

"不知道。"祁夏璟望着全然陌生的微信号码，勾人的桃花眼微微眯起，忽地觉得徐榄的说法有点儿意思。醉意逐渐侵占理智，占据上风的直觉毫无理由地揪着"模仿"两字不放，再考虑到近期出现在身边的人，脑海最终竟跳出一个人名。修长食指轻点在桌面上，祁夏璟带着几分醉意的黑眸泛着点点寒凉。时间在碰杯和胡言乱语中飞快度过，祁夏璟喝到太阳穴隐隐作痛时，身为外科医生的职业警觉让他放下酒杯。

见徐榄越发寡言，显然是醉了，祁夏璟便替他找好代驾，又贴心地给沈初蔓发消息，才无情地将人从家里轰出去。时针直指九点，空荡的房间重归寂静，连欢腾的罐头都玩累了，趴在窝里打呼。

祁夏璟独自在餐厅坐了会儿，望着桌上横七竖八的酒瓶许久，起身将餐厅灯关闭，随后又依次关掉客厅、卧房以及其他房间的大灯。晚上在家关灯是几年前养成的习惯，起先仅限卫生间和卧室，后来逐渐变成全方位断电。

为了陪徐榄喝酒，祁夏璟今晚推了所有工作，难得空闲下来的夜晚，却发现无事可做。被黑暗笼罩的房间死气沉沉，祁夏璟在客厅沙发坐下，本想打开电视看会儿《星际宝贝》，刚听了背景音乐，耳膜就被吵得生痛，最后还是关掉。

醉意或许真的会放大人心底的贪念和欲望。祁夏璟一闭上眼，脑海便浮现黎冬昨晚靠在他怀中的模样，以及身上淡淡的雏菊清香，现在只觉得喉咙阵阵干涩。

分别不过几小时，他已然在心里倒数明日重逢的时间。玄关处忽地传来三下小心翼翼的敲门声，刚洗过澡的黎冬站在祁夏璟家门外。从猫眼看屋内一片漆黑，她不清楚祁夏璟是否已经歇下，只试探性地屈指轻敲三下门。

见无人应答，她正打算转身离开时，紧闭的房门突然被打开。伴着微凉的冬季过堂风，夹杂着熟悉沉香的酒气扑面而来。

祁夏璟喝酒了？黎冬抬眸，望向玄关处懒懒靠着门框的祁夏璟，男人几乎要隐没在身后大片昏暗中。或是因为喝了酒，那双天生深情的桃花眼异常明亮，压迫感中又带着蛊惑和散漫。光是四目相对，就足以让黎冬心跳错拍半秒。有些人，哪怕只是轻飘飘的一个眼神，都仿佛在无声地蓄意勾引。

"刚才打你电话没接，"莫名其妙地感到心虚，黎冬别过视线清清嗓子，扬起手机问，"你家里也停电了吗？"她刚洗完澡要吹头发，结果吹到一半不仅吹风机罢工，连原本明亮的家都伸手不见五指。

往窗外看，其他楼栋都灯火通明。她不确定是自己居住的这一栋楼都短路了，还是只有她家电路出了问题。晚上不想独自去陌生人家里，祁夏璟又不接电话，黎冬只好敲门来问。祁夏璟随意抬手按下最近的玄关处顶灯开关，发现毫无反应便抱胸懒懒道："嗯，停电。"

他酒虽喝了不少，但意识却还算清醒。只是本就懒散的人要比往日更倦怠些，没骨头似的倚着门，也疲于应话，那双眼一眨不眨地盯着黎冬常服下的锁骨。她应当是刚洗过澡。

祁夏璟隔着些距离都能感受到黎冬浑身湿热。比往日浓郁百倍的雏菊香争先恐后地涌入鼻腔，湿答答的黑发粘连在质地柔软的棉布衣服上。从发梢滚落的水悄然滑过领口下方隐隐可见的笔直锁骨，往更隐秘的深处走去。

沉默无言中，祁夏璟用目光描摹着那对锁骨的完整形状，听黎冬问他："你喝酒了？"

"嗯。"他闭上眼睛遮盖幽深目光，残存的理智压下想去咬她锁骨的冲动，声音沙哑干涩，"陪徐榄。"黑暗无光的夜晚，酒醉微醺的男人和毫无察觉的女人，孤男寡女地独处。

祁夏璟轻轻摩擦着后牙时想，黎冬应当是有些害怕的。向来谨慎疏离的女人，此刻面对他却突然毫无防备，甚至问道："我给你煮点醒酒汤吧，你家里有——"以为他家里没有食材，黎冬转身要回去，"要不我先回家做好，再给你送过来。"

话音落下她转身就走，祁夏璟怎么会给她机会？

男人想他手上应当是用了些力气，掌心不容拒绝地环住黎冬手腕时，耳边响起一道轻微短促却无比清晰的抽气声。女人被拽得几乎要跌进他怀中。贪婪是人性不可磨灭的劣根，独坐在客厅时，祁夏璟本想着看看她就好，可当黎冬触手可及地站在他面前时，他却又欲壑难填。他最后一次给黎冬机会："不用回去，家里的冰箱有食材。"

这句并不是诓骗她的谎话。自从上次提出想学做菜，不管有没有真的下厨，祁夏璟这段时间食材和菜谱倒是买了不少。黎冬并没有逃走，反倒跟在他身后进来，打开手机自带照明，有模有样地在冰箱里翻找需要的食材。借着厨房飘窗投射的月光，一样样认真摆在料理台上。

在她清点食材时，祁夏璟则全程沉默不语地跟在她身后，眼神在漆黑的环境里越发幽深。他在判断，黎冬是真的单纯不懂，还是在默许纵容他此刻不怀好意的蠢蠢欲动。

黎冬洗净食材，开火要去烧开水，转身和身后男人四目相对，却径直绕过他去收拾餐桌上的酒瓶。沉默太久的祁夏璟终于按捺不住，将人逼退到桌边。怕黎冬的后腰撞到桌角会痛，祁夏璟长臂一伸环住她细腰，手上动作堪称温柔体贴，尖齿却毫不怜惜地咬在她最柔软的耳垂。

"不用弄。"像是对她刚才整整十分钟对他视而不见的惩罚，祁夏璟在听见稍显失措的呼吸声响起时，又恶劣地在她耳边那块软肉上反复摩挲着，一字一字压在她耳边落下，"阿黎，我让你进来，不是为了做这些的。"

❄ 39

情感生活再匮乏，黎冬也是即将二十八岁的成年人。哪怕最初的本意只是来煮醒酒汤，当男人越发急乱的呼吸响起时，她怎么会还不懂祁夏璟的欲念？酒精唤醒蛰伏在男人骨血里的欲望。耳垂传来的刺痛让黎冬身体先是一僵，她却转念想如果对方是祁夏璟，她其实是愿意的。

只是这点儿愿意，或多或少会带上几分始料未及的勉强。压下心底的异样，黎冬顺从而僵直地站好，双手不安地攥紧掌心，并未抬手推拒沾染醉意的男人。抵在耳垂的尖齿却卸去力道，痛感消失。余下湿热的薄唇还停靠在她颈侧，滚热的呼吸像是要灼烧皮肤。

昏暗中，黎冬感受到躁动的人瞬间冷静下来，松开她腰上的手，不再继续进行下一步。黎冬一半松口气，又一半困惑地抬眼看人。皎洁月光自厨房飘窗落下，倾洒在黎冬轻颤的卷翘长睫。湿润水眸中泛着点点星光，楚楚可怜的眼神似是在无声询问。

她正要出声，没看清祁夏璟眼神表情，就觉得视线一黑，有只温暖干燥的大手挡在眼前。缓慢眨眼，黎冬的睫毛扫过男人掌心，头顶响起祁夏璟低沉沙哑的声音："你不喜欢。"男人说得突如其来，黎冬却听懂了他的意思。

敏锐如祁夏璟，早察觉到她心底无言的抵触。即便有微弱月光，断电的房间仍旧伸手不见五指。祁夏璟背对光而站，即使不伸手捂住黎冬双眼，她也并不能看清男人脸上的表情。下意识遮挡她视线、想藏起心事的动作，让黎冬再次感受到祁夏璟在这份关系里的患得患失。

"阿黎。"良久，黎冬听见男人沉慢而艰涩的自言自语，"你好像不喜欢和我亲近。"

嘶哑的声音再不见往日的散漫懒淡，祁夏璟鲜少会如此外露地表达情绪，其中的脆弱让黎冬听得心脏微微刺痛。她张口想解释，却无从说起。祁夏璟已经挺直腰背，怕黎冬摔倒还将她扶稳，最后才转身去卧房浴室洗澡。

昏暗中，黎冬凝望着男人修长却寂寥的背影，忽地觉得她的沉默，或许无声中又伤害了他一次。想起徐榄曾提过的"奇葩室友"，她轻声道："现在没有灯，去洗澡没关系吗？"

祁夏璟言简意赅道："嗯，没事。"他早已经习惯了。

听着厨房传来锅碗瓢盆的碰撞声，祁夏璟走进卧房浴室，在昏暗环境中脱下衣服。一时间，耳边只剩下衣料的窸窣声。淋浴喷射的水流砸在身上，热意将骨头浸润酥麻，也让他本就被酒精侵袭的大脑更失理智。

祁夏璟洗完澡才后知后觉地发现，他换洗的新衣服在卧室隔壁的衣帽间，两个房间并不相通。独居在家，他习惯了洗完澡后裸着上身去衣帽间，从未提前将换洗衣服带进卧室。

祁夏璟上半身赤裸，浑身湿热。发梢的水珠自宽肩向精瘦的腹部滑落，经过紧实腹肌后落入松垮系绑的浴巾，浑身上下都透着股心慵意懒的倦怠。他懒懒抬手去扯挂架上擦头发的毛巾，目光不可避免地扫过面前大理石台的镜面。镜中男人长着一双迷离勾人的桃花眼，视线几经周转，最终落在镜中人的前胸。

镜后的壁灯都关闭了。哪怕只有几丝月色偷跑进浴室，因为视力极佳，又或许是因为意识越躲避，身体便越好奇，他能够将胸口的文身看得清楚明白。文身刻印在正对左心房的位置——那是每次心脏跳动、浑身血液都将经过的地方。

在昏黑中看清文身图案的那一刹那，祁夏璟有短暂的晃神。左心房正上方文着一片晶莹的六瓣雪花，并未受到云层中袅袅升起的晨曦影响，截然相反的雪白与橙红完美融合。

已经有很多年，他不曾在镜子前正视这处文身，以至于分明是亲手设计的图案，印象都快模糊不清。自那年总在梦中见到黎冬哭泣，祁夏璟就开始通过熬夜的方式，试图减少做梦的频率。近乎自虐的方式见效极快，过于疲惫的大脑再无法创造梦境，夜晚也再听不见女孩令人心碎的泣音。

很快他惊觉，不再以哭泣方式出场的女孩，正逐渐消失在他的梦境之中。哪怕出现也只是一闪而过，后来连声音和面孔都开始逐渐模糊。分手决绝的两人没有保存照片，祁夏璟起初还能靠旧物自我安慰。随着时间久远，那些曾经的细节都变得模糊不清。理智告诉他，这是大脑在自动清除无关紧要的人和事物。

祁夏璟终于清晰意识到，比起梦到女孩哭泣，他更害怕黎冬逐日在记忆中消失，害怕他终会忘记他们那段不过一年的爱恋。向来无所畏惧的少年，终于尝到恐惧的滋味。

那段时间祁夏璟开始酗酒、抽烟。在浑浑噩噩的日子里，他通过新的方式不断刺激大脑皮质，试图唤醒尘封的记忆，但最终都是徒劳无功。后来有一位"狐朋狗友"失恋，成天要死要活地发癫，自我感动地做了一系列蠢事，来怀念死去的爱情。

某晚在酒吧通宵，祁夏璟如往常般懒懒窝在卡座喝酒，整个人意兴阑珊。而那位"狐朋狗友"正炫耀他小臂上的新文身，文的内容是他前女友的名字缩写。

面对夸张的自吹自擂，其他朋友调侃："文在小臂上算什么，你有本事文在心脏位置，这才能代表你把人放在心上啊。"

"文在心上我还怎么看见，"狐朋狗友笑骂道，"再说了，谁敢在心脏上文身啊？万一出点儿事，那可是会死人的好吧。"整晚无动于衷的祁夏璟第一次有反应，主动向狐朋狗友要了文身店的位置。

"心脏文身的寓意是守护和铭记，一般都是纪念刻骨铭心的人物事件，你确定要文在这里吗？"朋友介绍的文身师是法国人，操着一口蹩脚的英语笑着提醒。祁夏璟则懒得和他废话，面无表情地递给他设计图纸，然后在椅子上躺下来，闭上双眼。时隔多年，文身具体过程早想不起，他只记得，耳边令人毛骨悚然的、刺耳的机器运作声，像是十几张生锈的铁片互相摩擦。

当细小的针无数次扎进皮肉又抽出，当心口终于感受到锥心的疼痛，祁夏璟鼻尖闻到丝丝淡淡的血腥气味。他也想过文黎冬的名字或者缩写，转念又自嘲地觉得，这样实在太过卑微可怜。仿佛一条丧家之犬，在徒劳地寻找不复存在的爱意。

离开前，文身师再次细细打量祁夏璟的设计图纸，颇为好奇道："能不能问问，你将太阳和雪花放在一起，有什么特别的寓意吗？"没什么特别的寓意。只是为了记住那个他不敢想起却更害怕忘记的女孩。

后来介绍的朋友问他初次文身的感受，祁夏璟也只懒散地笑了一下："好像能重新呼吸了。"从那以后，他不再执着于梦境里消失的女孩，只是不再打开卧室和卫生间的顶灯，合租时还被徐榄频频吐槽奇葩。

祁夏璟时而会嘲笑自己懦弱，时间过去得越久，他反而越不敢面对身上巴掌大的文身。半轮朝阳是祁夏璟将自己束缚在黎明之际，六瓣雪花则企图将女孩困锁在高三那场初雪。那场雪如她一般，洁白，无瑕，永生难忘。

祁夏璟是咎由自取，让黎冬终成了他心口难以愈合的疤。思绪回笼，祁夏璟移开视线不再看文身，垂眸无谓地勾唇笑笑，用毛巾胡乱擦两下头发。人在微醺状态下，总归不如往日周全。听着厨房仍传出忙碌声，祁夏璟便围着浴巾从卧室出来，迎面撞上黎冬时，他正低着头用毛巾擦着湿漉漉的头发。

漆黑一团中四目相对，黎冬表情闪过无措，无处安放的眼神乱瞟，轻声道："醒酒汤煮好了，你要不要喝一点儿？"虽然知道不礼貌，但极度的好奇心，还是引诱着她朝祁夏璟的上半身看去。目光微顿，黎冬确认她并没看错，祁夏璟心口位置的文身图案，就是六瓣雪花和半轮太阳。

"黎医生。"低沉散漫的男声在她头顶响起，是祁夏璟挑眉懒懒道，"大晚上盯着别人的胸看，是不是不太礼貌？"

黎冬的耳尖发热，慌忙错开视线，想叫人喝醒酒汤的话滚到嘴边，却再说不出口。方才对上男人那双深邃的桃花眸时，她看清眼底深埋的脆弱和悲伤，心脏再度传来酸涩刺痛，黎冬收拢掌心，直视着祁夏璟双眼，尽量让语调显得镇定，一字一句道："我刚才只是被吓到。"

一段感情只有双向奔赴才具意义。如果她永远站在原地，只是等祁夏璟走来，对他来说太不公平。不要再怯懦，黎冬在心中轻声道，你应该再勇敢些的。于是她走上前，停在祁夏璟半步距离外。

在昏暗无光的房间里，在男人略有些茫然的黑眸中，黎冬仰头轻轻踮起脚，飞快在祁夏璟唇边落下蜻蜓点水般的亲吻。一触即分，这个吻未曾开始就猝不及防地结束，却是黎冬所能做的最大主动。

潜意识的抗拒，让她亲人的姿势僵硬而笨拙，湿润的眼底却无比真诚郑重。"我没有不喜欢和你亲近。"感受到祁夏璟呼吸都骤停，黎冬脸上红意更甚，人慌忙后退，忍着羞耻心坚持把话说完，"还有，其实你不用对我这么小心翼翼。我真的——"

高大身影压下来的同时，她的下巴被捏住，被迫仰头的黎冬双唇被封。混杂着淡淡酒气的乌木沉香铺天盖地，在逐渐稀薄的空气中，令人沉醉。最终是黎冬全然失神地倒在祁夏璟怀中，薄唇微张呼吸急促，耳边是杂乱无章的心跳声，分不清是她的还是他的。对他心口的文身图案耿耿于怀，方才的亲吻让黎冬生出不少勇气，忍不住出声道："可以问问，你身上的文身有什么寓意吗？"

"半轮太阳代表黎明之际，六瓣雪花代表初雪的冬。"埋藏多年的秘密被提起，良久，祁夏璟才哑声缓慢道，"害怕忘记，所以文在心口。"男人口吻是一如既往地轻描淡写，黎冬却只觉心脏猛然收缩，再出声时尾音都在打战："那你在家总不开灯，是因为不想看见我的名字吗？"

没问她怎样得来的消息，祁夏璟只是沉默地抬手轻拍她后背安抚，沉沉"嗯"了一声："因为这样会提醒我，我们早就已经分手了。"

这是两人第一次开诚布公地谈起分手。坦然面对过往的确艰难，场面却比黎冬预想的要平和太多。她只庆幸此刻断电，没有灯光，让她不必直面祁夏璟脸上的表情。不想让气氛就此低迷，这次黎冬不再只等祁夏璟出声，选择打破沉寂，主动道："寓意和我想的不太一样。"

感受到她的努力，祁夏璟勾唇沉沉笑着，配合道："嗯，那你是怎么想的？"黎冬垂眸，看着祁夏璟把玩她的手指，轻声道："我以为，你文的是'我们'。"

雪花的指向性太强，黎冬隐隐猜过文身或许有部分寓意源于自己。而太阳会让人联想到夏季，又或许是因为她和祁夏璟相逢在仲夏之夜。黎冬的第一反应，是半轮太阳在指代祁夏璟的"夏"。

冬夏合在一起，就是我们。黎冬从温暖的怀抱中退出来，抬眸对上祁夏璟沉黑的桃花眼，弯眉道："我以为你是那轮太阳。"

女人脸上的笑容带着几分娇憨，祁夏璟抬手轻捏她柔软的右脸蛋，故意调侃道："上次不还说我是星星，这次又换成太阳。我在你心里，就是可以随便指代的形象？"

被男人的说法逗笑，黎冬倒不认同她的想法飘忽不定，沉吟片刻，在寂静的房间里柔声道："大概是因为，我觉得这世上所有予人希望和光明的美好，都该用来形容你。"

这是她曾写在那本画册尾页的为数不多的文字，其中未完的后半句，她并未告诉祁夏璟——我觉得这世上所有予人希望和光明的美好，都该用来形容你。转念细想又不对，应是这世间万物美好都不及你，而我每次只能提起一种，所以它们便都像你，却又都不是你。

话毕，黎冬意识到话说得太过肉麻。垂眸避开视线，不自然地抬手想去整理头发，下一秒却被祁夏璟再次拥入怀中。

"我更喜欢你的解读。"男人的拥抱永远温暖而令人心安，下颌轻轻抵靠在黎冬发顶，无尽温柔的沉声贴着耳边落下，"阿黎，我喜欢听你说'我们'。因为那个人是你，所以才会有'我们'。"

即便酒意已退去大半，那锅醒酒汤还是被祁夏璟喝了。在黎冬将盛满汤汁的瓷碗递过来前，祁夏璟没想过一碗醒酒汤，也能做得如此复杂细心。

瓷碗侧壁温度恰好，香气飘飘中，西红柿豆腐紫菜汤的汤汁晶莹。切成小丁的西红柿宛如点缀，软嫩的豆腐入口即化，零星漂浮在汤面的紫菜更是最好的调料味。

祁夏璟空腹喝酒后更没胃口，徐榄点的外卖几乎没吃几口，喝了汤后胃里暖乎乎的，反而感觉到饥饿。祁夏璟眯着眼睛，嫌弃地看着眼前巴掌大的瓷碗片刻，在黎冬不解的眼神中，起身去料理台拿起煮汤的小锅，回到座位后，直接抱着锅吃。

借着皎白月色，黎冬看着男人低头认真吃饭的模样，没忍住弯唇轻笑。用心熬煮的汤被喝光，本就是件幸福的事，尤其是祁夏璟吃饭向来敷衍。看到对方喜欢吃她做的汤，黎冬就会格外有成就感。

只不过她盯着祁夏璟喝了会儿醒酒汤，就很快察觉一道难题。黎冬自认不是思想龌龊的人，在医院时，几乎每天都能见到病人脱去衣物。别说赤裸上身，手术台上一丝不挂的患者也十分常见，其间她见过不少身材绝佳的，但内心向来毫无波澜。

可在这片黑灯瞎火中，当对面坐着的人是祁夏璟时，黎冬很快就发现，她无法控制自己的眼神。上次在办公室只见过背影，她本以为视觉冲击已经够强，

270

直到近距离正面撞见,才深觉是小巫见大巫。

于是她游离的目光时而停在心口的文身,时而扫过腰腹的腹肌,还时而停在直直向下、没入浴巾的利落人鱼线。更令人难堪的是某人在察觉到注视后,不仅没觉得冒犯,反而无声扬眉,随后便十分贴心地将椅子朝黎冬挪动。

这似乎是在用行动告诉她:想看?当然可以。不仅可以,他还会尽可能地配合,让她能再看得更清楚一点儿。黎冬知道某人大概率已经酒醒,现在坐在她面前的是那个熟悉又无赖的祁夏璟。她问心有愧地清清嗓子,真诚建议道:"最近降温,你要不要穿件衣服?"

"不冷。"祁夏璟慢条斯理地吃完锅里最后一块豆腐,放下木勺,右手懒懒支着脑袋,倦怠笑容在月色昏暗下染上几分妖冶的魅惑,"但黎医生强烈要求的话,穿也可以。"话毕,男人散漫却犀利的目光不紧不慢在黎冬脸上游走。眼神如有实质,让黎冬总有种被人看穿的无处遁形感。

之后祁夏璟久久没说话,在黎冬以为对方会放过自己、忍不住长舒口气时,男人忽地意味深长地轻嗤出声,随即慢悠悠道:"只是看黎医生刚才的眼神,我以为你喜欢看我不穿衣服。"

黎冬:……

她果然不该对祁夏璟抱有任何期待的。黎冬哪里接得住祁夏璟调情,抿唇绷直,急匆匆地拿起面前的小锅和碗,准备去洗掉。男人却不依不饶地跟在她后面,甚至在黎冬去拿洗碗手套时,长臂一伸,先她拿起橡胶手套。

祁夏璟俯身,将下巴放在黎冬肩膀,耐心地替她将手套戴好,侧头薄唇贴在她颈侧。带着些酒气的呼吸落下,男人压低的沉声像在刻意诱哄:"今晚可以不走吗?"话毕他沉沉笑了笑,搬出"渣男"经典语录,"我什么都不做,就只是抱着你睡觉——就像昨天那样。"

感受到黎冬沉默中的身体僵硬,祁夏璟这次不再患得患失,反而搂住她盈盈一握的细腰,得寸进尺道:"你说过,可以随心所欲对你的。"

她分明说的是不用小心翼翼。

不知是祁夏璟没穿上衣,还是两人终于能坦诚一次的缘故,黎冬总觉得,眼前看似和平日相差无几的拥抱,实际要暧昧和亲密太多。环在腰间的手骨节分明,正百般无聊地把玩着她棉布睡衣上的蕾丝印花,一举一动满是自然的亲昵。手指微蜷,黎冬听着心跳声一下下叩响,没正面回答问题:"你先去穿衣服。"

"好。"祁夏璟沉声答应得飞快。像是十分喜爱观赏她的无措,男人甚至特意偏头看黎冬的表情,最终薄唇贴着她耳垂,含着沉沉笑意同她道:"那我去床上等你。"

40

　　去，还是不去，这确实是个问题。随着脚步声渐远，然后是衣帽间传来窸窸窣窣的微弱动静。终于换上衣服的祁夏璟如约回到卧室，留黎冬在餐厅佯装忙碌。

　　洗净的碗筷放在架子上沥水，黎冬先是将料理台用厨房纸全方位地清理一遍。似乎嫌不够，又拿起买来后几乎没用过的调料瓶，反反复复地擦拭。

　　为了拖延时间，她甚至还想去客厅看看罐头。结果转头就见金毛窝在软窝里睡得酣甜，呼声一深一浅。

　　卧房的门半掩，入目只剩昏暗。实在想不到祁夏璟会以何种姿态在床上等她，恍惚推门时，黎冬脑海飞快闪过各种场景。

　　迟疑的指尖贴着门板，她小心翼翼地推开门进去。皎白月色如流水般淌进房间，点点银光轻柔缠绵地铺满整个房间。卧室设计简约素净，单调的一床一桌和大片空出的地方。如果不是床上躺着人，甚至不像有人居住。

　　祁夏璟正安静侧躺在床上，头枕着右胳膊，呼吸缓慢而悠长。男人应当睡得很熟，连黎冬推门和走进来的声音都未曾察觉。托祁夏璟终于穿上衣服的福，黎冬才敢靠近床边，去看他睡梦中的模样。

　　月光映照在祁夏璟侧脸，深邃到凌厉的五官都被无声柔和几分。长睫随呼吸轻颤，鼻梁笔挺，薄唇色浅，天生给人很强烈的疏离感。

　　黎冬垂眸，静静看着他舒展的眉眼。上次祁夏璟在她家客厅沙发睡着，总是紧紧皱着眉头，像是在梦中依旧被烦扰缠绕。所以，今夜是做了好梦吗？

　　手机振动，是物业姗姗来迟的道歉消息，对方在小区业主群说已安排电工维修电路，最多半小时，就能恢复用电，是时候该回家了。

　　她轻手轻脚地抬起左侧羽绒被，万分小心地给祁夏璟盖上，起身在过分清冷的屋内环视一圈，视线停留在角落书桌的纸笔上。卧室和办公室的装饰风格相同，都有一处明显特点：整洁得仿佛没有人住过。

　　比如，客厅除了罐头的玩具外，几乎找不到人生活的痕迹；又比如，餐厅的大量调味品大都未开封；再比如，偌大卧室仅有床和书桌，桌面上只摆着三本专业书，除此之外再找不出其他生活用品。

　　黎冬弯腰提笔，手臂撑在桌面，工整地在纯白的便笺上写下娟秀的字。几秒后觉得不够，又在结尾添上寥寥几笔，转身走向床边，将便笺放在祁夏璟触手可及的床头。

我先回去了,晚安。明天见。

"学姐学姐,下周的校庆你去吗?"503病房里,自来熟的小杨见黎冬来查房,立即热情地冲着她挥手问候,"我听说,这次三中请了不少名人校友来演讲,肯定有祁学长吧!"年轻人嘴里喋喋不休,眉飞色舞的模样让旁边小护士忍俊不禁,笑着提醒道:"黎医生给你看伤口呢!你啊,先老实点吧。"

小杨这才乖乖收声。小杨的伤口恢复良好,不出意外过几天就能拆线。黎冬放下他的病服起身,转头又询问规培生几句具体情况,离去前才轻声道:"我不知道。"算是对小杨提问的回答。

年轻人闻言又是双眼一亮,在护士的搀扶下躺回床上,笑嘻嘻地朝黎冬道:"隔壁住院的还有几个是咱三中的,都特别期待祁学长回去演讲。"

小护士忍不住好奇道:"为什么呀?"

"因为酷啊。祁学长高三因为早恋问题,在升旗仪式上被'请'上去做全校检讨。"小杨这回学乖了,先是谨慎地打量黎冬一眼,确认她表情如常,才神秘兮兮地继续道,"你猜他说了什么?我这么多年都没忘呢。"

"哎呀,你别总卖关子,快说啊。"

小杨闻言竖起病服衣领,模仿着当年祁夏璟的模样,吊着眼睛懒洋洋道:"虚心反思错误,保证屡教不改。"说完便和小护士笑作一团,忍不住感叹,"那会儿我们好多人早恋都被抓了,全都做了缩头乌龟,就他一个人敢跟全世界作对,这还不酷?"

"没想到祁副高人看上去高冷,结果高中时期这么浪漫啊。"

"那可不,况且他对象可是黎学姐啊,高中时候也有不少人追的。"

听着两人八卦到停不下来,黎冬只无奈摇头。她想去看墙上时钟,抬头却发现病房门外站着沈初蔓。她今天一改风格,慵懒性感的欧美妆配上修身的毛衣牛仔裤,再加上出挑的五官,在来往人群中鹤立鸡群。

四目相对,沈初蔓指了指墙上挂钟,示意黎冬到时间该午休了。沈初蔓的工作室离医院有段车程,黎冬上午没收到她说要来的消息,以为她临时有急事,忙出病房问道:"你还好吗?"

"啊?"沈初蔓被黎冬凝重的表情吓到,连连拍她肩膀安慰,"不是急事,就是想和你聊聊天。"说着她挽起黎冬手臂,催促道,"走走走,去食堂边吃边说。"

黎冬被拉着走仍不放心,正要出声继续问,口袋里的手机就开始欢快振动,是周屿川打来的电话。"我买了下周一的机票。"听筒那边的背景音嘈杂,周屿川清冷微凉的声音格外清晰,"需要帮带什么东西吗?还有,给你买的按摩椅周末送到。"周屿川打钱、买东西向来都是先斩后奏,这次也不例外,"你选一天,时间具体点儿。"知道弟弟脾性,非要退还反而会惹他生气,黎冬转头望向沈初蔓:"护安寺你想周末哪天去?"

"周六吧,"沈初蔓表情有些心不在焉,回复后随口问道,"谁啊?"

"周屿川。"

"哦。"

往日提起自己弟弟沈初蔓都会好奇地问上两句,黎冬看着闺密兴致不高的模样,在食堂面对面坐下时,忍不住出声问道:"你……就没有话想对我说吗?"沈初蔓夹菜的手顿住,别扭地放下筷子坐正,清清嗓子,表情郑重:"冬冬,我昨晚遇见一件特别恐怖的事。"话头一顿,妆容精致的女人谨慎朝周围看了眼,有意压低音量道,"徐榄昨天晚上,冲我笑了。"

见黎冬的眼神困惑中夹杂茫然,沈初蔓急得轻喷出声,耐心地进一步给她形容:"他昨晚好像和祁夏璟一起喝多了,没人管他就只能找我。四层楼!我累死累活把他从四楼搀扶下去,塞进车里,还好心给他系安全带。他居然冲我笑,"沈初蔓情绪突然激动,巴掌大的小脸表情生动,语无伦次道,"笑就算了,这厮还揉我脑袋,说什么让我乖一点儿!你说,他是不是疯了——"

"班长。"熟悉的男声在身后响起时,黎冬只见沈初蔓表情一僵,随后便是徐榄和祁夏璟端着餐盘过来。祁夏璟单手插兜跟在徐榄后面,他昨晚应是休息得很好,眼下淡淡的乌青消失不见,散漫目光扫过黎冬,一副要翻旧账的意味。

黎冬错开视线,就听徐榄笑问:"不介意的话,我们四个人一起?"

"谁说不介意了——"沈初蔓下意识就要反驳,抬眸对上徐榄笑吟吟的脸,忽然转了话锋,"随你便。"

徐榄和祁夏璟分别在沈初蔓和黎冬旁边落座。这时周屿川的微信进来,确认到底是周几送东西。黎冬再次问过沈初蔓的意愿,随后发送周六过去。

"你们俩要去护安寺?"食堂的中午饭是饺子,徐榄动作自然地将酱油瓶递给沈初蔓,"带我一个吧,我给我爷爷求个平安袋。还可以给两位当免费司机。"徐榄若有所思地看向用手机打字的祁夏璟,立刻知道信息接收人是谁,意味深长道:"老祁也一起来?"

指尖点击发送,祁夏璟余光见黎冬的手机振动,垂眸懒懒应答:"可以。"

黎冬退出和周屿川的聊天框，就收到身旁某人微信。

祁夏璟：黎医生昨晚就这么狠心丢下我走了？

见她不知如何回复，男人骨节分明的手点在屏幕上，很快又发来一条。

祁夏璟：让我一个人孤苦伶仃地睡一整夜？

"徐榄就算了。"沈初蔓见一个两个都要跟来，只觉得无比古怪，狐疑地皱眉望着祁夏璟，不客气道，"你怎么也要来，你不是最不信这些吗？高考前怎么说都不肯去，还说我和冬冬迷信。"祁夏璟闻言，眼底笑意淡去几分，面无表情地掀起眼皮扫了沈初蔓一眼，挑眉，沉哑声音自带威压："我后悔了，不行？"男人的表情似笑非笑，周身气压却肉眼可见的寒凉，连沈初蔓都不再反驳，只嘟囔着小声吐槽道："能从你嘴里听见'后悔'俩字，可真难得。"

黎冬察觉到祁夏璟情绪不对，发消息问他："为什么突然生气？我昨晚看你睡着才回去的，不是故意食言。"

祁夏璟索性背靠着塑料凳，不紧不慢地打字回复："周四下班陪我回趟学校，下周校庆学校喊我讲话，要提前回去对流程。"

校友做讲话，还要提前回校对流程？黎冬不记得沈初蔓提起过这事。她正疑惑，对面的人又慢悠悠发来消息："就当你食言的补偿。"

"我说你们两个。"面对某些人饭也不吃，抬头就能聊天还要发微信的秀恩爱行为，徐榄听着手机此起彼伏的振动声，皮笑肉不笑地凉凉道，"实在嫌我和小七碍眼，我们俩可以快点儿吃——没必要欲盖弥彰地秀恩爱呢。"小动作被戳穿也不尴尬，祁夏璟从容不迫地放下手机，目光扫过闻言点头的沈初蔓，朝徐榄勾唇微微一笑："这不是怕太过恩爱，刺激到你嘛。"

饭后四人都各自有事要忙碌，一起离开食堂往外走时，遇到在医院大厅的邓佳莹。沈初蔓看女人一身灰色高领毛衣、淡妆，还束起高马尾，甚至连挎包都换成白布挎包，冷笑着嘲讽："学人精。"

邓佳莹正打算给黎冬打电话，见四人正巧朝她的方向走，立即迎上来，笑容略显牵强地打招呼。徐榄拉住想出声讥嘲的沈初蔓，祁夏璟面无表情懒得回应，在场的只有黎冬礼貌道："请问你有事吗？"

明明小半个月都一起吃午饭，听黎冬依旧疏离冷淡的口吻，邓佳莹脸上笑容僵硬片刻："我是特意来找你的。"自盛穗出院，她就再没有正当理由来医院,最终决定从黎冬下手。邓佳莹脸上挂着她曾对着镜子练习千万遍的完美笑容,语气温温和和:"校庆后,基金会要在学校礼堂做宣讲,想邀请曾经受过救济的学生做主讲人。我来是想问问你——"女人刻意停顿半秒,笑盈盈道,"作为当时的受惠人,你愿意来吗?"

为保护学生隐私和自尊,基金会的救助名单私密性极高。邓佳莹能确定,徐榄、祁夏璟,甚至连沈初蔓,都不知道黎冬曾经受过救济。

年少的贫穷会影响人一生。哪怕日后再成功有为,对曾经的贫瘠和穷困也难以启齿——尤其是在亲密的挚友和爱人面前。

邓佳莹再清楚不过这一点。捕捉到黎冬眼底一闪而过的慌乱,女人眼底笑意更深,笑吟吟道:"前两天我还和你的负责人聊天,她说到现在还记得你初三毕业后第一次去领救济时的样子呢。"

沈初蔓听得半懂不懂,但光看黎冬表情僵硬,就觉得邓佳莹令人作呕,踩着恨天高就要冲上去。

徐榄忙伸手将人拉住,皱眉用眼神示意沈初蔓不要冲动。

邓佳莹要的就是她反应激烈,沈初蔓越情绪激动地护人,就说明她越在意黎冬过去贫穷的事,无形中会对黎冬造成二次伤害,同时过激的语言还会让她自己处于道德下风。这种事只能交给黎冬独自面对,他们表现得满不在乎,邓佳莹的算盘才会落空。只不过……邓佳莹为什么突然把矛头冲向黎冬?前两天不还好好的吗?

"黎冬。"沉默许久的祁夏璟终于淡淡出声,双手插兜,语调漫不经意,像是对周遭的暗潮汹涌毫无察觉。从始至终,男人散漫的目光就只停在黎冬身上,现在也只是长腿走上前,沉声淡淡道:"晚上我有手术要晚点儿回家,帮我喂一下罐头。"

见黎冬抬眸看过来,眼神还发着愣,祁夏璟黑眸微沉,不动声色地俯身偏头,薄唇亲昵地停在她耳侧。这次他用只有两人能听见的音量道:"周四回三中的事你没拒绝,我就当你答应了。"感受到女人终于回神的呼吸微停,祁夏璟勾唇抬眼,在黎冬张嘴出声前,先自我肯定道:"嗯,我是无赖,我知道。"黎冬无言以对,只能毫无气势地默默瞪了某人一眼。下一秒,脑袋就被温暖的手揉了两下。

"走了。"祁夏璟头也不回地离开后,徐榄二话不说拉拽着气愤不已的沈初蔓离场。

人来人往的医院大厅,黎冬静静望着表情算不上太好的邓佳莹。身边人不止一次提醒过她,邓佳莹在有意模仿她。黎冬平静地看着女人身上和她同款的毛衣和挎包，依旧想不出其中理由。不过她从不在无关人等身上浪费时间。"宣讲的事我答应你，但我会亲自联系负责人。"即便不想和基金会再有牵扯，黎冬也知道人要懂得知恩图报，"你以后不要再来找我。"听她话说得直白，邓佳莹脸色变得难看，强笑道："我是做错什么了吗？"

"有句话我从第一天就想告诉你。"黎冬有时也会佩服，面前的女人怎么能做到时刻保持微笑，"邓佳莹，我和你不熟，也不喜欢你这个人。以后遇见，就当作不认识吧。"话落，黎冬没再给对方说话的机会，面色平静地转身便走，将脸色铁青的邓佳莹留在原地。

掌心的手机被攥到发出咯吱声响，邓佳莹后牙咬紧到下颌隐隐作痛。然而不等她发作，刺耳的手机铃声就打断她的怒意。

"邓佳莹，你现在人在哪里！二十分钟内，我不管你有什么理由，都赶紧给我滚回来！"主管暴怒的低吼从听筒传出，邓佳莹大脑有一瞬空白："主管，我在医院处理盛穗的案子，现在——"

"还去医院？从今天起，盛穗的案子你不要管了！十五分钟内我看不到你人，明天就给我卷铺盖走人！你的私人恩怨别连累我！"主管下完最后通牒就挂断电话。一时间，听筒里只剩冰冷的忙音。邓佳莹只觉得浑身冰凉，大脑宕机，耳边也开始嗡嗡作响。她想不起自己是如何找到祁夏璟，并站在她从高中起就暗恋的男人面前，更不知道她是如何强撑着用最后一丝力气，笑着说出感谢："盛穗的事，谢谢你这段时间的帮忙。"

"邓佳莹，活在梦里很有意思吗？"

邓佳莹抬头，愣愣看着面色冰冷的祁夏璟，恍惚间想起，这是男人第一次直视着她喊她姓名。祁夏璟居高临下地俯视，嫌恶的眼神宛如在看垃圾，语态倦懒："你的主管应该通知过你，盛穗的事以后与你无关。"

原来真的是他做的。泪水瞬间充盈眼眶，邓佳莹在泪眼婆娑中，望着不为所动的祁夏璟，忍不住哽咽道："你凭什么这么对我？就因为我刚才让她回学校宣讲？"

"凭我有基金会百分之四十的股份。"五分钟前，她用尽整个青春来喜爱的人在对其他女人耳鬓厮磨，此刻面对她，只剩下满眼不耐烦。

她早该知道的，无论她如何用力模仿黎冬，哪怕他们曾经分别多年，甚至哪怕没有黎冬这个人，祁夏璟都不会多看她哪怕一眼。

"除了拙劣的模仿外，你最好祈祷你没搞其他小把戏。"祁夏璟冷若寒霜地低声警告，凌厉尖锐的目光如尖锐匕首，一眼便轻易将人刺穿，"如果照片的事和你有关，就不单是离职这么简单了。"

邓佳莹脸色一白，右手下意识捏紧手机，失神的双目充斥着忐忑不安的恐惧。她今天不该来医院的，她不该因为见不得光的微信收到祁夏璟的好友申请，就自乱阵脚，来医院找黎冬，自寻死路的。

将邓佳莹那点儿仓皇失措的小动作尽收眼底，祁夏璟面无表情地转身就走，在不远处的走廊拐角遇上徐榄。他刚送沈初蔓离开，一回医院就正巧撞见对峙的二人，皱眉细细想着两人对话，勾唇笑道："你是怎么看出邓佳莹在模仿班长的？"

祁夏璟只掀起眼皮瞥了人一眼，垂眸看着手机继续往前走，头也不抬道："衣服和气味。"

邓佳莹从第二天来医院起就在刻意模仿黎冬的穿衣风格。而祁夏璟因为将黎冬每日的模样记得太清楚，第二日再看邓佳莹，就如同在看一场拙劣的模仿秀。

"气味？你说邓佳莹身上的雏菊香水味？"徐榄慢悠悠地走在祁夏璟前面，笑道，"我怎么没闻到过班长喷香水？"话音刚落，他就见祁夏璟微抬似笑非笑的桃花眼，黑眸里明晃晃地写着"我们两个能一样吗"？

似是觉得眼神暗示不够，若有所思的男人无声挑眉，慢条斯理道："拥抱和接吻的时候，才能闻到。"

徐榄无语："行吧，成天就知道秀，生怕别人不知道你俩谈恋爱。"

见祁夏璟一路都盯着手机屏幕上的草稿图，徐榄不由得好奇凑上去，很快发现铅笔起稿的教室、杂乱的课桌和室内的少男少女，都和记忆深处的某张照片完美重合。瞳孔微缩，徐榄吃惊道："这不是当年的照片吗？你画的？"

"嗯。"前天在黎冬微信里见到那张照片后，祁夏璟清晨回家就在书桌前起稿，尽可能地还原那年那间无人的教室。他清楚晚来的弥补无法消除曾经的伤害，但即便如此，他也无法做到视而不见，眼睁睁地看着黎冬挣扎痛苦。

脱敏治疗算是心理学中最常见的疗法之一，是通过循序渐进的方式来减轻、消除人心中的恐惧。周四带黎冬回学校，就是祁夏璟希望能带她迈出阴霾的第一步尝试。

"对她来说，照片的事情并没有结束。"祁夏璟眼底漫不经心的散漫退去，黑眸沉沉，比起告知徐榄，更像是说给他自己听，"比起让她匆忙接受这份感情，我更希望她能活得无忧无虑。"

从高中起，徐榄最不怀疑的，就是祁夏璟对黎冬的用心。

兄弟之间不需要太多煽情，他笑着拍拍祁夏璟肩膀，想到什么，皱眉轻啧一声："可我记得那间教室是高三学生在用，你说要周四晚自习带班长去，还得提前布置场地。校长能同意把教室借给你折腾这么久？"

"简单。"祁夏璟轻描淡写地吐出两字回应，对上徐榄明显不信的戏谑眼神，凉凉地轻呵出声，轻飘飘道，"只要你承诺再给学校建栋新楼，别说一间教室。一整层的教室都能随意支配。"

第 6 章